徳間文庫

乱丸 下

宮本昌孝

徳間書店

目次

第十六章　粛清

一

この正月の半ば、信長が待ちに待った朗報が、安土へ届いた。

羽柴秀吉がとうとう播磨三木城を落とし、城主別所長治を自刃せしめたのである。糧道を絶つこと足掛け三年に及んだ干殺し作戦の勝利であった。

「武勇といい調略といい、弓矢の面目これに過ぐべからず」

と信長は秀吉を手放しで褒めた。

これ以後、秀吉の播磨・但馬平定戦は加速度的に勢いを増してゆく。

三木城攻略によって西国攻めに大きな弾みがつき、心にゆとりの生まれた信長は、春の暖気にも誘われて、東山で鷹狩を愉しむべく、二月下旬に上洛して妙覚寺に入った。

「畏れながら、上様に願いの儀がございます」

乱丸が申し出た。

「めずらしいな、お乱が予に願い事とは。申してみよ」

「御座所をお移しいただけませぬでしょうか」

「何が不安か」

乱丸の心を読んだ信長が、訊き返す。

「妙覚寺の構えは薄うございます」

濠、土塁、塀などの防御施設を構えと称するが、洛中法華宗の要塞造りというべき本山寺院の中でも、妙覚寺ばかりはそれがほとんどなかった。広大な寺地内には町屋もあるので、人々の出入りの便を優先したものであろう。これでは刺客も容易に侵入できる。

「予のそばにはそちたちがおる。刺客への備えはそれで充分であろう」

近習衆はいつでも信長の盾となる覚悟ができている。実際、乱丸が昨年、安土城内で、丹波忍びの龍野善太郎の吹き矢から、身を挺して信長を守った。

「向後、お命を狙う者はさらに増えましょう。万が一ということもございますゆえ、なにとぞお聞き届け願わしゅう存じます」

実は、これは近習衆の総意なのである。

思いのままに行動することの多い信長だから、その警固に常に万全を期すというのは至難であった。それでも守りきるのが近習の任ではないか、と逆鱗に触れるのが怖くて、これまで誰(たれ)も言いだせずにいた。だが、いまや寵愛(ちょうあい)随一で、現実に毒矢から信長の身を守った乱丸の進言ならば、必ず聞き容(い)れてくれる。そう皆が信じたのである。

「そうよな……」

あごを撫(な)でながら、しばし思案ののち、信長は皆に告げた。

「座所を本能寺(ほんのうじ)へ移す」

本能寺なら、構えが堅固(けんご)で、寺地に町屋もないから、そのぶん人の出入りの監視もしやすい。

「これでよいか、お乱」

「われらのわがままをお聞き届けいただき、ありがとう存じます」

乱丸は満面を笑み崩した。

すると、信長も、ふっと笑う。

「お乱。われらの、と申したな」

「畏れ入り奉ります」

計算ずくの乱丸である。

もし信長の怒りをかったなら、わが身ひとりで受けるつもりでいた。が、聞き容れてもらえたので、近習衆一同の願いであったことを明らかにするため、故意に、われらの、と言った。

また、それを見抜いたことを示すのが、信長の笑みである。

「誰か、長門に本能寺へまいるよう申し伝えよ」

信長は早くも座を立っている。

みずから本能寺へ出向いて検分し、御殿や長屋などを寺内のどこにどの程度の規模で作るのか、京都所司代の村井長門守貞勝に命ずるつもりなのであった。

室町薬師町の妙覚寺から、四条坊門西洞院の本能寺まで四丁ほどの距離である。

信長と乱丸ら供衆は、馬に乗り、妙覚寺の西側を南北に貫く新町通よりさらに一筋西の西洞院通まで出て、南下した。本能寺の表門が西洞院通に面しているのである。

ほどなく、本能寺のさいかちの木が見えてきた。

その東北角の辻まできたところで、牛に荷車を牽かせる一行と出くわした。商家の者らのようだ。

「これは、上様」

一行の主人が、急ぎ奉公人たちに命じて荷車を道の脇へ避けさせ、自身は路上に折り敷いた。

乱丸も見知った顔である。

「四郎次郎か」

信長が機嫌よく言った。

茶屋四郎次郎清延。

呉服商を家業とし、京の三大長者に数えられる茶屋家は、中島を本姓とするが、茶事の名手でもあって、その邸宅をしばしば訪れた足利十三代将軍義輝に茶を振る舞ったことから、茶屋の屋号が生じたという。

先代の明延が三河徳川氏の御用商をつとめた関係で、清延も若年より徳川家康に側近として仕え、その戦陣に食糧や軍事物資調達の任で供をするだけでなく、みずからも合戦に参加して武勲を立てている。

「手前は、上様御宿所の妙覚寺へ参上仕るところにございました」

信長の上洛時に、自身が在京中ならば、必ず一度は挨拶に罷り出る四郎次郎であった。荷車に積んでいるのは、信長への献上品である。

「よいところで出遇うたものよ。予は本能寺に座所を設えたいと思うているのだ。そちが計ろうてくれるか」

「それは、ありがたき思し召しと存じます」

法華信徒の茶屋家は、本能寺の大檀那なのである。その邸宅も、本能寺の東へ一丁ばかりのところに建てられている。

「ご普請の掛かりも、手前にお申しつけ下されますよう」

四郎次郎は普請代も持つという。大変な太っ腹だが、天下人への道を突き進む信長の覚えがめでたくなるのなら、何ほどのこともない。いわば、投資である。いくさで莫大な利を得られる戦国期の豪商とは、こうしたものであった。

信長は、四郎次郎も随行させて、本能寺へ表門より入る。

そこへ、村井貞勝も到着した。

東は西洞院通、南を四条坊門通、西は油小路通、北を六角通で区切られ、周囲四丁という本能寺の敷地は、三千六百坪。妙覚寺や妙顕寺ほどではないが、それでも広々としたものだ。

表門のある西洞院通に沿って川が流れ、その水は他の三方にも引かれて環濠をなしており、塀も崩れておらず堅固であった。

一歩、寺内へ踏み入ると、鬱蒼たる林や竹藪が外界の音を遮ってくれて、静謐な空間が保たれている。

信長は、貞勝に普請奉行を命じると、四郎次郎と本能寺の僧侶たちを案内人として、寺内を見て回った。

その間、随行の乱丸は、刺客の侵入路を想定しながら、これをいかにして禦ぐかを思いめぐらせた。

ただ、乱丸の想定の中には、数百、数千、数万の軍勢が押し寄せるという図は描かれていない。それは、ありえないことだからである。

石山本願寺の抵抗も弱まったいま、畿内とその周辺の国々において、信長の敵対勢力は伊賀国の国人・土豪ぐらいなものだが、かれらに軍勢を催して京へ攻め上れるほどの力はない。信長の身辺警固において、警戒すべきは小人数の暗殺者だけなのである。

この認識は、ひとり乱丸だけでなく、ほかの近習衆も、そして信長その人も同様であったろう。

二

いずこの武将も、今後は織田信長といかに折り合いをつけていくかに、御家の興廃がかかっているといっても過言ではない。

関東の大半に驥足を展ばし、大勢力を誇る相模の北条氏でさえ、当主氏政と、嫡男氏直がそれぞれに使者を遣わしてきて、信長の機嫌をうかがった。献上品は、鷹十三羽、馬五疋、太刀、そのほか多数である。

信長のほうも、北条の使者たちを至れり尽くせりでもてなした。

かれらを相模へ帰したあと、信長は、いよいよ天皇を動かし、本願寺法主顕如へ和睦の条件を伝えた。

七月二十日までに石山より退去し、大坂の地を明け渡せば、教団の存続を認める。また、二度と逆らわないと約束するのなら、南加賀の二郡を本願寺に返す。

顕如はこの条件を呑んだ。荒木村重の有岡城と別所長治の三木城を落とされ、さらには、大坂湾の海上封鎖を強化されて物資補給も望めず、孤立無援の苦境に追い込まれた挙げ句の、ぎりぎりの選択であった。

しかし、顕如の子の教如と雑賀衆が猛反対し、籠城をつづけると息巻いた。

そうして本願寺が内部対立で紛糾する中、信長は安土城下の入江に新たに家臣団の屋敷地を造成したり、伴天連にも土地を与えるなど、本拠地のさらなる拡大発展に着手した。

顕如が一向宗の聖地というべき石山御坊を去り、紀州鷺森へ移ったのは、四月九日のことである。

教如ら抗戦派が依然として石山に留まったままなので、織田方の武将の中には総攻撃を仕掛けるべきと逸る者も少なくなかった。法主と和睦派の退去により、籠城勢の心は動揺し、兵も激減したのだから、全滅させる絶好機ともいえる。

諸将には、信長から、明け渡し期限までは静観すると伝えられた。気早な信長らしからぬと不審をおぼえる者もいたが、乱丸は違う。主君の望むところを知っていた。

（摂津第一というべき要害堅固な石山御坊を、上様はできるだけ毀つことなくお手にされたいのだ……）

石山御坊を修築して新しい城とし、大坂の地へ安土に匹敵する、もしくはそれ以上の城下町を作る。同時に、海と直結する大坂には、日本国内及び海外交易の一大拠点である堺の機能を移すのである。

その壮大な思惑があればこそ、粘り強く足掛け十一年も本願寺と戦ってきた。もし信長が石山御坊を破壊するつもりだったのなら、もっと早く結着をつけられたはずである。教如ら抗戦派も、結局は退去する。そう乱丸はみていた。かれらとて、これが信長の最後の譲歩と分かっているはずで、それでも戦うのなら宗門断絶を覚悟しなければならないのだから。

天下布武の道を阻む障害物が次々と取り除かれてゆく。信長の表情にその喜びが垣間見えて、乱丸もうれしかった。

だが、好事魔多し、という。

初夏の一日、鷹狩の途次の信長が、近江伊庭山の麓の一筋道に通りかかったとき、事件は起こった。

突如、山の上方で木々の一部が音を立てて大きく揺れたかとみるまに、それが雪崩のように急激に下方へ迫ってきたのである。

大石が木々を薙ぎ倒しながら転がり落ちているのであった。

鷹狩の一行の少し前方に落ちて、道を塞ぐ恰好になる、と乱丸は見定めた。

信長が手綱を引いて、馬首を転じようとしている。

「上様、なりませぬ。ご乗馬（じょうめ）を前へ」

信長のすぐ後ろについている乱丸は、そう叫んだ。

「前と申したか」

「御免」

乱丸は、信長の乗馬である青毛の駿足、龍馬（りゅうめ）の尻を強く鞭（むち）打った。

龍馬は、猛然と前へ駆けだした。

乱丸も、乗馬の馬腹（ばふく）を蹴って、追走する。

供衆のうち、数騎がこれにつづいた。

余の者は、後（おく）れをとり、地響きとともに道へ転がり出てきた大石に往（ゆ）く手を塞がれてしまう。

「お乱。なにゆえ、前へ走らせた」

鞍上（あんじょう）より後ろへ首を伸ばして、信長が理由を問うた。

「狭い一筋道にございます。もし伏勢がいるのなら、大石で前を塞いで袋小路（ふくろこうじ）にし、後方より襲ってくるはず」

「なるほど、さようであったか」

難を逃れた信長と乱丸ら数騎は、迂回路（うかいろ）をとって安土城まで馬を走らせつづけた。

信長は、残された供衆を救うべく、ただちに軍勢を伊庭山へ向かわせようとしたが、その必要はなかった。かれらも無傷で戻ったのである。

敵の待ち伏せではなかった。大石は、伊庭山の山上で普請中であった丹羽氏勝の家臣が誤って落としたものだったのである。

尾張岩崎を本貫地として、信長の父信秀の代から織田に仕える氏勝は、地位は高くないが、実戦指揮官のひとりであった。

氏勝は、普請の奉行人たる家臣と大石を落としてしまった人夫らを連れて、急ぎ登城した。どの顔も蒼白である。

信長は、人夫はもとより、氏勝とその家臣も御殿に上げず、庭先に平伏させた。

「勘助」

縁まで出て仁王立ちの信長は、氏勝を見下ろして、通称でよんだ。

「予を逃がしてしもうたゆえ、にわかに取り繕うことにいたしたか」

氏勝は信長を待ち伏せして暗殺するつもりであったが、肝心の標的がいち早く虎口を脱してしまったので、急遽、家臣が誤って大石を落としたことにするつもりではないのか、という意味である。

「滅相もなきこと」

血相を変え、思わずおもてを上げてしまう氏勝であった。

「丹羽どの。無礼であろう」

縁に端座する乱丸が叱りつける。おもてを上げることを、信長はまだ許していない。

氏勝は頭を下げた。

「そのほう、二十五年前、何をした。申せ」

信長の声は冷たい。

「二十五年も前のことは……それがし、おぼえておりませぬ」

その語尾にかぶせるように、信長が再度、命じた。

「申せ」

氏勝は、砂利に視線を落としながら、ごくりと生唾を呑み込む。

「守山城に籠城いたし……上様のご軍勢に抗い……」

「たわけ。あれは勘十郎の軍勢よ」

二十五年前、信長の弟秀孝が、叔父の守山城主信次の家臣に矢で誤殺されるという事件が起こった。信長の報復を恐れた信次が逐電してしまったので、残された家臣らは守山城に籠城し、押し寄せた軍勢を迎え撃った。このとき籠城勢を赴援したのが丹羽氏勝である。

だが、実際に守山城を攻めたのは、信長軍ではなく、弟の勘十郎信行の軍であった。信長は、織田一門という軽くない身分でありながら、供も従えず一騎駆けして矢を浴びた秀孝に非がある、と断じていたのである。

信次出奔後の守山城に、信長は異母兄の織田安房守を入れたが、これは男色関係のもつれから、信次旧臣の角田新五に討たれてしまう。このとき、氏勝は角田に味方した。

「勘助。何事につけ、そのほうは思慮が足らぬ。粗忽者じゃ。あるじが粗忽なら、家臣も粗忽になるものよ」

じろり、と信長は氏勝の家臣を睨んだ。

その家臣は、平伏していても信長の視線を感じたか、総身をふるわせ始める。

信長は、近習が捧持する太刀を手にとるや、足早に階段を下りて庭に身を移し、鞘を払った。

「おもてを上げよ」

と氏勝の家臣に命じる。

恐怖にうちふるえながら、ゆっくり上体を起こした家臣が、視線を上げたとき、その脳天へ信長は刃を振り下ろした。返り血が、飛沫となって、信長の胴衣と袴を彩った。

階段を上がった信長は、血脂でぬらぬら光る太刀を近習の手へ戻すと、

「湯をつかう」

昂ったようすもみせずに言って、奥へ入ってゆく。

「丹羽どの」

乱丸が冷然と言い放った。

「上様が本日、御鷹野に出行あそばすことは、事前通達があったはず。あの大石は上様

を殺していたやもしれず、ただの粗忽では済まぬことにござる。お手前こそ責めを負うべきと存ずる。せめて、お庭を血の染みひとつ残さず清めていかれよ」

氏勝は、顔も上げえず、嗚咽を洩らした。

三

この夏の信長は、上洛も諸方への出陣もせず、安土において悠然たる日々を過ごす。鷹狩だけでなく、相撲会も幾度も催した。その間に、安土の道路、掘割、舟着場や、有力家臣の屋敷なども次々と竣工する。昨年末に起工の石清水八幡宮の正遷宮も挙行させた。

秀吉からは播磨につづいて但馬の平定も完了したという吉報が届き、摂津では荒木村重の籠もる華熊城を池田恒興が落とした。ただ村重は摂津を脱して毛利領内へ逃げ込んでしまったが。

また、いまや四国全土を席巻する勢いの長宗我部元親より、惟任(明智)光秀を通じて、鷹や砂糖などの献上品が届いた。信長は、元親が土佐一国を平定したころ、請われて、その嫡男の烏帽子親になっている。

夏の間、岐阜の織田左中将信忠が二度、安土に参上した。安土に自邸を建てるのと相撲見物のためであったが、そのさい、父子水入らずの夕餉の席で、尾張と美濃の状況を信長より問われて、家臣統制の難しさを正直に吐露したのである。

「佐渡はときに僭上とも思える口出しをいたしますが、父上ご幼年のころより織田の一の宿老ゆえ、やはりこちらが怺えねばならぬと思い……」

佐渡とは、林秀貞をさす。佐渡守を称している。

「思い過ごしではありましょうが、道足入道などは何やら一物ありげで……」

稲葉一鉄、氏家卜全とともに美濃三人衆に数えられる安藤守就が、剃髪して道足と号している。氏家の家では、すでに卜全が没し、子の直通が家督を継いだ。

美濃衆というのは、織田軍団の中核として、尾張衆と同格であった。わけても三人衆は重用され、信忠支配下に住しながら、信長の直属という地位にある。

「最も気骨が折れるのは、佐久間一党。尾張衆の中では随一の勢力であるせいか、申したいことを申す者が少のうござらぬ」

なお語りつづけようとした信忠だが、信長が不機嫌そうにそっぽを向いてしまったので、慌てて居住まいを正して謝った。

「酔うて、つまらぬことを申しました。すべてはそれがしが未熟ゆえのこと。お赦し下さい」

相伴役をつとめていた乱丸は、信忠の苦衷を察した。

（お気の毒だ……）

織田信長の飛躍の地盤というべき尾張・美濃を、その家督相続者として譲られたからには、常に父親と比較され、時には周囲から侮られることも致し方あるまい。だが、ひとり信忠に限らず、信長と比べられても優る武人など、どこにいようか。

乱丸は信長の表情をちらりと窺う。

織田信長は、酒席で余人が酩酊して口走った戯れ言でも、たしかに聞き取り、よく記憶している。というのも、自身はまったくの下戸だからであった。酒を受けつけない体質であるらしく、それがため、反動のように茶湯に淫したと言えなくもない。

つまり、いつでも素面であった。

常に側近く仕える乱丸にとっては、しかし信長がいつも素面であればこそ、表情の微妙な変化を捉えやすい。

（左中将さまが愚痴を仰せられたことが、上様をご不快にしたのではない……）

と乱丸は感じた。信忠の愚痴の原因について何か思うところがある、そんな風情であった。

信長は七月十四日に上洛した。

当時の暦ではすでに秋だが、まだまだ暑さの残る時季である。

上洛の目的は、退去の期限が迫っているのに、いっこうに石山より腰を上げようとしない教如へ重圧をかけることにあった。

大和と伊勢に動員令を発し、臨戦態勢を整えてから、教如に使者を送り、あらためて和睦の条件を提示した。

条件は、先般、顕如と取り交わしたそれとほぼ同じである。教如が疑うのは、本願寺が石山を退去したら、信長は約束を反故にするのではないかという一点にあった。

しかし信長は、先の顕如の退去に合わせて、大坂に通じる道の封鎖を解き、各地の織田方の武将には一向一揆との停戦も命じている。そこで、期限を八月十日に延期し、ここまで譲歩してもなお籠城をつづけるのなら、石山本願寺も教団も徹底的に滅ぼす、と信長は教如へ最後通告を発した。

とうとう教如も折れて、退去を受け入れた。

「お乱も大坂へ往け」

乱丸は信長から、石山の城砦の受城使に任じられた矢部善七郎に随行して、大坂の地をよくよく見てくるよう命じられる。願ってもないことであった。信長が安土以上の一大拠点とするつもりの大坂を、早く知っておきたいと思っていたところなのである。

教如退去の日は、八月二日。

その日、大坂に勅使が下った。近衛前久、観修寺晴豊、庭田重通である。

織田方の奉行人には、堺代官の松井友閑と、天王寺城を根拠に本願寺攻めの総大将をつとめる佐久間信盛が任ぜられた。

（これは……）

乱丸は、八丁四方という構えの中央にひときわ高く聳える大寺院から、周囲を眺めやった。

数十町と数えられる寺内町の家々が、光を弾く甍を波打たせ、軒を接して建ち並んでいる。宏壮な屋敷もめずらしくない。ここに四万人が籠もり、永きにわたって織田軍団と戦いつづけられた理由が察せられる。本願寺の経済力は桁外れだったのであろう。

構えの周囲には幾筋もの大小の河川が遠近で交錯しているため、石山御坊は巨大な水上都市とも形容すべきであり、容易には落とせぬはずであった。あちこちに端城も見える。

若い乱丸は、西方に広がる景色に心を浮き立たせた。大坂湾の青海原が、異国との繋がりを強く感じさせてくれたからである。

（上様の新しき王城の地にふさわしい）

ある程度の修築をすれば、一年後、いや半年後には機能させられるのではないか、と乱丸は思った。そうできれば、そのぶん信長の天下布武の達成も早まる。

城とよぶのが相応しい寺院の検分を、矢部善七郎が始めたので、乱丸も随行して見て回った。

（たいしたものだ……）

表には弓、鉄炮、槍などの兵具が整然と掛け並べられ、内では資財、雑具があるべき姿で飾り置かれ、さらには清掃も城内の隅々まで行き届いていた。

この退き際の美しさは、自分たちは敗北したのではない、という意思表示ともとれる。信長には一時預けるだけのことで、必ず戻ってくる、と。

立つ鳥跡を濁さずの様相は寺内町でも同様であり、勅使一行も織田方の奉行衆と兵たちも、皆々感じ入った。

陽の高いうちに、教如以下、籠城勢の退去が開始された。

淡路と雑賀から数百艘の迎え船もやってきて、門徒衆は陸路、海路を散り散りに去ってゆく。

織田方は粛として見送った。

しかし、本願寺側の潔い退きかたに敬意を抱き、いささかの同情まで催したことが、織田方に油断を招いたというほかない。

寺内町の一郭から立ち昇った煙に気づいたときには、すでにして手遅れであった。

折からの強風に煽られて、火は瞬く間に燃え拡がり始めた。

（上様の新しき王城が……）

愕然の一瞬が過ぎると、乱丸は無性に腹が立った。

出火などというものは、たとえそれが故意の付け火であったとしても、要心を怠りなくしていれば、未然に禦げるか、もしくは、火の出たあとでも早い発見によって延焼を食い止めることは可能である。

この石山御坊明け渡しにおける警固態勢が甘かったとしか思われない。その任は、佐久間右衛門尉信盛が負っている。

「右衛門尉どの。火を出すとは、警固怠慢にござりましょう」

怒りにまかせて、乱丸は詰った。織田の譜代中、柴田勝家と両翼をなし、最大の勢力を誇る佐久間信盛を、である。

「小僧」

信盛が睨み返す。引き剝かれた両の眼に烈火が見えた。

「誰に物申しておる」

いきなり繰り出されたその右手が、乱丸の喉首を摑んだ。躱す暇もない。

そのまま乱丸は、背中から地へ叩きつけられた。息が停まった。

「おやめ下され、右衛門尉どの」

割って入ったのは矢部善七郎である。

「火の回りが早い」

「逃げよ。皆、逃げよ」

そこここで緊迫の声があがった。

「殿。お早く」

信盛の家臣らが寄ってきて、あるじを乱丸より引き離す。

乱丸は善七郎に抱え起こされた。

「お乱。走れるか」

まだ息が詰まって声を出せない乱丸だが、幾度もうなずき返した。首と背はひどく痛むものの、大事には至っていないと分かる。

大慌てで逃げてゆく勅使一行の姿が、目に入った。

善七郎につづいて、乱丸も走りだす。

涙が溢れた。

信盛の怒りをかったことや、躰の痛みなどはどうでもよい。信長の夢のひとつが潰えてゆくのに、何もできず、ただ逃げているだけの自分が情けなく、口惜しくもあった。

結局、石山御坊は、三昼夜も燃えつづけ、数多の堂塔伽藍は一宇も余さず、寺内町の家々も一軒残らず、灰燼に帰した。信長が永年欲してきた巨大水上都市が失せたのである。

抗戦派の中でも最も過激な者らが、退去後に火災が起こるよう仕掛けをほどこしたのではないか、と疑われた。主戦力の雑賀衆が火器の扱いに慣れていることを思えば、おそらくそうであろう。だが、本願寺側が認めるはずもなく、出火原因も犯人も特定できず、この一件はうやむやになってしまう。

それでも佐久間信盛などは、かえってよかった、と公言した。

「これで加賀の領地を坊主どもに返さずともよい口実ができたというものよ」

加賀二郡の返還については、和睦後は決して信長に逆らわないという条件付きだったから、門徒衆の放火の疑いが濃厚である以上、たしかに約束違反とみなすことができよう。

現実に信長は、二郡を本願寺に返さなかったが、これは加賀の一向一揆が顕如の停戦命令に服さず、柴田勝家軍と戦いつづけたからである。

四

石山御坊の焼失から十日ばかり後、信長はその検分に向かうべく、京を発ち、船で大坂入りした。

広大な廃墟を眺める信長は、随行者のほとんどには無表情に見えた。魔王の烈しい怒りを感じたのは、乱丸ひとりであったろう。

「お乱。筆紙をもて」

急拵えの陣屋に入った信長は、みずから何やら書状をしたため始めた。

めずらしく長い時をかけているので、よほどの大事と察した乱丸は、途中で拝謁を望む者がいても、取り次がなかった。

やがて、書状を書き了えた信長の顔は、何か憑き物でも落ちたように朗々たるものであった。

（お怒りを鎮められたようだ……）

それから信長は、松井友閑、楠 長諳、中野又兵衛をよんだ。

「佐久間父子への折檻状である」

と書状を披いてみせ、命じた。

「そのほうら、届けよ」

佐久間信盛・信栄父子に宛てた信長自筆の折檻状は、延々、十九ケ条にも及ぶ。

「一、父子五ケ年在城の内に、善悪の働きこれなき段、世間の不審余儀なし。我々も思ひあたり、言葉にも述べがたき事」

で始まるそれは、父子が五年も本願寺攻めの指揮官をつとめながら、なにひとつ実績をあげなかったことを厳しく事細かに責めているばかりか、さらに昔の不行跡も譴責し、あまつさえ父子の人格非難まで書きつらねたものであった。

そして、十八条で、父子の行く末を、どこかの敵を平らげて帰参、または討死のいずれかであると断じ、最後の十九条では、父子とも剃髪して高野山へ上り、赦しを待つのが当然であると迫って、もしこれを請けないのであれば、

「二度天下の赦免これ有間敷きものなり」

と結んでいる。

大意としては、武辺怠慢の罪による追放であった。

(上様は岐阜の左中将さまのために……)

魔王の子たる乱丸だけは、信長の本心を見抜くことができた。

折檻状の結びの一文には、

「抑天下を申付くる信長に口答申す輩前代に始まり」

と記されているが、これは、天下の支配者たる信長への口答えは信盛が始めたことである、と不快を露わにしている。

つまり、尾張において佐久間一党は言いたいことを言う、という信忠の嘆きをうけての非難にほかなるまい。

佐久間の総領たる信盛が罪人として追放されれば、その一党も連座を恐れて信忠への態度をあらためることは必至。それは、信忠の支配力が強まるということでもある。

いまひとつ、信長に信盛追放を決断させた理由は、この織田家重臣の筆頭が心鈍き男と思い知ったからであろう、と乱丸は確信している。

信長が石山本願寺に執着した本意を察していれば、あの巨大水上都市を焼亡せしめるという、あまりに愚かなしくじりは断じて犯さなかったはずなのである。

大坂を天下布武の、ひいては日本の都にするという構想を、信長が決して口にしなかったのは、なぜか。その思惑が洩れれば、本願寺は最後のひとりまで戦いつづけ、京の朝廷も動かないと分かっていたからである。それを察知できなかった信盛というのは、度し難(どしがた)い。

「お乱。副使として参るか」

　信長が言った。命令ではない。

「畏れながら、わたしが参っては、佐久間どののお心が刺々(とげとげ)しゅうなりましょう。それでは、皆様にご迷惑をかけることになるやもしれませぬ。ありがたき仰せながら、この儀ばかりは」

　と乱丸は、深々と頭を下げて、副使の任を辞退する。

「であるか」

　微笑を返す信長であった。

　石山御坊から火が出たとき、乱丸は思わず信盛の怠慢を詰(なじ)って、乱暴をうけた。その事実を矢部善七郎の報告で知る信長は、信盛追放の場で乱丸に溜飲(りゅういん)を下げさせてやろうと気遣(きづか)ったのである。しかし、それ以上の気遣いを乱丸はみせた。たしかに、信盛をいたずらに刺激するのはよくない。

　友閑、長諳、又兵衛は、その場から佐久間父子のもとへ赴(おもむ)き、信長の折檻状を読み聞かせた。

　恐怖した佐久間父子は、とるものもとりあえず、高野山へ上った。従者はわずか数人にすぎない。その後、同地に住することも許さぬという信長の達しがあったので、こんどは慕ってくれる者などひとりもおらず、信盛と信栄は、わずかばかりの金子を懐に、徒跣で熊野の奥へ逐電してしまう。哀れというほかない末路であった。

佐久間父子を高野山へ逐った二日後、京へ戻った信長は、さらに四名の家臣の追放処分を発表する。

林秀貞。

安藤守就ならびに子の定治。

丹羽氏勝。

「先年信長公御迷惑の折節、野心を含み申すの故なり」

というのが処分の理由であった。

林秀貞の先年とは、二十四年前である。その年、秀貞は、信長付きの家老でありながら弟の勘十郎信行を担いで、信長に叛旗を翻して合戦に及んだ。だが、赦されて、そのまま家老職にとどまり、今日に至っている。

安藤父子の先年とは、八年前の武田信玄西上のさい、これと通謀したであろうことをさす。その直後に信玄が陣中で病死したために、表立った反信長の動きはしなかったものの、当時、父子の裏切りの疑いは拭いきれなかった。

丹羽氏勝については、昔の守山城をめぐっての動きを咎めたものだが、今夏の落石事件も影響していることは明らかである。

四名はただちに遠国へ追放となった。ただ秀貞だけは、もともと老齢だったせいか、およそ二ヵ月後に京で没してしまう。

織田の譜代重臣の林秀貞、美濃三人衆のひとりである安藤守就とその子、尾張国人の丹羽氏勝。織田軍団では格別であったはずの尾張衆と美濃衆の中でも名ある者らが、一挙に厳しい処分をうけたことで、両国の織田家臣ことごとく、信忠への態度をあらためだした。

また、この一連の追放劇は、信長の強い決意表明というべきでもあった。今後は、出自も身分も年齢も関わりなく、常に忠節を尽くして天下布武のために成果を挙げつづける者だけを必要とし、役立たずは容赦なく切り捨てる。そのための見せしめとして、新参ではなく、あえて地位の高い古株を粛清した。

信長がなぜそこまでするのか、乱丸には分かる。

はなから信長は、石山本願寺を降伏させて、畿内と近国をほぼ完全に制圧できたら、それを機に、新しい体制整備に乗り出すつもりでいたのである。信忠の嘆きや、落石事件や、佐久間信盛の失態などは、偶々その時機と重なって、ちょうどよいきっかけになったといえよう。

信長は、秋の半ばに安土へ帰城した。

冬になると、柴田勝家から、加賀の金沢御坊を陥落せしめ、頑強に抵抗をつづけていた一向一揆を殲滅したという報告が届く。百年間近くも真宗王国として、百姓の持ちたる国とまで称された加賀を、ついに平らげたのである。

一揆の首謀者十九人の首も安土へ送られてきて、

「信長公御感斜めならず」

であった。

信長は久々に舞った。

　人間五十年
　下天の内をくらぶれば
　夢幻の如くなり

踊りは『敦盛』の一番のみというのが、信長流である。小歌も「死のふは一定、しのび草には何をしよぞ、一定かたりをこすよの」しか歌わない。

こういう主君を見ると、乱丸は歓喜に充たされる。

（上様はますます高みへ昇られる）

少しでもその手伝いができることは、本懐であった。

信長も乱丸も、安土在城のまま、大晦日(おおみそか)を迎えた。
主従の余すところ、一年半である。本能寺の凶変まで。

第十七章　武家の左義長

一

この年の元日は、昨年のように雪は降らないものの、夜半から降り始めた冷たい雨が止まずにいた。

諸将の年賀の出仕は、今年も免除である。が、惟任（明智）日向守光秀だけは、年末より近江坂本城に在城中であったので、雨の中、安土に登城した。

「出かける。日向も供をいたせ」

雨が小やみになると、何か思い立って、信長は御殿を出た。

主君の突然の行動には、皆、慣れている。光秀も近習衆も慌てることなく随行した。

一行が馬を駆った先は、城下の松原町である。信長は、湖岸近くの地に立って、一帯を眺め渡した。罪人の首を晒すさいに使う広野である。

「日向。小正月に公家が行う火祭りを何と申したか」

信長の問いに、即座にこたえが返される。

「左義長にござる」

一月一日が大正月、一月十五日もしくはその前後三日間が小正月である。この日、清涼殿の南庭に、青竹を束ねて立て、天皇の書初めや扇子、短冊などを結わえつけて焼く御祓い行事を左義長といい、後世、民間で盛んに行われるようになったどんど焼きは、これに倣っている。

「その左義長をやろうぞ」

と信長は宣言するごとく言った。

近習衆の多くが、怪訝そうに互いの顔を見合わせる。あまり武家らしい行事とは思えぬからであった。

「されば、ここに馬場をご造営なされまするか」

ひとり、妙なことを言ったのは、光秀である。

信長は、湖水へ視線を向けたまま、微かに眉根を寄せた。それに気づいたのは、乱丸だけであったろう。

「なにゆえ左義長に馬場が必要か」

信長が光秀に下問した。

「畏れながら、左義長の始まりは打毬にござる」

と光秀が告げたので、乱丸は心中で感嘆する。

（さすが学識豊かといわれる日向どの……）

美濃金山に暮らしたころ学問に勤しんだ乱丸も、打毬に関する知識をもつ。だが、たいていの武士は、無学だから、何のことやら分からぬであろう。

大陸伝来の競技に、打毬というものがある。毬杖とよばれる網をつけた長柄の杖で毬を掬って、これを円い孔に打ち込む。宮中の正月行事のひとつであった。そのさい破損した毬杖を陰陽師が集めて焼いたのが、左義長の起源とされる。競技そのものは平安末期に廃れてしまうが、火祭り行事だけは形を変えて残り、左義長となったのである。

打毬は、年少者が行うときは徒で、正式なそれは騎上で毬杖を操る。だから、広い馬場を必要とする競技なのであった。

実は、左義長のことは、年末に信長が、乱丸とふたりきりのときに話題に上せた。そのさい、公家の行事は面白みがないという信長に対して、乱丸は左義長の起源である打毬について語った。すると、騎馬で行うという一点に信長が大いに興味を示したので、

（上様は何か思いつかれた……）

と乱丸は感じたものである。

そしていま、光秀がほぼ同じ内容のことを信長に伝え始めた。

皆が光秀の博学に圧倒される中、信長ばかりは表情を動かさない。

「日向。そのほう、予に打毬なるものを復活させよとでも申すか」

「打毬は絶えて久しいゆえ、もはや公家の中にもできる者がいるや否や。復活は至難と存ずる。なれど、広き馬場にて、盛大なる火祭りを行えば、左義長の起こりにも通じて、よき行事と相なり申そう」

「であるか」

信長の口癖が出た。しかし、抑揚がない。

「お乱。そちはどう思う」

湖水から乱丸へと信長の視線が移される。

「わたしは、公家と同じことをやらずともよいと存じます。上様が新たに独自の左義長をお創めになり、以後はそれを武家の左義長といたせばよろしいのでは」

「案があるか」

「愚見にございます」

「よい。申せ」

「武士の自慢は馬。ご領国すべての武士が一堂に会し、それぞれ所蔵の愛馬、名馬を上様のご高覧に供す馬揃など、いかがにございましょう」

「馬揃とな」

「馬が行事の主役たることは、騎馬打毬と同じにございます。それはむしろ、火のお祓いだけにとどまる公家の左義長よりも、まことの左義長らしいかと存じます」

「お乱」

「はい」

「よき思案じゃ」

信長の高い声が一層、高まった。

「日向。聞いたな」

「は」

一瞬、躊躇ったのち、光秀はきんか頭を下げた。

「十五日に武家の左義長を催す。そのほうなら、こうしたことは万端心得ておろうゆえ、総奉行をつとめよ」

「ありがたき仕合わせ」

その返辞とは裏腹に、光秀が心に戸惑いを湧かせたことを、乱丸は感じた。

「御長、久太郎、竹は、日向の意に沿うて、ここに馬場を築け」

菅屋九右衛門、堀久太郎、長谷川藤五郎を信長は奉行人に任じる。

一様におもてに緊張を走らせる三名であった。半月後の開催となれば、突貫工事を余儀なくされる。むろん、後れることなど絶対に許されない。

三名とも光秀を見やった。

「これより早々にとりかかり申す」

信長にそう告げてから立った光秀は、

「お三方、まいられよ」

と九右衛門らを促す。

(やはり、たいしたお人だ)

乱丸は、ただちに気持ちを切り替えた光秀に、感じ入ってしまう。

と同時に、その頭抜けた優秀さには危うさもおぼえずにはいられぬ。

(馬場のことは、上様に先回りして口にされるべきではなかった)

その光秀が九右衛門らと走り去ると、信長は乱丸に微笑みかけた。

「いつ思いついた」

馬揃のことである。

「思いついたのは、上様にあられます」

年末に左義長の話が出たあと、乱丸は信長の望みを想像し、やがて確信をもつに至ったのである。

「まこと仙千代の愛弟子よな」

うれしそうに信長は褒めた。

た。

「恐悦に存じます」

頭を下げながら、しかし乱丸は、信長のその褒詞を冷静にうけとめている自分に気づいた。

少し前までなら、仙千代を引き合いに出されて褒められれば、無上の歓びと感じたものだが、いまは違う。信長が石山本願寺を屈伏せしめて畿内を掌握し、無用な家臣の粛清も行って、新たな歩みを始めたいま、自分も仙千代を真似るだけではいけない。そう思い決しているからであった。

（森乱丸は森乱丸であらねばならぬ）

二

翌日、信長は、鶴や雁など、鷹狩の獲物を多数、安土城下の町人たちへ下賜する。

感激した町人たちは、沙々貴神社に集まって祝儀の能を演じた。このときには早くも、十五日に信長が武家の左義長を開催することが知れ渡り、かれらはその見物も楽しみにした。

正月八日になると、信長が家臣たちへ、左義長の当日は爆竹を用意し、頭巾装束を結構に致し、思い思いの出で立ちで臨むようにと命じたことも伝わり、人々は一層の期待感を抱く。それによって、城下町全体もさらなる活気に満ち溢れた。こうしたことを意図してできるところが、信長の類まれな才覚というべきであろう。

「左義長のお出で立ちは、わたくしにおまかせ下されませ」

その日のうちに森屋敷を訪ねてきたアンナが、偶々束の間の帰邸中であった乱丸に申し出た。乱丸のそれだけでなく、坊丸、力丸の装いも引き受けたいという。

「日頃のなんばんやご贔屓への感謝をこめて精一杯つとめさせていただきます」

いつものように艶然と微笑むアンナに、

「わたしはなんばんやを贔屓にしたことはない」

乱丸は苦笑した。

アンナが城下に〈なんばんや〉を構えた当初、異国の怪しげな雑貨を扱う小さな見世にすぎなかったが、いまでは安土の遊里で指折りの女郎屋に変貌している。

四年前の冬、京の貴賤の目を釘付けにした南蛮の貴公子を想わせる乱丸の装いは語り種である。のちに、それは乱丸が〈なんばんや〉のアンナに誂えを申しつけたものと伝わった。そのときから、アンナは商いを急速に拡大発展させる。まるで乱丸の出世と軌を一にするように。

アンナがたびたび森屋敷を訪問することも知られているので、人々は勝手に、森乱丸のご贔屓と思い込んでいる。そのおかげで、アンナは商売が頗るやりやすい。信長の寵愛随一の近習と懇意とみられているのだから、当然であろう。

乱丸のほうも、アンナに便宜をはかりはしないものの、といって交流を拒みもしない。

実を言えば、交流が愉(たの)しくないといえば嘘になる。それに、何かと消息通のアンナは役に立つのである。

「用件はそれだけか。わたしはまた、すぐに登城せねばならない」

「いつもお忙しゅうございますのね、乱丸さまは」

ちょっと唇を尖(とが)らせるアンナであった。

妖艶なだけでなく、時にこうした少女っぽい表情までみせるので、乱丸は、戸惑いながらも、つい惹(ひ)かれてしまう。

辞去しかけたアンナが、何か思い出したように、そうそう乱丸さま、と手を打った。

「伴天連(バテレン)バリヤノが来月には上洛されるお心づもりのようにございます」

「バリヤノといえば、南蛮僧の中で最高官をつとめる者だな」

「乱丸さまはよう学んでおられまするな」

「キリシタンのことはそなたからの受け売りではないか」

「さようにございましたかしら」

とぼけるアンナである。

「されば、これにて辞去仕(つかまつ)りまする」

いまなお得体の知れない女は、いつものように言いたいことだけ言って帰った。

（上様に言上しよう）

と乱丸はきめた。

アンナと乱丸がバリヤノと発音したのは、イエズス会巡察師のアレッサンドロ・ヴァリニャーノ。

イエズス会総会長の名代として派遣されるのが巡察師で、ヴァリニャーノの場合、アフリカ東部からアジアのポルトガル布教保護圏に属す全地域の統括者である。いわば、イエズス会の全権特使であった。その権限の大きさは、他の伴天連の比ではない。南蛮僧の最高官という乱丸の認識は、そのことをさす。

来日して一年半のヴァリニャーノだが、この間ずっと九州に留まっている。上洛すれば真っ先に信長へ拝謁を願い出るのは明らかであろう。

登城した乱丸が、早速、ヴァリニャーノ上洛のことを伝えると、信長に笑われた。

「なんばんやの女は、よくお乱の役に立つことよ」

からかい半分でも、しかし、信長が喜んでいると乱丸には分かった。

情報の入手と伝達の遅速が死命を制する。若いころからそれと確信する信長は、アンナのような貴重な事情通を手駒とする乱丸を、たいしたものと思っているのである。

「まいるか、バリヤノが……」

思案げに、信長はあごを撫でた。

ルイス・フロイスというイエズス会宣教師を信長が初めて引見したのは、足利義昭を奉じて上洛した翌年のこと。いまから十二年前になる。それから信長は急速に成長してゆく。力を得るよう援助してくれたのは、そのイエズス会であった。天下布武をめざしてあらゆる敵対者を駆逐したい信長と、布教の最大の障害となっている仏教勢力を破壊したいイエズス会。両者の思惑が一致したのである。

信長は、イエズス会より武器、弾薬供給などの支援を受ける見返りに、織田領内における布教を許可した。のちの比叡山焼討と一向一揆弾圧も、この関係性を抜きには語れない。

それゆえ、信長とイエズス会との関係は、出会いから足掛け十年くらいは、おおむね良好といえた。

ただ、その間も、信長自身はイエズス会に心を許していたわけではない。関係も、対等ではなく、上下である。

宗教などというものは、野心に利用できるのなら保護だけはしてやるが、神仏をおのれの上に戴くことは決してありえないし、場合によっては、仏教だろうとキリスト教だろうと断絶せしめることもまったく厭わない。

その本音を信長が露わにしたのが、三年前の冬、キリシタン大名の高山右近への降伏勧告の任を、伴天連オルガンティーノに負わせたときである。もし不調に終わったのなら、恫喝したとおり、宗門を徹底的に弾圧していたであろう。

さらに信長は、荒木村重がキリシタンの最も有力な庇護者のひとりと知りながら、イエズス会の痛手など一顧だにせず、これを攻めつづけ、ついに無力な逃亡者へと堕さしめた。

そのため、信長とイエズス会は、この一連の事件のころから、互いに表面上は変化をみせずとも、実は肚の探り合いをしている。全権特使の巡察師が、一年半も前に来日を果たしながら、これまで信長への拝謁を願い出ていなかったのも、それが理由であったとも考えられる。

その巡察師ヴァリニャーノがついに上洛するという。信長との関わり方を、従前どおりとするのか、それとも何か改めるのか、イエズス会として決定したことを伝えにくるのに違いない。

そうしたことを思いめぐらせた信長である。

（上様は……）

さすがの乱丸も、いま主君が何を思っているのか正確には読めない。しかし、信長が察するところの南蛮人の戦略について、信長本人から聞かされているので、それと深く関わることであろうと想像できた。

ポルトガルとイスパニアは、自分たち南蛮人以外の世界中の民族を下等とみており、これらすべてを征服するという大いなる野望を抱いている。その先兵として、イエズス会は、南蛮人が信奉するキリスト教によって、異民族を手懐ける任を負う。手懐けるさい、ポルトガル商船との交易という魅力的な餌を最初にちらつかせるのが、常套手段である。そして、イエズス会の背後には、キリスト教僧侶の頂点に立つローマ法王なる者とポルトガル国王が存在する。

つまり信長は、イエズス会の最終目標が、日本を完全なキリスト教国に、別の言いかたをすればポルトガルの植民地にすることにあると知りながら、この宗門の力を天下布武のために利用するという危うい綱渡りをしてきたのである。

なみの武将にできることではない。おそらく武田信玄や上杉謙信が生きていたとしても、到底なしえぬ離れ業、と乱丸はあらためて信長の天才性に陶酔してしまう。

「伴天連屋敷へまいる」

信長が座を立った。

（ウルガンどのに何かお命じになられるおつもりなのだ……）

ただちに、乱丸はつづく。

ウルガンとは、フロイスが豊後へ去ったあと、都地方の布教長をつとめている伴天連オルガンティーノである。都地方というのは、京だけでなく五畿内を含む。

信長は、乱丸ら数名の近習を供にして、安土山を下りると、百々橋の袂で小舟に乗った。

百々橋というのは、安土山南麓に溜まった水が、どうどう、と音を立てて流れることから付けられた橋名である。ここからオルガンティーノの住院まで、掘割（ほりわり）が通じている。

小舟に揺られて、水路を四丁（ちょう）ばかり南下すると、到着した。

信長は屋敷とよんだが、オルガンティーノの住院はさして大きなものではない。

信長の突然の訪問にも、オルガンティーノは驚かなかった。フロイスの後任として接するようになってから、すでに五年ほど経（た）つので、この覇者が思いのままに行動することを知っている。

「上様のご訪問は、いついかなるときでもわが栄誉にございます」

折り敷いたオルガンティーノは、日本語で謝辞を述べた。

「ウルガン。いよいよ日本語がうまくなったものよ」

と信長は褒める。

「恐悦至極に存じます」

「増えたか、キリシタンの数は」

「拙僧の布教区においては二万五千人に達しましてございます」

「であるか」

信長の前置きはそれで終わりである。

「バリヤノに伝えよ」

早々に本題を切り出した。

「二月の半ばには京の近くに来ていよ、となオルガンティーノは青い眼を剝いた。ヴァリニャーノが二月に上洛するつもりでいることを、信長に伝えたおぼえはないのである。

「上様、その儀は……」

うろたえ気味に何か言いかけたオルガンティーノに、信長は早くも背を向けて大股に歩き出してしまう。

「森どの」

オルガンティーノは、急ぎ立ち上がって、乱丸を呼びとめる。

「何か」

振り返った乱丸は、伴天連の眼の中に縋るような色を見た。

「巡察師の二月、上洛、あくまで見当。次第によりては、後れること、取り止めになることござる。それ、上様にお伝え下され」

慌てているせいか、途端に伴天連の堪能なはずの日本語が怪しくなった。

信長の命令には何をおいても服さねばならないことは、言うまでもない。しかし、イエズス会にも事情がある。ましてや全権特使が、総会長とローマ法王以外の者の言いなりになるのは、会の沽券にかかわる。

「次第によりては、とは」

冷たく乱丸は問い返した。

「乱れた世、旅では多くの危うきことの起こりまする。その……雨、風、嵐、遮り申す」

「ウルガンどの。それらは童でも分かる当たり前のこと。ほかにいかなる次第によりてなのか、それをお訊ねしております」

「…………」

オルガンティーノは口を噤んだ。道中の危険以外の理由を言えば、いかなることであれ、信長の命令を軽んじたととられても仕方がない、と察したからである。信長を軽んじた者の末路は無惨なものでしかない。

「では、これにて」

乱丸も住院を辞去した。背で、オルガンティーノの深い溜め息を聞きながら。

三

正月十五日。

惟任光秀の行き届いた差配により、抜かりなく築かれ整備された新しい馬場において、好天の下、左義長が挙行された。

先頭の三騎が静々と馬場入りしてくると、数多の見物衆は目を瞬かせた。

いずれも白馬に跨がる三人とも、そりが深い市女笠を被っているのだが、つばのまわりより下へ流れる虫の垂れ衣が、おかしなほどに長い。裾が鐙の下まで達しているではないか。だから、鞍上の三人は、全身がすっぽり覆い隠されて見えない。

三騎の背後で、突然、破裂音が連続して響き渡った。見物衆は一様に、思わず身を竦める。

白煙をあげて破裂するのは爆竹であった。

それが合図であったのか、三騎は揃って、ぱっと市女笠を脱ぎ捨てる。

見物衆のどよめきが沸いた。

鞍上に現れた三人は、真っ赤な装束に身を包んだ若者たちである。

「森家の三兄弟じゃ」

「なんて美しい」

「ほんとうに……」

三兄弟の上衣はプールポアンとよばれる南蛮の武装用の胴衣、下衣はショースという腰まで届く長靴下である。詰め物のされたプールポアンはふっくらしている。

とくに、十七歳の乱丸は、少年っぽさに男らしさも加わって、その燃えるような赤の風姿は凜然たるものであった。

「ああ、乱丸さま……」

切なげに洩らして、気を失う若い娘たちが幾人も出た。安土城下では、信長の近習随一の美男、森乱丸の評判は別して女たちの間で高いのである。

爆竹に煽られ、三騎は、乱丸を真ん中にして駆けだした。

馬の速度があがると、見物衆はさらに目を瞠った。

森三兄弟の躰から、なぜか小さな白片が無数に湧いて出て、巻き起こす風に後方へ流されてゆく。

三人の上衣の詰め物が外へ洩れ出しつづけていた。

「こりゃ梅の花やで」

飛んできた白片を手にうけた見物人のひとりが、うれしそうに叫んだ。

森三兄弟はさながら白梅の花の精である。

なんとも華やかで楽しい演出に、大歓声とやんやの喝采が沸騰する。

乱丸は、鞍上より、左右に並走する弟たちをちらりと見やった。二人とも、きらきらと眼を輝かせ、頰を上気させている。

左義長では森三兄弟はこういう見せかたをするとアンナより告げられたとき、乱丸はそれをすぐに信長へ報告した。すると、大きくうなずいた信長より、先陣を申しつける、と命ぜられたのであった。

（またアンナのおかげだな……）

森三兄弟のあとは、若き近習衆がさらにつづいた。

それから、信長である。

葦毛の駿馬に跨がる主役は、黒の南蛮笠、眉を剃ってあらためて眉墨で眉を作り、赤い布袴に唐錦の袖無し羽織、虎皮の行縢という、いつもながらの華麗な出で立ちであった。

織田一門からは、北畠左中将信雄、神戸三七信孝のほか、織田信包、織田長益、津田信澄らが参加した。前関白近衛前久や、足利将軍家の政所執事の家柄である伊勢貞景なども、自慢の馬を走らせた。

信長に召し抱えられて間もない関東出身の馬術家、矢代勝介は巧みな騎乗ぶりをみせて、大いに面目をほどこした。

それぞれに凝った装束の身分高き武士たちが、十騎、二十騎と編隊を組んで、爆竹と囃し声に押されて馬場を駆け抜けるという景観は、勇壮美そのもので、まさに武家の左義長の名に恥じないものである。

大成功をおさめたこの一大行事が、人々の口の端にかかって、短時日のうちに天下に喧伝されることは約束されたも同然であった。

武家の左義長を了えた直後、信長は乱丸に命じた。

「予の心のうちを申してみよ」

信長が左義長から馬揃を思いついたことを見抜いた乱丸なのである。

「次は、早々に、京で武家の左義長を挙行あそばすご所存」

と乱丸は言いあてた。

「なぜ、さように思うた」

「二月の半ばまでにはバリヤノどのが京の近くにきておられるはずゆえ」

「得たりや」

満面の笑みをみせた信長より、着ていた唐錦の袖無し羽織を脱いで手ずから授けられ、感激した乱丸だが、次の主君の一言には驚かされた。

「京の左義長は叡覧に供す」

帝に見せるというのである。

天皇とイエズス会巡察師がともに武家の左義長を見物する図を、信長は思い描いているのであろうか。とすれば、朝廷の側からみれば、驚天動地の不敬というほかあるまい。かれらはキリスト教を邪教とみなしている。また、当代の天皇（正親町）も、かつて追放の綸旨を出したほどの伴天連ぎらいで、いまもそれは変わらない。

しかし、これを実現できれば、信長の圧倒的な力を満天下に誇示することになる。

（いまの上様なら造作もない）

と乱丸は確信した。もはや信長に不可能事などないのである。

正月二十三日、信長は光秀に与えた書状の中で、十五日の左義長で遺漏なき準備と進行

を成し遂げたことを賞賛し、ついては京においても、

「馬を乗り遊ぶべく候」

と記した。

武家の左義長は、公家のそれのように御祓いなどの要素はなく、純粋に娯楽であるという信長の認識がここに表されている。

ふたたび光秀を左義長の総奉行に任じ、安土のそれをはるかに上回る規模にしたいことも、信長は書状に綴った。

京畿とその近国に居住する譜代衆と、公家衆、旧幕臣のすべてに支度を命じ、わざわざ国ごとの必ず参加すべき部将たちの名まで列挙した。同時に、信長が京で大々的に武家の左義長を開催する旨を、光秀から天下六十余州へ伝えるように、と指示している。娯楽でありながら、信長と織田軍団の一大示威行事ともいえよう。

これをうけて、光秀はその日から準備に忙殺されることとなった。

四

信長は、当初、二月十五日に入京する予定であったが、日延べした。

というのも、その二日前に船で堺へ到着したヴァリニャーノに随行のフロイスより、巡

察師は高槻において二十二日未明に復活祭の式典を行うので、それを了えてからでないと都へは行けない、という連絡が届いたからである。

信長は、イエズス会士の中で最初に親しく交わったフロイスと、高槻の領主高山右近に免じて、ヴァリニャーノの遅延を赦した。右近は、イエズス会より都地方の柱と信頼される有力キリシタンであり、同時に信長にとっても摂津衆の部将のひとりなのである。

岐阜の織田信忠と伊勢の北畠信雄が、信長より早い十九日に上洛し、妙覚寺に旅装を解いた。

信長の上洛は翌二十日のことである。宿所は本能寺。

公家衆を引見する前に、早くもその日のうちに、左義長の式典場となる馬場を、洛中洛外に物色した。ところが、意に適う馬場が見つからない。

「安土流でゆこうぞ」

何事につけ決断の早いのが信長である。

内裏の東に、南北四丁、東西一丁余の馬場を新設することとし、京都所司代の村井貞勝を普請奉行に任じた。

「禁裏の巽角の鎮守社をいかが取り計らいましょうや」

貞勝が指図を仰いだ。

「かかりの坊主に命じて、どこぞへ移させよ」

鎮守社を破壊するくらい、信長には何ほどのことでもないが、天覧の左義長なので、内裏にいささか気をつかったのである。

次の日から、貞勝は、上京と下京の市民を徴発して、人夫を大動員し、昼夜を分かたぬ工事を開始する。鎮守社については、神道界の首長の吉田兼和に申しつけ、天満社の近くへ遷座させた。

このころには、左義長に参加する畿内と近国の将たちが陸続と京都入りしている。

ヴァリニャーノも、高槻での復活祭の式典を無事に済ませると、その足で京へ入った。巡察師の一行は京童の目を惹きつけた。

駄馬三十五頭、荷物人足三、四十人が運んできたのは、夥しい財宝である。信長とその麾下の大身、諸侯への贈物であった。イエズス会士は清貧を信条とするが、会自体はローマ法王とポルトガル国王からの給付金、各種の貿易活動、インドにおける不動産業などにより、資産を蓄積している。

しかし、贈物用の財宝以上に、日本人の好奇な視線にさらされたのは、召使の黒人であった。

信長ほど好奇心の旺盛な者はいない。二十三日に謁見したいとヴァリニャーノから申し入れがあったにもかかわらず、これを許諾せず、オルガンティーノに命じて、先にその黒人のみを本能寺へ連れてこさせたのである。

「まるで黒牛（くろうし）よな」

　庭先に立たせた黒人を見るなり、信長は眼を輝かせた。

　乱丸もそう思った。驚くべき長身で筋肉の盛り上がりも獣じみている。年齢は、あまりに黒いせいか、見定めがたい。

「墨を塗っているのか」

　と信長はオルガンティーノに訊（き）いた。

「いいえ。これが、この者の生まれつきの膚（はだ）の色にございます」

「偽（いつわ）りを申すな」

　これまで色黒の者をたくさん見てきた信長だが、黒というのはことばとしての表現であって、正真の黒い膚など存在しない。実際には皆が同じ膚の色で、濃淡の差があるにすぎないのである。信長の認識では、伴天連たちも同じ膚の色であった。実は、ヴァリニャーノも、自身の巡察記の中で、日本人を自分たちと同じ白色人種と記している。

　ことばどおりの黒い膚があるとすれば、黒焦（こ）げ死体のそれだけではないか、と信長は思う。

「偽りではありませぬ。まことに膚が黒いのでございます」

　重ねてオルガンティーノに否定された信長は、検証すべく、小者（こもの）らに黒人の躰を入念に洗わせてみた。

黒人は、怯えながら、それでもまったく逆らわず、身を委ねている。

いくら洗っても、膚は黒いままであった。それどころか、汚れが落ちたせいか、黒色は一層際立った。

「であるか」

深い感心の態で、信長は口癖を洩らした。

「黒坊主は色のほかにわれらと何が違う」

信長はオルガンティーノへの質問を変えた。黒坊主とよんだのは、刈られてしまったものなのか、黒人の髪の毛がひどく薄いからである。

「生まれつき知が足らぬため、悪さをいたします」

この返答に、信長が微かに唇許を歪めたので、

(上様は機嫌を害なわれた)

と乱丸はすぐに気づいた。

「それゆえ、奴僕として召し使い、デウスの恩寵によって、まともな人間に育てるということよな」

「なんと……ご賢察にございます」

オルガンティーノは、かぶりを振りながら、眼も口も大きく開け、両腕も広げて、なんともうれしそうではないか。信長の理解力の鋭さに感嘆を禁じえないというようすでもあ

る。

「そこな黒坊主」

信長は黒人に声をかけた。が、何が何やら分からぬ対手(あいて)は、戸惑いの表情をみせるばかりである。

「盥(たらい)を、水をこぼさずに、片手で持ち上げてみせよ」

黒人の膚を洗うため、溢れそうなほどいっぱいに水を溜めて、小者らが三人掛かりで運んできた大盥は、まだ片付けられていない。空(から)であったとしても、それだけでかなりの重さであろう。

信長の命令を、オルガンティーノが身振りをまじえながら黒人に伝えた。

すると黒人は、途方に暮れたように、オルガンティーノと信長を交互に幾度か見やったあと、意を決したふうもなく、いきなり右手で大盥の縁(ふち)を掴(つか)んで、無造作に持ち上げた。どうやら、日本語はむろんのこと、ポルトガル語もまだほとんど理解できないらしい。

黒人は、水を庭へぶちまけながら、大盥を軽々と頭上に持ち上げるや、その底をおのれの脳天へ叩きつけたではないか。

黒人の頭は、厚い底板を破って、大盥の中へ首まで抜け出た。

さながら、晒し首である。

だが、頭や顔から血は出ていない。よほど頑丈な頭蓋(ずがい)と皮膚の持ち主なのであろう。

黒人は、困ったように、怯えたように、あるいは照れたように、おもてを動かした。その瞬間、初めて歯がのぞいた。あろうことか、真っ白である。なんと極端な落差であることか。

信長は噴き出してしまう。

乱丸ら近習衆も、どっと笑った。

つられて、黒人も、控えめながら、笑い声を立てる。

笑わないのは、オルガンティーノだけであった。信長の命令をたしかに黒人に伝えられなかったことで、その怒りにふれるだろうと恐れたからである。

「ウルガン。このような黒坊主は、どこにどれくらい生きているのか」

怒りもせず、信長が訊いた。

「日本より遥か西方の大陸に、おそらく数えきれぬほどいるかと存じます」

「では、黒坊主の中によき大将が現れれば、そのほうらなどひとたまりもあるまいな」

「仰せの意が……」

「人の上等、下等を膚の色できめるような者らこそ、たわけだと申したのだ」

武家は公家から下に見られている。もともと貴族階級の番犬にすぎなかった武家が、いかに力を得たところで、朝廷の上に立つことだけは決してありえない、と。そのありえないことを、信長は実現しようとしている。

目の前の黒人も、よき指導者よりしかるべく文武の手ほどきを受け、何か機会を得れば、伴天連どもの上に立てるときがくるやもしれまい。

「バリヤノは予への土産を持参いたしたか」

唐突に信長が話題を変えた。

「はい。数々の財宝、珍品を」

「ならば、あとひとつ付け加えるくらいは、さしたる迷惑でもあるまい」

「何をご所望にあられましょう」

不安そうなオルガンティーノである。

「やすけだ」

「やすけだ、とは……」

オルガンティーノの知識にはない日本語であった。

ところが、近習衆も皆、なんだろう、分からない、というふうに目を泳がせている。

ひとり乱丸だけが、それまでと何ら変わらぬようすであった。

それとみて、信長がうなずいてみせる。君臣の以心伝心というものである。

「ウルガンどの」

主君に代わって、乱丸が説いた。

「やすけ、にござる」

「やすけ……」

　イタリア人神父にはまだ理解できない。

「上様はいま、それなる黒坊主に、やすけ、と名づけられた」

　つまり、まだ庭で大盤の中に首をおさめたままの黒人を、信長は差し出せと命じたのである。

「さようにございましたか。相分かりましてございます。必ず巡察師にお伝え申し上げます」

　そう返辞をしたオルガンティーノが、心より安堵していることを、乱丸は感じた。代わりの奴僕などイエズス会からいくらでも補充してもらえるのであろう。

「バリヤノは明後日に引見いたす」

　そのことばを最後として、信長はオルガンティーノに向かい、軽く払うように右手を振った。帰れという意味である。

　翌々日の二月二十五日、早くも新馬場が完成した。過去に京の内外で、常に信長を満足させる数々の建築をこなしてきた村井貞勝でなければ、なしえない芸当であったろう。

　信長は宣言した。

「左義長は二十八日に挙行いたす」

　京都馬揃、天正の馬揃、などの称でも知られる信長主催の武家最大の左義長が、三日後の開催と決定したその日、イエズス会全権特使ヴァリニャーノは本能寺へやってきた。

五

「巡察師（ヴィジタドール）がマカオに住む身分高きポルトガルの女性（にょしょう）より寄進されたものにて、カデーイラ・ヂ・エスタード。貴人が市中で用いる担ぎ椅子にございます」

日本人修道士（イルマン）のロレンソが紹介したのは、大きな椅子である。巡察師ヴァリニャーノより信長（のぶなが）への献上品のひとつであった。

「塵取輿（ちりとりごし）よな」

と上段之間（じょうだんのま）の信長が形容した。

屋蓋（おくがい）がなく、着座面の床の左右から背面にかけて倚（よ）りかかる手摺（てす）りを設けた形が、日本の塵取輿に似ている。日本の輿と同じく、床台の下部の左右に轅（ながえ）を通してもある。ただ塵取輿は最も簡略な輿だが、この南蛮（なんばん）の椅子は、濃紅色のビロードに金装の施されたきらびやかな代物（しろもの）であった。

「予（よ）が心に適（かな）うものぞ」

信長は上機嫌である。

日本語をほとんど解（かい）するフロイス神父とオルガンティーノ神父が、安堵（あんど）の笑みを泛（う）かべた。オルガンティーノは、ヴァリニャーノの上洛に合わせて、先に安土より馳せつけている。

ロレンソがポルトガル語に訳して巡察師へ伝える。ヴァリニャーノはイタリア人だが、イエズス会士はポルトガル語で語り合うのが定まりであった。

「オンハ」

という一語を使って、ヴァリニャーノは信長へ礼を述べ、ロレンソが通訳する。

「上様にお気に召していただき光栄に存じます」

オンハは光栄という意味らしい。

「三日後に行う左義長のことは聞いておるな」

信長が、確認するように、ロレンソではなくフロイスに訊く。

口を開きかけたロレンソの肩へ、フロイスがそっと手を置いて、通訳を遮った。もとは琵琶法師で、全盲に近いロレンソは、信長の視線が誰に向けられたか分からず、通辞たる自分がこたえようとしたのである。

「聞き及んでおります。上様のご領国の君侯が一堂に会し、各々、最上の晴着をまとい、自慢の馬を走らせる競技、と」

「この南蛮輿の返礼に、そのほうらを左義長に招待いたそう。格別の桟敷も設けてつかわす」

信長はヴァリニャーノへ笑顔を向けた。

フロイスの表情が驚きの色に彩られる。

オルガンティーノもフロイス同様、眼を剝いた。

左義長が天覧に供されることは、かれらも知っている。

キリスト教を悪魔の宗教ときめつけ、伴天連追放令を幾度も発してきたのが朝廷であり、別して天皇その人がいちばんのキリシタン嫌いであった。天皇は神道、仏教の主祭なのだから、当然の反応というほかない。

いま信長より直々に左義長に招待されたと伝え聞かされたヴァリニャーノだけは、しかし、表情を変えなかった。

「畏れながら、上様」

ヴァリニャーノが日本語で言った。信長に対してはよく用いられる語句なので、これだけは真っ先におぼえた。

が、あとはポルトガル語である。これは長いので、ロレンソが通訳する。

「左義長には帝のご来臨を仰ぐと聞いております。上様もご存じのように、帝はわれらを好もしゅう思し召しではあられませぬ。もしわれらの姿をお目にとめれば、ご宸襟を乱されるに相違なく、それはひいては、お招き下さった上様へのご迷惑と相なり申す。この上なき栄誉のご招待なれど、辞退こそが身の程を弁えた致し様かとおぼえます」

「朝廷の行事ではないぞ。予が遊びで行うことじゃ。さように堅苦しゅう考える必要はない、とバリヤノに伝えよ」

やんわりとした言いかたで、まだ笑顔のままの信長だが、列座中の乱丸は主君が怒りを沸かせたことを察した。

（上様のお招きはご命令なのだとバリヤノどのは気づけまい……）

ヴァリニャーノが再度辞退の言を吐けば、大事になるであろう。

しかし乱丸は、再びロレンソから通訳を引き取ったフロイスが、ヴァリニャーノへ微妙な目配せを送った一瞬を見逃さない。招待を受けるよう促したのだと分かった。

（さすがにフロイスどの。幾年もの間、上様と親しく交わられただけのことはおありだ……）

ヴァリニャーノの返答は、乱丸の見抜いたとおりである。

「さようなれば、ありがたくお招きを受けることといたします」

巡察師の一行は、揃って頭を下げた。

おもてを上げたとき、ヴァリニャーノがフロイスに何か言った。

するとフロイスは、にわかに意を決したようすで口を開いた。

「われらイエズス会は上様に伝えねばならぬ儀がございます」

「布教の仕方を改めるとでも申すか」

間髪を容れず、信長にそう言われて、一瞬ことばを詰まらせたフロイスだが、すぐに気を取り直して、問い返す。

「畏れながら、上様はなにゆえさよう思し召しに」

「そのほうらの最大の法敵、本願寺の力は衰えた。少しは布教もやりやすくなろう。とすれば、信徒を増やす好機ゆえ、そのほうらがこれまで通りでない何か新しき策を用いんと思いつくのは、当然のことではないか」

「ご賢察、畏れ入りましてございます」

本願寺を聖地の石山より追放し、その力を削いだのは、言うまでもなく信長である。

「本願寺の衰退もさることながら、イエズス会が布教の仕方を改めるのは、日本人への敬意からにございます」

フロイスに促されて、代わりにロレンソが語り始めた在日イエズス会の新方針は、以下のようなものであった。

日本人は生まれつき非凡な能力をもち、他のあらゆる人種に優っているので、教化ののちは最良のキリスト教徒になる。それを達成するためには、在日イエズス会士は、日本人と同じ生活をし、この民族をよくよく理解して日本社会に順応するのはもちろん、無闇に会の理念や理想を押しつけてはならない。ゆくゆくは、日本人聖職者を養成して、日本人司祭を布教の中心に据える。

「また、仏僧に対しても友好を旨として接し、今後われらの礼法は禅宗の階級を規範とする所存にございます」

とフロイスが付け加えた。

「思い切った改めようであるな。バリヤノの考えか」

「さようにございます」

「ようもカブラルが承知したものよ」

フロイスが思わず、眼を泳がせる。

たしかに、日本布教長のフランシスコ・カブラル神父に反対された。学識と神学的教養が豊かで、常に宗教的理想を追い求めるカブラルには、ヴァリニャーノの新方針は納得しがたいものなのである。

フロイスの驚きは、そういうことを知らずとも察知できてしまう信長の、恐ろしいまでの鋭敏さに対してであった。

同時にフロイスは、巡察師の顔つきがわずかに硬くなっているのを見て、通訳の必要はないと感じた。信長の口から発せられたカブラルの名を聞き取り、その口調や表情から、何を言ったのか、訳してもらわずともヴァリニャーノが理解したのは明らかである。

「われらイエズス会は一枚岩。カブラル布教長も同意のことにございます」

フロイスは嘘をついた。事実は、カブラルはいまだ新方針に異を唱えている。

「であるか。郷に入っては郷に従えということよな」

「さようにございます」

「と申せば聞こえはよいが、つまるところ、そのほうらは、目的達成のためなら、過程における手段は選ばないということではないか。強かな宗門じゃ」

万物の創造主たるデウスの地上における精鋭軍。イエズス会はそれを自任し、最終的にデウスの名の下に日本を霊的支配できるのなら、どんな肉体的、精神的な戦いも厭わないという、強固な信念をもつ集団であることを信長は知っている。

「いずれは予にも仇をなすか。バリヤノ」

と信長がイエズス会全権特使を真っ直ぐに凝視した。

ヴァリニャーノは胸に手をあて、見つめ返す。

「エウ・イ・オ・ウエサマ・ソーモス・アミーゴス・インチモス」

フロイスが戸惑った。そのまま訳しては、信長の怒りをかうであろう。

上様とわたしは親友です、というのがヴァリニャーノの返答だったのである。親友では、ヴァリニャーノが自身と信長を対等とみていることになってしまう。

オルガンティーノもロレンソも緊張を強いられた。両人も、信長に対して親友という一言はよろしくないと感じたのである。

「トラドゥーザ」

訳しなさい、とヴァリニャーノに命じられたフロイスは、このイエズス会総長の名代にまったく動じているようすがみられないので、おのれも覚悟をきめた。

「巡察師はこう申しました」

そこまでフロイスが言ったところで、信長が手を挙げて、よい、と制した。

「予とバリヤノは親しき友か」

伴天連と幾度となく接してきた信長は、ポルトガル語でも意味を察せられる単語が少なからずあるし、それらを会話の中で聞き取ることもできる。

フロイスが身を強張らせた。

「アミーゴ。これでよいか」

発音が正しいかどうか、信長はフロイスにたしかめた。

「お上手にございます」

信長が怒らないので、なかば不気味に思いつつ、フロイスは恐る恐る褒める。

「親しき友を、イスパニアのことばでは何と申す」

どうして信長がそんなことを訊くのか想像のつかないまま、フロイスはこたえた。

「アミーゴ」

「まったく同じに聞こえたが……」

「上様のお耳はたしかにございます。ポルトガルとイスパニアでは、同じように発することばが多いのでございます」

「であるか」

　大きく信長はうなずいた。

「されば、いずれ日本へ参るであろうイスパニアの僧どもも、予はアミーゴと歓迎することといたそう」

「イスパニアの僧とは……」

　このころの日本イエズス会にイスパニア人僧侶は数名いるが、フロイスには信長の言いたいことが察せられなかった。

「フランシスコ会と申したか。あるいは、ドミニコ会やらアウグスチノ会やら、そのほうらイエズス会の同胞(はらから)ではないのか」

　フロイスは声を失う。信長の口から、イスパニアの修道会の名が出るなど、夢想だにせぬことであった。フロイス自身、その情報を信長に与えた記憶もない。

　それ以上にフロイスの胸をざわつかせたのは、いずれ日本へ参るであろう、という一言である。

　大航海時代の二大勢力であるイスパニアとポルトガルは、度々(たびたび)の紛争の果て、地球上における互いの征服事業の境界線を定めた。これを疆域画定(デマルカシオン)という。

　イスパニアは、大西洋を横断し、中央アメリカと南アメリカ、さらには太平洋へ。対するポルトガルは、アフリカ大陸からインド、アジアという航路である。つまり、アジアに位置する日本は、ポルトガルの植民地領域であった。

征服事業の中には、絶対的要素として、当然のことながらキリスト教による霊的支配が含まれ、ポルトガル国王の支援をうけてこれを担うのはイエズス会である。したがって、疆域画定が維持される限り、フランシスコ会など、イスパニアの領域で活動する修道会が日本に進出することはあってはならない。

しかし、両国が互いの航路をそのまま進むと、東アジアで出会うことになる。この曖昧な境界線において、ポルトガルを出し抜き、フィリピンの占領に成功したイスパニアは、首都マニラの建設などを行い、自国の疆域内であるという既成事実を作ってしまった。イスパニアがフィリピンを貿易と布教の中心地とし、アジア全体への進出をもくろんでいることは明らかと言わねばならない。別して、産出量の豊富な金銀山を有する日本は、きわめて魅力的であろう。

それでも日本では、すでにポルトガル船との貿易を長く行っているし、イエズス会が獲得した信徒も十五万人という数にのぼっている。イスパニアや同国の修道会がたやすく入り込めるものではない。

にもかかわらず、フロイスが胸をざわつかせたのには、それなりの大きな理由がある。実はいま、ポルトガル本国が重大な危機に直面しているのであった。

ポルトガル国王セバスチャンは、イエズス会の過激なまでの宗教的情熱に感化されており、モロッコを占領して、キリスト教に教化すべく、叔父であるイスパニア国王フェリペ二世に協力を要請した。が、これを断られると、ポルトガル単独でモロッコへ軍をすすめ、戦死してしまった。いまから二年半ばかり前の出来事である。

この事実が日本イエズス会に伝わったのは、今年初めのことであった。ポルトガルの船が日本へ到達するまで、早くて一年半、通常でも二、三年を要した時代なので、これくらいの時差は致し方ない。

独身主義のセバスチャンには子がないはずなので、次の王座には、血筋的にも実力的にもイスパニア国王フェリペ二世が就くに違いない、というのが日本イエズス会の見方であった。実現すれば、事実上、ポルトガルはイスパニアに併呑(へいどん)され、両国間の疆域画定は意味をなさなくなり、教義の異なる修道会が日本布教に乗り出してくる。結果、日本における唯一のキリスト教布教会としての、イエズス会の独占権益は損(そこ)なわれる。

そうしたことを信長がどこまで知り、そこからどのような推測をめぐらせているのか、フロイスには判断できかねた。確実であるのは、これまでイエズス会が布教してきた地球上の国や地域の支配者の中で、織田信長は特別ということであった。政治的にも軍事的にも経済的にも、信長ほど鋭い感覚と決断力をもつ者はいない。それだけに、恐怖をおぼえずにはいられなかった。

フロイスは、心を落ちつけてから、ヴァリニャーノに通訳した。ラテン語であった。ポルトガル語を用いては、鋭敏な信長に、知っている単語から何かを感じ取られかねない、と恐れたのである。

ヴァリニャーノは表情を動かさない。フロイスが突如ラテン語に切り換えたことで、ただならぬ事態と察知し、いかなることであっても、この場で動揺をみせてはならない、とみずからを律したのである。信長にアミーゴということばを投げて、対等であると宣言した以上は、そうするべきでもあった。

聞き了えたところで、ヴァリニャーノは表情を崩した。微笑である。

ヴァリニャーノは、ラテン語でなく、ポルトガル語でフロイスに告げた。それが、日本語で信長へ伝えられる。

「畏れながら、上様のご存命中に、イエズス会士以外のアミーゴが来日することはないと存じます」

信長は唇の端をちょっと上げた。

「ポルトガルとイスパニアの関係は一筋縄でいくものではないということか、バリヤノ」

これを通訳されたヴァリニャーノが、みずから、

「さようにございます」

と日本語でこたえた。

「予が生きているうちは、そのほうらは支援を惜しまぬ。さように解してよいということか」

　またロレンソを介して、日本の覇者とイエズス会全権特使のことばが交わされる。

「これまでどおりと思し召し下されたい」

「予が死してのちは」

「王がかわれば周囲も変わる。上様ならばよくよくご存じのことにございましょう」

「おためごかしは申さぬようじゃな」

「上様とは正直に向き合いたいのでございます」

「バリヤノよ。王がかわるのを待たず、みずから変えんとする。そのほう、それくらいの博奕（ばくち）を打つ男よな」

「イエズス会にとって益（えき）なき王ならば」

　とヴァリニャーノはまた微笑（ほほえ）んだ。

「なるほど、正直じゃ」

　信長も薄く笑った。

　この時点のヴァリニャーノも信長も知るところではないが、ポルトガル本国ではセバスチャンの死後、新国王の座にはその大叔父のエンリケ枢機卿（すうききょう）が就いたものの、ほどなく没してしまい、日本イエズス会の予断どおり、フェリペ二世を次期国王に迎えることが議会で決せられた。しかし、反対勢力が決起したので、フェリペ二世の命令により、猛将アルバが昨年の半ばにこれを制圧している。

イスパニア国王フェリペ二世が正式にポルトガル国王を兼任するのは、西洋暦において、この信長とヴァリニャーノの会見の翌月のことである。

その後のフェリペ二世は、ポルトガル領土を引き続きポルトガル人施政官に治めさせ、両国支配下の植民地間では貿易も交流も禁止するなど、ポルトガル国民の友好を得るべく腐心する。しかしながら、そうしたことは現場では必ずしも遵守されるものではない。この三年後には早くも、マニラよりマカオへ帰港するポルトガル船が、途次に平戸へ寄港すると、同船していたフランシスコ会とアウグスチノ会の修道士四名が上陸して、数ヵ月滞在している。イエズス会の訴えにより、他の修道会士の日本渡航については、ローマ法王とフェリペ二世の名をもって禁止令が出される。ところが、事実上、疆域画定は反故になっており、やがて日本人キリシタンからも複数の修道会の来日を希望する声があがるに至って、ローマ法王庁もついに他の修道会の参加を認めるに到る。それは、日本では関ケ原合戦の起こった年のことである。

結果として、信長の存命中に他の修道会士の来日は実現しなかった。とはいえ、最も裕福で大いなる力をもち、かつ熱心なイエズス会支援者であったセバスチャン国王の死を知った直後のこの時期、ヴァリニャーノは会の先行きに大いなる不安を抱いていた。だから、他の修道会に乗り換えてもよいのだという信長のほのめかしは、実際には笑って聞き流せるような軽いものではなく、腹に拳を叩き込まれたごとき衝撃をうけた。対等と宣言し、終始強気を貫いたようにみせながら、本日の会見の最大の課題であった信長への支援を、改めるどころか、従前どおりとこたえてしまったのは、そのためである。従前どおりとは、信長が主で、イエズス会は従という関係にほかならぬ。

王がかわれば周囲も変わる、イエズス会にとって益なき王ならば、などという返辞は、ヴァリニャーノの信長に対するせめてもの抵抗にすぎなかった。ただ、本心ではないとも言えないが。

「それにおる惟任日向守が左義長の総奉行である」

と信長が光秀のほうを見た。

紹介された光秀は、伴天連たちに向かって軽く会釈してみせる。

「見物にあたって何か望みがあれば、何なりと日向守に申すがよい」

「お気遣い、ありがとう存じます」

代表してフロイスが礼を述べた。

「されば、日向守どのには、あとで南蛮寺へお立ち寄りいただけまいか」

というヴァリニャーノの要望が、ロレンソから光秀に伝えられる。

「造作もなきこと」

光秀は承諾した。

本能寺の東へわずか二丁（ちょう）ばかりの地に建つ南蛮寺が、イエズス会の京における本拠である。

ヴァリニャーノらは信長の手厚いもてなしをうけてから、本能寺を辞した。

六

「日向守どのは織田の随一の出世頭（しゅっせがしら）にて、上様の最も信頼厚き大将、とフロイスより聞いており申す」

ヴァリニャーノは、ロレンソに通訳させて光秀を褒めた。

洛中姥柳（うばやなぎ）町に建つ南蛮寺の一室である。

「買い被（かぶ）りにござる」

光秀は少し苦笑した。羽柴秀吉（はしばひでよし）の猿面が脳裡（のうり）をちらりと掠（かす）めたからである。

「学識においては、武家中では右に出る者がいない、とも」

「失礼ながら、フロイスどのはいささか誇張がすぎるようだ」

「いや、日向守どの。パードレ・ルイス・フロイスは、事象のようすを子細（しさい）に把握し、物事を観（かん）ずる目が的確であるのが、その美点にございます」

フロイスに対するヴァリニャーノのこの評価は正しいといえよう。かれが晩年に心血を注いで著した『日本史』が、戦国末期の日本史研究における第一級史料となりえたのも、フロイスのその美点を抜きには語れない。

「そこで、抜きんでた学識をお持ちの日向守どのに、ひとつご異見をきかせていただきたいことがございます」

「待たれよ、バリヤノどの」

光秀が、手を挙げ、きつい口調で制した。

「それがしにこれへ立ち寄ってほしいと申されたのは、左義長見物のさいに何かお望みがあったからではござらぬのか」

「それもございます」

「では、それだけにしていただこう」

「密談をいたそうというのでもなければ、余人に聞かれて日向守どのがお困りになるような事柄でもございませぬ。ただ、いかに接すればよいのか、それを知りたいのでございます」

「上様との接し方か」

思わず訊き返してしまった光秀である。

「いいえ、上様ではあられませぬ」

「では、誰か」

「帝」

とヴァリニャーノはこたえた。

「お聞きになりたくなければ、いつでも席を立たれてよろしゅうございます。なれど、それまでは語らせていただきとう存じます」

躊躇いつつも、すぐには席を立てぬ光秀であった。イエズス会全権特使が、自分の学識を認めてくれた上で語りたいというのを、無下には却けかねるのである。

それに光秀は、天皇と朝廷に利用価値がなくなれば、信長がそれらの存在に対して、口にするのも憚られるような恐ろしい断を下すのではないか、という懸念をかねて抱いてもいる。

「実は……」

とヴァリニャーノは切り出した。

巡察師として一年半も前に来日しながら、ヴァリニャーノが信長への拝謁を先延ばしにしてきた理由のひとつは、天皇であった。信長と接する前に、天皇という存在を理解する時間が欲しかったのである。

結果、ヴァリニャーノはこう理解した。

数百年も前に武士の登場によって実権を奪われ、日々の糧にも困窮するような暮らしを送ってきながら、それでも時の権力者には敬われ、すべての日本人の絶対的価値として存続しつづけているのが天皇である。とすれば、天下にあまねく布教したいイエズス会も、自分たちのほうから天皇を敵に回すような愚行は決して冒してはなるまい。最終的に天皇に認められないのなら、日本人をキリスト教に教化するのは未来永劫、不可能であろう。

　そのように天皇の存在を強く意識したからこそ、ヴァリニャーノは日本における布教方針を一変させることにしたのであった。

「日向守どの。わたしの考えは間違うているでしょうか」

「間違うているとも否とも申さぬ。なれど、日本人でなくとも、日本に暮らすからには、帝を畏怖し敬うことは正しい」

　現実に、光秀自身も、丹波国山国荘の押領されていた御料所を回復し、供御料を徴して禁裏に納め、その功によって天皇より馬と鎧と香袋を賜ったさい、純粋な歓喜に身がふるえたことを憶えている。正直に言えば、信長から褒美を与えられるよりも感動した。

「では、日向守どのは、上様も帝を畏怖し敬い奉っておられると思われますか」

「もとよりのこと」

　事実は、信長は天皇を蔑ろにしている。そうでなければ、天皇からみれば邪教の使徒である伴天連を、天覧の左義長に招待などすまい。

　ヴァリニャーノもそのことに言及したいのだ、と光秀は察している。イエズス会にとって、左義長への列席は、誰よりも敵に回したくない天皇の逆鱗に触れることが決定的な愚行というほかないであろう。

しかし、察しつつも、光秀はその件を口には出さぬ。口に出して、万一、信長に伝わればどんな疑念を抱かれるか知れたものではないのである。

そういう光秀の心の動きを見抜いたものか、ヴァリニャーノもその件は持ち出さない。

だが、それよりずっときわどいことを口にした。

「王がかわるのを待たず、みずから変えんとする。日向守どのも、わたしがそれくらいの博奕を打つ男とお思いであろうか」

「おことらの上様へのこれまでの支援から、それがしもイエズス会の力はおよそ存じておる。なれど、バリヤノどの、もちかける対手を違えてはなるまいぞ」

「上様に言上なさるか」

「言上するだけで、白でも黒と疑われる。何も聞かなかったことにいたそう」

「フロイスより聞いていたとおり、賢明なお人にございます」

「それがしがまことに賢明なら、これへ招ばれる前に気づいていたであろうよ」

「申し訳のないことをいたしました」

「上様の仰せられたとおり、強かな宗門であるな」

この折り、ふいに戸が開けられ、光秀もヴァリニャーノも、ぎくりとして振り返った。

入ってきたのは、乱丸である。

「お赦し下され。訪いを入れたのですが、どなたもお出ましにならぬので、無礼を承知で上がらせていただきました」

信長が足利義昭を奉じて入京する以前、伴天連の宿所は幾度となく危険にさらされたものである。が、その後、信長の布教許可を得て建てられた南蛮寺ばかりは、襲撃をうける恐れがないので、イエズス会は、警固人数を割くこともなく、魂の救済をする神の館として常に開き、出入り自由にしてあった。そのため、かえって、時に訪問者に気づかぬこともある。

「上様よりバリヤノどのへの贈物を持参いたしました。浜松の徳川家康どのより献上された鴨にございます」

さきほどバリヤノが本能寺を辞去したあとに、信長が思い立って乱丸に使いを命じたのであった。

「ありがたき幸せ。上様のお気遣い、まことにかたじけなく存ずる」

ロレンソを通じて、ヴァリニャーノが礼を言った。

「日向守どの。失礼ながら、お顔の色がすぐれぬように見えますが……」

と乱丸は案じた。

「このところ左義長の支度でおおわらわゆえ」

光秀はちょっと溜め息をついてみせる。

「さもありましょう。御身大切になさいますよう」

「乱丸どのは、おやさしいことを言われるものかな」

「では、バリヤノどの。贈物をおたしかめいただきとう存ずる」

「畏まりました」

「それがしは、これにて」

光秀が先に出ていった。

入れ代わりに、乱丸に随行の坊丸、力丸と小者らが贈物を捧げて歩をすすめてくる。

肉付きのよい鴨が十羽である。

「たしかに拝受いたしましてございます」

ヴァリニャーノが確認すると、

「されば、御免蒙ります」

早くも乱丸は踵を返そうとする。

「お待ち下され。上様のご使者を何のもてなしもいたさずに帰すわけにはまいりませぬ」

「御用が済めばただちに復命いたすのが、われら上様の近習のつとめにございます」

引き止めるヴァリニャーノに背を向け、部屋を出て玄関へ向かいながら、

(日向守どのらしゅうもない……)

光秀の受け答えが気になっている乱丸であった。

疲れているのではと気遣った乱丸に対して、左義長の支度でおおわらわゆえ、と光秀は溜め息をついた。

信長より命ぜられた左義長の総奉行の任が鬱陶しい。光秀はそう思っている、と受け取られても仕方のない態度であった。

乱丸自身はそんなふうに受け取ってはいないものの、何事においても手抜かりのない光秀にしては、あまりに不用意な言動ではないかと不審を抱いたのである。

あるいは、光秀の意識は別のところにあったのかもしれない、とも思う。その別のところが何であるのかは分からないが。

（左義長の支度でお疲れのあまり、日向守どののようなお人でも一瞬、無防備になられたのかもしれない……）

責められるべきことではないし、上様へ告げる必要もない、と乱丸はおのれの中だけで処理した。

玄関から門のほうへ目を向けた乱丸は、門前の往来に立って、にやにや笑いながら、こちらへ視線をあてている男に気づいた。

（五右衛門）

乱丸は地を蹴った。

瞬間、石川五右衛門は視界から消えた。

「おかしら」

「いかがなされました」

坊丸と力丸は、近習頭が突然駆けだしたことに驚きつつも、あとにつづく。

乱丸が南蛮寺の門から往来へ飛び出したときには、五右衛門の姿はそのあたりのどこにも見当たらなかった。

しかし、幻ではない。たしかに五右衛門だったのである。

(あやつ、わたしをからかいにでもきたのか……)

いつもながら、腹の立つ悪漢であった。

七

内裏の東に新設の馬場で行われた信長の左義長は、フロイスの『日本史』の表現を藉りれば、諸国より参集した見物人の数は「二十万人」近くで、巡察師ヴァリニャーノですら、出場者が身にまとう「大量の金と絹が織りなす絢爛豪華な光景は生涯かつて見たことがない」というほどであった。

日本の歴史上、空前の一大祭典と称しても過言ではなく、しかも、これが遊興にすぎないというところに、日本史上最も規格外の人物、織田信長の面目躍如たるものがある。

辰刻に開始された左義長の馬場乗り入れは、惟住長秀と与力衆を一番手とし、以下、蜂屋頼隆と与力衆、惟任光秀と与力衆、村井作右衛門に根来衆など、織田信忠・北畠信雄・神戸信孝ほかの連枝衆とつづいた。さらには、公家衆、かつての幕府奉公衆、信長馬廻・小姓ら近習衆、柴田勝家と越前衆、信長の弓衆と馬揃は披露され、最後に信長本隊の登場であった。

信長自慢の馬は、鬼葦毛、小鹿毛、大葦毛、遠江鹿毛、こひばり、河原毛。いずれも天下選りすぐりの駿馬である。馬具の飾りも贅美を尽くし、非の打ちどころがない。

信長自身の装束も、出場者中、群を抜いてきらびやかであった。唐、天竺の皇帝や帝王の御用達の織物を用い、首の後ろには手折った梅花、腰には造花の牡丹を挿して、『信長公記』によれば、

「さながら住吉明神の御影向もかくや」

つまり、住吉明神が一時姿を現したかのようであるというのである。

信長は、ヴァリニャーノより贈られた南蛮輿を、四人の力者に担がせて、自身の前を進ませたが、一度、下馬してこれに得意気に座り、他者との違いをみせつけた。まるで禁裏をも従える新しき王のように。

武将個々の装束、馬の装備、乗馬術を競う華麗にして勇壮な左義長は、未の下刻までつ

づき、この現世のものとも思えぬ祭典に、見物衆も神霊に通じたかのように陶酔した。
天皇は、禁裏東門の築地の外側に設けられた金銀をちりばめた豪奢な造りの行宮より、左義長を観閲したのだが、その視界にはヴァリニャーノのために設営された桟敷と、伴天連たちの姿が入った。随従の公家衆の中には、信長のあまりの不敬に怒りで身悶えし、そのまま失神する者まで出た。それでも、大半の者は本心を押し殺して、信長に神仏の罰が下ることを願うほかなかった。

ところが、天皇その人は、飄然として左義長を心より愉しみ、競馬見物の途中で、信長のもとへ十二人もの勅使を遣わし、

「かほど面白きものを見ることができて、まことにうれしく思う」

という綸言を贈った。

信長がこの左義長は遊びであると宣言している以上、伴天連の列席もまた遊びにすぎない、と天皇は解釈したのである。実際、信長への綸言の中で「遊興」ということばを用いている。

天皇は知っていた。ここで自分が腹を立てれば、かえって、覇者信長の前には為す術もない哀れな存在、と世人の目に映ってしまうことを。

それならば、この場はすべて受け入れて愉しみ、信長が叡慮を奉じて開催した祭典であるかのごとく人々へ印象づけたほうがよい。信長であれ誰であれ天皇の上に立つことなど

できないのだ、と。

当代の天皇（正親町（おおぎまち））には、そういう懐（ふところ）が深くて剛毅（ごうき）なところがある。二条第（にじょうだい）に移徙（いし）させられて信長の手の内にある誠仁（さねひと）親王へ、いまだ譲位しないのも、天皇の権威をめぐる信長との駆け引きであった。

それゆえ、勅使より天皇が左義長を大いに愉しんでいると伝えられた信長は、表向きは至上の栄誉と歓（よろこ）んでみせたが、内心は面白くなかった。

（なかなかいくさ上手の帝よな）

信長が左義長を天覧に供し、伴天連まで列席させた真の狙いも、自身の圧倒的な力を天皇に誇示することで、譲位を早めさせるためであった。が、肝心の天皇が泰然（たいぜん）たるようすでは、効果があったとは言いがたい。

信長が左義長を了えて本能寺へ戻ったのは、すっかり昏（くら）くなってからである。

乱丸は、今夜の宿直番（とのいばん）ではなかったが、すぐには寝つけなかった。主君信長が主催した一大盛儀の昂奮（こうふん）が冷めやらぬのである。

昂（たかぶ）りを鎮（しず）めるため、ひとり、紙燭（しそく）を右手に、本能寺の境内をそぞろ歩いた。

紙や布を細く巻いて縒（よ）った上に蠟（ろう）を塗った小型の照明具を、紙燭という。乱丸の持つそれは、芯（しん）に細い松の割り木を入れてある。

消えそうなほどか細い弦月（げんげつ）が、朧（おぼろ）に淡い光を放っている。

竹林の中を縫う小径へ入ると、人の気配を感じた。

腰の差料の栗形に左手を添える。

「抜くなよ」

前方の竹林の中から湧き出て、小径へ踏み入る影が見えた。

その声で何者か察しのついた乱丸だが、警戒しつつ近づいて、紙燭の明かりで照らす。

案の定、石川五右衛門である。

「どこから忍び入った」

この上洛では、信長は多数の家臣を引き連れているから、本能寺の警固人数も多いのだが、五右衛門のように神出鬼没の者に、単独で侵入されたら、発見するのは容易ではない。

「おれひとりなら、どこからでも侵せるわ」

と五右衛門も当然のことのように言った。

「万見仙千代どのを討ったのは、汝だな」

荒木村重の側室たしの身柄を妙顕寺から奪い去ろうとした五右衛門より、有岡城の籠城勢として戦ったという、思わせぶりに告げられた一言で、それと乱丸は疑っている。

「さあ、憶えておらぬな」

惚ける五右衛門であった。

「こたびこそは逃がさない」

乱丸は差料の鯉口を切る。

「やめておけ。だが、そっちがその気なら、寺の外へ逃れ出るまでに、幾人か殺すぞ」

五右衛門ならやるであろう。それに乱丸も口惜しいが、この暗がりの中で、おのれひとりだけで五右衛門を捕らえる自信はない。

「森乱丸よ、今夜はおぬしに面白きことを伝えにきてやったのだ」

「面白きことだと……」

「三日前、南蛮寺で会ったな」

「やはり、あれは汝だったか」

「ちょいと忍び込んでいたのよ。バリヤノとかいう南蛮坊主が珍奇な土産をたくさん運んできたって聞いたからな」

「何を盗んだ」

「話を盗んだ。バリヤノと惟任日向守のな」

にやり、と五右衛門は口許を歪める。

「バリヤノは日向守に謀叛を唆していた」

「なに……」

「聞こえなかったのか。謀叛だ、織田信長への」

「埒もないことを」

「なら、両方にたしかめてみろ。もっとも、どっちも知らぬ存ぜぬだろうがな」

「五右衛門。汝は何が望みでさような偽りを申す」

「偽りではないわ。なれど、おれにも望むことはある。天下大乱がつづくことだ」

「残念だったな、五右衛門。数年のうちに天下は治まる」

「信長が治めるというのか」

「申すまでもない」

「信長が殺されれば、その限りではあるまい」

けっけっ、と五右衛門が笑った。

乱丸は、紙燭を投げつけざま踏み込み、差料を鞘走らせた。抜きつけの一閃である。

だが、顔めがけて炎が飛んできたので、怯んでしまい、切っ先が伸びなかった。

五右衛門は、投げつけられた紙燭を腕で払って、乱丸のほうへ弾き返したのである。

巧みに躰を寄せてきた五右衛門が、乱丸を足払いにかけて地へ転がすや、そのまま小径を走り抜けて、竹林の外へ消えた。

もはや、追ったところで見つけられぬ。

唇を嚙みながら、乱丸は立ち上がった。

鋭い光が過るようにして、光秀の不用意な言動が思い起こされた。

(何かを隠すためにうろたえたからだとしたら……)

そんなことはありえないと思っても、完全には否定しきれないのは、なぜであろう。乱丸は、軽い立ちくらみに見舞われた。

第十八章　予兆

一

二月二十八日に前代未聞の絢爛たる左義長を天覧に供した信長へ、早くも三月一日、朝廷より勅書をもって左大臣推任が打診された。

令制では、国政を総裁する最高官は太政大臣だが、これは適任者がいなければ欠員とする則闕の官なので、実質は左右大臣が行政府の最高責任者であった。左右のうち、上席は左大臣。つまり、朝廷は信長へ国政を委ねたいというのである。

だが、勅使として本能寺へ遣わされた女官の上臈局と勾当内侍から、天皇の譲位の一件についてはまったく話が出なかった。

「わが左義長を帝がさまでお気に召されたのなら、再度、天覧に供したく存ずる」

信長のほうも、代わりにそう述べただけで、左大臣推任に対する諾否は口にせず、勅使を帰してしまう。

気早な信長は、最初の左義長の余韻も消えぬこの日、再挙行は三月五日、という触を出した。

総奉行の惟任日向守光秀は、ただちに関係各方面へ準備を命じ、みずから馬場の点検に赴いた。風紀に厳格で、美観を保つことに妥協のない信長を満足させるためには、今回も馬場や行宮に塵ひとつ落ちていてはならぬのである。

そこへ、イエズス会の日本人修道士ロレンソが、面会を求めてやってきた。

（会うべきではない……）

と感じた光秀だが、思い直した。

ロレンソは、信長が友好的に接するイエズス会の通辞として、皆に知られている。目が不自由でもある。多忙とはいえ、まったく会わずに追い返せば、かえって光秀には何か不都合でもあるのかと余人に疑われかねない。

「お連れいたせ」

取次の者に命じた。

やがて、光秀の家臣に案内され、杖をつきながらロレンソが現れた。

「本日のご用向きは」

光秀が訊くと、ロレンソは申し訳なさそうに頭を下げて、にわかの訪問理由を述べた。

「先日の左義長見物の折り、伴天連(バテレン)の皆さまには桟敷(さじき)の座(すわ)り心地がいささかよろしくなかったようにございます。われら日本人と違(ちご)うて、躰(からだ)の大きいお人ばかりにて……」

「さようであったか。それは、奉行たるそれがしの粗相(そそう)」

「とんでもないことにございます。日向守さまには何かとご配慮いただき、巡察師(ヴィジタドール)も感謝しておられます」

「いや、長い時のかかる行事ゆえ、座り心地は大事にござる」

前回の左義長は、式典開始から終了まで三刻(とき)半（約七時間）を要している。

「されば、ロレンソどの。あらためて桟敷をお検(あらた)めなされよ。お望みどおりに修繕いたしましょうほどに」

光秀は、みずからロレンソの手をとった。

「勿体(もったい)ないことにございます」

恐縮するロレンソにかまわず、光秀はその手を引き、近習(きんじゅ)らには待機するよう命じて、二人だけで桟敷へ向かう。

「巡察師より日向守さまに願いの儀がございます」

ロレンソが小声で告げた。

「迷惑」

と光秀も、同じく小声ながら、強い口調で囁(ささや)き返した。

「巡察師は帝への拝謁(はいえつ)を望んでおられます」

「なに……」

「あのような形で帝のお目に触れてしまったことで、イエズス会に対する帝のご嫌悪(けんお)はいよいよ激しくおなりでしょう。この上は、御前(ごぜん)で直(じか)に神(デウス)の恩寵(おんちょう)を語らせていただかねば、われらにとっては取り返しのつかぬことになりかねないと存じます」

「ならば、上様(うえさま)に申し上げて、お力添えいただくほかあるまい」

「昨日、巡察師が本能寺(ほんのうじ)を再訪し、上様にお頼みなされました。ぜひとも帝への拝謁を叶(かな)えていただきたい、と。なれど、お許しを賜(たまわ)ることはできなかったのでございます」

「ならば、その話はそれで終(しま)いと諦(あきら)めることだ」

「日向守さまには、高位の公卿(くぎょう)衆をはじめ、京の貴顕(きけん)の多くが好意を寄せておられると聞いております」

　信長は、足利義昭(あしかがよしあき)を奉じての上洛後、一筋縄ではゆかぬ京の公家(くげ)、僧侶、有徳人(うとくじん)らを手(て)懐(なず)けるには、武辺者(ぶへんもの)よりも学識教養の豊かな者が必要と考え、京畿(けいき)の奉行人の筆頭的立場として光秀をこれに任じた時期が長かった。光秀自身、その期待に大いに応え、朝廷や京の貴顕紳士と浅からぬつながりをもつに至ったのは事実である。信長が天覧の左義長の総奉行に迷うことなく光秀を指名したのも、そういう事情による。

「であるとしても、上様のお許しが出なんだことを、それがしができるはずはないではないか」

「帝を帝として尊崇なされる日向守さまなら、必ず巡察師のお望みを叶えていただける、とわれらは信じております」

「帝を帝として尊崇とは、もってまわった申し様よな。まことは何を言いたい」

「上様は帝ではあられませぬ」

「当たり前ではないか。さようなことではなく、真意をきかせよと申したのだ」

光秀は少し苛立った。

「昨日、上様は巡察師にこう仰せられました。予の存するところでは、そのほうらは他者の寵を得る必要はない。なぜなら……」

そこでロレンソは、ひと呼吸を置いてから、明かした。

「予が天皇であり、内裏であるからだ」

桟敷へ向かう光秀の足がとまった。

光秀は、真偽をたしかめるように、ロレンソの表情を窺う。だが、全盲に近い両の眼からは何も読み取れない。

「上様はたしかにさよう仰せられました。神に誓うて嘘偽りは申しておりませぬ」

キリシタンが神に誓うからには事実と信じるべきかもしれない、と光秀は思った。

信長のこの発言は、フロイスの書簡に記されているものだが、もし本気で口にしたのなら、この時期の信長がいずれ天皇と朝廷をどうするつもりであったか、おおよそ察することができよう。

「上様は皆の前でそのおことばを発せられたのか」

「ご引見を賜ったのは、巡察師とフロイスどのと拙僧(せっそう)だけにございます」

「上様の近習衆がいたであろう」

「おひとりだけ」

「ひとりだけ……」

信長には複数の近侍者(きんじしゃ)がいるのが常であった。

「上様が皆さまに掃除をお命じあそばしたところでしたので、お側(そば)におられたのはおひとりだけにございました」

いずこであっても、自身が宿所とするところは、美しくあらねば気が済まないのが信長である。そのため、毎日、午前と午後に一回ずつ徹底的な掃除を命じる。

「どうしてひとりだけと分かった」

ロレンソには見えないはず、と光秀は光を失っている修道士の両眼をのぞいた。

「あとでフロイスどのがさように申されましたので」

光秀の視線の気配に、ロレンソはそうこたえた。

「して、そのひとりとは誰か」

「森乱丸どの」

「……………」

光秀は小さく溜め息をついた。

信長が自身を天皇であり内裏であると称したのが事実や否や、イエズス会側ではなく、信長側の人間にたしかめたいと思ったのだが、それが寵愛随一の乱丸では、訊ねるのは難しい。光秀が何気なく訊ねるというふうを装ったとしても、乱丸なら必ず不審を抱く。それほど、あの若き近習は鋭利であった。

いまの光秀は何も後ろめたいことはしていないので、乱丸に不審を抱かれたところで問題はないといえばないのだが、それが信長に伝わると事情は一変する。

佐久間信盛や林秀貞らの追放以後、年齢が高い、奉公が長いわりに手柄が少ない、身代が大きいといった家臣たちに、信長が別して厳しい目を向けていると感じる光秀であった。自分に対するどんな些細な疑念も、信長の心中に芽生えさせてはならない。

「日向守さま。なにとぞ帝に……」

「やめよ、ロレンソ」

ついに光秀は、ロレンソの発言を遮った。

「南蛮寺で申したことを、いまいちど申す。もちかける対手を違えるでない。さようバリヤノどのに復命いたせ」

「なれど、日向守さま」

「くどい」

ロレンソの手をとっている右手に、光秀は力をこめた。

ロレンソのおもてが苦痛に歪む。

「それがしは仏ではないゆえ、三度目はないと心得よ。坊主殺しも慣れておる」

織田軍の比叡山焼討ちのさい、光秀も多くの僧を斬っている。

光秀はロレンソの手を離した。

「さいごに、ひとつだけ」

とロレンソが恐る恐る人差指を立ててみせる。

「別儀ならば、申してみよ」

光秀は許可した。盲人を対手に、ちょっとやりすぎたと省みたのである。

「目が見えなくて、ひとつだけよきことがございます。それは、見えないゆえに雑念も払われ、心の眼で人の心を読めること」

「それがしの心も読めると申すか」

「迷うておられます」

「…………」

光秀はことばを返せない。まさしく心を読まれたからである。

「無礼をいたしました」

ロレンソは、ゆっくり踵（きびす）を返し、杖をつきながら歩き去ってゆく。

見送る光秀のきんか頭に、うっすらと汗が滲（にじ）んでいた。

二

三月五日の左義長は、前回より規模は些（いささ）か縮小されたが、それでも名馬五百頭余りを揃える華々しいものであった。

参集の見物衆も、こうして一天（いってん）の君（きみ）、万乗（ばんじょう）の主（あるじ）である天皇を間近（まぢか）に拝することができるのは、ひとえに信長公の御威光（ごいこう）のおかげ、と掌（て）を合わせて感謝した。

四日後、先の女官二名が、再び本能寺を訪れ、二度にわたる左義長の抽賞（ちゅうしょう）として、信長の左大臣叙官（じょかん）が朝儀（ちょうぎ）によって正式決定された旨（むね）を伝えた。

「お上（かみ）は織田どのを頼みとしておられまする。謹んでお受けなさいますよう」

と上段之間（じょうだんのま）より上臈局が言った。

「有り難き思（おぼ）し召しにござる」

謝辞を返した信長だが、しかし応諾はしない。

「それがしの思いは、右大臣の官を辞すさいに上表（じょうひょう）いたしたとおり」

諸敵を討って天下を統一し、四海静穏を達成するまでは再び官職に就かない、と信長が文書をもって奏上したのは三年前のことである。朝廷もこれを受理した。

現実に、いまだ天下統一を果たしていない。この先も、西の毛利や島津、東の上杉や武田など、平らげねばならない敵は少なくないのである。

「武士に二言があってはなりませぬ。よって、除官の儀は時期尚早とおぼえ申す。さよう帝にご奏聞いただきたい」

国政の最高責任者の座を要らぬという信長に、勅使の女官たちは微かに眉根を寄せた。

(左大臣が太政大臣であっても、上様はお惹かれあそばされぬ)

列座中の乱丸は知っている、朝廷の官職など信長にとって駆け引きの道具にすぎないことを。だいいち、朝官として政事、軍事に携われば、信長でもそれなりに掣肘され、思いのままに動けなくなる。それは朝廷側の思惑のひとつであろう。

「なれど……」

と信長は告げた。

「帝に譲位のご意向がおありなら、それがし、親王さまご即位の大礼を執り行い申す。そののちならば、あらためて除官の儀を考えてもようござる」

親王とは、言うまでもなく、信長が二条第を献上して移徙させた誠仁をさす。

勅使からみれば不遜のきわみというべき信長の返答に、上臈局も勾当内侍もつとめて表情を変えないようにしているのが、乱丸には分かった。

天皇の譲位については、朝廷でも悩ましい問題なのである。というのも、在位二十五年に及ぶ当今は六十五歳の老齢なので、いつ病を得て崩御してもおかしくない。幼少より皇儲と定められている誠仁親王への、早々の譲位が望ましいのであった。

同時に朝廷では、誠仁では信長の傀儡にすぎぬ存在に堕すと恐れてもいた。

信長は、誠仁親王に二条第を献上したさい、その五宮を猶子としている。厳密には養子とは区別される猶子だが、親子関係を結んだと認定される。もし誠仁親王が信長に操られるまま、やがて五宮を皇太子とすれば、どうなるか。信長が主上の義父となる日が訪れるということである。

そのことを、当今その人が誰よりも案じていた。

とはいえ、いま即位式を挙行できる実力と立場を得ている者は、信長のほかにいない。たとえば毛利は、それだけの経済力をもっとしても、そもそも信長によって完全に掌握された京へは足を踏み入れることすらできないから、結局は即位式も行えないのである。

しかしながら、朝廷は、いかなる苦難の時代も、天皇の権威だけは死守してきた。であればこそ、いまなお万民より、従うべき絶対的価値として、天皇は敬い畏怖されている。もし信長に屈して譲位へと傾けば、自分たちを守ってきた最後の砦を、天皇と朝廷みずからが壊すに等しい。その瞬間、絶対的価値は失われ、信長が名実ともに日本の頂点に君臨することとなろう。

「天下統一までは、という織田どのの高きお志を、お上にしかと奏聞いたしましょう」

上臈局の声は少しふるえた。怒りを押し殺したのであろう。

「よしなに」

昂然と信長はあごを上げる。

勅使が本能寺を出ていくと、信長が近習衆をひとわたり眺めやってから、最後に乱丸で視線をとめた。

「お乱。予はこのまま京に留まったほうがよいか」

信長の左大臣叙官の拝辞に対する叡慮を伝える勅使が、再び遣わされるに違いないことは誰でも想像できる。それを待たず早々に出京しては、天皇を不快にするであろう。

「畏れながら、朝廷はこたびの左大臣推任については、めずらしく動きが速うございましたが、それはたぶん、最初の左義長が開かれる前に決めていたことだからにございましょう。上様のご気分の昂揚の収まらぬうちに、時を移さず抽賞いたせば、ご任官をうけるのではないかという思惑であったかと推察いたします」

「であるか」

いちど相槌をうってから、つづけよ、と信長は乱丸に先を促した。

「なれど、上様の平然たる拝辞に遇うて、この先しばらくは、朝廷もあれこれ考えをめぐらせることにございましょう。何事であれ決断の遅い方々ゆえ、次の勅使のご訪問は、おそらく一カ月後というところ。お忙しい上様がいつまでも在京してお待ちになる必要は、まったくない。さように、わたしはおぼえます」

確信に満ちた乱丸の一言一言に、列座の近習衆の多くが大きくうなずく。

「お乱の異見、もっともなり。明朝、京を発ち、安土に帰城いたす」

信長は、南蛮寺へ使いを出し、ヴァリニャーノらも安土へ参るようにと命じた。

三

翌日、信長は帰城する。

ヴァリニャーノらも慌ただしく京を発つが、こちらの安土到着は翌々日のことであった。

安土は、城の天主閣完成後も、日々、整備、拡張されており、この当時、城下町は地球上で最も美しく、かつ最大規模に違いない都市に発展していたことは、ヴァリニャーノに随行のフロイスの『日本史』の記述を見れば明らかである。

安土城に関しても、フロイスの描写は驚嘆に盈ちている。別して、天主閣をヨーロッパの城の塔に見立て、比べてみても遥に気品があり、壮大にして、豪華、完璧な建造物である、と。

厩ですら、身分高き人の娯楽用の広間と同じくらい立派な構造で、かつ清潔であり、信長の馬の世話をするだけの若者たちが絹の衣を着て、金鞘の太刀を帯びていることにも、フロイスは瞠目した。信長の力がいかに圧倒的であったか、この一事だけでも察せられよう。

信長は、ヴァリニャーノの一行と、城下の伴天連屋敷に住む者すべてを招き、安土城を隅々まで見物させた。

かれらの案内役のひとりを、乱丸がつとめた。

フロイスの言を藉りれば、「賞讃に価するものばかり」という空前の大城郭を案内しながら、乱丸は伴天連たちのようすを、それとなく窺った。

本能寺の竹林で石川五右衛門より告げられたことが、いまだ頭から離れないのである。

（バリヤノは日向守に謀叛を唆していた）

かりに唆した事実があったとしても、惟任日向守光秀が謀叛を起こすなど考えられない。羽柴秀吉と並んで、信長より最も信頼される大将ではないか。

心中で否定したものの、それでも乱丸は探らねばならないと思った。万々が一ということもある。

竹林で五右衛門を取り逃がしたあの夜、乱丸は弟の坊丸と力丸をよんで、理由を明かさず、今後はイエズス会と光秀の動きに目配りをするよう申しつけた。むろん、他言無用である。

　未熟な弟たちでは不安を拭えなかったが、対手が長く信長を支えてきたイエズス会と光秀であり、しかもたしかな証拠もないことだから、他人を用いるのは何かと危うすぎるのである。いまの段階では、完全に信用できる肉親を手足とするほかなかった。

　当然ながら、信長にも明かせない。二条御新造から茶器を盗みかけ、安土城の天主閣内に落書をしたような悪漢のことばを真に受けて、光秀に謀叛の疑いありと言上するなど、ほとんど狂人の所業であろう。

　ただ、坊丸と力丸の本来のつとめを疎かにさせてはならない。近習頭として両人を使う立場の乱丸とはいえ、弟たちを動かすにもおのずから限界がある。

　それでも、坊丸がひとつ掴んできたことがあった。二回目の天覧左義長の四日前、南蛮寺より出かけたロレンソを尾行したところ、馬場を検め中の光秀を訪ねたというのである。遠目より盗み見ただけなので、両人の会話はまったく耳に届かなかった。しかし、みずからロレンソの手をとった光秀が桟敷まで案内するのかと見ていたら、そうではなかった。両人は手前で足をとめ、そこからロレンソは帰ってしまった。坊丸は何やら違和感をおぼえたという。

　乱丸も、左義長に向けて、あれこれ指示を出す信長の側から離れることができず、他事に心身を向ける余裕がなかったので、その一件を探るのは後回しにせざるをえなかった。

だから、その後も光秀とイエズス会に私的な接触があったのかどうか、知り得ていない。

乱丸が京都所司代の村井貞勝のもとを訪れたのは、左義長終了の翌日である。

総奉行は光秀でも、馬場については普請も桟敷の撤去なども貞勝が実行している。左義長成功の話の中で、なにげなく乱丸は訊ねた。

「そういえば、上様がこたびの左義長のお触を発せられた日、ロレンソどのが馬場に日向守どのを訪ねられたようですが、何か不都合でもあったのでしょうか」

「なんでも伴天連衆には、前回の見物の折りに桟敷の座り心地がようなかったとやらで、少し修繕してもらえまいかということであったらしい。もっとも、結句はどこも直さなかったのだがな」

「それはまた、なにゆえに」

「よくよく考えれば、さような苦情は上様のご体面を傷つけることになる、とロレンソどのがその場で思い直し、南蛮寺へ戻って伴天連衆へ告げ、納得してもらったようじゃ」

「さようでしたか」

坊丸の見た光秀とロレンソのようすに照らして、貞勝の話は辻褄が合っているように思える。

しかし、坊丸ではないが、乱丸も何やら違和感を拭えなかった。

そもそも、伴天連衆からそんな苦情が出たこと自体、妙である。かれらの長である巡察師ヴァリニャーノは、本能寺で初めて信長の謁見を賜ったさい、信長に対するおのれの立場をしかと弁えたはず。むしろ、少なくともいまは、信長の言動にいかなる苦情も申し立てることは控えるであろう。

桟敷の座り心地がどうのという理由は、光秀とロレンソが密談を隠蔽するために用いた方便だったのではないか。

すべては乱丸の憶測にすぎない。目に見える証拠は何もないのである。だが、密談の隠蔽という疑念を湧かせてから、閃いたことがあった。

「惟任、いや、明智光秀という御仁は、何をやっても巧みで、それはまことに大したものだ。なれど、肚の内がよめぬ。むろん、肚の内をよませぬからこそ、何事にも巧みなのだともいえるが」

亡き万見仙千代のことばである。

「お乱が気になったのも、おそらくそういうところであろう」

と仙千代は、よく分からないとこたえた当時十三歳の乱丸に、そうも言った。

「明智どのに初めて会うて、そのように感じたというのは、大したものだ。決して忘れるでないぞ。夜も昼も上様を守りつづける役目の者は、不測の変事に即座に対応できなければならぬ。それには、見えざる何かを察する、感じる、という力が必要なのだ。どうやら、お乱はその力をもっている」

お仙のやることに間違いはない、という二位法印の断言も思い起こされた。

(見えざる何かがしかと見えるようになるまで探るのだ)

そう乱丸は思い決したのであった。

しかし、疑惑の対象であるヴァリニャーノらは、いまは安土城の絢爛たる景観を心より愉しんでいるように見える。

光秀も居城の近江坂本城へ戻っており、五右衛門より告げられたことはやはりでたらめなのではないか、とも思えてしまう。

唐突に、乱丸の心中に妖艶な姿が浮かび出た。

(アンナ……)

城下屈指の女郎屋〈なんばんや〉を営むキリシタン、アンナならば、大いに役立つことは疑いない。

信長がヴァリニャーノを本能寺で初めて引見したさい、最強の切り札として用いたのは、ポルトガル王セバスチャンの死を知っていると匂わせたことだが、実はこの情報をもたらしてくれたのもアンナだったのである。アンナから乱丸を通じて信長へと伝えられた。むろん信長の用い方は絶妙だったが、それも手の内に切り札があればこそであった。

とはいえ、アンナにどこまで明かしてよいものか、そこは熟慮せねばならぬ。いまだ謎の多い女なのである。

安土城見物を終えたヴァリニャーノらに、信長は土産をもたせた。木箱に入れた干柿(ほしがき)である。岐阜(ぎふ)の信忠(のぶただ)が送ってきた美濃柿(みのがき)で、当時から名産品であった。

柿は東アジア特有の産物なので、これを知らなかったフロイスは、無花果(フィーゴ)に似た果物で、caqui(カキ)と記している。

「バリヤノ」

信長が土産を渡すさいに言った。

「柿の中には、渋みが強すぎて、そのままではとても食べられぬものがある。なれど、そうして干柿にいたすと、驚くほど甘(あま)うなる。頑固(がんこ)そうに見えても、何かあれば、ころりと変わる。つまり、融通(ゆうずう)が利(き)くということよ」

これがロレンソからヴァリニャーノへ、ポルトガル語に訳して伝えられる。

「イエズス会は上様に対し奉り融通の利く者らであれ、との御意(ぎょい)にございましょうや」

ヴァリニャーノが問い返した。というより確認である。

「どう受け取るかは、そのほうら次第」

信長は微笑(ほほえ)んだ。

ヴァリニャーノも微笑み返す。

「されば、畏れながら、上様は梅にあらせられる」

ふいにそう言ったのは、ロレンソである。

ヴァリニャーノは何も言っていないから、ロレンソ自身のことばであろう。

「無礼者」

近習頭として最上席のひとり、菅屋九右衛門が怒鳴りつけた。許しも得ずにロレンソが口を開いたからである。

「よい、御長。対手は盲人じゃ」

信長が九右衛門を制す。

「お乱。予が梅であるとはいかなる意か、分かるか」

「梅は黒焼きにしても酸い味をなかなか失いませぬ。天下布武をめざして一途で変えがたい上様のご性情に、ロレンソどのは敬服されたのでございましょう」

真実は、煮ても焼いても決して対手に折れない信長の態度は、ヴァリニャーノに対して不公平だ、とロレンソは言いたいのに違いない。

そうと察した乱丸だが、ここで信長を怒らせるわけにはいかないので、心ならずも嘘をついた。

というのも、いま安土山下には、巡察師一行を迎えるべく、近江の国内外から集まった大勢のキリシタンが待っている。信長が怒ってロレンソを手討ちにでもすれば、大混乱に至るは必定であろう。

イエズス会自体も、さすがに修道士を殺されては信長に恨みを含むのは避けがたい。もしかれらが光秀に謀叛を唆したことが事実であるなら、一層、打倒信長の意を強くしよう。

「さようでございますな、ロレンソどの」

真意が届くように、少し強い語調で乱丸は言った。解釈通りであると認めよ、と。

盲目ゆえに、人の心が読めるロレンソである。

「森どのはお若いのに、いろいろなことをようご存じにて、感服いたしました。申されたとおりのわが意にございます」

「であるか」

信長が相好を崩した。若き寵臣、森乱丸を褒められたことを、喜んだのである。

「ウルガン」

信長はオルガンティーノを見た。

「城下の伴天連屋敷は狭かろう。周りの家々を立ち退かせて、土地を増やしてやる。新たに南蛮寺を建てるがよい」

これには、伴天連一同、満面に歓びを表し、一斉に礼を述べた。

「ありがたき仕合わせに存じ奉ります」

乱丸は、伴天連たちを山下まで送った。

そこに待っていたキリシタンは、想像を超える多数で、かれらは皆、巡察師ヴァリニャーノに向かって、祈るように掌を合わせる。

乱丸は、山上へ戻る大手道(おおてみち)の途中で、下りてくる二位法印と遭遇した。

「お乱。さきほどの偽りは、あれがためであったか」

二位法印は、山下の光景へあごをしゃくってみせる。

「気づいておられたのですね。お叱りは甘んじて頂戴いたします」

「叱るものか。ようしてのけたぞ、お乱。いよいよ仙千代に似てまいったな」

「お仙どのにはいまだ遠く及びませぬ」

「及ばぬどころか、凌(しの)いでおるわ」

「まさか、凌いでいるなどと……」

「何かわしの見抜けぬことを隠しておろう。そこが凌いでおると申したのじゃ」

気難(きむずか)しい覇者信長に真(ま)っ向(こう)から諫言(かんげん)することも厭(いと)わぬほどの二位法印は、さすがというべきであった。乱丸は、目を伏せて、押し黙ってしまう。

「何か分からぬが、そなたの中でしかと得心いたすまでは誰にも言わぬ、そういうことなのであろう」

「畏れ入りましてございます」

「よいわ。お乱のやることに間違いはあるまい」

二位法印が、乱丸の肩に手を伸ばして、何か摘(つま)みあげた。

山桜の花びらである。

「つい先頃咲いたばかりと思うていたが、はや散り始めたか。今年の実りが案じられるのう」

彼方に広がる春田を眺めやって、二位法印は微かに憂い顔となった。桜が早く散る年は秋の収穫にとって悪い予兆といわれる。

二位法印は、掌に置いた花びらを、ふうっと息を吹きかけて飛ばしてから、大手道の石段を下り始めた。

いったん舞い上がって落ちてきたその花びらは、再び乱丸の肩にとまった。

四

今夜は宿直番でない乱丸は、信長が御殿の寝所で寝息を立てるまで待ってから、森屋敷へ引き上げ、着替えてのち、ひとり安土城下へ下りた。

傅役の伊集院藤兵衛には、正直に〈なんばんや〉へ行くと告げた。信長からの火急の呼び出しに備えて、居場所は常に明らかにしておかねばならない乱丸なのである。ただ、理由は明かさない。アンナに礼をしたいことがあるとだけ言っておいた。藤兵衛のほうも詮索しない。

夜目の利く乱丸は、十日余りの朧月の光を頼りに、勝手知ったる城下町の道を足早に進んだ。

町は昏くて寝静まっているが、ほどなく、さんざめきが聞こえ、点々と灯火も目に入ってきた。女郎屋を中心とした安土の歓楽街である。

〈なんばんや〉は目立つ。

戦国期の女郎屋といえば、京においてすら小屋掛けが大半なのに、大店の商家のような造りであった。城下町建設の当初は犇き合っていた粗末な女郎小屋の群れの一部を、アンナがとりまとめて、ひとつの大きな見世とし、女たちも雇って経営を始めたのである。アンナには商才があるといえよう。

ただ、女郎とか遊女というのは、史料で確認できるだけでも奈良時代よりつづく職業で、平安期からはひとつの職と公認されて、寺社権門の保護下におかれてきた。乱世でそういう管理体制は崩壊してしまったものの、その流れで既得権を主張する者らがいまだ存在する。にもかかわらず、アンナがかれらの妨害を受けないのは、後ろ楯が森乱丸であると信じられているからであった。織田信長随一の寵臣と関わりの深い女に手を出せば、後難が恐ろしいと誰しも思うところであろう。

乱丸が〈なんばんや〉の見世先に立つと、偶然にもアンナが出てきた。

「まあ、中った。中りました」

まるで少女みたいに、アンナが手を拍ってはしゃいだ。

「何が中ったと申すのだ」

もとより乱丸には、わけが分からない。

「今夜はなぜか乱丸さまがお越し下さるような予感がしていたのでございます」

「そうか」

素直に乱丸は納得する。

以前、アンナは語っていた。自分は巫女のようなもので、予言がしばしばそのとおりになる、と。

乱丸が信長近習衆の中で急激に出世し始めたのも、前途は眩しいばかりに光り輝いている、とアンナに予言されてからであった。

「うれしい」

思わずなのであろう、アンナが乱丸の両手をとって上下に振った。

途端に躰が熱くなり、えも言われぬ心地よさに襲われた乱丸だが、すぐに、はっとして、両手を引っ込める。

「乱丸さま……」

アンナがちょっと驚いて眼をまるくしたのは、一瞬のことにすぎぬ。怒ったような、それでいて微かに笑みを含んだ顔つきになり、乱丸を睨んだ。

「よもや乱丸さまは、わたくしのほかの女と共枕をなさりにまいられたのでございますか」

「な……何を、申す」

うろたえる乱丸である。

「わたしは……そなたに、頼み事があってまいったのだ」

「本当でございますか」

「本当だ」

「乱丸さまのほうからわたくしにお頼み事をしていただけるなんて、夢のよう」

再びアンナが乱丸の手をとり、さあさあ、と中へ連れていく。

今度は、乱丸もされるがままで、手を引っ込めることができない。

乱丸の心の臓(しんのぞう)は、跳(は)ねていた。

わたくしのほかの女と共枕を、とアンナに言われたが、思い出すまでもなく、乱丸は〈なんばんや〉に限らず、いずこの女郎も抱いたことはない。それ以前に、アンナともそういう交わりを一度も結んでいないのである。

だから、うろたえる必要はまったくないのだが、なぜかいつもこうしてアンナの拍子に引きずり込まれてしまう。

（わたしは早まったことをしようとしているのだろうか……）

乱丸は、後悔の念を湧かせた。

キリシタンのアンナには、危険ではあろうが、これからはすすんでイエズス会の内情を探って知らせてもらう。合わせて、〈なんばんや〉の女郎たちにも、寝物語では口の軽くなる男たちより聞いたどんな些細な話も伝えるよう、アンナから申しつけてもらう。光秀やその麾下の部将らの家来衆も、安土参上の折りは〈なんばんや〉に上がる者は少なくないので、何か秘密が洩れ出すことがあるやもしれぬ。

そんな思惑を抱いてやってきたのだが、またしてもいつものごとくアンナに主導権をとられてしまったいま、この関係は先行きも変わらないような気がする。とすれば、もともと謎の多い女だけに、信じてよいものかどうか。

（どうかしている……）

アンナの前ではなぜか冷静でいられない自分が、もどかしく、腹立たしくもある乱丸であった。

「乱丸さま。まずはお庭へ参りましょう」

とアンナが誘った。

「なんばんやの桜は、いまが盛りにございますゆえ」

最初から武士や有徳人を主要な客層と定めたアンナは、いつの世からあるものか、八重桜の古木の生えていた場所を中心に、なかなか見事な庭を作ったのである。

八重桜は山桜より開花が遅い。

庭へ踏み入ると、たしかに艶やかな八重の花びらの群れは存分に咲き誇っていた。アンナに導かれ、桜花の下に乱丸は立った。

見上げれば、薄紅色の花叢の隙間から、淡い光を降らせる朧月がのぞく。妖しげな風情である。

佳き香りが漂った。と感じたと同時に、乱丸は前から全身に重みをうけ、樹幹に背をつけてしまう。

それなり、乱丸は動けない。胸を合わせたアンナの少し速い鼓動が伝わってくる。だが、おのれの鼓動は急速調である。

視線を落とすと、こちらを仰ぎ見るアンナの吐息にあごをくすぐられた。甘い匂いがする。

「こうなることも予感しておりました。巫女の口寄にはお従いなされませ」

乱丸は抗えない。こんなアンナに抗えるわけがない。その白い人差指に、すうっと唇をなぞられ、総身が痺れた。

「愛しい乱丸さま」

女の紅をさした唇が、若者の無垢な唇に重なる。

乱丸は奪われた。

第十九章　陰陽家の神

一

春の終わりに、浜松から安土へ吉報がもたらされた。

徳川家康が遠江の高天神城をついに陥落させたのである。

この城は、徳川の遠州制圧と駿河侵攻を阻む武田の最も重要な前進基地として、七年もの間、家康を悩ませてきた。

高天神城を落としたことにより、遠州平定を成し遂げた家康は、同盟者である相模の北条と東西より存分に駿河を挟撃できる。武田は甲斐へ撤退せざるをえないであろう。信長にとっても、武田討滅の絶好機の到来である。

信長は、浜松へ遣わす戦捷の賀使に、晴れやかな声で命じた。

「甲州攻めの儀はあらためて談合いたそう。さよう三河どのに伝えよ」

家康に対してだけは、信長はいまだに、三河どの、と敬称を用いる。

向背の定まらぬ乱世では、昨日の友は今日の敵、という転変はめずらしくない。しかも、家康のほうは、武田に内通という嫌疑を信長にかけられた嫡男信康を、捕らえて自害においやっている。にもかかわらず、両者の同盟関係は、すでに足掛け二十年にも及んで、異例の交誼というべきであった。

「この先、三河どのをいかに処遇すべきか。皆、異見を申せ」

近習頭たちだけを集めて、信長が訊ねた。

世間には独裁者という印象を与える信長だが、こうして家臣に異見を求める機会は少なくなかった。ただ、家臣の大半は、信長の意に適わない場合を恐れて、おのれの考えをすんで口にしないだけのことである。

そういう中で、幼少期より信長の側近として仕えてきた者らは、この気難しい主君の機嫌の移り変わりを察することに敏感なので、それを念頭におきながら、みずからの異見を述べた。

近習頭の最上席である菅屋九右衛門と堀久太郎。次席の矢部善七郎、長谷川藤五郎、福富平左衛門、野々村三十郎、高橋虎松。そして、近習頭としていまは末席だが、菅屋ら七人の大半が十年、十五年をかけて克ち得た栄達を、わずか数年でものにした十七歳の森乱丸。

しかしながら、徳川家康をこの先いかに処遇すべきかという下問は、かれらにとっては予想外であった。家康ほど、信長を敬ってよく働き、いくさに強い者を、織田の部将の中で挙げるとしても、幾人もいない。同盟者として最高の大名であろう。このままの関係がつづくことが望ましいのではないか。

「関東、奥州を平らげるには、これまでどおり、徳川家の力が必要にございます」

と九右衛門が言い、皆もうなずいた。ひとり乱丸を除いては。

「お乱。べつの異見があるようだな。申せ」

信長に促されるや、

「武田ご討伐のあかつき、三河どのを上様の家臣に列せられるのがよろしいかと存じます」

乱丸はよどみなくこたえた。いま思いついた考えでないことは明らかである。

他の近習頭たちは、驚いて、一斉に乱丸を見た。

「お乱は徳川家の来し方を知らぬのか」

九右衛門が眉をひそめる。

「存じております。いつか必ず独立自尊の道を歩むべく、今川の捨て駒のように扱われた永き苦闘の歳月を堪えに堪え、いまや東海の二ケ国を領する大名になられたのが徳川家」

「そのとおりよ。さような徳川家が、いまさら他家の家臣になりたいと思うはずはあるまい」

「徳川家の思いなど、どうでもよろしいことにございます」

「なに……」

「天下布武とは、上様が日の本を統べること。そのとき、武士は一人も余さず、上様に臣従していなければなりませぬ。同盟者などあってはならぬのでございます」

「その異見はもっともではある。なれど、事はさようにたやすくはゆかぬ」

「上様の西国攻めの間、徳川家も関東、奥州へ驥足を展ばし、領地を増やしてゆかれるは必定。三河どのは秀でた武人ゆえ、大勢の人がつきましょう。それは、徳川家が上様を脅かすほど大きゅうなるということ。そうなってからでは遅うございます。この先、徳川家の東への進軍は、上様の家臣として行われるべきと存じます」

「お乱」

藤五郎が口を挟んだ。

「三河どのは受け入れまい」

「岡崎の一件にございますか」

と乱丸は訊き返す。

「うむ……」

信長を憚って、藤五郎が返辞を濁す。

嫡男の岡崎三郎信康に対する切腹命令を出した信長を、家康が、表面上はどうあれ、いまでも恨んでいるのではないか、ということである。

「あえて申し上げますが、あの一件では、三河どのは上様に感謝しておられると存じます」

「なんと……」

他の近習頭たちは眼(まなこ)を剝(む)いた。乱丸は信長に諂(へつら)っているのではなく、なぜかそう信じているのだ、と察せられたからである。

「なぜそう思うのだ、お乱」

堀久太郎が促した。

「あのころの三郎どのは、ご乱行(らんぎょう)がすぎて、あまつさえ父上のご命令にも度々(たびたび)違背(いはい)なさり、家臣の人望も失(うしの)うておられ、それらのことはもはや取り返しのつかぬまでに高じておりました。あのまま放っておけば、徳川家が内より崩れるは必定。三河どのもさように案じておられたはず。なれど、みずから嫡男へ厳しい断を下せば、家臣たちより非難を浴びる。では、上様のご意向ならば、どうか。否(いな)や赦(ゆる)されず、徳川家の家臣たちはむしろ主君の苦衷(くちゅう)を思いやって、かえって絆(きずな)を固くする。さように三河どのは思いめぐらせたとわたしは察しております」

「お乱は、三郎どのに対する上様からのご処罰を、三河どのが望んでおられたと申すのか」

平左衛門が唖然とし、

「あまりに穿った見方であろう、お乱」

と善七郎も呆れる。

「だいいち、三郎どのご非難の書状を出されたのは、五徳さまぞ」

信康に嫁いだ信長のむすめが五徳である。良人の切腹の翌年に徳川家を離れ、いまは岐阜の兄信忠のもとで暮らしている。

「三河どのはまことに要心深き御方。五徳さまの書状が上様へ届けられる前に、中を検めぬということがございましょうや」

皆が、あっ、という表情をする。

武将のむすめが、実家の利益を第一と心に期して嫁ぐのは当たり前のことである。その後に跡取りを産んで幸福を得れば、実家と婚家に対する思いを逆転させるのもまた当然といえよう。

五徳は信康との間に女児はもうけたが、男児を産んでいない。そのぶん、まだ実家への思いのほうが強かった。

徳川家に不穏の出来事あらば、五徳は信長に報せるかもしれない。その懸念を常に抱いていたであろう家康は、五徳の書状に関して、それとなく、しかし抜かりなく注意していたと考えるのが自然ではないか。とすれば、築山殿と信康の悪行十二ケ条を記した五徳の書状も、信長へ届く前に読んだに違いないのである。

内容からして、信長から信康に最悪の処分が下されることは明らかだから、家康がそれを止めたければ、方法はあったはずなのである。

「さようではございませぬか」

と乱丸は上長の近習頭たちに問いかけた。

「もしお乱の申したとおりなら、三河どのは恐ろしきお人」

乱丸を除けばいちばん若い虎松が呻くように言い、余の者は考え込んで溜め息をついた。

「なればこそ、同盟者として大きゅうなる前に、織田家の家臣にしてしまうのがよい、と申し上げたのです」

「それなら、武田討伐後、徳川家も討ってしもうたほうが後腐れがあるまい」

とは九右衛門の提案である。

「いま織田と徳川がいくさをすれば、結句は織田の勝利が明白」

そう認めてから、乱丸は付け加える。

「なれど、とても一年、二年で結着はつきませぬ。徳川家の粘り強さが尋常でないことは誰もが知るところ。生意気を申しますが、長引けば長引くほど何が起こるか分からぬのが、いくさにございましょう」

「お乱」

　八人の中では、平左衛門と並んで年長の三十郎も考えを述べる。

「たとえ三河どのその人が織田の家臣になることを承知いたしたとしても、徳川の家臣団は従うであろうか」

「従います」

　断言する乱丸であった。

「三十郎どのには無礼を承知で申し上げますが、三河どのは家臣に見限られるような不徳の人ではないと存じます」

　美濃出身の野々村三十郎は、もとは斎藤氏に仕えていた。が、梟雄と恐れられた道三、豪勇を謳われた義龍、そのいずれにも似ぬ暗愚の三代目龍興を見限って、信長に奔ったという過去をもつ。信長の家臣には、三十郎ひとりに限らず、同じ過去をもつ美濃武士は大勢いる。頼みがいのない主君から離れるのは戦国武士のならいというべきで、何ら恥ずべきことでもない。

「そうよな……」

　織田、徳川同盟が結ばれるころより信長に仕えはじめ、徳川主従の親密さを度々感じたことがある三十郎は、乱丸のことばに納得した。

　それまで、近習頭たちの話し合いに、黙して耳を傾けていた信長が、扇の柄の尻で、とんっ、と床を叩いた。

八人の側近は、一斉に主君を注視する。

「お乱。その儀、いつから考えていた」

信長の口調には、微かに咎めるような響きがある。

「わたしの考えではありませぬ」

乱丸は床に両手をつき、視線を落として告げた。

「では、誰の考えか」

重ねて信長が訊くと、間髪を容れず、乱丸はこたえた。

「上様のお考えにあられます」

乱丸は主君の心を読んだにすぎない。

この先の徳川家康の処遇をいかにすべきかと信長が口にしたのは、いままでどおりの関係は解消する、と自身の中ですでに決したからである。そうと察すれば、現状では家臣に列する以外の処遇は考えられない。

信長のおもてが緩む。

「御長。久太郎」

近習頭最上席のふたりを、信長は交互に眺めやった。菅屋九右衛門は信長からはいつも御長という幼名でよばれる。

「お乱は、一、二年のうちに、そなたらの同輩になろうぞ」

この場合の同輩は、たんに仲間という意ではなく、同じ身分や位の者をさしているのは明らかである。

家臣同士を競わせるために、信長がこういうことを言うのはめずらしくないものの、競う対手が成長著しい若き乱丸では、九右衛門と久太郎はもとより、余の近習頭たちも揃って表情を強張らせるほかない。

当の乱丸だけが、涼しげであった。

二

浜松へ賀使を遣わしたあと、信長は、近習頭たちを重要な任務に就かせる。

まずは、矢部善七郎を山城勝竜寺城へ城代として差し向けた。勝竜寺城の城主であった細川藤孝には、昨年、丹後国を与えて宮津へ居を移させたので、その旧領の知行改め役に任じたのである。

次いで、菅屋九右衛門を七尾城代として能登へ派遣した。九右衛門には能登、越中を鎮撫する上使の権限も与え、副使として福富平左衛門を随行させた。

堀久太郎も和泉国へ戻した。高野山の大寺である槇尾寺が、指出を拒否したので、信長は久太郎を総大将に任じて、これを包囲させておいたのである。土地の面積や年貢などの明細報告を、指出という。

かつて、有岡城を眺めながら乱丸に語ったことを、信長は実行し始めたといえる。年少より側近く仕える子飼いの者らに、大きな力を持たせ、近江とその近国を固めるという。

四月に入って、叡慮を奉じた勅使が来臨した。信長の出京前日に乱丸が予想したとおり、あれからおよそ一ヵ月後のことであった。

朝廷側も、信長の最大の関心が、おのれの官位などではなく、天皇の譲位の件にあることは分かっている。ようやく、それについて伝えにきた。

「当年は、子丑寅卯に金神あり。よって、御譲位の儀は、御延引」

勅使はそう説明した。

信長には、譲位は延期と分かったが、その理由が理解できない。

それとみて、勅使が微かに勝ち誇ったような笑みを浮かべると、

「畏れながら、御勅使に申し上げます」

末席から声を上げた者がいる。

「あの者は」

と勅使が信長を促した。

「森乱丸と申す者」

「京童にも知られる織田どののご自慢のご近習にあらっしゃいますな」

「いかにも」

「申したきこととはなんぞ」

勅使から許しを得て、乱丸はわずかに膝を進めた。

「金神とは、陰陽家の祀る神にて、兵戈、水旱、瘟疫をつかさどり、気象激しく殺伐を好むと聞いております」

「ほう。お若いのに、ようご存じじゃ」

「干支によって、金神の居る場所は定まっており、その方角に向かって事を起こせば、怒りにふれて一家七人が殺され、それでも怒りの収まらぬときは、近隣にまで祟りを及ぼす。ご勅使は、当年は子丑寅卯が金神の大凶方であると仰せられましたが、それは、誠仁親王のおわす二条第よりみた方角、すなわち丑寅に禁裏があるからと解せばよろしいのでございましょうや」

子が真北、卯が真東、その間の丑寅（艮）は北東をさす。たしかに禁裏は二条第の北東にあたる。

「さよう……申されるとおり」

勅使の喉仏が上下した。子細を説く前に、乱丸がそこまで言いあてたことに、少し恐怖をおぼえたのである。

乱丸が金神の説明から入ったのは、信長に聞かせるためであった。勅使とはいえ、長袖者ごときに主君を侮られたくない。

「されば、方違をなさればよろしゅうございましょう」

方違とは、忌避すべき方角を避けて他に移ることをいう。旅行などのさい、前夜に吉方の家に仮泊し、当日は方角を変えて目的地をめざすのである。

「清和天皇が、方違により、東宮より内裏へお入りになるのを避け、太政官の曹司庁に遷御された例もあるかと存じます」

何かといえば先例を持ち出して武家を苛立たせる公家の手法を、乱丸は用いた。

美濃金山の可成寺開山の栄巌和尚について、七歳より学問に勤しんだ乱丸は、実は、信長に仕えるようになってからも、和漢の典籍を手に入れ、暇を見つけては繙いている。学問好きというだけでなく、いずれ公家衆と何か論争する場に至ったときのため、知の武装が必要と考えたのである。別して、吉凶禍福を判定する方術の陰陽道を持ち出すのは朝廷の最も得意とするところだから、これを学ぶことは外せなかった。

列座の信長の近臣たちは、一様に息を吞んだ。乱丸に学問のあることは知っているものの、勅使と渡り合うなど、想像の埒外だったのである。

「そこもとは陰陽道に詳しいようだが、清和天皇の例は、金神による方違ではない。その年は、嘉祥三年庚午にお生まれの清和天皇にとって、戌亥の方角が絶命にあたっていたゆえの方違」

と勅使が反駁した。

「さようにございますか。なれど、事を起こすとき、大凶方にあたっても方違をなさらぬこともございましょう」

「朝廷ではそのようなことは決してない。方違をせぬ場合は、延引または停止となる」

「はて、面妖な」

勅使を直に見ぬよう平伏したままで、乱丸は小首をかしげた。

「何が面妖か」

乱丸はすぐにはこたえない。

「おもてを上げて申すがよい」

苛立ちまじりの声で勅使が命じた。

「されば」

と乱丸は顔を上げる。

「左義長の馬場は、禁裏の東、すなわち卯の方角に設けたと記憶いたしております」

ゆったり座していたはずの勅使は、上体をびくっと硬くした。

「当年は子から卯の方角にかけて金神が居るのであれば、あの折り、朝廷よりわがあるじ織田信長へ方違、でなければ延引または停止の沙汰があってしかるべき。そのいずれの沙汰もなかったのは、いかにも面妖」

面妖の一言に、乱丸は力を込めた。

「ではございませぬか、御勅使」

場を息詰まる沈黙が支配する。

稍あって、ようやく発せられた勅使の声は、微かに震えていた。

「あれは、武家の左義長。朝廷の行事では……」

「天覧の左義長にございました」

勅使の語尾にかぶせて、乱丸は言った。

「織田どのはあの左義長を遊び事と言われたはず。たとえ天覧であろうと、武家の遊び事の致し様にまで容喙するは行き過ぎであろう」

「では、もし織田信長が高野山を焼討っても、これは遊び事と申せば、朝廷は歓迎なさるとの仰せにございますな」

「な、なにを申す……」

信長は、荒木村重の残党と手を結んだ高野山と、昨年より戦っており、今年の正月には岸和田城主の織田信張に命じて、高野山の僧一千四百人近くを捕らえ、誅殺している。

「乱丸。御勅使に対し奉り、無礼である。控えよ」

叱りつけたのは、近習衆の最長老、二位法印であった。

乱丸は、尻下がりに、もとの座へ直った。

信長が、じろりと二位法印を見た。が、それは一瞬のことで、視線をすぐに上座の勅使へ戻す。

「ご譲位の儀がご延引ならば、それがし無官の者にてもござるゆえ、向後は上洛いたすに及ばずとおぼえ申す」

穏やかに信長は告げた。

「そ、それは、あまりに……」

みるみる、勅使はうろたえた。

「帝（みかど）によしなにお伝え下されたい」

そう言うや、近臣たちを振り返って命じた。

「御勅使は早々にご帰洛の途（と）につかれる。粗相（そそう）なきよう、お見送りいたせ」

それから勅使へ向き直った信長は、平伏した。恫喝（どうかつ）の平伏である。

信長へ別辞の一言をかけるのも恐ろしいのか、勅使は何も言わずに立ち上がり、副使らと一緒によろめくような足取りで出ていく。

その案内に真っ先に立ったのが乱丸だったので、勅使はなおさら動揺した。

勅使と乱丸ら近臣たちの姿が見えなくなってから、信長は二位法印の前に立った。

「お乱は秀（ひい）で過ぎておるか、法印」

眼の中に怒りの火が見え隠れする。

「過ぎたるはなお及ばざるごとしと申す」

老近習は怯まなかった。

「老いたる者らの戯言よな」

「この皺首、刎ねられまするか」

そちが不要になったときは首を刎ねる、と信長より宣告されたことのある二位法印であった。

信長は、庭のほうを眺めやってから、ふんと鼻で嗤った。

「方角が悪いわ」

三

「さてもお早いお着きで……。この猿めの顔を寸刻でも早うご覧になりたいとのお心と察し申した。ああ、それがしはなんと果報者であることか」

近江長浜城の大手門で信長を出迎えた羽柴筑前守秀吉は、歓喜の涙を流さんばかりであった。

長く播磨出陣中の秀吉は、天覧の左義長にも参加しなかったので、昨年の正月に三木城陥落の復命のため安土に登城して以来、主君の尊顔を拝していない。

播磨支配の拠点とする姫路城の完成をみたことから、次なる因幡攻めの前にいったん長浜へ帰城した。その帰城早々に、安土の使者がきて、信長が長浜より船で竹生島へ参詣すると伝えられたので、急ぎ出迎えた次第である。

「たわけ。見たくなるような顔か」

苦笑しながら、信長は下馬した。

「禰々だけか、それがしの顔を毎日見たいと申すのは」

「さようなこと、申したおぼえはありませぬ」

共に信長を出迎えた正室禰々にも秀吉がぴしゃりと否定されたので、羽柴家の家臣たちから笑いが起こった。

信長に随行の乱丸も、思わずおもてを綻ばせる。

（筑前どのと羽柴家はいつも変わらない……）

そう思うと、気にかかっていることが頭を擡げてきた。惟任日向守光秀への謀叛の疑いである。

いまのところ、光秀にそれらしい目立った動きは、まったく見られぬ。光秀を唆したと思われるイエズス会も同様である。

ただ、イエズス会巡察師ヴァリニャーノは明後日に安土を発つ予定であった。畿内の布教状況を視察するためであるという。

フロイス神父も布教のために越前へ旅立つが、こちらはポルトガル船の加賀来航を望む柴田勝家の要請でもあるらしい。

一方、いまは居城の近江坂本城にいる光秀のほうも、細川藤孝より茶会に招かれ、明日にでも丹後宮津へ出かける、と乱丸は聞いている。

イエズス会と光秀が、ほとんど同時に畿内やその近国へ移動する。となれば、あるいは、両者はどこかで秘密の会見をもつのではないか。

そんな疑念を湧かせた乱丸は、〈なんばんや〉のアンナに探りを入れるよう頼んではいたものの、もっと人数をかけて確実な情報を得たい、というのが本音であった。

（筑前どのなら……）

秀吉とその一党なら、そうしたことに長けている。軍師の黒田官兵衛などは、敵との情報戦を制することで、幾度も秀吉に勝利をもたらしてきた。

あまつさえ、秀吉は光秀とは出世争いをいよいよ激化させている。そんな秀吉に協力を仰げるのなら、これほど心強いことはあるまい。

だが、決定的証拠が何ひとつないのに、光秀に謀叛の疑いあり、などと口に出せるものではない。それは讒言でしかなく、口にした乱丸こそ織田家を危うくする謀叛人であろう。

乱丸は、ひとり、小さくかぶりを振った。いまはまだ秀吉に打ち明けることを断念したのである。

「これは、乱丸どのか」

その秀吉が、目の前に立って、両肩を摑んできた。

「いやあ、しばらく見ぬ間にご立派になられましたな。背も一尺は伸びたのではござらぬか」

「背は伸びましたが、一尺は大げさにございます」

「なれど、見上げるほどになられましたぞ」

愛しいわが子でも眺めるように、秀吉は満面の笑みをみせた。

「お前さまが縮んだのでしょう」

と爾々が言ったので、また大笑いが起こった。

「気塞いなときは、猿とお爾に会うに限るわ」

信長の笑いは、まだ苦笑のままだが、表情は少し明るくなった。気塞いとは、気がつまって、心の晴々しないさまをいう。

「猿。船は」

早くも信長は、船着場のほうへ歩き出している。

「早、竹生島にお渡りにあられまするか」

「当たり前じゃ。そのために来たのだ」

「ごもっとも」

秀吉は、小走りに先に立つ。

「乱丸どの……」

禰々が小声で呼びとめ、物問いたげな視線を向けてきた。信長の不機嫌の理由を知りたいのである。

乱丸は、安土下向の勅使より天皇の譲位の件は先送りと信長に伝えられたことを、手短(てみじか)に禰々に話した。

「さようにございましたか。明かしていただき、ありがとう存じます」

「あとで筑前どのにもお伝え下さい」

乱丸は、秀吉の用意した信長の御座船(ござぶね)に同船した。

信長に随行の近習衆は、乱丸を頭(かしら)と仰ぐ森組の者らである。伊東彦作(いとうひこさく)、薄田与五郎(すすきだよごろう)、祖父江孫丸(そぶえまごまる)、飯河宮松(いいかわみやまつ)の四名。

森組の近習はこれだけではなく、乱丸の弟たちも配下だが、供(とも)は馬の上手(じょうず)にだけ命じよと信長から言われたので、余の者は安土に留(とど)めた。

安土から長浜まで、信長は乗馬(じょうめ)を飛ばしに飛ばした。たしかに、供衆も馬の上手でなければ落伍(らくご)していたであろう。

信長は御座船も急がせた。

もともと、事をすすめるのに悠長であることを嫌う信長だが、本日の性急ぶりは、天皇の譲位延引に対する怒りが、まだ収まっていないあらわれ、と乱丸は察している。

琵琶湖に浮かぶ竹生島は、周囲わずかに半里、常緑樹に被われた孤島である。島内の宝厳寺弁天堂に祀られる弁才天は、相模の江島、安芸の厳島のそれとともに、日本三弁才天のひとつとして名高い。

初夏の陽射しの下、長浜より海上五里の航跡を描いて、竹生島に上陸した信長だが、参詣もそこそこに帰航の途についた。

(筑前どののご饗応なら、お心も和む……)

乱丸のその期待もむなしく、信長は長浜に帰港するや、秀吉が用意していた心尽くしの酒肴も一切受けずに、

「帰城いたす」

と再び馬上の人となって、安土へ一散に馬を駆ったのである。

乱丸ら供衆も、ほとんど一瞬たりとも休憩の暇など与えられず、ただひたすら主君の乗馬に付き従うばかりであった。

陽の沈みきらぬうちに、信長は安土に帰城した。陸路と海路、合わせて往復三十里を、なんと日帰りで踏破したことになる。

「誠に希代の題目なり」

と『信長公記』にも記されている。

この場合の題目は、特別にとりあげるべき事件、という意味であろう。それほど驚異的な速さだったのである。

譲位延引の一件は、時が経つにつれて信長の怒りを増幅させている、と乱丸は感じた。

(このままでは上様はご狂乱あそばす)

信長が御殿に入ると、女房衆が慌てて出迎えた。

(見苦しい)

数も揃わず、整然と並びもしない女たちのようすに、乱丸は眉をひそめる。わざわざ信長の怒りをかうような真似をするのは、いまはいかにもまずい。

案の定、信長が甲高い声を響かせた。

「女どもはこれだけか」

出迎えの女房衆の数が、明らかに少ないのである。

小姓部屋から出てきた森組の小河愛平が、乱丸に躰を寄せて、蒼褪めながら囁いた。

「おかしら。女房衆は遊山に」

それだけで乱丸は察した。

信長の竹生島参詣は、長浜を経由しての片道十五里。一年以上会っていない秀吉とつもる話もあるはずだから、長浜城に一泊する、と誰しも思い込んだに相違ない。それで、鬼の居ぬ間の洗濯とばかりに、女房衆は羽を伸ばしたくなったものであろう。

（愚かなことを……）

奉公人に対しては、男女の別なく風紀や挙措に厳格で、勤めの懈怠を決して赦さない信長である。

「なぜ打ち揃うて出迎えぬ」

信長が侍女頭のひとりに詰問した。

「も……申し訳ございませぬ。他出している者らがおりまして……」

侍女頭もほかの女たちも、ひたいを床にすりつけて、恐ろしさに震えている。

「他出と申したか」

「はい」

「いずれへまいった」

「それが……」

侍女頭が何とかこの場を取り繕おうとしているのが、乱丸には分かった。下手な言い訳をすれば、即座に手討ちにされよう。早々に信長から遠ざけねばならない。

「上様のご下問である」

乱丸は、声を荒らげながら、信長と侍女頭の間に入り、女の衿首を摑んで顔を上げさせた。

「有体に申し上げよ」

信長ばかりか、乱丸にまでいつにない恐ろしい形相で睨みつけられたので、侍女頭はたちまち白状に及んだ。

「お薬師参りに出かけましてございます」

安土山の南東に位置する繖山の西峰に、桑実寺という天台寺院が建つ。足利十二代将軍義晴が、流浪時代に仮幕府を開いたという名刹で、桑実薬師の通称で知られる。

「奉公中にご主君のお許しも得ず、物見遊山とは、不届き千万」

乱丸は愛平を振り返るや、

「愛平。これなる侍女頭に、遊山へ出かけた女どもの名を書き出させよ」

みずからの手で侍女頭を立たせ、その身を愛平に預けて、二人を押しやると、次いで、竹生島へ随行した森組の近習たちを呼ぶ。

「彦作、与五郎、宮松、孫丸」

年上でも呼び捨てにするのは、かれらが森組と決まったとき、今後はわれらを存分に手足として使えよ、と申し出てくれたからである。乱丸にすればありがたいことであった。

四名は乱丸の前に折り敷く。

「遊山の女どもの名と供の人数が明らかになり次第、ただちに兵を率いて桑実寺へ馳せつけ、一人も逃さず捕縛いたせ」

「承知仕った」

彦作ら四名は、侍女頭を引っ立てていった愛平のあとを追って、その場を走り去る。

「上様」

信長の前へ、乱丸は進み出た。

「不届き者どもを捕らえ次第、お報せいたします。それまで上様には、湯あみなどあそばし、まずは旅の汚れを落とされますよう、乱丸よりお願い申し上げます」

信長が一歩、踏み出し、いきなり乱丸の肩を強く摑んだ。

「お乱。大儀」

乱丸の処置を諒としたのである。

「お虎。風呂じゃ」

高橋虎松に命じながら、信長は足早に出てゆく。

組下の者らを従え、信長に寄り添った近習頭の虎松から、乱丸へ、感謝の目配せが送られた。

信長の不在中に女房衆が遊山に出かけたことでは、御殿の留守居をつとめながら、それを黙過した虎松ら近習衆にまったく越度がないとは言い切れないのである。

遊山の女房衆は、薬師参りだけでなく、勝手に天主閣内を見物した者らもいたと発覚した。森組の動きは迅速で、それらの女たちも、坊丸、力丸、柏原鍋丸、種田亀丸たちが逃さずに引っ捕らえた。

桑実寺へ向かった森組からは、宵(よい)の間に孫丸が報告に戻ってきた。

「寺の長老が、上様のご慈悲をもってお赦しをと申し、遊山の女房衆を匿(かくも)うて差し出しませぬ。いかが取り計らいましょうや」

足利将軍家ゆかりの名刹の長老から、そのように願い出られて、孫丸らも強行しかねたのである。

「待っていよ」

孫丸に命じてから、乱丸はひとり、信長の御前(ごぜん)へまかり出た。そこには、近習衆の中に二位法印の姿も見える。

乱丸が孫丸の報告を伝えると、信長はおもてを朱に染まらせた。

「よって、上様にお許しいただきたき儀がございます」

信長の命令が下される寸前で、乱丸は先にことばを発した。

「申せ」

怒鳴りつけるように、信長は言った。

「桑実寺の長老を斬り捨てたく存じます」

「なんと申した」

「上様の慈悲深きお心は、乱丸も身をもって存じております。また、桑実寺は前(さき)の武門の棟梁にゆかりの寺。その長老を斬ることに躊躇いがおありになるのは、お察し申し上げます。なれど、織田家の女房衆の奉公懈怠に口出しするなど、名刹の僧たるを鼻にかけた増上慢というほかなし。なにとぞ、この乱丸に成敗をお命じあそばしますよう」

信長はいま、女どもも坊主も殺せと命じるところであった。それを察知できた乱丸は、あえて慈悲やら、躊躇いなどといったことばを持ち出した上で、信長にはそれら善心を枉げてでも自分に長老を成敗させてほしい、と申し出た。

なぜなら、乱丸には分かっているからである。譲位延引の一件で腸の煮えているいまの信長には、その激怒の血を鎮める生贄が必要なのだ、と。

信長が怒りの感情をそのまま口にするより先に、生贄を差し出さなければ、間違いなく皆殺しの命令が下されてしまう。いったん信長の口から発せられた命令は、取り返しがつかない。

乱丸のほうから長老成敗を命じてほしいと願い出られたことで、信長はひとつの満足を得て、女房衆の処分については寛大になるはずであった。

「畏れながら、上様……」

二位法印が何か言おうとしたので、乱丸は総身を粟立たせた。怒りを鎮めようとしているいまの信長に何を言わんとするのか。

だが、信長は、二位法印の声が聞こえなかったものか、そちらを見ずに、乱丸に命じた。

「お乱。その坊主を斬れ」

「ありがたき仕合わせに存じます」

「女どもはいかにする」

この下問は、信長が女房衆の処分も乱丸に委ねたことを意味する。

「学も力もなく、弱き女子衆。遊山の者も、ご天主に入った者も、しばらくの蟄居をもって罰すれば、二度とかような愚行は犯さぬことでありましょう。むろん、罪重きとみた者については、追放が至当と存じます」

「それでよい」

ようやく信長の表情に落ちつきが見えてきた。

「して、法印」

二位法印に向かって、信長があごをしゃくってみせる。声は聞こえていたのである。

(要らざることを申されるな)

乱丸は祈った。

「はて……」

乱丸の祈りが通じたのかどうか、法印は困惑げにおのれの頭を叩きはじめた。

「何を申し上げたかったのか、忘れてしまい申した」

忘れていないはずだ、と乱丸は見抜く。

「ちかごろ物忘れがきついようにございますな、法印どの」

野々村三十郎が笑った。

「まあよい。どのみち老人の戯言であろう」

と信長も切り捨てた。

「されば、わたしはこれより、桑実寺へまいります」

乱丸は御前を辞した。

御殿を出たところで、孫丸が合流する。明るい月夜である。

「待て、乱丸」

呼びとめられ、振り向いた。

二位法印である。

「そなたに僧が斬れるか」

咎める言いかたであった。

「斬れる斬れないではなく、斬らねばならぬのです」

「これでよかったと申すのだな」

「法印どのには、ほかの致し様があったと言われますか」

近習衆の最長老を、乱丸は睨み返した。

「それをできるのが、森乱丸と思うていた。わしの買い被りであったか」

「ご前言を翻せばようございましょう」

「わしの前言とな」

「わたしが仙千代どのを凌いでいるという」

「いや、やはり凌いでいるであろうよ。お仙ならば、老いたる僧を斬るなど思いつかぬ」

有岡城包囲戦のとき、山上がりの者らの成敗を信長に命じられた仙千代だが、その殺戮戦より戻ってきたとき、疲労困憊で、それがしには向かぬ任であった、と力なく微笑んだものである。仙千代の討死はその十日ばかり後のことであった。まるで、みずから死を望んだようにして。

「織田信長というお人の家臣としては、そなたはきっと誰よりも優れていよう」

「法印どの。含みのある申しようはおやめいただきたい」

「その直截さが、師はもはや仙千代ではなく、上様であるということじゃ」

「最上のお褒めのことばと受け取っておきます。では、これにて」

いったん昂然と胸を反らしてから、乱丸は二位法印にくるりと背を向けた。

孫丸を従えて遠ざかってゆく乱丸を見送る二位法印の視界の中で、ふいにその姿が真っ黒になって没した。夏空の明るい月が厚い雲に被い隠され、地上を照らす光は失せたのである。

第二十章　箒掃剣

一

「おめでとう存じます」

艶やかな装いでアンナが乱丸を出迎えた。

アンナの赤い被り物は、高い尖塔のようで、これを覆う薄衣が長く床まで垂れている。エナン帽というものらしい。

花模様の裾長の上衣は、打衣のようにも長袴のようにも見える。が、胸元が大きく寛げられ、両の乳房のあわいがのぞいているのは、やはり南蛮渡来の衣類であった。

乱丸は目のやり場に困る。

「お気に召されませぬか」

笑顔をしぼませて、アンナが訊いた。

ちょっと頬を赧らめながら、乱丸は小さくかぶりを振る。

「……美しい」

するとまた、アンナはおもてを輝かせ、

「さあ、こちらへ」

と乱丸の手をとり、〈なんばんや〉の奥座敷へと誘ってゆく。

アンナが祝いのことばを述べたのは、乱丸が信長より知行を賜ったからである。近江国内に散在する四筆、計五百石であった。筆とは土地の一区画をさす。

信長は、長谷川藤五郎と野々村三十郎にも同じく近江国内に知行地を下賜し、心より信頼できる近習頭たちに力を与えるという思惑を、顕在化させ始めた。

奥座敷へ入ると、すでにそこには膳が用意されていた。

熨斗、昆布、勝栗をそなえ、山海の珍味が数多の木具に溢れんばかりに盛られている。檜の白木で作られた器物を木具といい、当時は塗りの道具より上等であった。

「アンナ」

「はい」

「うれしいけれど、大仰すぎる」

「何を仰せられます。お祝いの膳ぐらいは、せめて乱丸さまに見合うた豪奢なものにしたかったのでございます。だって本当は、乱丸さまのお働きに比して、五百石など少なすぎますもの。織田さまは思いのほかに吝い御方にあられますな」

　腹立たしげに言うアンナであった。

「滅多なことを申すな。五百石は過分だ」

　乱丸もつい語気を荒らげた。いかに懇意のアンナでも、信長への悪口は捨ててはおけない。

「いいえ。いまや乱丸さまのすぐれたご才覚は誰もが知るところ。その十倍、いいえ、百倍でも過分ではありませぬ。織田さまを見損ないました」

　こういうときに引き下がらないのも、アンナらしかった。

「百倍と申したな」

「申しました」

「そのとおりだ。上様はわたしに五万石を下さる……」

　怒りにまかせて、明かしてしまってから、乱丸は慌てて口を噤んだ。しかし、もう遅い。いつものことだが、どうしてもアンナの拍子に引き込まれてしまう。

「まあ、ほんとうに五万石を……」

　こうなっては白状するほかない。

「これはまだ正式なお達しではなく、ご内意なのだけれど……」

　信長は来春、大軍をもって武田討伐を果たす腹積もりでいる。そのあかつきには、森家の本貫地の美濃金山五万石を乱丸に与えると約束してくれたのであった。

「織田さまはさすが乱丸さまが命懸けで仕える御方。天下一のご器量にあられます」

いましがたの悪口などけろりと忘れて、アンナは胸の前で指で十字を切って、信長を褒めあげた。

無邪気ともいえるその仕種に、乱丸の怒りも一瞬で消えてしまう。

実は、信長が来年、大禄を与えるつもりでいるのは乱丸ひとりではない。越前府中を近習頭最上席の菅屋九右衛門に、近江長浜を同じく堀久太郎に、と考えている。

その内意を知るのは、乱丸のほかに幾人もいない。いま越前府中を領する府中三人衆の前田利家、佐々成政、不破光治、そして近江長浜城主の羽柴秀吉も、当人たちですら知らないのである。

かれらには、いずれ信長が機をみて命じるであろう。

信長のそういう命令に、たいていの者は茫然としたり嘆いたり、口にこそ出さねど怒りをおぼえたりもする。だが、少年期に近侍した前田利家や、織田の部将中、主君の意を汲むことに最も長けた羽柴秀吉など、信長をよく知る人間は冷静に受け止めるはずであった。

「なれど、美濃金山と申せば、乱丸さまの森家のご本貫地で、ご当主の兄上さまが領しておられるところにございましょう」

ちょっとアンナが憂い顔になる。

「そうだな」

おそらく長可は、乱丸が美濃金山を欲したときめつけるであろう。信長に抗議することはできないから、そのぶん弟への怒りは増すに違いない。そうなったときは、長可に何を言っても無駄である。

むろん信長は、武田討伐のさいの長可の働きがすぐれたものであれば、いまに倍する知行地を与えるつもりらしい。越後と接する信濃の旧武田領へ移すのではないか、と乱丸は察している。勇猛な長可は、上杉へのよき抑えになる。

それは長可にとっても大出世ではある。しかしながら、いかなる形であれ、武士が本貫地を離れねばならないというのは辛い。主に尾張に本貫地をもつ弓衆と馬廻衆百二十名が妻子を安土へ移住させていなかったという、三年前の正月の事件も、同様の理由から起こったものだ。長可の場合、森家の家督であるにもかかわらず、弟に明け渡すことになるのだから、その心中は察して余りある。

「ご兄弟の不和の因にならねばようございますが……」

「案じてくれるのか」

「それはそうでございます」

「大事ない」

乱丸はアンナに笑ってみせた。

いまの乱丸は、そのときはそのときのことと肚を括っている。たとえ兄といえども、信長の決定に異を唱えるならば、織田には不要の人間なのである。

「乱丸さまは日々、逞しゅうなられまするなあ」

「きっと……アンナのおかげだ」

照れたように、乱丸は言った。

「うれしいことを仰せられます」

「なれど、この儀は他言無用だ」

乱丸は釘を刺した。

「ふふっ……女の口に戸は閉てられませぬよ」

「アンナ、そなた……」

「戸を閉てたければ……」

すうっと寄ったアンナが、乱丸の首に両腕を回した。

白い胸許から、甘い香りが漂う。

「口ふたげをなされませ」

口ふたげとは、口止めの意である。

「たんとなされませ」

喘ぐように言いながら、アンナは唇の間からちろりと舌先をのぞかせた。

抗し難く、吸い寄せられてしまう若い乱丸であった。

二

御殿の庭に面する縁に立ったまま書状を読み了えて、信長がちょっと苦笑いをみせた。

「日向らしいことよ」

だが、満更でもないといった風情である。

いま丹波亀山に在城し、丹波国の安定支配をはかっている惟任日向守光秀より送られてきた書状であった。

傍らに折り敷く乱丸は、すぐに読みたいと思った。

先頃、光秀の丹後行きとイエズス会巡察師ヴァリニャーノの畿内巡察の時期が重なったことに不審を抱き、両者がどこかで接触するや否や、ひそかにアンナに探ってもらった乱丸である。

女郎屋を営むアンナには、手足となって働く者らがいるらしかった。また、自身はキリシタンでもあるから、伴天連の動きは入手しやすい。

ところが、光秀とヴァリニャーノは秘密の会見をもたなかったという。それらしい素振りすらみせず、また仕える者ら同士が代理でやりとりするといったこともなかったそうな。

（やはり、わたしは石川五右衛門の偽りに翻弄されているのだろうか……）

そう思わずにはいられなかった。

「読むがよい」

信長が手ずから乱丸へ、光秀の書状を渡した。

「御免仕ります」

書状の内容は、惟任家の家中軍法十八ケ条である。正式に文書をもって家中に下達したそれを上様にも披露したい、と冒頭に記されている。

光秀ほど、信長に仕えた当初より、報告書を頻繁に上申する者はいない。とくに外交やいくさの情勢、策戦などは、巧みな文章で詳細に書かれているため、目のあたりにしているような心地になる、と信長に絶賛されることがしばしばであった。この点は、無学の羽柴秀吉がまったく及ばないところである。

ただ、織田では、光秀以外の部将たちは、あらかじめ文書で軍規を定めるなど誰もしなかった。主君の信長ですらしない。かれらは、いくさもまつりごとも情実が絡むのは当然だから、杓子定規はよろしくなく、臨機応変であるべきと考えていたのかもしれない。そのいちばんの実践者が秀吉であろう。ひとり光秀だけが異彩を放つ存在であったともいえる。

光秀の家中軍法においては、陣中では役付きの者以外が大声を出すのも雑談するのも禁じるという第一条に始まり、行軍中やいくさ場で守るべき義務、違背したさいの処罰、石高に応じた軍役などを、事細かに定めている。

それらは、乱丸にもいちいち納得できるものであった。

（さすが日向守どの……）

しかし、信長が満更でもない表情をみせたのは、家中軍法がよくできているからではなかった。十八ケ条列挙のあとに、これを制定した理由が述べられており、その中の一文が琴線に触れたことは明らかである。

「既に瓦礫沈淪の輩を召し出され、あまつさえ莫大な御人数を預け下さる」

瓦礫沈淪の輩とは光秀自身をさす。何の価値もない落ちぶれた者である自分を、信長が召し抱え、莫大な軍勢まで与えてくれた、という意味である。

だから、自分は信長に大いに感謝している。それゆえ、家中の者共も、功績をあげれば、必ず信長に報告し取り立てるので、軍法をよくよく守るように、と文章は結んである。

素直には受け取り難い乱丸であった。

（上様に諂いすぎているのでは……）

たしかに光秀の素生は定かではないようだが、瓦礫沈淪とまでおのれを貶めなくともよいのではないか。光秀ほどの教養人なら、ほかのことばを選ぶこともできたはず。

加えて、軍律をわきまえず何の武勇も手柄も立てない者は穀潰しであるとも記しており、これなども信長の意を迎えるための文言と疑えば疑える。

（心に疚しきことがあるのか。たとえば、大事を隠したいというような……）

アンナの報告から光秀への疑念を拭いかけていた乱丸だが、このどこかわざとらしい文章に、もやもやしたものがふたたび心に湧き出てきた。

ヴァリニャーノが近日中に、畿内巡察を了えて安土を再訪する予定であることを、乱丸はアンナから聞いている。日本を離れる前に信長に挨拶するためという。堺より船で瀬戸内海を豊後まで戻り、よき頃合いをみてポルトガル船で出航するそうな。

（自分で探ってみよう）

と乱丸は思った。

そして、この数日後、ヴァリニャーノの一行が安土へやってきた。

「いつ天竺へ発つ」

ヴァリニャーノを引見した信長は訊いた。

天竺とは、インドをさす。インドのゴアが、ポルトガルの海外における軍事、商業、キリスト教布教の中心であった。

当時の航海は季節風に左右される。日本来航のポルトガル船は、必ず中国のマカオを経由するので、南風の吹く季節にやってくる。帰航の途につくのは、北風の吹く季節であった。

「明年の一月の終わりまでには、長崎より帆をあげることになろうかと存じます」

こたえたのは、日本人修道士で通辞のロレンソである。

「随分と先のことではないか。それならば、いましばらく安土に留まっておれ。そのほうらに見せたいものもあるゆえな」

ヴァリニャーノにすれば、それほど先のことではない。だいいち、瀬戸内海は海賊が横行して危険であり、天候の変化や、潮待ち、風待ちなどで、ときには九州まで一ヵ月余りを要することもある。また、九州では、キリシタンの最大の保護者たる豊後の大友宗麟だけでなく、他の多くの武士や信者たちとも会見をもつ必要もあるため、できるだけ早く発ちたいのであった。

しかしながら、信長の命令に背くことはできない。信長の援助で安土の伴天連屋敷の地を広げてもらい、セミナリヨを設けることもできたのだから、なおさらである。

セミナリヨは、日本人聖職者の養成と上流子弟の教育を目的とするもので、神学校と訳される。

ただ、ヴァリニャーノはそうした思いを顔色には出さなかった。

ロレンソに何か言ったヴァリニャーノが、微笑を湛えながら、信長に向かって恭しく叩頭する。

「上様のご厚情に感謝し、喜んで安土に滞在いたしたく存じまする」

とロレンソが通訳した。

（本音は留まりたくないようだ……）

終始ヴァリニャーノを注視していた乱丸だけが、伴天連は早々に安土を出立したいのだと見抜いた。

（上様に何かを看破されるのが怖いからではないのか……）

信長の勘が鋭いことは伴天連たちも承知のはず、と乱丸は思う。

その夜、乱丸は、信長が眠りについてから、セミナリヨを訪れた。宿直番ではないので、城を離れるのに障りはなかった。

セミナリヨの門は昼夜を問わず開放され、常夜灯も灯されている。いつなんどきでも、信徒の相談にのるだけでなく、入信したい者がくれば歓迎する。

信長のお膝元の安土では、その厚遇を得ている伴天連を襲撃したり、盗みに入ったりする愚か者はいないから、こうした不要心も平気であった。

夏の月に照らされて、仄かに浮き立つセミナリヨは、周辺の町屋に比べて異相といえた。和風の建築だが、三階建てなのである。

内部は、一階に茶室付きの座敷その他、二階には伴天連たちの居室、三階が入学子弟の教室と寮という造りであった。

「森乱丸と申す。ロレンソどのにお会いしたい」

訪いを入れた乱丸は、応対に出た信徒とおぼしい男にそう申し出た。

男は、突然の訪問者の名に驚き、少しうろたえながら階段を上がっていこうとした。

「ロレンソどのは二階におられるのか」

乱丸は、男を呼び止めるように訊いた。

「さようにございます」

「お目が不自由なのだから、わざわざ降りてきていただくのは申し訳ない。わたしから参ろう」

「それでは、身共が叱られます」

と慌てる男にかまわず、乱丸は階段のほうへ歩きだす。

二階へ上がると、階段脇の小部屋からロレンソが出てくるところであった。

「修道士ロレンソ。いまこちらに織田さまの……」

信徒の男が説明しかけたのを、途中でロレンソは穏やかに制した。

「分かっている。森乱丸どのがお越しなのだな」

乱丸の居所を探るように、そちらへロレンソはおもてを向ける。

「神の恩寵にて、拙僧は音には鋭く応じる耳をもっておりまして、階下より森どののお声が聞こえましてございます」

「さようでしたか」

盲人の聴覚が鋭いのは、ひとりロレンソに限ったことではない。キリスト教でも仏教でも、なんでもかんでも神仏に結びつける僧や信徒を嫌う信長に、まったく同感の乱丸であった。

「して、森どの。ご用向きは」

「その神のことを、ロレンソどのに聞きとうございます。こうして安土城下にキリシタンの学舎(まなびや)ができたからには、上様の側近(そばちか)く仕える者として、よくよく知っておかねばならぬことではないかと思い至りましたので」

「それは、なんとも喜ばしきこと」

ロレンソは輝くばかりの笑顔をみせる。

「思い違いなさっては困ります。わたしはキリシタンになるつもりは毛頭ありませぬ。ただお話をうかがいたいだけにございます」

「森どのに神の恩寵について語らせていただけるだけでも、名誉なことと存じます」

ロレンソが心よりそう思っていることは、声の調子や微笑(ほほえ)みから明らかであった。

「狭くてむさ苦しきところにて無礼とは存じますが……」

ロレンソは自室へ乱丸を招じ入れた。信徒の男は退(さ)がる。

たしかに狭い部屋だが、掃除が行き届いて、こぎれいであった。

キリスト教の法具の数々が棚に置かれている。その中のひとつに、乱丸は目をとめた。

「細縄を束ねて、一方を括ってあるこの道具は、鞭にございますか」

「オテンペシャにございます」

「オテン、ペシャ……」

「さよう。われらキリシタンの僧がみずからの苦行に用いる鞭にございます」

「おのれの身体を痛めつけることで悟りを得んとする。断食や水行などと同じにございますな」

「森どのはまことに学識豊か」

「いえ。わたしの学識など、さる御方のそれに比べれば、なきに等しいもの」

「森どのがそこまで言われるさる御方とは、どなたにございましょう。お差し支えなければ、ご尊名をお聞かせいただけませぬか」

「ロレンソどのなら、すぐにお察しになると思いましたが……」

「さて……」

小首をかしげて考えるロレンソである。

「惟任日向守どの」

さりげなく言って、乱丸はロレンソの躰の動きに全神経を集中させた。心の動きが最も表れやすい眼に光を失っている対手ゆえである。

（やはり……）

ロレンソが一瞬、身を硬くしたのを、乱丸はたしかに察知したのである。

「ロレンソどのは日向どのとはご懇意ではありませなんだか」

「織田さまのご重臣の中でも高位の御方ゆえ、拙僧が懇意にしていただくなど……」

「京における二度目の左義長の前に、馬場にて日向どのとロレンソどのが親しく語り合うていた。そのように聞き及んでおりますが、わたしの思い違いでありましたか」

「あれは……伴天連の皆さまが桟敷の座り心地をいま少しよくしてもらえまいかと言われましたので、拙僧が代理で日向守さまに伝えさせていただいたのでございます」

「さようでしたか。それなら、余人を遠ざけてお二人だけで話すほどのことでもございますまいに」

「織田さまへの苦情ととられてはいけないと思い、まずは日向守さまだけに申し上げて、ご判断を仰ぐのがよいのではと愚考仕った次第にございます」

「なるほど、ご賢明と存じます」

「森どの。これへ」

ロレンソが腕を差し伸べたのは、上座の一畳の置き畳である。来客用なのであろう。

「あ……」

乱丸は、ふいに何か思いついたような声をあげた。

「いかがなされました」

「申し訳ない、ロレンソどの。明朝までに一通、書状をしたためねばならぬことを、失念いたしておりました。これにて御免」

「されば、見送りを」

「どうか、ここで」

「では、そのように」

「さいごにひとつお訊ねしますが、ロレンソどの……」

「何なりと」

「図らずも嘘をついてしまったときにも、オテンペシャでおのが躰を打ち据えるのでしょうか」

「そういうこともございます」

「今夜のロレンソどのはいかがにございましょう」

「………………」

微かにロレンソが息を呑んだ。

「つまらぬことを申しました。ご容赦を」

乱丸は、イエズス会修道士ロレンソの居室をあとにし、一階へ降りてセミナリヨの建物を出ると、振り返ることなく遠ざかった。

月の光に照らされたその顔は、確信に充ちている。

三

「お乱。使いをいたせ」

乱丸は、信長より、朝廷へ真桑瓜を献ずる使者の役を命ぜられた。

真桑瓜は、果実だが、夏の水菓子として、当時のとくに京の人々に好まれていた。

「歯黒どもは予のようすを知りたがるであろうな」

歯黒どもとは、歯を鉄漿付けして黒くする公家衆への蔑称である。信長がすでに三ヵ月以上も上洛しないのは、天皇の譲位延引の件で怒りが収まらないから、とかれらは恐れているはずであった。

「聞かれて何とこたえる、お乱」

「高野山や越中のお仕置きを子細に語ってやりたく存じます」

さきごろ信長は、堀久太郎に命じて、和泉国の槇尾寺を一宇も余さず焼失せしめた。また、越中では上杉方に寝返った者らを菅屋九右衛門に成敗させている。

仏教への弾圧、いくさ、処刑などの話は、公家衆を最も震え上がらせる。そういう話を信長の随一の寵臣より直に聞かされれば、かれらはどう思うか。もし安土の覇者の怒りがいずれ自分たちに向けられたら、と最悪の想像をしてしまうのに違いないのである。

「それでよい」

信長は大きくうなずいた。

乱丸は、ただちに森組の面々を招集した。

イエズス会と光秀のことは気がかりだが、差し迫った危険はない。光秀は丹波の仕置きに忙しく、ヴァリニャーノはまだしばらく安土に留まる予定であった。信長も当面は安土を離れる予定がないので、何かが起こるとは考えにくいのである。

「おかしら。京でちと馬銜を外してもようござるか」

「彦どの」

安土山下で馬上の人となるや、伊東彦作が乱丸に期待を込めた顔つきで諒解を求めた。

森組のかしらとして命じるさいは彦作と呼び捨てにする乱丸だが、こういう場合は、以前のとおりの彦どのであった。

「先般のこと、お忘れですか」

信長の竹生島参詣の間に、城の女房衆がまさしく馬銜を外して処罰されたことである。物見遊山の女房衆を匿い、寛大な処分をと願い出た桑実寺の長老を、乱丸みずから斬っている。

「あれとこれとは……」

「同じことです」

「なれど、お乱……」

なおも食い下がろうという年上の配下に、ついに乱丸は、かしらとして命じた。

「彦作。お役目第一であるぞ」

相分かり申した、と返辞をしながら深い溜め息をつく彦作に、他の森組の者らも落胆のようすをみせた。

ただちに安土を発った乱丸だが、道中を急がなかった。朝廷に献上する果物を強行軍で傷めてはならぬからである。

勢多に一泊して、翌日の午前中に入洛すると、京都所司代の村井貞勝の許に旅装を解き、貞勝を通じて恙なく朝廷へ真桑瓜を献上した。

信長の予想したとおり、公家、高僧、有徳人らが列をなすほどに訪ねてきて、乱丸に信長の近況を聞きたがった。

「こたびは訪問客の数が多い」

貞勝もあきれたほどである。

かれらはいま、この村井屋敷の会所で、乱丸が着座するのを待ちかねている。

「ひとつは、このところ上様のご上洛がないこと。いまひとつは、お使者が乱丸ゆえであろうの」

「わたしのことなど……」

とかぶりを振る乱丸を、貞勝の子の作右衛門が感じ入ったように見つめる。

「いや、こたびの乱丸どののご上洛に、朝廷は恐懼戦兢の態にござった。あの織田信長公が森乱丸どののご異見なら手放しでお受け入れあそばすゆえ、決してご機嫌を損ねてはなるまい、と」

「わたしなんぞのことが、さまで買い被られているのでしょうか」

「買い被りではござらぬ。乱丸どのが、陰陽道の金神の解釈で、御勅使と堂々と渡り合うたことは、洛中洛外の貴賤上下に知れ渡っており申すぞ」

「あれはわたしのしくじりであったと存じます。結句、ご譲位は延引となりましたゆえ」

「謙遜は無用にござろう。織田家に森乱丸ありと世に鳴り響いたのは紛れもなきこと」

「未熟者には恥ずかしいばかり」

「心せよ、乱丸」

貞勝が言った。

「世に名が出れば、それだけで妬み嫉みの目を向けてくる輩がいることを」

「はい」

「金神の一件にしても、身の程知らずにも御勅使に物申した森乱丸を赦すまじ、と憤っている者らもいるゆえな」

「ご忠告、まことにかたじけないことにございます」

乱丸は貞勝に頭を下げた。

「ところで、乱丸どの……」

作右衛門がちょっと戸惑い気味になった。

「何でございましょう」

「いや、おことのご配下衆がな……」

それだけで乱丸は察した。

「今宵ぐらいは馬銜を外したいと申しましたか、彦どのあたりが」

「まさしく」

「お差し支えなくば、こちらのお屋敷に芸能民や女子を招んでいただけませぬでしょうか」

安土出立のさいは、お役目第一と彦作を突っぱねた乱丸だが、皆も京で束の間の遊興を望んでいることが分かったので、実は叶えてやるつもりでいた。ただ、どこかへ繰り出させるのは避けたかった。万一、何か起こったとき、取り返しのつかない事態に陥る危険性を否めないからである。村井屋敷の内ならば安心であった。

「易きこと」

と作右衛門は請け合った。

「ありがとう存じます」

また乱丸は頭をさげる。

「厳しいだけでは、人はついてこぬ。かしららしゅうなったな、乱丸」

そう言って微笑んだのは、貞勝である。

「されば、わたしはこれより、京のお歴々のお対手を仕りましょう」

乱丸は、立ち上がった。

禁裏との交渉も含めた京の行政すべてを司ることで、貞勝は天下所司代ともよばれる。

その任をいずれ襲職するのが作右衛門。

織田家の吏僚中、最重要職に就く村井父子が、十七歳の若者を眩しげに仰ぎ見た。

四

森組の一行は、ひたいや胸許に汗を滲ませながら、山路に馬を飛ばしている。

真桑瓜を傷めることなく朝廷へ献上する役目を了えたので、帰路は宿泊せず、本日中に安土へ帰城しなければならない。

かしらの乱丸以下、どの顔からも充実感が溢れている。

乱丸は、村井屋敷に集まった公家衆をはじめとする京の貴顕へ、天下布武の障りとなる者らを信長がいかに容赦しないかを、近頃の実例を挙げて語り、かれらを震え慄かせた。

これでも朝廷が信長の意に抗いつづけることができるかどうか。

彦作ら森組の面々も、すっかり諦めていた京における遊興を、乱丸のはからいで味わうことができて、大満足であった。

「われらのおかしらは代えがたきお人にあられる」

「さようなことは、はなから分かっておる」

今早朝に出京のために勢揃いしたさい、彦作だけでなく、薄田与五郎や飯河宮松なども、感激を酒臭い息とともに吐露している。

ただ、京女のもてなしを初めて体験した坊丸と力丸ばかりは、目覚めてからもしばらくは放心状態であったが。

一行は、寺院や墓所、京の名士たちの山荘などが営まれる山科を過ぎた。

このあたりは隘路である。乱丸を先頭に、森組は一列になって駆けた。

乱丸の脳裡に、なぜか光秀の家中軍法十八ケ条が過る。

(第四条だったろうか……)

敵を攻めるとき、騎乗の将領が歩卒の後方を進むならば、その資格に欠けるとみなし、領地没収、場合によっては死罪に処す。

いまの乱丸は、戦場で敵を攻めているわけではないし、配下も全員騎乗ではあるが、おのれに命を預けてくれた者らに、真っ先駆けて勇気を示し、これを鼓舞するのは、まことに将領が当然なすべきことと思う。

(日向どのはやはり上様の天下布武になくてはならぬお人……)

軍才も学才も群を抜き、数多の手柄を立ててきた光秀と、いちど親しく話してみたら、どうであろう。万一、光秀が信長への叛心を抱いていたとしても、よく話せば思い直してくれるのではないか。一瞬、そんなふうに思いかけた乱丸である。

緑が幾重にも折り重なった樹冠の下の道へ入ると、蟬の声が驟雨のごとく喧しくなった。谷側からは微かに瀬音も聞こえる。

最後尾の坊丸と力丸が、少し後れをとっていた。

山側から、影が二つ、降ってきた。

いずれも、下は破れて汚れた股引に、上は素膚に腹巻をつけ、無精ひげの悪相である。山賊どもであろう。

それぞれ上から飛びかかられた坊丸と力丸は、山賊とともに落馬した。

坊丸は、空中で果敢に身をひねり、山賊の躰をわが身の下敷きにして落ちたので、衝撃を和らげることができた。が、対手は、屈強で、背を強く打ったにもかかわらず、下から坊丸を蹴り飛ばした。

ひっくり返った坊丸だが、素早く起き上がりざまに抜刀し、初太刀を送りつけた。しかし、ほとんど同時に抜かれた山賊の剣にはね返されてしまう。

「坊兄いっ」

弟の悲鳴が耳を打った。

力丸は刀を手にしていない。腰には鞘のみで、刀身が見当たらなかった。おそらく、落馬の拍子に抜けて、谷側の斜面にでも落としてしまったのであろう。

尻餅をついてあとずさる力丸へ、山賊が真っ向から刀を振り下ろそうとしている。

「力丸」

坊丸は、弟のほうへ足を踏み出そうとしてできなかった。眼前の対手の横薙ぎに襲われたのである。辛うじて払った。

このままでは弟が斬られてしまう。

「おおおっ」

雄叫びをあげ、坊丸は目の前の敵へ思い切り踏み込み、無茶苦茶に刀身を繰り出した。

この騒ぎを、先を往く森組の他の者らは気づいていない。蟬時雨に余の音を掻き消されているからであった。

山賊が力丸の脳天めがけて刀を振り下ろした。思わず、力丸は目を瞑る。

死の絶叫を放ったのは、山賊のほうであった。

谷側から駆け上がってきた人が、抜き討ち一閃、山賊の胴を腹巻ごと両断したのである。

その凄まじい剣技に似合わぬ穏やかな人相で、旅装も清潔な印象の、髪が半白の武士であった。

半白士は、坊丸ともうひとりの山賊の争闘の場へ無造作に歩み寄ると、こちらに背をみせている山賊の肩を、刀の峰でぽんっと叩いた。

驚いて振り向いたその山賊の喉許へ、半白士は切っ先を突きつけた。

「この方々の騎馬の一行を、後方よりひとりひとり襲うという策かな」

半白士が詰問する。柔らかい声だが、有無を言わさぬ語調であった。

山賊が急いでうなずくや、半白士はこれを袈裟懸けの一刀で絶命せしめた。

谷側から、さらに二人、駆け上がってきた。両人とも少し息を乱している。半白士に後れをとったのであろう。

「そちたちは、この若いお二人を守っていよ」

そう言うと、半白士は、坊丸と力丸へ、ご乗馬をお借りいたすと断ってから、鞍上の人となった。坊丸の馬である。

半白士は、後ろに回した右手で馬の尻を強く叩き、一気に走りだした。

「あの御方は」

半白士の従者らであろう二人に、坊丸が訊ねた。

「われらの剣の師にて……」

とその名を従者のひとりに明かされた坊丸は、記憶にあると感じた。しかし、思い出せない。

　そのころ、大津へ向かう前方の山路では、あちこちで闘いが繰り広げられていた。後方よりひとりひとりに襲いかかってきた山賊どもに、ようやく先頭の乱丸も気づいて、取って返し、下馬して、配下とともに剣をふるっている。

　山賊どもは思いの外に手強い。最後尾の弟たちの姿の見えないことが不安な乱丸だが、そこまで戻る余裕も得られぬほどであった。

「汝が森乱丸だな」

　山側から躍り出て、乱丸の前に立った者がにいっと笑った。

　若い。誰かに似ている。

(五右衛門……いや、八郎)

　真田八郎と名乗っていたころの石川五右衛門に似ている。といって、眉目形が、ではない。こちらに感じさせる気分というものが、であった。

「わたしを森乱丸と知って襲うたのだな」

「そうさ」

「ならば、行きずりの山賊ではあるまい。何者かの差し金であろう」

　昨日の村井貞勝の忠告が思い起こされる。

　身の程知らずにも御勅使に物申した森乱丸を赦すまじ。いまや自分は恨みをかう者となったのである。

「さあな」

小馬鹿にした言いかたで、若者は惚けた。

その表情から、こんどは別の印象を受けた。

（どこかで出会うたことがある顔のようにも……。いや、気のせいか……）

いきなり、若者が飛び込んで、右拳を伸ばしてきた。

とっさに、乱丸は剣を顔前に立てた。

鋼の叩き合う音がして、小さく火花が散った。

若者の右拳には鉄貫が嵌められている。刃付きの握り武器である。

乱丸は、押し退けざま、後方へ身を躱した。対手の左拳にも鉄貫を見たからである。若者が振り上げた左拳は空を切った。

「なかなかどうして、やるものだな」

若者は乱丸を褒める余裕をみせた。

「おかしら」

彦作と与五郎が馳せ寄ってきた。

すると、若者は谷側の斜面へ身を翻す。

「われらが道をひらくゆえ、お坊とお力のもとへ行かれよ」

悲鳴がつづけざまにあがり始めたのは、この折りである。

最も後方から走り込んできた一騎が、山賊から奪った短槍（たんそう）を、馬上より自在にふるい、次々と叩きのめしてゆく。半白の武士であった。

「あれはお坊の馬だ」

と与五郎が驚いたが、乱丸は別のことに気を取られていた。

（あの動き……）

乱丸にとって、なぜか懐かしいと思える半白士の短槍の操（あやつ）り方なのである。

（なぜだろう……）

半白士が、突き上げられた山賊の刃を巻き落とすと、その流れのまま手の内でくるりと短槍の柄（え）を回し、対手のこめかみへ石突（いしづき）の一撃を加えた。

「あっ」

乱丸は声を上げる。

あのときは、短槍ではなく、箒（ほうき）であった。

箒一本で、真田八郎も、その手下の悪漢たちも、赤子（あかご）の手をひねるがごとく昏倒（こんとう）せしめてしまった愚溪寺（ぐけいじ）の寺男（てらおとこ）。

実は、剣聖上泉信綱（かみいずみのぶつな）の高弟、神後宗治（じんごむねはる）。

この人に命を救われた乱丸は、当時七歳であった。

二度と会うことはなかったが、その後、美濃金山で武芸稽古に励むとき、乱丸は箒を手にして真似たものである。箒掃剣（そうそうけん）、と名付けて。

「皆、逃げろ」

闖入（ちんにゅう）してきた一騎の桁（けた）外れの強さをみて、くだんの若者が大音に叫び、みずからは早くも谷側の斜面を駆け下り始める。

「追うな」

逃げだした山賊どもへ追撃の態勢をみせる配下たちを、乱丸は制した。

「しんがりの若きお二人は大事ござらぬ」

と乱丸一行に向かって神後宗治が告げる。

坊丸も力丸も無事なのだ。これで三兄弟揃って、宗治に命を助けられたことになる。

乱丸は、懐かしき恩人のもとへ、足早に寄っていく。その姿に気づいた宗治も、乱丸が近づくにつれ、次第に気色を変化させる。

十年ぶりの再会であった。

第二十一章　誅殺

一

「真田八郎、いや石川五右衛門が武蔵守どのご愛用の短刀を……」

「腹いせにござろう」

ふたりきりで語り合うのは、乱丸と神後宗治。信長に属す山岡美作守の居城、近江勢多城の城内である。

山科での宗治は、川水で汗を拭っていると、山路からただならぬ声が降ってきたので、急ぎ駆け上がって坊丸と力丸を救い、そのまま森組に助太刀することになった次第であった。乱丸にとっては好運というほかない。

しかと礼をしたいと思った乱丸は、安土に逗留するよう宗治にすすめた。が、故国の武州への帰路を急いでいるから、と丁重にことわられた。

それでも、わずかな時でも語りたい、と乱丸は無理を言って宗治に勢多城まで同道してもらい、こうして小憩をとったのである。

宗治の師匠の上泉武蔵守信綱が逝去したことは、乱丸も知っていた。安土に出仕すべく美濃金山をあとにする少し前、風の便りで伝わってきたことを憶えている。

だが、愚溪寺の闘い以来、石川五右衛門が父真田鬼人の仇を討たんと信綱の命を狙いつづけていたことまでは、まったく知らなかった。いま宗治に明かされたばかりで驚いたところである。

結句、五右衛門は、信綱を幾度か襲ったものの、そのたびに一蹴された。不世出の剣聖に敵うはずはなかったのである。

信綱は大往生を遂げた。その葬儀のために上泉家の者らと門弟たちが忙しく働く中、信綱愛用の短刀が盗まれ、そこに貼り紙が残されていた。

　真田八郎改め、
　天下の大盗、石川五右衛門、
　　参上

ついに信綱を討てなかった五右衛門のせめてもの腹いせであったろう。

しかしながら、新影流の門弟たちが、師匠を狙いつづけた悪漢の侵入を易々とゆるすなどありえない。きっと五右衛門は手下を使ったはず。詮議してみると、葬儀の支度に立ち働いた女たちのひとりが、短刀盗難の直後に行方を晦ましたと判明した。消えた女が何者なのか、ほかの女たちも知らなかった。いつのまにか紛れ込んでいたようなのだが、皆と同じく甲斐甲斐しく働くので、誰も疑わなかったのである。かやと名乗ったというが、それもまことの名かどうか疑わしい。

新影流の数多の門人が五右衛門を追わんとするのを、神後宗治、鈴木意伯、疋田豊五郎ら信綱の高弟たちが、たかが鼠賊ひとりに躍起になるのは愚かであると制した。

五右衛門にすれば、仇敵が卒し、腹いせも済ませたのだから、近くに留まっている理由はもはやない。すでに遠方へ逃れたに相違なく、捕らえるのは至難、と宗治らは判断したのである。

ただ、新影流では、亡師に倣って廻国修行に出る門人が多い。今後は、そういう者らが修行旅の途次で五右衛門の行方を摑んだときだけ、追えばよいということにした。

宗治が廻国の旅に出たのは、四年前の春のこと。かつて信綱に随行して経巡った土地をあまさず再訪し、関わった人々へ、亡師に代わって礼をするのが目的である。遺された門人が当然なすべき巡礼であった。

「その年の冬、播磨の室津において、五右衛門に出会い申した」

と宗治は明かした。

瀬戸内海の風待ち、潮待ちの湊であると同時に、遊女の発祥地ともいわれる室津には、女郎屋が軒を並べており、その一軒から酔って出てきた五右衛門に、宗治は出くわしたのである。酩酊の不覚者を捕らえるのはたやすかった。

信綱の短刀を返せば命だけは助けてやると宗治が約束すると、五右衛門は手下を堺へ走らせた。すでに堺の豪商に高値で売り払っていたのである。手下には宗治の従者のひとりが同道した。

「では、伊豆守どのは幾日か五右衛門と過ごされたのでしょうか」

宗治がいまは伊豆守を称していると明かしてくれたので、乱丸はそう呼びかける。

「五右衛門の身は、昔、師の武蔵守とともにしばらく逗留させて貰うた問丸の土蔵に、あやつの手下が戻るまで放り込んでおき申した。それゆえ、ことばもほとんど交わさずじまいにござった」

港津や都市において、物資の保管や運送、配船、中継取引、商人への宿の提供などを業としたのが問丸である。

「土蔵に食べ物を運ぶ問丸の奉公人らを対手に、自分は天下に隠れなき大盗で、武勇にもすぐれているなどと吹聴しておったようにござる。わけても、有岡城の籠城戦では織田どのの鼻をあかしてやったとか」

「それは……」

「兜首をとったそうにござるよ。織田どののご近習の万見仙千代どのを討った、と」

乱丸の息は苦しくなる。

（やはり、あやつはお仙どのを……）

本能寺では五右衛門にしらを切られてしまったが、その疑いは真っ黒いものであった。

「法螺話に相違ござるまい。だいいち、五右衛門は誰かに仕えて永の籠城をいたすような殊勝な者ではない」

宗治がそうきめつけた。

たしかに、籠城戦参加など五右衛門らしくないし、たんなる法螺話だと乱丸も否定したい。だが、よくよく五右衛門という男のことを考えれば、否定しがたいものがある。

（私利私欲を満たしたければ、籠城戦であろうが何であろうが、厭わない……）

はなから仙千代を討つつもりで、五右衛門は籠城勢に加わったのかもしれない。

覇者信長の大切なものを盗みたいと狙っており、鬼人の死に関わった乱丸には恨みをもつ男でもある。信長の寵臣にして、乱丸には師というべき仙千代を殺すことは、五右衛門にとってこの上なき快味に相違ない。

（けれど、もし五右衛門が本当にお仙どのを討ったのなら、わたしに直に告げないのはなぜだろう。わたしをいたぶるには恰好の材料のはず……）

やはり法螺話なのか。それとも、こんなふうに、それとなく乱丸の耳に入ってうろたえるさまを想像して、暗い愉悦に浸っているのであろうか。あるいは、いずれ何らかの形で乱丸を追い詰めてから、最大の効果を狙って告げるつもりでいたか。いずれにせよ、五右衛門ならやりそうなことである。

（もしわたしを追い詰めたいのだとすれば、どうやって……）

惟任光秀とヴァリニャーノの顔が浮かんだ。

（よもや五右衛門は……）

光秀に謀叛の疑いあり、と乱丸が信長に報告するよう仕向け、大きな内紛を起こして織田を瓦解させるというのが目論見か。瓦解までには至らずとも、本当は光秀に叛心などなかったのだと信長と乱丸を嗤いながら、ついでのことのように、仙千代を殺したのは自分だと明かすつもりなのではあるまいか。

（もしそんなことが起これば、上様もわたしも怒り狂う）

それは、自称大盗の五右衛門に、人生最大の喜悦を味わわせることになろう。信長と乱丸の心をある意味盗んだのだから。

そこまで思い巡らせると、また新たな疑惑が心に広がった。安土城下の伴天連屋敷で会ったロレンソの態度から、光秀とイエズス会の謀議には信憑性ありと信じた乱丸だが、そうなるよう五右衛門にまんまと誘導されたのでは、と思えなくもないのである。現実に、光秀がイエズス会を後ろ楯にして謀叛を起こすという確証を、いまだ何ひとつ摑めていない。

さりながら、山科の山賊は、ただの行きずりではなかった。森乱丸の一行と知った上で襲ってきたのである。ロレンソと際どい会話をしてから幾日も経っていなかったことを思えば、イエズス会が放った刺客とも考えられよう。あるいは、イエズス会より乱丸の動きを伝えられた光秀がやったのか。

（分からない……）

どれもこれも決定打がないのである。

もういちど五右衛門に会って問い詰めるほかない。が、その術も思いつかぬ。五右衛門がどこで何をしているのか、まったく見当がつかないのだから。

「伊豆守どの。五右衛門はどこぞに塒をもつのでしょうか」

「それは存ぜぬ」

「さようにございますか」

「なれど、京に一ケ所ぐらいは持っておるやもしれ申さぬな。遊所が好きな男ゆえ」

「京に……」

ありうる、と乱丸も思う。

七歳の乱丸が初めて出会ったときの五右衛門は、若年時の信長を真似たようなばさらな身形（みなり）をしていた。少なくとも鄙（ひな）の暮らしを望む男ではない。

しかしながら、京をあとにしてきたばかりの乱丸である。いま引き返して、あてずっぽうに五右衛門の塒を探し求めることなどできない。

（出てこい、五右衛門）

こんどこそ捕らえて、すべてを吐かせねばならぬ。そうしないうちは、光秀とイエズス会を無闇に疑うべきではないとも思えてきた。

「そのごようすでは、乱丸どのも十年前の一件だけでなく、その後も五右衛門とは何やら因縁がおありのようだ。それがしでも役に立てることがあれば、何なりと」

「ありがたきお申し出にございます。されば、おことばに甘え、どうしても伊豆守どののお力に縋（すが）りたくなったときは、書状（ふみ）を届けることといたします」

「そうして下され」

宗治は勢多城を先に出立（しゅったつ）した。

「あの者に安土逗留をおすすめになられましたかな」

見送る乱丸の横で、城主の山岡美作守が訊（き）いた。

「すすめたのですが、お故国（くに）への帰りをお急ぎのようでしたので」

「森どのはご存じあるまいが、神後伊豆守は一時、京において、足利義昭（あしかがよしあき）公の兵法指南（ひょうほうしなん）をつとめたことがござる」

「まことですか……」

義昭の追放後に信長に仕えた乱丸の知らなかった事実である。

「そのころの義昭公は、上様を討つべく、諸国の武将や本願寺へしきりに馳走を命じておられた」

馳走とは、奔走の意である。

「神後は、義昭公が挙兵される前に京を離れていたので、お咎めは受けなんだ。なれど上様は、神後も義昭公に智慧を授けたひとりとお疑いにあられた。森どののおすすめを辞退した理由は、それにござろう」

「………」

自分に関わった者の遠い昔の過ちを咎めて成敗する。それは、乱丸でも諫止することのできない信長の暴君としての一面であった。だが、そういう凡人とはかけ離れた偏執的な部分を持つ異常人だからこそ、天下布武への道を突き進むことができる、と乱丸には分かっている。

事前の危険を察知する能力に長けるのが、兵法者というものである。中でも達人の域に達した神後宗治が、安土の土を踏むのは危ういと判断したのだとしたら、きっとあたっているのに違いない。

(安土にお連れしなくてよかったということか……)

複雑な心境ではあるが、宗治のためにも、そして信長のためにも、ちょっと安堵する乱丸であった。

（おそらく、このお人も……）

美作守自身も信長の粛清を恐れている、と乱丸には察せられた。

美作守景隆は、もとは南近江守護六角氏に属しており、当初は信長の誘降を拒んだ。その軍門に降ってからも、旧主への寝返りを疑われたことはあるものの、近年は信長も信忠も京への行き帰りの途次で勢多城に宿泊するほどだから、いまや大きな信頼を得ているはず。

その美作守でも恐怖心を拭いきれないとすれば、信長にとって好ましいことではない。

「こ、これは……」

自身も宗治を見送りながら話していた美作守が、乱丸の視線に気づいて、途端に青ざめ、うろたえた。

「森どの。それがしのいまの話には、まったく他意はござらぬ。どうか上様にはお伝えなさらぬよう、お願い申し上げる。いや、できれば、お忘れいただきたい。このとおりにござる」

美作守は深々と腰を折って幾度も頭を下げるではないか。

五十歳をこえている美作守は、宗治の心を読んでみせて、孫といえる年齢の若い乱丸におのれの才を誇りたかったのかもしれない。だが、自分に対する乱丸の視線が不快げであると勝手に思い込み、信長の随一の寵臣にもしや讒訴でもされたら、という恐怖を湧かせたのであろう。

（そんなふうにみられているとは……）

信長は天下布武のため、そして乱丸自身は少しでもその役に立ちたい、と懸命に働いている。その主従に対して、信長麾下の将がなにゆえびくびくし、あまつさえ諂おうとするのか。

羽柴秀吉や村井貞勝や亡き万見仙千代など、おのが才能を存分に発揮する者を、信長は必ず重用し、心を通わせる。また、そういう者らを乱丸も尊敬する。

信長が不要とするのは、家柄や地位にあぐらをかく、職務を怠る、卑怯な振る舞いをする、新しき挑戦を避ける、といった不覚悟者たちだけである。そういう疚しいところがまったくないのなら、美作守は堂々としていればよい。信長の顔色を窺うことばかりに腐心するのなら、かえって天下布武の妨げになりかねないであろう。

そのことで、いま美作守に苦言を呈すべきかどうか、乱丸は迷った。

「美作どの。どうかおもてを」

自分でも驚くほどの柔らかい口調であった。

「いま美作どのより聞いたことは、もとより上様に申し上げるつもりはありませぬ」

「まことにござろうや」

「はい」

「かたじけない、かたじけない」

感激し、そして胸を撫で下ろす美作守に、乱丸は内心で溜め息をつく。

はるか年長の一城のあるじに苦言を呈するなど、やはりできかねた。そんなことをすれば、虎の威を借る狐と恨まれるのは目に見えている。乱丸自身はどう思われようがかまわないとしても、そこから美作守の信長に対する忠誠心に好ましからざる変化が生じるやもしれまい。

様々に考えめぐらせた乱丸だが、同時に、信長の苛立ちはまったく正当なもの、といまさらながら思い知った。

この美作守のように、信長の天下布武の何たるかも知らず、というか深く思慮しようともせず、ただただおのれの保身のみに生きる武士のなんと多いことか。しかしながら、こういう武士たちをうまく用いなければ、天下布武の達成ができないこともまた現実なのである。他者の百歩も千歩も先を往く天才信長にすれば、時にかれらがどうしようもない馬鹿に思えて、弊履の如く捨てるのは当然のことというべきであった。

「こたびのそれがしの上洛では、美作どのにひとかたならぬお世話になった、と上様に伝えます」

乱丸が笑顔を向けると、美作守は揉み手せんばかりに喜んだ。

二

安土に戻った乱丸は、京における首尾を信長に復命した。

「上様のご上洛がいつになるのか、京の貴顕はそのことばかり気にしておりました」

「いかに返答した」

「今日明日、あるいは二年後三年後やもしれませぬが、いずれにせよ、それがしはかように察しております。上様が次に京の土を踏まれるときは、洛中洛外を焼き尽くし、都というものを一から造り直すご存念、と」

列座の信長の近臣たちは、おもてを引きつらせたり、唖然としたりする。中には、にわかに噎せて咳き込む者までいた。ひとり二位法印は無表情であるが。

「見よ、お乱」

信長が、扇で列座の衆を差し示す。

「公家どももこんなふうではなかったか」

「仰せのとおりにございます」

「まこと痛快なことを申しおったわ。お乱は最上の使者である」

それこそ最上の機嫌で、肚から笑う信長であった。

それから乱丸は、山科で山賊に襲われ、新影流兵法の神後宗治に救われたことを明かしたが、帰国の途を急いでいるという宗治とは勢多で少し語り合っただけで別れたと報告した。むろん、山岡美作守が忖度した宗治の思いについては一言も話さない。

神後宗治の名が出ても、信長はべつだん不快なようすをみせず、それどころか、いつかこちらへまいったときは褒美をとらせてやろう、とまで言った。とうに追放した足利義昭の兵法指南であったことなど、乱丸の手柄の前には、どうでもよいかのようである。

乱丸は、山賊が森乱丸の一行と知っていたことも告げた。

「そちを討って武名を挙げようとしたに相違あるまい。ではないか、二位法印」

これも面白きこととでも言いたげに笑って、信長は近習衆の最長老を見た。

「それだけ世に……」

と二位法印は乱丸のほうへこうべを回す。

「森乱丸の名が轟いているということであろうよ」

当の乱丸には少し刺のある言いかたと思えたが、信長が笑顔のまま大きくうなずいたので、わたしなどは、と二位法印に向かってかぶりを振るだけにとどめた。

「山賊どもは、京の長門守に申しつけて捕らえさせ、成敗してくれよう」

信長が言う京の長門守とは、京都所司代の村井貞勝をさす。

ありがたい、と乱丸は思った。

あの山賊どもが、信長の指摘したように、武名を挙げたいというそれだけの理由で襲撃してきたのなら、むしろ何の問題もない。鉄貫をふるった若者の物言いには、何か裏がありそうであった。イエズス会と光秀の謀についてまだ白黒をつけがたく思っているいま、万一そこにつながるのなら、重大な手がかりとなる。

（長門守どのに書状をしたためよう）

鉄貫を武器としたあの若者を捕らえることができたのなら、ただちに処刑せず、背景をよくよく探ってほしい、と。

この数日後、乱丸はまた信長より使者の役を命ぜられた。いまは菅屋九右衛門、堀久太郎、福富平左衛門、矢部善七郎ら、上席の近習頭が四人も不在なので、乱丸は忙しいのである。

「佐和山の五郎左へ伝えよ」

近江佐和山城主の惟住（丹羽）長秀は、通称を五郎左衛門尉という。

「木舟の者どもは一人も逃さず誅殺いたせ」

上杉氏に従っていた越中礪波郡木舟の城主石黒左近蔵人は、謙信の死をきっかけに信長に寝返ったものの、その進退は常に判然としないものであった。蔵人がいまだ上杉に内通しているのではと疑った信長は、佐和山まで出頭して申し開きするよう命じたのである。

当初はその釈明によっては助命も考えないでもなかったが、出頭命令を発したあと、蔵人の手の者が越中魚津城にひそかに出入りしていたことが探索によって判明した。魚津城は、上杉方の城である。

「お乱。検使もつとめよ」

「承知仕りました」

乱丸は、組下の中から、薄田与五郎、飯河宮松、祖父江孫丸をよんで供を命じた。

「念のため、小具足を着けてまいろう」

最も重い兜と胴を省いた簡略な武装を、小具足姿という。

急使の最大の任は、目的地にできるだけ早く到着することである。そのためには、身軽でなければならない。だが、乱丸は、佐和山に出頭する石黒一党が総勢三十騎と聞いたので、抵抗されて戦わねばならぬ場合も想定し、簡易でも武装は必要と考えたのであった。むろん、そうなった場合でも、惟住家の衆だけでなんとかするであろうが、万一ということもある。

支度が調うや、乱丸らは、ただちに騎馬で安土を発った。

当時の七月は初秋だが、まだ初旬ということもあって、残る炎暑が厳しい。佐和山まで五里ばかりの道程を一散に駆け、到着したときには、乱丸以下四人とも、総身汗まみれとなっていた。

折しも、佐和山城から長秀の家臣が五騎、出かけるところであった。かれらは武装していない。

「越中の石黒どのを長浜まで迎えにまいるところ」

と言うので、乱丸は子細を質した。

石黒一党はとうに佐和山に到着していなければならないのに、いまだ影も形も見えないので、長秀が東山道から北国街道筋へ人を遣ったところ、なぜか一党は長浜城下近くの寺に留まって動かずにいるという。理由が知れないため、まずは迎えを出して同道を促す、というのが長秀のしようとしていることであった。

(気づかれた……)

乱丸はそう感じた。

佐和山で誅殺される、と蔵人には分かったのであろう。戦国に生きる武士ならば誰でも、時にそういう鋭い勘が働くことがあるものだ。

乱丸は、その五騎にしばらく待つよう言いおいて、入城し、会所で待つこともせず、長秀本人のもとへ急いだ。

「乱丸ではないか。そなたがまいったのなら、上意であるな」

すぐに上座を譲ろうとする長秀に、乱丸はそのままと手を挙げ、立ったまま告げる。

「石黒左近蔵人はやはり上杉と通じておりました。よって、一人も逃さず誅殺せよとの上意にございます」

「さようであったか」

「なれど、いま、ご家臣より、石黒一党は長浜で動かぬと聞きました。おそらく勘づいたのでございましょう。早々に討ち取りにまいられるよう」

「相分かった」

長秀は立った。

「されば、乱丸。いや、お使者どの。ご検使としてご同道願いたい」

「もとより、それが任にございます」

惟住長秀というのは、軍事だけの人ではなく、重要な政務に携わることも多いせいか、信長の若い近習衆と親しく交わっており、乱丸との間にもほとんど垣根がない。

「孫丸」

乱丸は、随行させた三名のうち、最年少ながらしっかり者へ命じた。

「先に長浜城へまいり、羽柴家に子細を告げておけ。ご領内を騒がせることになり申すが、石黒一党を討つことは上意ゆえ、ご容赦願いたい、と」

「畏まりました」

「されば、当家より供をつけ申そう」

と長秀が申し出る。

「かたじけないことにございます」

礼を言う乱丸を、長秀は感心したように眺めた。

「こちらこそ、お使者どのの行き届いたご配慮、痛み入る」

惟住長秀と羽柴秀吉は同じ織田の部将同士で、懇意の間柄でもある。が、事前に何のことわりもなく、城下や領内へ軍兵を入れられては、上意によるものと後に知ったとしても、羽柴家では気分のよいものではあるまい。まして、いまはあるじの秀吉その人が西国へ出陣中だから、留守を預かる者らの面目にもかかわる。

孫丸は、惟住家の者二名を供にして、先に佐和山城を出た。

長秀の家臣らが軍装を調え、整列するまで、さしたる時はかからない。これは、ひとり惟住家に限らず、織田の部将の軍団は、信長の気早な性格を反映して、軍事行動の迅速さは戦国随一であった。

長秀みずから率いる百五十騎に、乱丸ら三騎を加えた軍団が、整然と佐和山城を発した。

陽はまだ充分に高い。

（石黒一党は逃げない）

と乱丸は確信している。

かれらがいまだ長浜に留まっているのは、危険を感じただけにすぎないことを示す。信長に裏切りの確証を摑まれたと知ったのなら、とうに引き返しているはずなのである。それもなく逃げれば、逃げたこと自体で裏切りとみなされるぐらいは、蔵人も承知していよう。当面の処置として、ひとりふたりを木舟へ走らせ、上杉への内通が信長に知れたかどうか、急ぎ探らせることにしたのではないか。しかし、それとて本日中に結果を得られるものではない。

それでも乱丸が長浜へ急ぐのは、いまこのときにも逆に越中より急使が石黒一党のもとへ馳せつけ、内通の露見を伝えないとも限らないと恐れるからであった。この場合のみ、かれらを取り逃がすかもしれない。

（一人も逃さず）

が信長の厳命である。決して逃がしてはならない。

三

木賃宿がようやく見られる時代だから、旅行者の多くは、野宿でなければ、寺や民家に一宿を乞う。石黒一党が籠もっているのも寺であった。

山門は小ぶりで、境内にも本堂と庫裏のほかに一棟が建つばかりの小寺である。

惟住軍は、山門前に馬を繋ぐと、境内へ駆け入り、建物を速やかに包囲した。

「われは惟住長秀である。主君織田信長の命により、石黒左近蔵人に訊ねたき儀、これあり。早々に出でよ」

　誅殺は決定でも、石黒一党を闘う前に諦めさせて切腹に至らしめたい、というのが長秀の思惑である。

　すると、本堂の奥から武士が三人、出てきて、縁より階段を降り、長秀の前に立った。

「石黒家の家老、石黒与左衛門にござる」

　中のひとりが名乗った。

「かようにものものしきいくさ支度にて仏門を侵してまで、わがあるじに訊ねたき儀とは何ぞや」

「家老ではなく、蔵人その人に訊ねたい」

「上杉に内通とお疑いの儀ならば、佐和山にて申し開きせよと安土よりお達しがござり申した。佐和山の城主たるそれがしが、こうして出向いたのだ。同じことぞ」

「同じではない」

「よもや、はや蔵人を落としたか」

「それがしは……」

　という声が、与左衛門らの背後で上がった。

「逃げも隠れもいたさぬ」

姿を現した武士は、与左衛門から、殿、とよばれた。

「石黒左近蔵人にござる」

その姿は、乱丸には、織田に属しながら裏で上杉に通じているような鉄面皮には見えなかった。が、人は見かけでは分からない。蔵人は、石黒の傍流であるにもかかわらず惣領家を凌ぐ力をもった男。まったく腹黒くないわけがない。

「まずは、わが家臣の非礼を詫びたい」

階段を伝って地へ降り立つと、蔵人は頭を下げた。

「惟住どのに申し上げる。それがしは、八幡大菩薩の御名にかけて、断じて上杉と通じてはおり申さぬ」

「ならば、なにゆえにわかに足をとめ、かようなところに留まっておる。上杉への内通が露見したと恐れたからであろう」

「有体に申せば、織田さまが恐ろしいのでござる」

「疚しきところがなければ、恐れることはあるまい」

「疚しきところのない者でも、お気に召さなければ平然と殺すのが織田さまと聞いており申す」

「さような埒もないことを誰に聞いた」

「天下の誰もが知ること」

「強者に悪い嘘はつきものである。なぜなら、嘘の出所は強者に敗れた者、強者に仕えたものの非才にてついていけなかった者、そういう落伍者たちであるからだ」

「一日、遊山しただけの女房衆と、これを庇うた高徳の僧侶をも、落伍者と言うか」

激して喚きながら、本堂より足早に出てきて、蔵人の後ろに立った巨漢がいる。

「やめよ、次右衛門」

与左衛門にたしなめられたが、次右衛門とよばれた者は、なお語を継いだ。

「織田信長の近習にて、森乱丸という血も涙もなき者が、女房衆と僧侶を笑いながら撫で斬りにいたした。この寺を訪れた安土の商人が震えながらそう語っていたわ。織田の膝元の者が申したのだ、事実に相違あるまい」

長秀は、ちらりと乱丸を見た。

次右衛門が言っているのは、三ヵ月ばかり前の桑実寺の一件であろう。寺の長老と女房衆を処罰したのは乱丸だが、撫で斬りになどしていない。名刹の威を藉りてたかをくっていた長老だけを見せしめのために斬ったのは事実だが、女房衆はひとりも殺さず、罪重き者を追放したものの、大半はしばしの謹慎にとどめた。長秀などは、これで信長を納得させた乱丸の手腕に、見事と舌を巻いたものである。

それにしても、嘘というのは恐ろしい。かくも歪曲されて伝わってしまうとは。

しかしながら、いまの蔵人たちはその商人の話を信じてしまう状況にある。いちいち間違いを指摘するなど無駄な努力であろう。

「心ない輩は見てきたような嘘をつくものだ」

少し苦笑しながら、長秀は言った。

「嘘なものか」

さらに次右衛門が激昂した。

「やめよと申すに」

与左衛門も声を荒らげる。

「いいや、やめませぬ」

次右衛門は主君の蔵人の前へ出た。

「その商人は、安土では信長の機嫌次第でどんな恐ろしいことが起こるか知れたものではないと申した。それゆえ、眠るときも護身のために常につけておる、と鉄貫なんぞを見せてくれおったのだ。そこまでの嘘をついて、あの者に何の得がある」

それまで控えていた乱丸が、長秀に声をかけた。

「よろしゅうございますか」

石黒一党と話してもよいかという意味である。

長秀は、軽くうなずいて、少し後ろへ下がった。

「伊藤次右衛門どのであるな」

進み出た乱丸は、すぐ目の前の武士に視線をあてた。石黒一党の主立つ者の名は、佐和山を発つ前に、長秀の近臣から聞いて覚えている。

「そちらは……」

人品卑しからぬ美しすぎる若武者に、次右衛門は少したじろいだ。

「血も涙もなき者にてござる」

次右衛門だけでなく、蔵人以下の石黒一党が、あらためて食い入るように乱丸を凝視する。

「鉄貫をみせたというその商人の名と人相風体を明かされよ」

山科の山賊に違いないとは思う乱丸だが、たしかめておきたい。

「世間話をしただけの商人を捕らえて、首を刎ねるとでも申すか」

「大仰なことを」

「ことわる」

次右衛門が、はねつけた。

「さがれ、次右衛門」

ついに蔵人に叱りつけられ、次右衛門は渋々ながら退く。

「われらは決して織田さまを裏切っており申さぬゆえ、隠し事はいたさぬ」

そう言って、蔵人は与左衛門を見る。

「安土の商人は、若い者で、なんばんやの伊助と名乗っており申した」

と家老は明かした。

「なんばんや……」

思いもよらぬことである。乱丸の総身から血の気が引いてゆく。

（あの山賊はアンナとつながりがあるというのか……）

アンナとつながりのある者がなぜ自分を襲ったのか。いや、山賊はでたらめを言っただけなのかもしれぬ。たまたま思いついたのが、安土でよく知られる女郎屋だったとも考えられよう。

「その伊助は……」

乱丸がさらに問い質そうとしたとき、怒号と悲鳴が噴き上がった。

境内の別棟のほうからである。石黒一党は本堂とそちらに分宿している。

「やはり、はなからわれらを討つつもりであったか」

与左衛門が長秀を睨みつけた。

「早まったのは、そちらの家来衆であろうぞ」

長秀も睨み返す。

「おおおおっ」

問答無用とばかり、抜刀し、雄叫びをあげながら惟住勢に斬り込んだのは、伊藤次右衛門である。

戦端は開かれてしまった。石黒一党を従容として切腹の座につかせるなど、もはやできぬ相談である。

本堂の前でも別棟の前でも、いきなり激しい戦闘になった。

「ご検使を守れ」

長秀が乱丸、与五郎、宮松の前面に兵を並べて槍衾を作らせる。

この間に、蔵人は次右衛門に急かされ、本堂の奥へ逃げ込んでいった。

「石黒蔵人を逃がすな。討ち取れいっ」

長秀の下知に、ただちに惟住勢の軍兵は応じる。

多勢に無勢だから、かれらはほとんど往く手を塞がれることなく、あるいは階段を駆け上り、あるいは縁へよじ登るなどして、蔵人を追った。

それでも、次右衛門だけは、本堂の戸口まで戻り、剣を縦横に揮った。剛の者である。

だが、完全武装の惟住勢と違って、甲冑を着けていない。次右衛門は、多数の槍先にかけられ、絶命した。

長秀の軍兵に守られて、後方へ身を移した乱丸は、早くも惟住勢による殺戮戦の様相を呈し始めた闘いを眺めながら、思った。

(たぶん石黒蔵人は上杉に内通などしていないのだろう……)

長浜まできて先へ進むことを躊躇っていたのは、信長の性情を恐れたからという、そのことば通りではあるまいか。越中において蔵人の手の者が魚津城に出入りしていたのも、内通とは関わりないことであったのかもしれない。

しかし、信長が誅殺と決定した以上は、内通していたや否やにかかわらず、誅殺は実行されねばならぬ。そして、実行するからには、失敗は赦されない。一人も逃さず、である。

ふと、後方に気配を感じ、乱丸はこうべを回した。

山門の向こうに、こちらを覗き見る野次馬の群れが見える。それらの顔のひとつが、にやにやと笑っていた。

（あやつは……）

山科の山賊。石黒一党には〈なんばんや〉の伊助と名乗った若者。

その伊助の衿首を後ろから引っ張った者がいる。

「五右衛門」

なぜ五右衛門と伊助が一緒にいるのか。乱丸は、山門に向かって駆け出した。

「おかしら」

「いかがなされた」

与五郎と宮松は、わけが分からぬまま追いかける。

五右衛門が、伊助を何やら叱りつけているようすで馬に乗せさせ、みずからも別の馬に跨がるや、両方の馬尻に強く鞭を入れた。

二頭は、遠ざかってゆく。

（逃がさぬ）

山門を走り出た乱丸は、そこに繋いである乗馬の鐙に足をかけた。瞬間、鞍がずり落ちて、その場に膝をついてしまう。

腹帯が切り離されていた。

（五右衛門め……）

それとも伊助の仕業か。

歯嚙みして、乱丸は、憎き二人の賊を見送るばかりであった。

第二十二章　覇者の送り火

一

　乱丸は、石黒一党誅伐の検使の任を無事に了え、翌日、安土へ戻った。

　誅伐の実行者である惟住長秀も、みずから復命するために同行し、事を速やかに遺漏なく成し遂げられたのは、乱丸の的確な判断や、羽柴家への配慮などのおかげ、と信長に言上した。

「両人とも大儀であった」

　満足した信長は、褒美の品をとらせ、乱丸には下城して明夜の宿直まで休んでよいと告げた。

　使者の任を命じる以外は、乱丸をほとんど御殿に常駐させる信長にすれば、めずらしいことである。

（上様はこのところ、穏やかなお顔をされている……）

それとみて、乱丸も心が和んだ。

この時期の信長は、天皇の譲位延引の一件を除けば、何事もおおむね順調に進んでおり、忙中おのずから閑ありの日々であったといえよう。

顔つきが穏やかといっても、しかし、断行すべきことはするのが信長である。

「寺崎父子も切腹させよ」

と長秀に命じた。

越中願海寺城の寺崎盛永、喜六郎父子は、上杉謙信の死後、織田についたものの、再度ひそかに上杉方へ通じた罪により、信長はこれを捕らえさせ、長秀の居城の近江佐和山城に幽閉した。十七歳の喜六郎は並外れて美しい若者なので、近習として仕えさせてもよいと父子に告げたが、拒否されている。

信長は、拒否されたことに腹を立てたのではなかった。信長の側近く仕えれば、もしや油断をついて討てるかもしれない。その機会をみずから捨てた父子の心の弱さに、助命の価値なし、と断じたのである。

「承知仕りましてござる」

長秀のほうにも躊躇いはない。

寺崎父子の切腹は、この十日後のことである。日延べは、長秀の慈悲であった。心静かに覚悟をさせて、親しき者らへの書状などをしたためる時も与えたのである。信長の一歳下で、若年時は常に近侍し、遊び対手のひとりでもあった長秀には、それくらいの裁量は許されている。

一方、下城した乱丸は、明るいうちに〈なんばんや〉へ向かった。アンナに糾さねばならないことがある。

そこここで法師蟬が鳴いている。残る暑さもほどなく終わるであろう。

〈なんばんや〉に着くと、いつもは軒先までアンナみずから出迎えてくれるのに、奉公人が出てきて、ちょっと困惑げであった。

「いかがした。不在か」

問い詰めるような乱丸の口調に、奉公人は少し怯える。

いけない、と乱丸はすぐに気づく。山科で襲撃してきた山賊の伊助とアンナがつながっているのではという疑いから、つい刺々しくなっていた。

「いや、不在ならばよいのだ。出直す」

乱丸の口調も態度もにわかに控えめなものになったので、こんどは奉公人は後ろめたそうな表情になった。

「あるじは奥にいるのでございますが、しばらくは森さまには会わぬと……」

「わたしに会わない……。なにゆえか」

「それが……」

言いにくそうな奉公人である。

「通してくれ。そちに迷惑はかけぬ。アンナにはわたしに無理強いされたと申せばよい」

「そこまで仰せならば……」

奉公人が乱丸の前を空けた。

「礼を言う」

乱丸は、勝手知った屋内を、奥座敷に向かって足早に進んだ。

(やはりアンナは伊助とつながっていた。だから、わたしに会いたくないのだ)

ふたたび怒りを湧かせた乱丸は、奥座敷の戸を乱暴に引き開けた。

落縁に腰を下ろして庭を眺めていた背中が、びくっとした。

そのまま振り返らずに立ったアンナは、庭へ踏み入って立ち止まる。両掌を顔にあてているようである。

「きょうはお帰り下さりませ」

いつものような明るさがない。本心で拒んでいる声であった。

(居直ったのか)

そう思い込んだ乱丸は、声を荒らげた。

「わたしを避けようとするのは、伊助とつながっていることが露見したと知ったからであろう」

「伊助……」

「知らぬふりはやめよ。山科でわたしを襲うた山賊だ」

乱丸が真桑瓜献上の使者の役目を了えて京より安土へ戻り、信長への復命を済ませてからいったん森屋敷に戻ったとき、アンナの訪問を受けた。役目を無事に果たして帰還した乱丸へ、祝いの品を届けにきたのである。そのさい乱丸は、山科で山賊一味に襲撃され、中のひとりが自分の名を知っていたことを話している。

アンナが、振り向いて、顔からゆっくり両掌を離してゆく。眼に不安の色を湛えながら。

「その傷は……」

乱丸は、座敷から庭へ跳び下り、アンナの両肩を摑んで、いつも美しいはずのおもてを見つめた。

「お目が汚れまする」

消え入りそうに言って、アンナはまた顔を被おうとする。乱丸がその両掌をとった。

「撲られたのだな」

アンナの顔の左半分は惨状である。

瞼が腫れて眼の半ばまで被い隠し、頬も紫色に腫れあがり、唇の端は切れて耳下へ向かって二寸ばかり凝血している。

「誰にやられた」

乱丸は、傷のひとつひとつを、よくよく注視しながら訊いた。

「その伊助と申す男にございます」

「なに……」

「汝は森乱丸の想い女であろうと罵り……」

ついに、アンナが乱丸の胸にしがみつき、嗚咽を洩らしはじめた。

「このように醜うなった顔を乱丸さまに見せとうございませなんだ。ごめんなさい。ごめんなさい」

乱丸の心から、アンナに対する疑いは掻き消されてしまう。代わりに、愛おしさがこみ上げた。

「何を謝る。大事ない。どの傷も見た目ほどには深うない。一ヵ月か二ヵ月もすれば、もとの美しい顔に戻る」

「さようにございましょうか」

「必ず戻る。それより、なぜ医者に診せぬ」

「診せました」

「布を巻いてないではないか」

「巻いておりましたが、蒸れてかないませぬゆえ、取り去ってしまいました。お薬は頂戴しております」

　こういうところは、いかにもアンナらしい。

　やがて、アンナが落ちつきを取り戻したところで、乱丸はあらためて伊助のことを訊いた。

「あの男は見世に上がるなり、わたくしに敵娼になれと無体を申し……」

　女郎屋の主人だが女郎でないアンナは、自身は客をとらない。丁重にことわったのに、伊助は怒りだし、森乱丸がそんなに大事か、と喚いて撲りつけてきたのである。

「知らぬ男なのだな」

「会うた記憶はまったくございませぬ」

「わたしとそなたのことを誰から聞いたのだろう」

「石川五右衛門から聞いた、と」

「そうだったのか……」

　おそらく五右衛門と伊助は盗賊の仲間なのであろう。あるいは、主従なのか。

　いずれにせよ、長浜で見たふたりのようすからして、五右衛門が伊助の扱いに手を焼いている感じがした。伊助というのは、若いだけに、平気で身勝手な行動をするのかもしれない。とすれば、山科の襲撃も、〈なんばんや〉の者を騙ったことも、腑に落ちるというものだ。

さりながら、アンナをこんな酷い目にあわせたことは、それだけの理由では片づけられないような気もする。伊助は自分に対して何か含むところでもあるのではないのか、と乱丸は思った。

そう思うと、山科で最初に伊助が現れた瞬間の印象がよみがえる。誰かに似ていると感じた。

具体的に眉目形が、というわけではない。真田八郎と名乗っていたころの石川五右衛門が乱丸に感じさせた何かである。そうかといって、ふたりが兄弟とは見えなかった。

何にせよ、あれこれ思いめぐらせても答えは出ない。やはり、五右衛門なり伊助なりを捕らえて吐かせるほかに、疑念を解消する術はないであろう。

ただ、これで、伊助の行動は、イエズス会と光秀の謀事とは無関係と考えてよいのではないか。

もっとも、五右衛門から発信されたその謀事の存在自体、

(わたしを惑わせ、織田に内紛を起こさせるための、それこそ謀事)

という疑惑も捨てきれない乱丸ではあった。

「あの伊助と申す者、五右衛門ともども必ず捕らえて、償いをさせる」

「会わぬなどと申しましたこと、どうかお赦し下さりませ」

アンナがまた、乱丸の胸に躰を預ける。

「わたしこそ、そなたにあらぬ疑いをかけた」

「されば、あいもちにございますね」

あいもちとは、あいこ、引き分けなどの意である。

乱丸が身を離した。

「もうお帰りにございますか」

途端にアンナは寂しげな風情をみせる。

「これより曲直瀬道三どのを招んでまいる。傷をしかと診てもらうのだぞ」

足利将軍家の侍医をつとめ、幕府崩壊後は織田政権に仕える当代きっての名医が曲直瀬道三である。

「そのような身分高きご名医が女郎屋の女あるじなど……」

と幾度も小さくかぶりを振るアンナに、乱丸はちょっとあごを突き上げてみせた。

「わたしを誰だと思うている」

二

欠けるところのない月の光の下、覇者の市の人々は、安土山より降る読経の大合唱を聞きながら、織田信長に酔っている。

盂蘭盆のこの夜、信長は、山内、山下の家臣たちの屋敷が送り火を焚くことを禁じ、代わりに、安土城天主の七層すべてを色とりどりの華やかな挑灯で飾りたてた。そのため、安土山頂は、そこだけ夜空に浮かんで、天上世界と交わる巨大な光の塔のように見える。

同時に信長は、山裾を洗う湖水に夥しい舟明かりを灯させ、城下の市民のひとりひとりには松明を持って沿道に並ばせ、下界も満々たる光で敷きつめた。

そして、もうひとつ。信長は、本日を、南西の山腹に建立したばかりの摠見寺の開山日とし、貴賤上下を問わず誰でも参拝してよいと触を出したのである。

参道と城下町を隔てる濠に百々橋が架けられ、往来しやすくなったことで、夜になっても参詣人が押すな押すなの大盛況であった。

また、市中には、食べ物、飲み物を振る舞う小屋掛けの見世も設けられており、なんとも賑々しい。

城下の西外れ、かつて浄土宗と法華宗が宗論を戦わせた浄厳院のあたりで、どっと歓声が上がった。

皆が最も楽しみにしていた行事の始まりである。下帯ひとつの若侍たちによる駆け競べだ。

騎乗ではない。おのれの脚力が頼みであった。

既定の道筋を走破して、真っ先にセミナリヨの庭に到達した者が勝者である。セミナリヨには信長が待っており、勝者に手ずから褒美の品を授ける。

「バリヤノ。誰が一番乗りいたすと思うか」

南蛮の椅子に腰掛けている信長が、並んで床几を与えたイエズス会巡察師ヴァリニャーノに訊いた。

日本人修道士ロレンソから通訳されたヴァリニャーノは、迷わずにこたえた。

「弥助どの」

京で信長がヴァリニャーノより貰い受けた黒人の召使が、弥助である。名は信長がつけた。

ヴァリニャーノが、どの、と敬称をつけたのも、弥助がいまや信長の家来だからである。

「なるほど、弥助か。きっと脚は誰よりも速かろう」

信長は、幾度か弥助に野駆けの供をさせているが、いつも瞠目の走力をみせてくれる。ほかの徒の小者らを置き去りにしてしまう。

それで弥助を特別に今夜の駆け競べに参加させたのである。

「お乱はどうみる」

傍らに折り敷く乱丸にも信長は下問する。

「畏れながら、この駆け競べは、市中の往還を幾曲がりもいたし、道のりもいささか長うございます。その上、夜中でもあり、ただ脚が速いというだけでは勝てぬと存じます」

「では、お乱が勝つと思う者は」

「力丸(りきまる)にございます」

「弟が勝つと申すのか」

「力丸は昨日、策を明かしてくれましたが、それがなかなかのものにございましたゆえ」

「なかなかの策とは」

「決してはじめから先頭に立たず、先走りの者らに即(つ)かず離れずで、力を溜(た)めておく。中には、早々(はやばや)とひとりふたり、抜け出す者もいようが、必ず疲れて落ちてくると信じ、無理に追わない。また、城下の人々が松明で照らしてくれるとはいえ、暗がりで足をとられて転ぶ者は少なくないゆえ、巻き込まれぬよう、余の者との間を詰めすぎない。これらのことを守って、道のりが残り少(すくの)うなったあたりで、先頭を往く者のうしろにひたひたと付き、これを焦(あせ)らせて、最後の最後にひと息に抜き去る」

「あのお力がさような策を立てたとはのう……」

「わたしも些(いささ)か驚きましてございます」

「あるいは、立てたのではなく、授けられたものか」

と信長に言われても、乱丸は表情を変えない。

「お力が何番で入るか、愉(たの)しみよ」

信長の機嫌は上々である。

駆け競べの参加者は、実際に走る若侍たちと弥助だけではない。沿道の市民も共に愉しむ瞬間を、信長は与えた。

松明の火の粉を走路上に撒き散らしてよい、と事前に告げたのである。

烈しく水しぶきが上がるのにも似て、濛々と火の粉の舞う夜の道を、美しい裸形の若者たちが駆け抜けるさまは、この世の出来事とも思われぬ幻想的な光景であった。市中の人々は、織田信長の膝元に暮らす栄光の思いを、誰もが享受していた。

だが、乱丸は、微笑みの顔の裏に、ヴァリニャーノだけが怒りを押し殺している、と感じる。

その怒りは、摠見寺の開山式に先立って、今朝、壮麗な七堂伽藍を、信長直々の案内でヴァリニャーノに見物させたときからであった。案内には乱丸も随行している。

「バリヤノ。あれが何であるか、分かるか」

本堂の窓のない二階に安置された大きな石を、信長は指さした。

このときも、ロレンソの通訳によって問答は行われた。

「上様は盆山と仰せになられました」

安土城天主の信長の居間に置かれていた石であることを、ヴァリニャーノは憶えている。

「摠見寺のご神体よ。日の本に生きる者は、いずれ皆、拝礼に参るであろう」

信長の真意は、乱丸にとっては当然のことと言わねばならない。

（上様は生きながら神におなりあそばす）

永く天主の信長の傍らにあった石。すなわち、信長の化身である。

武将が存生中、城郭内に、持仏堂や慰霊塔などではなく、堂々たる伽藍をもつ本格寺院を建立すること自体、前例がない。そこに祀られたご神体に参拝する人々を、安土城天主より眼下に眺めることが、信長の望みであった。天上の神が人間世界を見下ろすように。信長は、既成の概念も存在も疑う。決めるのは、われのみである。神も、誰かが決めた神ではなく、自分の決めた神でなければならない。それでこそ天下布武は成し遂げられる。ヴァリニャーノも、信長の意図を察したのであろう、盆山を眺める間、表情を硬くして押し黙っていた。

その後、御殿へ戻ったとき、ヴァリニャーノはさりげなく信長にすすめた。

「悪魔除けのために、ご天主のお屋根に十字架をお立てあそばしてはいかがにございましょう」

イエズス会の思惑は明白である。

「そのほうらの神を予の頭上に、と申すか」

信長は鼻で嗤った。

嗤われたヴァリニャーノはそれ以上、語を継がなかった。

そこに乱丸は、ヴァリニャーノの決意を感じたものである。信長との訣別、という。

感じたことがもし正しければ、そして五右衛門の示唆のとおりなら、イエズス会はこれまでのような何食わぬ顔ではいられまい。にわかには動き出さないまでも、以前とは異なる何かを、ついおもてに出してしまうのではないか。

そのつもりで、きょうは一日、ヴァリニャーノとイエズス会の者らを、ひそかに観察している乱丸であった。

しかしながら、ヴァリニャーノの心中は穏やかならずと察せられたものの、そのほかは変化を認められない。

（あれは勇み足だったかもしれない……）

ひとつ後悔していることがあった。

京へ使者にたつ前、単身、セミナリヨを訪れて、ロレンソをそれとなく揺さぶった。あのときは、光秀の家中軍法を記した書状にわざとらしさをおぼえ、ヴァリニャーノが早々に九州へ戻りたがっているようにみえたことから、両者をつなげて考え、疑った。それで、謀事に勘づいているかのそぶりをみせてロレンソをつついたのである。

かれらが謀事を進めるつもりなら、警戒すべきは乱丸であろう。疑われるような変化をみせるはずはなかった。

心の片隅では、何もかも五右衛門の偽計と分かり、杞憂であった、という結末を望んでいる。それでも、信長の生命にかかわることだけに、結末を予断してはならないし、何事もゆるがせにはできないのである。

市中の歓声が、次第に大きく聞こえてきた。どうやら、駆け競べの先頭がこちらへ近づいているようだ。

「どなたが参られた、どなたが」

「名は知らぬが、見たことはあるぞ」

「だいぶお疲れや」

などという沿道の民の声が、辛(かろ)うじて聞き取れる。

火の粉の波の動きが、セミナリヨへ向かい始めた。

「先陣は、御小人(おこびと)の小駒若(こごまわか)ではないか」

「小虎若(ことらわか)も並んだぞ」

これらは武士の声であろう。戦場鍛えなので、セミナリヨの庭まではっきりと届いた。

あとで知れるが、弥助は最初に先頭に立ったものの、走路を間違えたあげく、転んで足を挫(くじ)いて棄権したという。安土城下にまだ不案内なのであった。

この終盤に一番を争う小駒若と小虎若は、いずれも信長付きの小者で、いわば走ることがつとめのような者らである。

信長が、にやりとして、乱丸を見やった。

「あてが外れたな、お乱」

「上様らしゅうあられませぬ」

乱丸は少しも動揺しない。

「なんじゃと」

「競べるからには、いくさにございます。いくさは、勝つまでは勝ったと思うな、負けるまでは負けたと思うな、にございます」

当たり前の心構えだが、戦国の世では肝（きも）に銘じねばならないことである。

「こやつ」

一本とられたことに悪い気のしない信長の耳朶（じだ）を、さらなる大歓声がふるわせた。

「速い、速い」

「あれは、どなたか」

「森乱丸さまの弟御（おとうとご）ぞ」

見物の女たちの嬌声が一気に高まる。

「坊丸（ぼうまる）さまか」

「いや、力丸さまや」

この駆け競べに坊丸は出場していない。

「力丸さまが抜くぞ」

「もう少しだ」

おおおっ、というどよめきが城下に響き渡る。

セミナリヨの庭へ真っ先に走り込んできたのは、力丸であった。

信長は椅子から腰を上げた。

「お乱。勝ちおったな」

「畏れながら、勝ったのは、わたしではなく、力丸にございます」

「よき軍師のおかげであろう」

「はて……」

惚(とぼ)ける乱丸である。

汗と埃(ほこり)まみれの力丸が、肩を喘(あえ)がせながら、信長の前に折り敷いた。

「森力丸、天晴(あっぱ)れなり」

今夜の信長の発声は、清々(すがすが)しげに透き通っていた。

三

「餞別(せんべつ)じゃ」

翌日、天主の対面座敷で、信長がヴァリニャーノに授けたのは、安土城を描いた屛風である。

城だけでなく、城下町も街路一筋疎かにせず、周囲の風景も含めての細密な筆致は、当代随一の絵師、狩野永徳のものであった。天皇から譲渡を求められても、信長はこれを拒んだという、いわくつきでもある。

「恐悦至極に存じ奉りまする。法王も国王もこれをご覧になれば、上様の大いなるお力と日本という国の素晴らしさに感嘆あそばしましょう」

ヴァリニャーノは、肥前国有馬のセミナリヨに在学中の武家の子弟を、九州のキリシタン大名たちの使節名代として伴い、ローマ法王にもポルトガル国王にも謁見させる計画を立てている。

そのことは、アンナから乱丸が聞いて、信長に伝えてある。

信長にはもちろん、乱丸にもヴァリニャーノの狙いは想像がついた。

ヨーロッパのキリスト教世界の多くの貴顕に、さらなる援助を要請するため、イエズス会の日本布教の成果として、日本の支配層である武家のキリシタンを見せる。同時に、使節名代の子弟たちには、ヨーロッパの伝統と繁栄を目撃させ、帰国後にそれを同胞に伝える任を負わせ、日本布教を一挙に加速する。

これをヴァリニャーノが実現に漕ぎつけられるか否かは、日本の頂点に立つ日の近い信長との関わりかたにかかっている。

「バリヤノ。また日本へ来るか」

信長が訊いた。

「必ず戻ってまいりまする」

通辞のロレンソを介して、宣言するごとく返辞をしたヴァリニャーノを、信長は凝っと見る。

「そのほう、幾歳になる」

「われらの用いる暦と、日本の暦とはいささか違うておりますが、上様より五歳ばかり下かと存じまする」

「予より年少であったとはな……」

「年かさと思し召しにあられましたか」

「伴天連どもは外見も心の内も測りがたいものよ」

「これは意外な仰せ。上様には何もかも見透かされていたような気がいたしまするのに」

「その返答こそ、じゃ」

「測りがたきは、上様。イエズス会は上様の思うさまに操られましてござる」

「別れぎわに恨み言か」

「さにあらず。われらに、これほど教訓を得させてくれたお人は、他のいずれの異邦にもいないと存じまする」

「イエズス会はこの先、いかがいたす」

「何も変わりませぬ。京にても申し上げましたが、上様にはこれまでどおりの恩寵を賜りたい、とわれらは望んでおりまする」

ヴァリニャーノのポルトガル語を、ロレンソがそのように訳している間、乱丸は視線を感じた。ヴァリニャーノの眼であった。

（なぜわたしを見るのか……）

いま訳されたことを、すぐに一言一句、思い起こす。

（恩寵と言うた）

キリスト教では、神の恵みについて、ガラシアというラテン語なるものを用いる。それには、誰が邦訳したものか、恩寵、という日本語があてられた。

神仏や君主が恵みある愛を与える、という意が日本語の恩寵である。だが、乱丸の知る限り、伴天連たちは、キリスト教の神の恵みを表すときのみ、日本語の恩寵を用いるはずではないのか。

そうしたことは、アンナから教えられて、知識として記憶している乱丸であった。

（もしやバリヤノどのは、上様を神と認めたということなのか……。それを、あとで伝えてほしい、と目配せしたのか……）

たしかに、キリシタンであるヴァリニャーノもロレンソも、おのれの口からは発せられないであろう。

（イエズス会はついに上様に屈した……いや、そんなにあっけなく屈するはずはない）

一向一揆に代表されるように、神仏を俗権力の上に戴く人々の、文字通り命を捨てての抵抗は、ある意味で狂気を示している。この狂気を失うなど、ありえない。

（よもや、罠）

信長が最も信頼する乱丸の口から、ヴァリニャーノが暗に信長を神と認める一言を吐いた、と伝わればどうなるか。

信長はイエズス会とキリシタンに対して油断する。乱丸自身も、ヴァリニャーノが屈したと信じれば、ともに油断する。

信長と乱丸を油断させれば、イエズス会は謀事をすすめるのに都合がよい。

（深読みをしすぎだろうか……）

イエズス会は、たんに信長支配下の日本において、キリスト教をさらに弘(ひろ)め、発展させたいだけなのかもしれない。そのために、信長との関係において、かれらなりの妥協点を探っているとも考えられよう。ただイエズス会も、日本においては、性急であからさまなやりとりは墓穴を掘ると学んだはずだから、あの手この手で根回しをしつつ、布教をすすめてゆこうとしているのではないか。ヴァリニャーノの目配せも、その根回しと受け取れば、信長に伝えたほうが、イエズス会との今後の関係はよき方向へと修正されよう。

（五右衛門め……）

乱丸は、心中で悪態をついた。

(バリヤノは日向守に謀叛を唆していた)

五右衛門のその一言さえなかったら、乱丸がこのように懊悩することもない。

「されば、お名残惜しゅうございますが、これにてお暇仕りまする」

ヴァリニャーノが最後の別辞を口にした。

それを、信長は引き止めた。

「国王と法王への土産話をもうひとつ持ってゆくがよい」

信長は、ヴァリニャーノら伴天連衆とロレンソを従えて、天主閣を出ると、本丸の南口門の近くに竣工が成ったばかりの建物へ、かれらを誘って告げた。

「これと同様のものは、京にあるのみ」

白木造、屋根は入母屋造、檜皮葺の殿舎を見たことのある者なら、清涼殿、とよぶであろう。すなわち、天皇の常の御座所である。

「いずれ帝の行幸を仰ぐ」

そう言ってから、天主閣を仰ぎ見て、唇許に笑みを刷く信長であった。そのときは、天皇がこの安土の清涼殿へ入るさまを、はるか頭上の天主閣より見下ろすことになろう。

これは、信長にとっては不敬などではない。神は天皇の上に立つのが当然であった。

「上様の栄光の日を見ることが叶わず、残念なことにございまする」

ヴァリニャーノが本当に残念そうに言った。しかし、乱丸には、みせかけのようにも思えてしまう。

「行幸を見物したければ、そのほうが再び日本へまいったとき、叶えてつかわす」

「ありがたき幸せに存じ奉ります。そのとき、日本がどのような姿になっているか、いまから楽しみにござりまする」

「息災でな、バリヤノ」

「拙僧も上様のご長命をお祈り申し上げております」

極東の覇者と、キリスト教の世界戦略を指揮する宗教家は、微笑みを交わし合った。

やはり、乱丸ひとり、ヴァリニャーノの一言、一言がひっかかる。

（日本がどのような姿になっているか……上様のご長命を……）

ヴァリニャーノに刃を突きつけて、洗い浚い白状せよと迫りたい衝動に駆られた乱丸だが、ひとつの確証も得ていない段階では、何もできなかった。

イエズス会東インド巡察師アレッサンドロ・ヴァリニャーノは、安土を去った。

四

ようやく暑さが止んで、扇で起こす風ひとつにも涼気を感じられたが、この数日、またぶり返して、秋暑に見舞われた。

信長は、子らのうち上長の三人を、安土に招んだ。

美濃岐阜から、嫡男の信忠。

南伊勢から、国司の家柄の北畠家を嗣いだ二男信雄。

北伊勢から、神戸家の当主の三男信孝。

信忠は安土山内の自邸へ入った。信雄と信孝はそれぞれ、織田の重臣の屋敷を宿所とした。

「お乱。使いをいたせ」

信長は、いずれにも、名物の脇指を下賜することにしたのである。

祖父江孫丸と小河愛平に供をさせて、乱丸が最初に訪れたのは、信忠屋敷。

玄関を上がって、広縁を進んでいくと、前から武士とその従者がやってきた。

(兄上……)

武士は森長可である。美濃から信忠に随行してきたのであろう。

いまは、あまり話したくない。

もともと長可とは反りが合わなかったが、去年の正月の一件のあと、兄弟の仲が一層ぎくしゃくしたものになった。

一向宗に深く帰依する母の妙向尼が、信長に宛てて勝手に書状を出し、本願寺攻めを停止して法主と門徒衆を助命してほしいと訴えたのが、その一件である。乱丸は、母を討って、自分はその場で切腹する覚悟をきめ、美濃へ向かって馬を駆った。信長の大いなる慈悲をうけて事なきを得たものの、森家の拭いがたい不名誉と言わねばならない。

美濃金山で母とともに暮らす長可が、ふだんから心配りをしていれば、起こりえなかったことである。そして、長可自身も、乱丸はそう思っていると感じたはずであった。

むろん長可にも言い分はあろうが、互いにそのことを口に出せば、険悪になると分かっている。だから、兄弟は書状のやりとりもしていない。

乱丸ら三人も、長可主従も、広縁の中央を歩いているので、このままではぶつかる。

「無礼にござろう」

叱声をとばしたのは、孫丸であった。

「なに……」

長可の従者が色をなす。

「上様より三位左中将どのへの御上使である」

孫丸は、いまの乱丸の立場を明らかにした。三位左中将とは信忠をさす。

上使はつまりは信長の名代だから、長可はもとより、信忠であろうと誰であろうと、下風に立たねばならない。

「役儀ゆえ、ご容赦いただく」

と乱丸は兄に告げた。

一瞬、弟を睨んだ長可であったが、この場は乱丸たちが正しいことは、説明されなくとも分かる。

長可は、広縁の片側へ身を避け、その場に折り敷いた。従者も慌てて倣う。

乱丸は、前を見据えたまま進んだ。長可に対して、軽く会釈をしたり、一瞥をくれたりなどすれば、かえって、上に立ったことを愉しんでいるととられかねないからである。

座敷へ入った乱丸は、上段之間へ身を落ちつけた。

すでに待っていた信忠と側近らが、下段之間で平伏する。

上使として短い挨拶をしたあと、乱丸は告げた。

「上様がご所蔵の数々の名刀のうちより、おんみずからお選びあそばした相州正宗の短刀にござる。お脇指にされよ」

「身に余る栄誉と存じ奉る」

信忠のほうも、いちど平伏してから、恭しく受け取った。

「御上使。上様への御礼言上によき日と刻限をご教授いただきたい」

「明日、辰刻に。ご天主へ」

信忠邸での役目を了えるや、乱丸は、同様にして、信雄、信孝の宿所を訪れ、それぞれ短刀の北野藤四郎、しのぎ藤四郎を下賜した。

弟たちのそれは、どちらも正宗に較べれば格が落ちるが、致し方ない。嫡男とそれ以外の子に差をつけるのは、武門のならわしである。

翌日は、信忠、信雄、信孝が揃って、天主閣に伺候した。

「菅九郎。同じ過ちは赦さぬぞ」

いきなり信長は叱りつけた。菅九郎は信忠の通称である。

「しかと心に刻みつけましてございまする」

少し青ざめて、信忠は返辞をした。

能楽好きの信忠は、京の左義長のあと、能楽三昧の日々を送り、みずからも自慢げに演じたことで、信長の怒りをかい、道具をすべて召し上げられた。かりにも織田信長の後継者が、いまだ天下布武の達成まで至らぬのに、芸事に現を抜かすなど、あってはならぬことであった。

信長が勘気を解いたのは、つい十日ばかり前のことである。

「三介。そちは、一昨年の恥を雪ぎたかろう」

「はい。雪辱の機会を何卒お与えいただきとう存じまする」

三介信雄の一昨年の恥とは、信長に無断で伊賀に出陣して敗れ、重臣をひとり死なせてしまい、信長から譴責状をもって、こっぴどく、その無能を罵倒されたことをさす。

「近々、伊賀攻めをいたすゆえ、そのときは総大将に任じてやろう」

「ありがたき幸せに存じ奉りまする」

信雄は飛び上がらんばかりに悦んだ。

「三七は織田信長の子でありたいのか否か。それを聞かせよ」

三七郎信孝には、信長は選択を迫った。

早い時期からキリスト教に惹かれた信孝が、ヴァリニャーノの安土滞在中に受洗したいと望んだことを、信長は知っている。

「父上のお顔がちらついて、キリシタンの洗礼のことは、いまはもう望んでおりませぬ」

「さようか」

この三人が次代を担えるよう、鍛え上げたいというのが信長の心情である。下座に控える乱丸には、かけがえのない主君のその思いが痛いほどに分かった。

三人が辞したあと、しかし、信長は、めずらしく、疲れたように吐息をついた。

「上様。ご寝所に入られますか」

と乱丸はすすめた。

「よいわ。凡庸な伜ばかりで、ちと気が滅入っただけのことよ」

「…………」

乱丸には何とも言いようがない。

「お乱が伜であれば、先のことを案ずる必要もないものを」

「お忘れにございますか。わたしは伜にございます」

「おお、そうであったな」

信長の疲れた顔に、少し生気が戻った。

信長と乱丸は、魔王とその子薩陲であるという約束を交わしている。

「気鬱散じに、左義長を挙行あそばしてはいかがでしょう」

「うむ。そちが取り仕切るがよい」

「大任をお命じいただき、天にも昇る心地にございます」

秋暑も天主閣の最上層には無縁であった。冷涼の風が、軒端の風鐸を奏でながら、魔王父子の心に清爽の気を送り込んでいる。

第二十三章　赤い風花

一

乱丸は、信長より直々に取り仕切るよう命ぜられた左義長を、八朔に挙行した。

八朔とは、八月一日のことである。

この日、農村では田実の節、あるいは田面の節といって、豊作を祈願する行事が行われる。

武家においても、主君との結びつきを強めるために贈物をすることがめずらしくなかった。五畿内とその隣国の武士たちは、信長への様々な献上品を携え、おのおの自慢の名馬を曳いて、安土に参集した。

当日の信長は、南蛮笠を被って、まばゆいばかりの純白の装束に身を包み、下には虎の行縢を着け、美しい葦毛の馬を軽やかに乗りこなし、見物衆からひときわ大きな喝采を浴びた。

「森乱丸さまがお出ましになられませぬな」

「乱丸さまを見られぬのでは、来た甲斐がありませぬ」

「ああ、乱丸さまを見たい」

左義長の終盤に、見物の女子衆から、そういう不満の声が頻りに上がった。信長の美男揃いの近習衆の中でも、乱丸の人気は格別に高い。

今回の乱丸は、自身の組下を指図しながら裏方に徹し、みずから出場する予定はなかった。

だが、女子衆の声を耳にした信長から、急遽、出場を命ぜられる。

「森組を率い、予の馬と装束にて出よ」

早くも信長が装束を脱ぎ始めたので、

「身に余る栄誉」

と悦んで乱丸は従った。

あまりに畏れ多いと辞退すべきなのは、信長が脱ぎ始める前である。事の善し悪しに関係なく、すっかりその気になった信長に異見することは差し控えねばならない。このあたりの呼吸を十二分に心得ている家臣は、乱丸と羽柴秀吉ぐらいなものであろう。

従う森組の面々は、馬については、いずれも日常の乗馬が駿馬なので、それで充分であったが、装束の用意がない。

「いっそのこと下帯ひとつでいこうではないか」

伊東彦作が皆の承諾を求めると、信長が面白がったので、それと決まった。

「ならば、そちたちも名を売れ」

何やら思いついた信長が、楠長諳に命じた。

「この者らの背に、それぞれの名の一文字を真っ赤に大書せよ」

「畏まってござる」

信長の右筆で、当代一流の書家である長諳が、急ぎ、赤い染料を用意し、かれらの背中の膚いっぱい、直に太筆で一文字ずつ記してゆく。

そうして、森組の十一名が馬場に登場すると、見物衆の目は釘付けになった。

伊東彦作は「彦」。

薄田与五郎は「与」。

小河愛平は「愛」。

飯河宮松は「宮」。

祖父江孫丸は「孫」。

森坊丸は「坊」。

森力丸は「力」。

柏原鍋丸、小鍋兄弟はともに「鍋」だが、字体が異なる。

種田亀丸と久々利亀丸も、字体を変えた「亀」である。

若い男たちの、鍛練された裸身に、躍るように華やかで真っ赤な一文字という馬上姿は、健康的でありながら、どこか妖しげでもあり、女たちに溜め息をつかせた。

小鍋と久々利亀丸などは、まだ仕えはじめたばかりの年少で、幼童と変わらぬ顔つき躰つきだから、子をもつ男女らを自然と笑顔にさせる。

森組が左右に開いて二列縦隊を作ったところで、最後に乗り入れてきた騎馬に、どよめきが起こった。

信長の装束に信長の愛馬である。

その人は、しかし森乱丸であった。

乱丸が、森組の二列縦隊の間を、悠然と駆け抜けてゆくさまは、まるで、若き日の風雲児が、時を超えて颯爽と出現したかのようではないか。

この瞬間、多くの人々は思った。

「もしや森乱丸さまは織田さまのお子なのでは……」

信長が乱丸を重用することはひとかたでないので、実は、疑いを抱く者はすでに少なからずいた。もとより事実ではないが、落胤伝説は庶民の興味をかきたてるものである。

乱丸が信長の落胤ではないかという想像は、別して女たちの胸をさらにときめかせ、気を失う者まで出た。

八朔の左義長は、大盛会のうちに幕を閉じ、奉行をつとめた乱丸は面目をほどこし、信長に激賞された。

二

この頃、羽柴筑前守秀吉は、天然の要害として名高い因幡鳥取城を、得意の兵糧攻めで包囲中である。

周到な秀吉は、戦前に因幡と伯耆両国の米を時価の二倍で買い占めるなど、籠城勢の食糧補給を頓挫させておいた。同時に、水軍を繰り出して海上封鎖をし、毛利氏からの救援米の搬入も阻んでいる。

どんなに切り詰めても、兵糧はあと二ヵ月もすれば底をつき、そのころには籠城勢に餓死者が続出するとみられていた。

すると、安土へも風説が流れてきた。鳥取城を救うため、毛利氏は全軍を挙げて出陣するらしい、という。

当主の輝元も、毛利の両川といわれる名将の吉川元春と小早川隆景も、打ち揃って出馬するそうな。

これを受けて、信長は在国の諸将すべてに命令を発した。

「一左右次第、夜を日に継ぎ参陣致すべき用意、少しも油断あるべからず」

命令が出されたら即時に、昼夜休まず馳せつけられるよう準備をしておけ、という意味である。

もし風説のとおり、毛利氏が挙げて鳥取城赴援を実行に移すなら、みずから出馬し、織田軍団の総力を結集して決戦に及ぶ覚悟であることを、信長は示したのであった。

その前に、近国における唯一の憂いというべき伊賀国を平定しておかなければならない。伊賀の国人、地侍は、織田政権に属することを拒み、時には信長に刺客を送るなどして、永く抵抗しつづけている。

かれらは、忍びの術を用い、険阻な山中において神出鬼没の戦いかたをするので、信長といえども手を焼く厄介な存在であった。ただ、これまでは、伊賀衆など小土豪の集まりと侮って本格的な攻撃を仕掛けなかった。

「三介。汚名を晴らすがよい」

信長は、二年前に独断で伊賀攻めを敢行してしくじった二男の三介信雄を、あえて総大将に任じ、大軍を授けた。

伊賀国は小国で、当時の総人口は九万人ていどである。ここから老人、婦女子らを除けば、まともに戦える侍の数など高が知れていよう。それに対して、織田軍は充分な軍装と武器を調えた四万二千の大軍勢で襲いかかった。伊賀国の四方の峠から一斉に乱入し、逃げ口を与えない一大殲滅戦の構えである。

しかし、この大軍の進攻は、抵抗すれば皆殺しにするという示威行動であって、決して問答無用ではない。

伊賀衆も愚かではないから、軍事力にこれほど彼我の差があれば、戦うのは自殺行為でしかないと分かっている。結局、多くの城が戦わずに織田の軍門に降る道を選んだ。

「合戦モナク、曖ニテ諸城ヲ渡テ破城」

と『多聞院日記』は記す。曖とは、仲裁、調停などの意。

最後まで頑強に抵抗した者らもいたが、それはごく一部にすぎなかった。織田軍は、十日ほどで伊賀国全土を手中に収めると、あとは、投降せずに逃げ隠れしている者らの掃討戦に入った。この者らについては、徹底的に追及して討ち果たすよう、信長は伊賀攻めの諸将に厳命した。

掃討戦もほぼ了えたころ、信長は信忠と甥の津田信澄を従えて伊賀に入り、数日間の滞在で戦果を視察し、満足を得ると、総大将の信雄には、伊賀四郡のうち三郡を与え、大いに面目を立ててやった。

随従の乱丸は、伊賀滞在中、諸将が争うようにして信長をもてなそうとするので、その応対に忙殺された。

安土へ戻った信長は、かねて住居拡張を要望していた伴天連たちにこれを許し、近習衆に命じて沼地の埋め立てや屋敷普請を行わせる。

奉行のひとりを務める乱丸にとっては、伴天連やキリシタンを近くで監視するのに都合がよかったが、工事の間、かれらが不審の言動に及ぶことは、そぶりすら見られなかった。

ヴァリニャーノはすでに豊後へ去り、来春の離日に向けて肥前長崎に向かったらしいと伝わっている。

（もはや……）

石川五右衛門が言ったように、ヴァリニャーノが惟任光秀に謀叛を唆したことがあったとしても、それは一度限りのことで、結局は不調に終わって諦めたのではないか、と乱丸には思えてきた。光秀にしても、領国の丹波の経営と、組下の近畿の大小名衆を掌握することに忙しく、そんな愚挙を冒す気持ちなど抱くはずもあるまい。

（やはり、わたしは五右衛門に揶揄われ、ひとり相撲をとらされていただけなのだ……）

そう思うと、五右衛門に対して、ふつふつと新たな怒りが湧いてきた。アンナの顔を傷つけた伊助に対してもである。

頭の中でしこりのように消えずにいるあのふたりの行方については、京都所司代の村井貞勝に探ってもらっているが、いまだ進展は見られない。

主君に常に近侍する身では、京より知らせを受けたからといって、即座に動けるわけではないものの、そのときばかりは信長に願い出て、必ずしこりを切除するつもりの乱丸であった。

伊賀を平定し、毛利氏との決戦に向けて準備中の信長のもとへ、秀吉から吉報が届く。糧食を断たれた鳥取城は、死人の肉を奪い合うほどの地獄と化したので、城将の吉川経家が、城兵の助命を条件に、開城して自身は切腹すると申し入れてきた。秀吉はこれに応じ、ついに鳥取城を陥落せしめたのである。

ただ、せっかく秀吉に命を助けられた城兵たちも、食べ物を与えられるやいなや、空腹のあまり無茶食いをしたばかりに、多くの者が頓死してしまったという。戦闘で殺されるよりも悲惨といえよう。

いくさでは遅速が死命を制することを知る秀吉は、落とした鳥取城に宮部継潤を守将として残すや、みずからはただちに国境を越えて伯耆国を侵し、ようやく出張ってきた吉川元春の子元長の軍と早くも対峙している。

「猿め、出来すぎじゃ」

信長は、ほんの少しばかり気に入らぬげだが、嬉しそうであった。

(ほかの将ならば、上様のご不興をかっている……)

と乱丸は察する。

毛利軍出陣の風説が伝わったあとの鳥取城陥落は、みずから出馬して陣頭指揮するつもりになっていた信長の昂揚した気分を、些か削ぐ出来事である。ほかの者が秀吉と同じことをしていたら、信長は、出来すぎとは言わず、予の着陣を待たずに出過ぎたまねを、と不機嫌になったであろう。

たぶん秀吉自身、自分ならここまでやっても赦されるという境界線を綱渡りする思いで為したこと、と考えられる。

もちろん、勝算あっての綱渡りである。それは、秀吉がかなり前から毛利方の武将たちに調略の手を伸ばしており、さらには豊後の大友宗麟が毛利の背後を牽制するよう仕向けておいたことで知れる。その状勢の中では、輝元らの出陣が実現するとしても、風説と異なり、まだ先のこと、と秀吉は確信していたに違いない。

（さすが筑前どのだ）

結局、鳥取城を見捨てる形になった輝元らは、出陣の機会を逸した。そのため信長も、早々の西国出馬は見合わせ、今後の秀吉の進攻の推移を見戍りながら、あらためて機会を窺うことにしたのである。

その後、山陰地方が降雪期に入ったので、秀吉はいったん軍を撤収して播州姫路に帰城したものの、このめざましい出頭人が兵馬を休めることはなかった。ただちに、軍船を列ねて淡路島に上陸すると、またたくまに岩屋、由良の両城を落とし、わずか数日で平定してしまう。

「あやつ、予に何もさせぬ気らしい」

信長は、近習たちの前で、あきれたように、しかし愉快げに言った。

三

安土の山野は霜枯れの季節を迎えた。

細部の作事もすべて完成した天主では、信長が、一階の対面座敷の御座から、自分と顔だちの似た若者を眺め下ろしている。

ここは御鳥之間ともよばれる。雉子、鳩、鵞鳥など、壁も襖も一面に狩野一門の筆による鳥の画で彩られていた。

「源三郎」

と信長は若者の名をよんだ。

「来春は犬山より出陣せよ」

そう命ぜられた源三郎は、おもてを輝かせた。

源三郎勝長は、信長の五男である。

幼少時に美濃岩村遠山氏の養子に入ったものの、岩村城が武田の部将の秋山信友に落とされると、甲斐に送られ人質生活を送る身となった。が、長篠合戦の大敗以後、勢力の衰えた武田が、いちど織田との和睦の道を探ったさい、源三郎は尾張に戻された。その後は、長兄の信忠の下で、対武田の交渉や策戦に携わっており、父信長との再会は岩村へ旅立ったとき以来のことである。

　来春の出陣とは、武田攻めをさす。信長が源三郎に、犬山より、と言ったのは、尾張犬山城を与えるという意味でもあった。

（上様は源三郎さまのご苦労を多とされたのだ……）

　対面座敷の戸口の敷居際に控える乱丸は、信長の父としての情を感じた。

「ありがたき仕合わせ。上様ならびに三位左中将さまの御為、粉骨砕身致しまする」

　力強く、源三郎は宣言した。

（できたお人だ）

　好印象をもった乱丸である。

　源三郎は、信長を父上でなく上様、直属の大将である信忠を兄上でなく三位左中将とよんだ。尾張に戻ってから織田姓ではなく津田姓を与えられたからに違いない。臣下という立場をよく弁えている。

　二男の北畠信雄も三男の神戸信孝も、他姓を称しているのだから、本来なら源三郎のように、信長を上様と敬称するのが正しい。だが、この両人は父上とよぶ。信長もそれを咎めないので、乱丸も決して差し出口はしないものの、気になっていることであった。

そこへ奏者役がやってきて、池田の姫君がまもなく山下に到着する旨を伝えた。

池田というのは、信長の乳兄弟で、いまは摂津衆の束ね役として、かつては荒木村重の居城であった有岡城を賜っている池田恒興をさす。

「到着次第、これへ案内いたせ」

信長にそう言われると、奏者役が少し困ったような顔をする。何か言いたいことがあるようだ。

「上様にまだ言上いたすべきことがあるのなら、早々に申せ」

御座の下の一方の端に端座する菅屋九右衛門が促した。

九右衛門は越中、能登の諸城の取り壊しの任を了え、この秋、安土に戻った。これまでの忠勤により、明年の内には越前府中を与えられることが決まっている。

「姫君は、森乱丸どのに出迎えてほしいとのことにございまする」

「なに……」

渋い顔をした九右衛門が、源三郎を気にしながら奏者役を声を落として問い詰める。

「よもや、お対手を間違えておられるのではあるまいな」

「さようなことは……」

奏者役も、姫君の一行の先乗りから伝えられたことを取り次いでいるだけなので、確たる返辞はできぬ。

日なのである。

信長直々の肝煎により、源三郎と恒興の息女との縁組が決まり、本日は男女の初対面の

「お乱の出迎えは不都合ではないわ」

信長がちょっと笑った。

「早奈は妹ゆえな」

恒興の息女の名を早奈といい、乱丸の兄森長可の正室、千の六歳下の妹である。したがって、乱丸と早奈も義理の兄妹という関係になる。ただ、両人はいちども会ったことがない。

「おおかた千が、織田家中随一の美男に出迎えてもらえと妹に申したのであろうよ」

信長自身は、幼少期の千をわがむすめのように可愛がった。

(思うたことを平気で口にされる嫂上ゆえ、あるいは、上様の仰せのとおりかもしれないけれど……)

それにしても、信長の口から織田家中随一の美男と言われては、乱丸も顔を赧めるほかなく、何も悪いことをしていないのに、源三郎の手前、畳に目を落とす。

「森乱丸どのの美男ぶりは尾張にも聞こえており申す」

源三郎は笑顔であった。

「それがしも、こうして初めて会うてみて、ききしにまさると思いましてござる。若い女

子なれば、嫁ぐ前にいちどは親しくことばを交わすなどしたいと望むのは自然なこと」

それから九右衛門を見て、源三郎は付け加える。

「菅屋どのも、どうぞお気遣いなく」

九右衛門は、それでかえって、おのれの不用意な発言を恥じたのであろう、恐縮の態をとった。

(徳川どのもそうだが、永く人質時代を過ごした御方というのは、人間が練れているのかもしれない……)

乱丸がそう感じると、信長も同様の思いを抱いたものか、唇許に温かい笑みを刷いた。

「お乱。妹を出迎えてやれ」

命ぜられた乱丸は、畏まりましてございますと信長に返辞をし、源三郎には好意を籠めた会釈をしてから、対面座敷を出た。

乱丸が組下の数名を供にして、南の大手門下の濠端まで下りると、ちょうど行列が大手道の出入口より入ってくるところであった。

広々とした濠の水面を渡って吹きつける風が冷たい。

(嫂上に似ているのだろうか……)

美濃金山の城主屋敷。川見ノ間から、千とふたりで眺めた厳冬の木曽川。その谷間には、宝玉をちりばめたような、きらきら輝く光が躍っていた。自然に手を繋いだ。

あのときの手の温(ぬく)もりを、いまでは忘れてしまった。自分は少しおとなになったのかもしれない。アンナという近しい女性もいる。

それでも、千への敬愛の念は変わっていない。いつまでもあの奔放なままの千でいてほしいとも思う。

乱丸らの前で行列が歩みを停(と)め、一行の奉行人が前へ出てきて自身を紹介した。

「わたしは森乱丸にございます」

乱丸の名乗りをうけて、奉行人は行列の真ん中あたりの女乗物(おんなのりもの)のところまで戻り、地に折り敷いた。

「姫。森乱丸どののお出迎えにござる」

すぐに女乗物を降りた女人(にょにん)が、足早に乱丸へ寄ってきた。

乱丸の想像どおりであった。

(似ている)

長可に嫁いできたころの千が、そのまま現れたかのようではないか。きびきびした動きも同じである。

「早奈姫さまには恙(つつが)ないご到着、祝着(しゅうちゃく)に存じ上げます」

乱丸は、折り敷いたまま、頭を下げた。主君の血筋である源三郎の妻となる女人に、礼を失してはならない。

「姉上の書状のとおりにございますな。ああ、口惜しいこと」

いきなり早奈が妙なことを言って、唇を尖らせた。

「口惜しいとは……」

「乱丸どのは女のわたくしたちよりずっと美しい」

「お戯れを」

「戯れなものですか。多田の姫は、乱丸どのに恋い焦がれるあまり、一年もの間、床に就かれたそうにございますのよ」

二年前、乱丸は、摂津多田の塩河伯耆守のもとに使いをしたとき、息女との縁組をそれとなく望まれた。だが、自分は上様の御馬前で死ぬ者なので妻帯など思いもよらぬこと、と固辞している。息女からも、別れ際に白い牡丹の花を一輪、手渡された。その後のことを、乱丸はまったく与り知らぬ。

「けれど、わたくしは多田の姫のためにはよかったと思うております。良人となる御方が乱丸どのでのうて」

こんどは、にわかに笑顔になる早奈であった。

「だって、自分より美しい男子を良人にしたら、女は毎日、恥ずかしい思いで暮らさねばなりませせぬでしょう」

問いかけるように、早奈の語尾が上がった。

「ごもっとも」

と小声ながら、思わず応じてしまったのは、薄田与五郎である。

乱丸は、ちょっと与五郎を睨んで、また早奈に向き直る。

「畏れながら、津田源三郎どのは美男にあられる」

「乱丸どのに比べれば、高が知れておりましょう」

こういうことを平然と言うのも、どうやら姉譲りらしい。乱丸は、なんとこたえればよいか分からなかったが、千と接しているような錯覚にもとらわれて、少し心が弾んだ。

「この冷たい風にあまり長くあたられては、お躰によろしくありませぬ。お乗物にお戻りなされよ」

「ここからは自分の足で登りまする」

「安土山は、見た目は穏やかでも、思いの外に傾きはきつうござる。石段の数も多うござるゆえ」

「わたくしは千の妹にございますよ」

少しあごを上げてみせる早奈である。

千は、じっとしているのが嫌いで、輿入れ当初は、坊丸や力丸を対手に相撲をとって興じたりした。金山城下の中野原へ出て、鉄炮を射放つこともしばしばであった。

「畏れ入りましてござる」

「さきほどから気になっておりましたが、他人行儀にございますなあ」

不服げに、早奈が頬を膨(ふく)らませる。

「さあ、わたくしの手をとって、ご案内下されませ、兄上」

早奈が左手を差し出した。こうした強引さも千にそっくりである。が、乱丸も悪い気はしなかった。

「されば、早奈姫。案内仕(つかまつ)る」

義理の妹の手をとる。

「早奈とおよび下さい。兄妹なのですから」

「ご容赦を」

千からも似たようなことを強要された憶(おぼ)えがある。

「および下さらねば、泣きますぞ」

言うやいなや、早奈は本当に泣き顔をつくる。乱丸は少し慌(あわ)てた。

「早奈。参れ」

「はい、乱兄(らんに)い」

途端に、早奈は屈託のない笑顔になる。

乱兄いというよびかけは、幼少時の弟たちからのものであった。一瞬、乱丸の心に、金山へ帰郷したような気分が湧いた。

(もしや嫂上の謀では……)

足掛け五年、信長という気難しい主君に近侍しつづける義弟が、心の潤いをなくしていはしまいか、と千ならば思いやるであろう。だから、自分によく似た妹に、安土では乱丸と親しくことばを交わすよう命じたとも考えられる。それで乱丸が、いちども帰っていない故郷を思い起こし、束の間でも心の慰めとしてくれればよい、と。

謀であるとすれば、見事なものだ。千の思惑どおり、乱丸の心はいま、じわりと温められている。

それと同時に、源三郎と早奈は織田家の次代を担う夫婦となるような気がして、信長のために喜ぶ乱丸であった。

手を繋いだ義兄妹は、大手道の石段を、絢爛たる天主へ向かって昇り始めた。

四

安土の南西三里ばかりのところに、鏡山が盛り上がる。

その昔、東下りの牛若丸が、この山麓の家に止宿し、夜半に押し入ってきた盗賊を退治したという伝説を残す。

牛若丸ゆかりの家ではあるまいが、いま、山麓の荒れ放題の屋敷で、短檠の明かりの中、見るからに破落戸と思われる男たちが、しどけない姿の女たちを侍らせ、酒盛りをしている。

「かしら。あの生臭坊主、まだまだ銭を持ってるに違いねえ。次は寺に押し込んで、根こそぎかっさらってきましょうぜ」

かしらとよばれた男は、ごま塩頭からあごひげへと女の手に撫で回されるにまかせながら、にたりと笑って、

「そうよな。明晩にでも押し込んで、その足で関東へ戻るか」

と手下どもを見渡す。

「それがいい」

「久々に小田原で遊びましょうぜ」

「江島にも渡りてえ」

などと、酔いにまかせて、皆が口々に好き勝手を言う。

この破落戸どもは、ここからほど近い野尻郷に建つ東善寺へ悪事を仕掛け、銭を強請りとってきたばかりであった。

あらましは、こうである。

冷たい雨の降った昨夕、若い女が東善寺へ駆け込んで雨宿りを乞うた。寺は、女人禁制だから、雨が上がったところで、ただちに去るよう女に申し渡した。ところが女は、境内

の隅っこで焚き火などしながら、そのまま今朝まで居ついてしまう。そこへ、男たちが乗り込み、出家が寺内に若い女を囲うなど不届き千万と因縁をつけ、有徳と評判の延念という住職から、詫び料を出させた。要するに、美人局である。

「かしら。あの坊主、わっちの躰を舐め回すように見てやがったんだよ。行きがけの駄賃に殺っちまっておくれな」

「そんなら、お熊、お前えのをご開帳して、見せつけながら殺すってのは、どうでえ」

「おや、ほかの男に見せてもいいのかえ」

お熊が東善寺に駆け込んだ若い女である。

「面白れえだろ。そんなもの見ちまったら、延念は地獄へ落ちても悶々だろうからな」

どっ、と皆が笑った。

刹那、大きな物音が起こった。

誰もが酔っているので、即座の対応ができない。そこへ、軍兵が押し寄せてきた。

「手向かいする者は容赦いたすな。斬り捨てよ」

男たちの怒号と女たちの悲鳴が上がり、血しぶきが壁や天井に飛び散った。

この翌日、乱丸は、天主の信長の寝所を掃除中、野々村三十郎より声をかけられた。

「お乱。実は昨夜、鏡山で賊を捕らえたのだが……」

信長の直轄領に属す野尻郷の東善寺の延念という住職より、昨日、美人局にひっかかったとの訴えが起こされたので、これを受けて、代官である三十郎は軍兵をただちに賊の捕縛に向かわせた。かれらの塒は、延念が寺男に尾行させて突き止めてあった。

　その経緯を手短に語ってから、三十郎はさいごに肝心のことを告げた。

「賊のかしらを称する者が、自分は森乱丸さまの知り人だと申しおったそうだ」

　よもや伊助であろうか。伊助なら、ある意味、知り人といえなくもない。

「若い男にございますか」

「いや。四十歳か五十歳か、としは食うておるらしい」

　ならば、伊助ではない。といって、五右衛門でもなさそうである。

「そやつの名は」

「阿久多、と申したそうな」

「阿久多……」

　乱丸には思い出せない。

「偽名、変名のたぐいであろう」

「ほかには何を」

「命を助けていただければ、森乱丸さまにとって大層、有益なことを明かしてしんぜる、などと吐かしたようだ。おそらく、命惜しさに出まかせを申したのであろうよ。それでも念のため、お乱には報せるだけは報せておこうと思うてな」

「さようでしたか。わざわざ痛み入りましてございます」

「お乱に心当たりはあるまい」

「ございませぬ」

「おつとめ中、邪魔をいたした」

「しばらく、三十郎どの」

背を向けかけた三十郎を、乱丸はよびとめた。賊の出まかせときめつけるのは早計かもしれない、と思い直したのである。

「心当たりが、わたしにはなくとも、その者にはあるということもなしとは申せませぬ。それに、偽り(いつわ)であったとしても、なぜわたしの名を出したのか、些か気になります。わたしも、念のため、会うてみてはいけませぬでしょうか」

「お乱らしいことだな。しかと得心いたさねば気が済まぬ」

「申し訳のないことにございます」

「謝ることはない。上様にお仕えする者は、何事にも念には念を入れなければならぬ」

捕らえた賊は、美人局の首謀者である阿久多とお熊という女のふたりだけである。手下どもは、刃向かったので、鏡山で全員を討ち取った。

捕らえたふたりは、いったん鏡山から近い永原(ながはら)の代官所の牢(ろう)に繋いだが、いまは安土へ向かって移送中である。けちな悪事の美人局でも、信長の直轄領で起こしたことが重大であった。見せしめのため、安土城下で刎首して晒さねばならない。

「お乱は上様のお側を離れることはできまい。阿久多を山下まで引っ立てさせるゆえ、手がすいたときに、糾問いたすがよい」

「行き届いたお心配り、ありがとう存じます」

その日のまだ陽の射すうちに、男女の罪人が安土の城下西外れの刑場へ曳かれてきた。待機していた三十郎配下の武士と足軽衆が、男の阿久多だけを受け取り、市中を安土山に向かって進んだ。

阿久多は、足ばかりは自由だが、後ろ手に縛され、その縄が弛みなく繋がって腰にも首にも回されており、上体はまったく身動きがとれない。その窮屈な状態で騎馬に曳かれ、常に小走りを余儀なくされるので、幾度も転倒しては、足軽衆に槍の石突で打たれて立ち上がる、という繰り返しであった。

阿久多を目にした城下の人々は、嘲ったり、眉を顰めたり、怖がったりする。

「織田さまのご領内で、どこぞの坊さんに美人局を仕掛けて銭をまきあげたらしいで」

「いまだに織田さまの恐ろしさを知らんやつがいるゆうことか。驚きやな」

「よほどの田舎者じゃろう」

早くも事件を知る者がいるのは、繁く商人の往来する殷賑の市らしいといえよう。

阿久多を押送する一行は、セミナリヨの近くを通りかかった。

ふとそちらを眺めやった阿久多の疲れきった顔に、なぜか生気が戻った。眼をぎらつかせ、微かに笑みを泛かべる。

前へ進みながらも、その視線だけはセミナリヨから外したくないのか、窮屈な上体を無理やり後ろへ捻ろうとする。

阿久多は、転倒した。

即座に、足軽衆の槍の石突に襲われる。

「起て」

「こうしてくれる」

阿久多の股間に突きを入れる者もいた。

痛みに呻きながら、阿久多は立ち上がり、ふたたび歩き出す。こんどは、セミナリヨのほうは振り返らない。というより、あまりにきついので、振り返れない。

それでも、阿久多の表情は、いままでとうって変わり、希望でも見つけたかのようであった。

五

信長は、老近習たちと語り合うため、茶室へ入った。世話係は九右衛門とその組下がつとめるので、乱丸は小姓部屋へ退がった。

折しも、三十郎がやってきて、たったいま山下まで阿久多を引っ立ててきたところだと知らせてくれたので、急ぎ、連れ立って御殿を出た。

落日には、まだ少し暇がある。

大手道の石段を降りて、濠端まで出た。

足軽衆に囲まれ、縄をうたれて地面に胡座を組む男に、乱丸はやはり見憶えがない。

「森乱丸さまか」

許しも得ずに、先に阿久多が口を開いたので、

「無礼者」

と三十郎の配下の武士が、その頬を殴りつける。

「よい。好きにさせよ」

乱丸の目配せを受けて、三十郎が配下を控えさせた。

「そのお顔つきでは、身共のことは憶えておられぬな」

唇の端から血を流しながら、阿久多が語を継いだ。

「無理もない。そちらはまだ幼子であられた」

「わたしが幼きときに会うたと申すか」

乱丸が訊ねる。

「いかにも」

「どこで会うた」

「次月。愚溪寺。それで思い出されぬか」

乱丸が忘れるはずもない地名と寺名ではないか。

七歳の乱丸が、当時は真田八郎と名乗っていた石川五右衛門にさらわれ、押し込められたのが、美濃金山の南東三里ばかりの地、次月の鬼の岩屋であった。そして、その乱丸が脱走して駆け込み、上泉信綱と神後宗治主従によって救われた寺が愚溪寺である。

（この者は、あのときに居たとでもいうのか……）

あのとき、五右衛門の父の真田鬼人は信綱に討たれて死んだ。その手下どもも全員、捕らえられて処刑されたはず。

（逃げたのは五右衛門ひとり……）

阿久多を凝視しながら、乱丸はさらに記憶を呼び起こした。

（いや、五右衛門は気を失うていた……。誰かが五右衛門を担いで……）

阿久多という名は思い出せない。しかし、乱丸は、はっとした。

突然、目の前の阿久多と伊助の顔が重なったのである。山科で初めて伊助とまみえたときに感じた奇妙な感覚の実体が、いま瞭然となった。

「真田鬼人の手下だな」

「よう思い出された」

「伊助の父でもあろう」

「そこまで看破されるとは、さすが森乱丸さまよ。なれど、伜のまことの名は、飢えた牙、飢牙丸と申す」

「彼奴らはどこにいる」

「彼奴らとは」

「飢牙丸と五右衛門だ」

「伜とも、昔のかしらの子とも袂を分かち申したわ」

ふん、と鼻を鳴らして、阿久多は苦い顔をする。

「それでも、京の塒ぐらいは存じており申すが……」

遊所好きの五右衛門のことだから京には塒をもつのではないか、と推測したのは神後宗治だが、どうやら的中していたようである。

「では、明かせ」

と乱丸は詰め寄る。

「見返りもなく明かすわけにはまいらぬわ」

余裕の笑みをみせる阿久多であった。

「そのほうの命は助けぬ」

乱丸は断言した。

「それじゃ明かせねえ」

阿久多の物言いが変わった。本性を出したのである。

「阿久多。そのほうがいま、よき示唆を与えてくれた」

「なんだと……」

「石川五右衛門の塒は、京都所司代が探しているが、いまだ分からぬゆえ、思い違いであったかと諦めようとしていたところだ。なれど、そのほうの一言で、京にあることは疑いないと知れた。それでも見つからなかったのは、めざすところが違うていたということだ。ならば、この先は見方を変えて探せば、必ず見つかるはず。ここでそのほうに明かしてもらうまでもない」

話を打ち切るように言った乱丸は、阿久多に背を向けた。

「お待ち下され、森乱丸さま」

阿久多の声に必死さが籠められた。

「彼奴らの塒の場所なんぞより、遥に大層なことを、身共は存じており申す。これを知るのは、あなたさまにとっても、ひいては織田さまにとっても、まことに有益と存ずる」

「やめよ。もはや、命惜しさの偽りは通用せぬ」

と怒鳴りつけたのは三十郎である。

「決して偽りは申さぬ。身共はいましがた、これへ曳かれてくる途次、セミナリヨの前を通り申したが……」

セミナリヨと聞いて、乱丸が阿久多のほうへこうべを回したそのとき、ぱんっ、という乾いた音が響いた。

皆が一斉に身を伏せた。明らかに鉄炮の射撃音であった。

「誰か、出所が分かるか」

三十郎は、配下の武士と足軽衆を見渡す。が、どこから撃ってきたのか、ひとりとして見当がつかない。

西日が眩しい。とはいえ、皆で四方へ視線を振り分けているので、第二弾が放たれれば見定められよう。

しかし、次の銃声が上がりそうな気配は伝わらなかった。

「やられた……」

と乱丸は言った。

「いかがした、お乱。どこか撃たれたのか」

心配した三十郎が、乱丸に寄り添う。

「阿久多が……」

横たわる阿久多は、側頭部に穴を開けられ、そこから血を流しているではないか。事切れていた。

間違いなく阿久多を狙った銃弾である。

(誰がなんのために……)

乱丸の心に湧いたのは、またしてもヴァリニャーノと惟任光秀の顔。

寒気が一層、強くなった。夕陽に風花が舞い始めた。

第二十四章　那古野崩れ

一

天正十年、正月。

元日の安土の人出は言語を絶した。

年末にも歳暮の挨拶に馳せ参じた隣国、遠国の大小名衆の行列でごった返したが、それを上回るものであった。

百々橋から摠見寺への登り道に幾重にも数珠つなぎとなった人々が、築垣を踏み崩してしまい、石と一緒に転落死する者が続出したほどである。これも信長の威光のなせるわざとでもいえようか。

信長は、年賀の挨拶に参上した大小名衆、それは一門衆、他国衆の別なくすべての者へ、御幸之間を見物させた。

天井も壁も眩しいばかりの黄金で被い尽くされたその座敷は、天皇行幸のために設けたものである。

「一、二年のうちには、ここに新しき帝を迎え奉ることができるであろう」

と信長は宣言した。

本年中か、遅くとも来春までに天下布武を達成する自信をみせる信長であった。

西国攻めを順調に進める羽柴秀吉が、因幡、淡路平定の復命のため、年末に安土へ参上している。「武勇の名誉、前代未聞」と秀吉を激賞した信長は、茶道具十二種を下賜して、今後の対毛利戦の策を語り合った。そのさい秀吉が、翌年中、つまり本年中に毛利を屈伏せしめることを約束した。

大風呂敷を広げるのは秀吉の常だが、現実にそれをやってのけるのもまた秀吉という稀代の将である。

最大の難敵の大毛利を軍門に降すことができれば、四国と九州の平定には手間取るまい。東国は、この結果をみて、戦わずして信長に平伏すであろう。

天下布武を成し遂げた信長には、もはや朝廷も抗うのは不可能である。老齢の今上は退位し、信長の庇護下の誠仁親王が即位することになるのは、時の流れというものだ。

新しき天皇となった誠仁親王の安土行幸には、皇子である五宮も随行するであろう。それは、信長が猶子としている五宮が、やがて皇太子になるという先触れでもある。

皇太子はいずれ天皇に。そして、義父信長が王権を意のままにする。信長の御幸之間の披露は、その野望の無言の表明でもあり、参上の者らもそれと理解して一様に膚に粟粒を生じさせた。魔王信長への畏怖である。

御幸之間の披露のあと、信長は厩口に立って、大小名衆に命じた。

「銭をもて」

本日はおのおの御礼銭を百文ずつ持参するように、と事前に通達してある。

信長は、ひとりひとり、手ずから銭を受け取っては、後ろへ放り投げた。

投げ銭というのは、吉凶占いでもあり、遊戯でもある。

「桶狭間じゃ」

投げながら、信長は上機嫌で声を張った。

大敵今川義元との決戦に先立ち、熱田神宮で戦捷祈願をした信長は、願わくはわが軍の必勝を目に物見せ給え、とひと握りの永楽通宝を空高く投げ上げた。地面へ落ちた銭を見れば、ことごとく表を向けていた。完全なる陽、大吉である。わが軍勝てり、と信長は高らかに宣し、織田軍将兵を奮い立たせて、桶狭間で勝利を収めた。この天佑神助を形にすべく、信長は愛刀の鐔の表裏を永楽通宝の銀象嵌とし、以来、連戦連勝で現今に至ったのである。

いまやおのれの化身の石を摠見寺の神体として祀る信長にとって、投げ銭はいわば神の遊びみたいなものであった。

信長は、正月十五日には、恒例行事となった観のある左義長を、近江衆に命じて開催した。この日は、雪が降って、凍えるような寒さであったにもかかわらず、信長自身も日が落ちるまで馬を走らせ、見物衆を驚かせる。

信長が寒気をものともしなかったのは、生涯の絶頂期を迎えて、身も心も熱に包まれていたからかもしれない。

その翌日には、信長は慈悲も示した。

父佐久間信盛とともに追放され、父の死後も熊野で不遇の日々を送っていた甚九郎信栄を赦免し、あらためて岐阜の信忠の家臣に列したのである。

また、備前の宇喜多直家が病死したので、急遽、秀吉が宇喜多家の家老らを連れて安土に参上し、直家の遺児秀家への跡目相続を願い出ると、これも信長は快く許した。

さらに信長は、永年途絶えていた伊勢大神宮の正遷宮を行うよう、神官の上部大夫に命じた。これは、すでに京都所司代の村井貞勝を通じて、天皇の譲位の件が、朝廷との新たな交渉段階に入っていることと無関係ではない。皇祖神を祀る伊勢大神宮への尊崇を、具体的に示そうというのである。

禰宜たちの協議により、正遷宮にかかる費用のうち、信長には千貫を出してもらいたいという申し出がなされた。あとは諸方からの寄進によってまかなう、と。

「予のほかに寄進を受ける必要はない」

と信長は上部大夫に告げた。

「伊勢大神宮のこと、遠慮は無用じゃ。まずは三千貫。それでも不足ならば、いつでも幾らでも遣わそうぞ」

天下一の武将であると同時に、天下一の有徳人でもある信長には、さしたる負担ではない。

この件で、乱丸は使者を命ぜられた。

「お乱。大夫を伴い、岐阜へ参れ」

岐阜城の銭蔵に銭一万六千貫が納められている。それを正遷宮の費用に充てようというのであった。

「畏れながら、上様。ご鳥目を御蔵に納められたのはいつごろのことにございましょう」

岐阜行きの命令を承ったあと、乱丸はひとつ訊ねた。鳥目とは銭の異称である。

「さて、随分と前のことで、おぼえておらぬが、なぜじゃ」

「あまり年ふりますと、縄が腐って、ご鳥目はばらばらになり、何かと不都合が生ぜぬとも限りませぬ」

銭は、穴あき銭なので、一定の重量に分けて、それぞれが縄で繋げてまとめられているが、時が経てば、縄は腐る。それで大量の銭がばらけてしまえば、また量り直さねばならないし、もしや幾らか盗まれたとしても気づきにくい。

「なるほど、さもあろう」

満足げに信長はうなずいた。

「大夫に渡す三千貫も、残りの銭も、縄を新たに繋ぎ直すよう、岐阜左中将に申し伝えよ」

岐阜左中将とは、形の上ではすでに信長の家督を嗣いで、織田家当主となっている信忠をさす。

「畏まりましてございます」

小姓部屋へ戻った乱丸は、組下から薄田与五郎、飯河宮松、小河愛平、祖父江孫丸を供に指名した。

「おかしら。久々の美濃行きゆえ、お坊とお力も連れていかれては」

乱丸の留守中の森組をあずかる伊東彦作が気遣って進言すると、途端に力丸がうれしそうな顔をみせた。母に会えるという期待感を膨らませたのは、明らかである。

「無用」

冷たく言い放つ乱丸であった。

しゅんとしてしまった力丸を、坊丸が睨みつけるや、腕を引っ張って廊下へ連れ出す。

それで乱丸は、自分の思いを坊丸は理解していると察し、少し安堵した。

弟たちを供に指名しなかったのは、ふたりに里心がついて役目に障りが出てはならぬと案じたからである。それに、実家の近くまで行くからといって、役目のついでに立ち寄ろうなどと考えるだけでも不忠と言わねばならない。非情ではあるが、坊丸と力丸が主君の馬前で死ぬ覚悟をたしかに持てるようになるには、こうした辛い経験を強いるのも信長の近習頭の任、と乱丸は信じている。

乱丸は、上部大夫を伴い、与五郎ら組下の四名を従えて、ただちに安土を発った。

東風が薄ら冷たい春寒の日である。

（あの日も寒かった……）

年末に野々村三十郎が美人局事件で捕縛した賊の阿久多が、安土山下において鉄炮で撃ち殺されたときのことを、乱丸は思い起こした。結局、狙撃犯はどこの誰とも知れなかった。

阿久多は石川五右衛門と、伊助の変名を用いていた飢牙丸の京における塒を知る者である。だから、単純に考えれば、そのどちらか、もしくは両人が口封じをしたということであろう。三十郎もそう結論した。

乱丸には、しかし、阿久多の最後の告白が聞き捨てならなかった。

両人の塒の場所より遥に大層なことを知っており、それは乱丸にとっても、ひいては信長にとっても有益である、と阿久多は言った。もとより、三十郎が断じたように、命惜しさの偽りであったともとれる。

だが、もうひとつの吐露はどうか。

「身共はいましがた、これへ曳かれてくる途次、セミナリヨの前を通り申したが……」

というのは、随分と具体的な描写であった。

セミナリヨの前で阿久多は何かを見たに違いない。それこそ、乱丸から必ず助命を得られるほどの大層な何か、ということなのであろう。

阿久多がセミナリヨの前を曳かれていく頃合いに、そこで何が起こっていたのか。あるいは、何も起こっていなかったとしたら、そこには誰がいたのか。

すぐに乱丸が調べてみると、目立ったことは何も起こっていなかった。罪人が曳かれていくというので、伴天連も寮生も玄関前や窓から見物していただけである。ロレンソも、見えないながらも窓辺に佇んでいたらしい。

またぞろ乱丸の中で、イエズス会と惟任光秀の謀が首をもたげかけた。しかしながら、美人局などというけちな悪事を働く男と、そのことを繋げるのは、あまりに不自然すぎる。百歩譲って、もし阿久多がそのことを知っていたとしても、五右衛門より得たものにすぎぬであろう。とすれば、乱丸が五右衛門から吹き込まれた以上の内容ではない。

だいいち、阿久多が五右衛門とも飢牙丸とも袂を分かったことは、それを語ったときの苦々しい表情から、真実と判断できた。謀のことなど、五右衛門から何も聞かされていなかったのではないか。阿久多の言いかけたことが、命惜しさの偽りでなかったとしても、イエズス会と光秀の謀とは無関係の何かに違いない。そう考えるのが自然だ、と乱丸は思い至った。

やはり三十郎が結論したように、阿久多殺しは、塒の場所を明かされたくない五右衛門らの仕業だったのであろう。もしくは、永く悪事を重ねてきた男だから、恨みを抱く者に殺られたものか。いずれにせよ、処刑される身の小悪党が少しばかり早く殺されただけのことである。三十郎が一件落着を宣し、乱丸も納得した次第であった。

ただ、乱丸はこの一件を京の村井貞勝に伝え、ひきつづき五右衛門と飢牙丸の塒を探すよう頼んでおいた。

「急ぐぞ」

乱丸は、乗馬の脚を速めた。

武田攻めの時機が迫っているいま、他行の役目はできる限り早く済ませて、安土へ戻らねばならない。

二

岐阜城下に到着すると、まずは森家の出屋敷へ向かった。

ここで、思いがけず、仕合わせな時に出遇う乱丸であった。奥から、小走りに迎えに出てきた女人がいたのである。

「お乱どの」

五年前の春に別れの挨拶を交わしたときと変わらぬ美しさであった。いや、あのときよりも美しい。

「嫂上」

兄長可の正室、千である。

「少し前、お乱どのがこれへ参られると先触れがありましたので、いまかいまかと待ちわびていたのですよ」

千はちょっと息を弾ませている。そのようすには愛情が溢れていて、乱丸の目頭を熱くさせた。

が、泣くのは怺えねばならなかった。里心がつくことを恐れて坊丸と力丸を安土に残してきたのに、自分が感傷的になっては弟たちにしめしがつかない。

「兄上のお供で岐阜へ参られたのですか」

故意に、兄上、と口にした。乱丸にとって、長可の存在は幸福感に水をさすので、この状況ではかえって冷静になれる。

「さようです。わたくしたちも一刻ほど前に着いたばかり。殿はすぐにご登城なされましたが」

「武田攻めに関わることでしょうか」

「そのようです。お乱どのは、上様の御用で左中将さまに拝謁なさるのですね」

「はい。これより威儀を調え次第、ただちに登城いたします」

「されば、お乱どののお召し替えは、千が仕りましょう」

「え……」

乱丸はどぎまぎした。

「嫂上にさようなことはさせられませぬ」

「姉が弟の登城の支度を手伝うのですよ。何の不都合があると言うのです。さあ、まずはお口を漱ぎなされ」

早くも、千は乱丸の手をとって、みずから井戸のほうへ誘ってゆく。

明るさも奔放さも強引さも、昔のままである。こういう千には、乱丸は抗う力を持たなかった。

「方々も」

と千は、振り返って、上部大夫と随従の森組の面々も促す。

井戸水でうがいをしたあと、あてがわれた座敷で旅装を解いた乱丸は、手拭で汗を拭った。

幾本もの手拭は、どれも熱い湯に浸してからの絞りたてなので、温かいうえに躰の汚れを落としやすくて心地よい。乱丸来訪の先触れがあったとき、千が即座に台所方へたくさんの湯を沸かすよう命じておいたのである。

汗を拭い終え、下帯を替えたところで、千が入ってきたので、乱丸は思わず背を向けてしまう。千に他意がないことは分かっているものの、奔放すぎるのも困りものであった。

「逞しゅうなられましたなあ……」

細身でも充分に力強さを感じさせる乱丸の裸身に、千はしみじみと眺め入っている。

「では、嫂上。お願い申します」

背を向けたまま、乱丸は言った。

「ただいま」

くすり、と千は笑う。

「早奈より書状を貰いました」

乱丸にほとんど密着して、着替えを手伝いながら、千が言った。

早奈というのは、昨冬、信長の子の津田源三郎に嫁いだ千の妹である。

「お乱どののような美しき男子を見られて、眼福にございました、と」

「嫂上に似ておられるのか、早奈どのもお戯れがすぎるようです」

乱丸は安土で早奈に会い、その遠慮のない言動に、千の俤を見て心を和ませたが、同時にちょっと閉口した。

「わたくしも早奈も正直なだけ」

何がいけないの、とでも言いたげに、千がすましてみせるので、乱丸は引き下がった。

何であれ、千には勝てる気がしない。そう思うと、この心地よい束の間の時に、自分も素直に身を委ねたくなった乱丸である。

「にぎり飯など召し上がってから登城なされますか。支度は調うております」

これから左近衛権中将信忠に拝謁するというのに、万一にも城中で腹が鳴っては見苦しい。

「お心遣い、痛み入ります。なれど、まだ空腹ではございませぬゆえ」

「さようですか。では、白湯だけでも召されますか」

「頂戴いたします」

「しの」

千が、次之間に控えている出屋敷の侍女頭へ、仕切り戸越しに声をかけ、白湯を一碗、持ってくるよう命じた。

乱丸が着替えを了えたところで、折よく仕切り戸が開けられた。

敷居際に座す侍女頭のしのが、茶碗をのせた折敷を捧げ持って立ち上がろうとする。その向こうの廊下に、辞儀をして退がろうとする別の侍女がいた。

「待ちゃれ、そこな者」

と千がよびとめる。

廊下の侍女は、座り直して、平伏した。

「おもてを上げよ」

千に命じられて、その侍女は恐る恐るといった態で顔を上げる。

「見たことのない顔じゃな」

「はつと申す者にございます」

紹介したのは、立ち上がりかけて元の座に直ったしのである。千がはつに声をかけたので、自分も動きをとめていた。

「当家に奉公させた者か」

千はしのを詰問した。

「申し訳ございませぬ。一昨日、上がらせたばかりにて、まだ御台さまへ知らせておりませなんだ」

岐阜の出屋敷に女手が足りないときは、身許のたしかな者ならば、しのの裁量で奉公させることを、千は許していた。だが、そのさいは必ず金山へ報告するように、と命じてある。

「坂井好斎どののご親戚筋の者にて、推挙状もございます」

「好斎どのとな……」

　かつては信長の側近として活躍した好斎だが、とうに隠居し、高齢となったいまでは尾張の知行地(ちぎょうち)で病床の日々、と千は聞いている。好斎みずから推挙状をしたためることなどできまい。むろん、お付きの者が許しを得て書けば済むことだが。

「好斎どのの花押(かおう)は」

「しかとございました。すぐにお持ちいたします」

「よい」

と千はしのを制して、立ち上がるや、その前まで歩を進め、折敷から茶碗を取り上げ、湯気を立てる白湯を凝(じ)っと見てから、

「はつ、とやら……」

　奉公を始めたばかりの侍女へ視線を移した。

　はつがひたいを床にすりつける。

「この白湯は、そなたが釜より掬(すく)うてまいったのじゃな」

「さようにございます」

「碗の底に塵(ごみ)が落ちておる」

「これは不調法(ぶちょうほう)をいたしました。申し訳のないことにございまする。早々(そうそう)に取り替えてまいりまする」

「さよういたせ。なれど、これを捨てるのは勿体ないゆえ、底の塵だけ残して、いまこの場でそなたが飲むがよい」

千は、茶碗をはつの前に置いた。

（嫂上らしからぬ……）

はつの座姿に力が入ったのを見てとりながら、乱丸は驚きを禁じえない。

塵に気づかなかったのは侍女の明らかな粗相とはいえ、千ならばもっとおおらかな叱りかたをするはず。まして、いまこの場で代わりに飲めというのは、あるじである自分に恥をかかせた奉公人への報復のようにも見えて、陰湿というほかない。

だが、これは、森家の当主でもない乱丸が口出しすべきことではあるまい。

「畏れながら……」

少し上体を起こしたはつが、茶碗の白湯に見入りながら言った。

「塵は落ちておりませぬ」

「落ちておらぬ、とな」

「無礼を承知で申し上げまするが、御台さまのお見誤りかと存じまする」

「落ちておらぬのなら、よかった。そなた、底まで飲み干すがよい」

そう命ぜられたはつの発する気が一変したのを察知した乱丸は、

（よもや……）

とっさに膝を立てた。察知したのは殺気だったのである。

はつは、茶碗を払いのけざま、千をも突き飛ばすや、右手をおのが背中へ回した恰好で、次之間を駆け抜け、なぜか乱丸に向かってきた。

（わたしを襲うのか……）

それは予想外のことであった。

はつの後ろから、しのがその袖を摑もうとするが、届かない。

しかし、すでに膝を立てて備えのできていた乱丸は、慌てなかった。

はつが右腕を伸ばしてきた。先に光るものがある。

乱丸は、短刀の突きを半身になって躱しながら、はつに躰を寄せ、その右腕を巻き込んで、腰車にかけた。

「お乱どの」

千が馳せ寄ってくる。

「大事ありませぬ」

即答しながら、乱丸ははつの右腕を捻りあげて、その躰をうつ伏せに押さえつけ、短刀を奪い取った。

「嫂上が白湯に毒を盛られたと気づいてくれなければ、わたしは殺されていました。ありがとう存じます」

「いいえ。お乱どのなら、碗を手にすれば匂いで必ず気づかれたことでしょう」

「そのほう、刺客(しかく)だな。いずれの手の者か」

乱丸は、はつの右腕をさらに捻りあげた。

考えられるのは、決戦の間近い武田である。しかし、信長の秀(ひい)でた近習として世評の高い乱丸を、戦前に暗殺するのは、武田にとって得策であろうか。たんに信長の怒りを煽(あお)るだけのことで、もし武田が戦況不利になって和睦を望んだとしても、これでは応じてもらえまい。それとも、織田の軍門に降ることは決してないという覚悟を示したかったのか。

「誰の手の者でもない。汝(うぬ)らは仇(かたき)じゃ」

思いもよらないことを、はつは吐露した。

「仇……」

自分がこの女の親兄弟でも殺したというのか。乱丸には思い浮かべられなかった。

「どういうことだ」

はつは、口惜しさに唇を噛むばかりで、それにはこたえない。

(いま、この女は、汝らと申した)

となれば、乱丸ひとりが仇ではないということであろう。

「そのほう、わが兄を殺すつもりで奉公にあがったところ、兄はここへ着いてすぐ登城したので、機会を逸した。そこへ思いがけず、弟のわたしがやってきたから、にわかに的(まと)をかえた。つまりは、森兄弟であれば、殺すのは兄でもわたしでもよかった。もしや、坊丸でも力丸でも仙千代でもよかったということか」

乱丸のその推理が図星であるのか、はつは眼を泳がせる。

「されば、きっとわたくしも仇なのじゃな」

千がはつの頭のほうに回って詰問した。

「嫂上には関わりなかろうと存じます」

と乱丸は否定する。

「なぜ、さように言い切れるのです」

「この者にとって嫂上も仇であるのなら、真っ先に刺していたでしょう」

たしかに、はつがそのつもりならば、千を突き飛ばすときに短刀を揮っていたに違いないのである。千も、そのことに気づいて、小さくうなずき、同時に乱丸の冷静さに感心した。

「末弟の仙千代はまだ十三歳にて、初陣も済ませておらぬ。兄弟みなが仇と狙われるおぼえはないぞ。あらいざらい、申せ」

乱丸はさらに、はつを問い詰める。

「森……森三左衛門は……」

絞り出すように、はつは言った。

「わが父も母も兄たちも皆殺しにした外道じゃ」

「なに……」

森三左衛門とは、十二年前に近江で、浅井、朝倉の大軍に小勢で挑み、壮絶な討死を遂げた乱丸の父である。

戦陣を日常とし、猛将で知られた人であったから、討った敵は数知れない。攻城戦においては、籠城方の婦女子まで殺さねばならぬ場合もあったろう。

しかし、これは、戦国乱世の武士ならば、ひとり三左衛門に限ったことではあるまい。討たれた側が恨みを抱いたとしても、戦場の仇は戦場で討つのが、武士の掟でもある。それは、女の身で戦場に立てないのならば、暗殺もゆるされるというものではない。だいいち、仇人本人である三左衛門がとうにこの世の人ではないのに、代わりにその子らを暗殺しようなど、もはや逆恨みに近いというべきではないか。

「まことの名かどうか知らぬが、はつ。いくさ場での死は、敵味方いずれに訪れるか、誰にも分からぬ。そのほうが武家の女子であるならば、それくらいは弁えていよう」

「わが一族は、いくさ場で討たれたのではない」

はつは怒号した。

「口ふたげのために殺されたのじゃ」

口封じのための謀殺、という意であろう。

「父は、森三左という武士は、そのような卑怯なまねをするお人ではなかった」

「命じられたのじゃ、織田信長に」

「…………」

乱丸は戸惑いをおぼえた。

尾張一国を統一するまでの信長が、同族間で烈しく争ったことを、おおよそは聞き知っている乱丸である。いまのように圧倒的な力を持たぬその時代には、陰惨な謀略や裏切りも辞さぬ覚悟でなければ、到底生き残れなかったであろう。そういう中で、信長が口封じという手段を用いたとしても、驚くにはあたらないし、その命令を実行する者がいたのも当然である。

それでも乱丸が戸惑ったのは、口封じという任に、父三左衛門の姿が重なりにくいからであった。不向きの任ではないか。

（いや、上様ならばお命じになる）

有岡城攻撃のとき、乱妨人どもを率いて山上がりの者らを成敗せよ、と信長は万見仙千代に命じた。そういう任に最も不向きの寵臣に、である。

あのとき、仙千代を吏僚としてだけでなく、武将としても育てたいという親心みたいなものが、信長の中にあった。それと似た思いを抱いていたとすれば、清爽の武将である三左衛門に非情さも併せ持ってほしかったのかもしれない。

「そのほうの父の名は」

乱丸は、はつを押さえつけている力を少し緩めて、穏やかに訊いた。

「坂井孫八郎じゃ」

叫ぶと同時に、はつは身を撥ね上げて、乱丸の手から逃れると、奥の壁際に立った。

坂井孫八郎という名を、乱丸は知らない。

「いかに戦国乱世とは申せ、織田信長ほど、おのれの野望のために、肉親であろうと誰であろうと平然と殺す非道の者はおらぬ。信長への憎悪は、当人が気づかずとも、天下に満ちておるのじゃ。必ず天罰が下ろうぞ。汝ら森家にもな」

一気にそう吐き出したはつの眼は、ぎらついている。狂気を発したかのように。

「やめよ」

次に何が起こるか瞬時に察した乱丸だが、手遅れであった。はつの口から、どくどくと血が流れ出てきた。思い切り舌を嚙んだのである。

それなり、はつは膝から頽れた。

なんとか助けようと、足を一歩踏み出したところで、乱丸は千に前を塞がれてしまう。

「これよりご登城ではありませぬか。お召し物を汚してはなりませぬ」

千は、後ろへこうべを回して、倒れているはつを一瞥する。乱丸も千の肩越しに見た。

はつが白目を剝き、喉を詰まらせて、痙攣する恐ろしい姿は、明らかに断末魔のそれであった。

「もはや助けられませぬ」

いささかもうろたえずに、千が言った。

「しの」

と千は侍女頭を見やる。

「は……はい」

こちらは、気の毒なくらい狼狽している。自分の裁量で奉公させた女が、主家(しゅか)に仇(あだ)をなそうとしたのだから、無理もない。

「この者はにわかに乱心し、自害いたした。理由は分からぬ。さよう心得よ」

「それは……」

「そなたに咎(とが)はないということじゃ」

「御台さま……」

いまにも泣きだしそうであったしののおもてに、安堵の色が浮き立つ。

「しかと心得ましてございます」

千が、乱丸へ視線を戻し、小さくうなずいてみせた。

（嫂上は……）

森家の出屋敷内とはいえ、織田家当主の居城の城下で、奉公人が仇討ちせんとして主筋(しゅすじ)

に刃を向け、あまつさえ信長への恨みまで口にして、血まみれとなって死んだのである。ありのままを公表すれば、子細の追及は免れまい。森家に越度はなくとも、決して褒められたことではない。

さらに、事は、はつの推挙人の坂井好斎にも及ぶ。高齢で病床にある好斎その人は、たぶんはつのことなど与り知らぬと想像されるものの、そうであったとしても、まったくの無関係とは言い切れまい。信長の功臣が最晩年に汚点をつけることになる。

それより何より、おおやけになって最も危惧されるのは、信長の怒りである。寵臣の乱丸が殺されかけたこと、過去の自身の口封じの一件が持ち出されたこと、それらを信長が知れば、はつにつながる者を片端から殺さねば気が済まないであろう。

そうした様々な影響を千が思い描いたことは、その表情から、乱丸には読み取れた。思い描いたからこそ、千は、はつの乱心で結着させたのであり、その了解を目で乱丸にも求めているのである。

「嫂上。ありがとう存じます」

乱丸の謝辞は、自分も委細を心得た、という意味であった。

三

乱丸は、近江の佐和山城下に入った。安土への帰途である。

岐阜での役目は、滞りなく了えた。

銭を繋ぐ縄も、予想どおり、ほとんど腐っていたので、銭蔵の奉行人に取り替えさせた。

岐阜城中で兄の長可に会ったが、短くことばを交わしただけである。下城後も、乱丸が出屋敷に留まったのはわずかな時であったので、故意に遅らせて下がってきた長可と再び会うことはなかった。

三千貫を手にした上部大夫とは、美濃で別れている。大夫は伊勢へ向かったのである。

大夫には、信忠から警固の一隊がつけられていたが、乱丸は宮松と孫丸を同行させた。信長の寄進の銭が、たしかに伊勢大神宮へ到着するのを見届けなければならない。

乱丸が佐和山に立ち寄るのは、惟住五郎左衛門尉長秀に会うためであった。はつの父坂井孫八郎について、どうしても知りたいと思ったのである。

信長の年少のころから仕える長秀ならば、主君が同族間で争った尾張時代の出来事を余すところなく知っているはず。

乱丸が佐和山城に着くと、城門警固の物頭は緊張した。森乱丸の突然の訪問は、信長の火急（かきゅう）の御用ときまっているからである。

「お役目を済ませた帰路なので、ちと五郎左どののお顔を見たくなっただけのこと。いまは障りがあるのなら、正直に申してくれ。わたしはこれにて立ち去るゆえ」

「しばし、お待ち下され」

物頭は城内へ走り去った。

ほどなく、長秀の近習のひとりがやってきて、城館の会所へ通された。

「かような皺顔（しわがお）を見とうなったとは、うれしいことを言うてくれる」

乱丸の待つ会所へ入ってきながら、長秀は本当にうれしそうに言った。

織田の部将（ぶしょう）の中では、羽柴筑前守（ちくぜんのかみ）秀吉と並んで、乱丸のことを大層好もしく思っており、年齢差をこえた親しい友人といってよい。

「お顔を見たかったのも、そのとおりなのですが、五郎左どのにひとつ、訊ねたき儀（ぎ）がござって……」

「なんでも訊ねてよいぞ。森乱丸が新しきことをひとつ知れば、そのまま上様の御為（おんため）になる」

「五郎左どのは、わたしへのお買い被（かぶ）りがすぎましょう。顔から火が出てしまいます」

「筑前ならば、それがしの何倍も、そなたを面映（おもはゆ）がらせることを申すぞ」

「はあ……」

たしかに、秀吉の褒めかたは度を超えている。が、あの愛嬌のある姿と言いかたには、乱丸ほどの者でもついついのせられてしまう。

「で、それがしに訊ねたいこととは」

「坂井孫八郎というお人のことを」

「……」

途端に、長秀の顔から笑みが消えた。

「なぜ知りたい」

この瞬間、乱丸は、ごまかしながら訊ねていいような事柄ではないらしい、と感じた。岐阜城下の森屋敷で起こったことを、ありのままに明かすべきであろう。

「五郎左どのには有体（ありてい）に申し上げます」

はつを乱心者としたことも含めて、すべてを包み隠さず、乱丸は語った。

「さようか、坂井孫八郎のむすめが……」

聞き了えて、長秀は吐息をついた。

「そのようなことがあったのでは、それがしも乱丸に明かしてやらねばなるまいな」

「お願い申します」

「もう二十五、六年、いや二十七年前のことになろうか。のちに那古野（なごや）崩れといわれる事件が起こった」

当時、尾張統一に向けて、同族とぎりぎりの戦いを繰り広げる信長が、最も頼みとしていたのは、守護代のひとりで叔父の織田信光である。この信光の協力により、謀略をもって、敵対する清洲城の守護代織田彦五郎を切腹せしめた。

直後、信長は、信光を守山城から自身の居城であった那古野城へ移し、守護斯波氏の館のある清洲城へはみずからが入った。この時点で、これから先は最大の功労者として遇さねばならない叔父信光は、目の上の瘤となった。すると、信長にとって好運にも、信光が那古野城で横死してくれた。家臣の坂井孫八郎に暗殺されたのである。

孫八郎は逐電した。結果、清洲と並ぶ尾張の要地である那古野が、再び信長の手に帰した。

「そなたなら容易に察せられようが、孫八郎は操られたのだ」

と長秀は真実を告げた。操ったのは、言うまでもなく信長である。

孫八郎とその一族は、美濃へ逃れた。

美濃は、信長の正室鷺山殿の父、斎藤道三の国である。信長は、孫八郎には、尾張統一のあかつきに必ず呼び戻す、と家臣を通じてひそかに約束したのであった。

孫八郎はそれを信じた。道三が子の義龍に討たれて、美濃にいられなくなってからも、尾張へは戻らず、飛驒の山中に隠れ潜んだ。

那古野崩れから四年、信長は尾張統一を果たした。晴れて帰国の途についた孫八郎とその一族を、暮方に木曾川べりに出迎えたのが、森三左衛門の一隊である。

その夜、三左衛門は、近くの民家に孫八郎らを泊め、かれらが寝静まったころ、四方から火をかけた。

「森三左どのほどの猛将でも、孫八郎とその一族の顔を見て刃にかけるのは辛すぎたのだ。女子供もおったゆえな」

ところが、天をも焦がす阿鼻叫喚の火炎地獄の中から童女がひとりだけ、三左衛門の前に這い出てきた。必死で冥加を得た子を、あらためて殺すなど、三左衛門にはできなかった。

「そなたの父は、その子をひそかにどこぞへ落としたようだ」

「上様はそのことを……」

「ご存じではない」

「五郎左どのはいかにしてお知りになられたのでしょうか」

「わが父が三左どのと昵懇であった。すでに隠居して入道となっていたゆえ、三左どのも話しやすかったのであろう。父の死後、遺された様々な覚書の中に記されていた」

「では、その命冥加の童女が……」

「そなたに斬りかかったはつという女子であろうな」

「はつはわが父に命を助けられたことを知らなかったのでしょうか」

「知っていたとすれば、なおさら三左どのを恨んだであろうよ。ひとりだけでも助ければ、おのが罪が消えるとでも思うのか、と」

そうかもしれない、と乱丸も感じた。

「わたしは、父が命を助けた子を殺してしまった……」

暗澹たる思いが湧いてくる。

「舌を噛んで自害いたしたのであろう。そなたが責めを負うことではない」

「それでも……」

「乱丸」

めずらしく長秀が怖い顔をみせた。

「はつと申す女子は哀れである。なれど、はつへの同情は、上様が間違うていたと断じることにほかならぬ。それは、なるまいぞ」

なるまいぞ、と長秀は繰り返した。

乱丸は、胸を反らせて息を吸い、

「同情いたしませぬ」

強く吐き出した。

「それでこそ薩陀よ」

長秀が微笑んだ。

「五郎左どのは、なぜそれを」

信長は魔王、乱丸は魔王の子の薩陲。この主従の、強固だが、ひそかな絆を、余人は知らぬはず。

「この五郎左とて、上様との絆はたしかなものなのだぞ。それくらいは聞いておるわ」

「畏れ入りましてございます」

はつの無惨な死が目に焼き付き、信長と父三左衛門の暗い所業も頭から離れず、岐阜を発ってから曇りつづけていた乱丸の心に、ようやく晴れ間が見えた。長秀を訪ねてよかった、と思った。

「されば、安土へ戻ります」

乱丸は立った。少し身が軽くなったような気もする。

とうに坂井孫八郎の亡霊にとりつかれていることを、まるで知らぬ乱丸であった。

第二十五章　帰郷

一

信濃の木曾谷は、美濃に接し、尾張、三河とも繋ぐ交通の要衝であるため、武田信玄はこの地の豪族木曾義昌に女を嫁がせ、一族衆として厚遇した。その信玄が没し、後継者の勝頼も長篠合戦で織田、徳川連合軍に大敗を喫してしまうと、武田の武威は衰退して、義昌への織田の圧力が強まった。

敵対する二つの大勢力の板挟みになった弱小の武家が、その時々でより強いほうにつくのは、乱世では何ら恥ずべきことではない。まして、いまや織田は戦国史上空前ともいうべき圧倒的な力をもつ。武田方として戦えば、自身も一族も決して生き残れないのである。

かくて二月一日、木曾義昌は、勝頼を見限り、信長に寝返った。甲斐源氏の嫡流である名門武田氏の命運は、この瞬間に尽きたというべきであろう。

織田勢の武田攻めの総大将は、岐阜の信忠である。信忠は、ただちに森長可、団忠正を先鋒として、濃尾の兵を木曾口、岩村口へ出陣させた。

森、団の両将は、義昌の案内により、連戦連勝で信濃を席巻する。その勢いの前に、武田に叛いて織田軍を迎え入れる者らが続出した。

信忠の出陣は、十二日である。

その間、信長は、安土を動かず、甲斐侵攻の諸軍の配置や、自身の遠征中における畿内と近国の警固態勢などを指示している。

「されば、予も……」

出陣を信長が口にしかけたのを、

「畏れながら」

と遮ったのは、乱丸である。

「ご出馬はまだ早うございます」

「なにゆえ早い、お乱」

「春も半ばにてはございますが、山国の信濃、甲斐では、この時季は朝夕、まだ冷え冷えといたします。上様がお風邪を召されては一大事。どうか、三月に入りましてから、ゆるゆるとご出馬なされますように。岐阜左中　将さまも、そのほうがご安心かと存じます」

岐阜左中将とは信忠をさす。

信長は、七年前の長篠合戦の後、信忠に家督を譲っている。本願寺も上杉謙信も健在で、毛利氏との対決も始まっていない頃だから、時期尚早であった。それでも、信長があえて信忠に家督を嗣がせたのは、父ひとりで達成したものを、自身は労せずしてまるまる受け継ぐだけの子など、必ず失敗すると分かっていたからである。天下布武の偉業を継ぐ者の自覚をもたせ、厳しく鍛える必要があった。

といっても、実権は依然として信長の手にある。信忠にすれば、名実ともに信長の後継者と周囲から認めてもらうためにも、信玄以来、永く織田を悩ませてきた大敵武田をおのれの力だけで滅ぼしたい。そう期していたに違いなかった。

乱丸は、そのあたりの機微を捉えて、せめて二月中だけでも信忠に任せてはどうか、と匂わせたのである。上様がお風邪を召されて云々は、口実にすぎない。

「菅九郎が安心いたすか……」

鼻下のひげを、信長は撫でた。信忠の通称を菅九郎という。

（上様は思い直された）

と乱丸は察した。

「予の出陣は、三月初めといたす」

これを受けて、信忠は一層勇躍し、信濃攻めを急いだ。

また、信忠軍の侵攻に合わせ、武田の本拠の甲斐を包囲すべく、駿河口より遠江の徳川家康が、上州口からは相模の北条氏政が、飛騨口からも織田の越前衆のひとり金森長近が軍を進めた。

二月末、武田の敗北を決定づける裏切りが起こった。駿河往還上の地を領する穴山梅雪が、家康のもとへ走ったのである。

これで、徳川勢の甲斐乱入を禦ぎようがなくなった。それ以上に武田方を動揺させたのは、裏切ったのが梅雪だったことにある。信玄の姉を母に、信玄の女を妻にもち、親族衆筆頭として、武田姓の公称も許され、勝頼にとって最も信頼すべき臣だったはずではないか。

武田方の大半の武士が戦意を喪失した。

武田武士の魂を失わなかったのは、勝頼の異母弟で、信州高遠城主である仁科盛信ひとりであったろう。

信忠の降伏勧告に対して、盛信は以下のごとく返答した。

「当籠城衆の儀、一端一命を勝頼の方へ武恩のために報いたく候、（中略）信玄公以来鍛錬の武勇の手柄の程、御目に懸くべき候」

その覚悟どおり、高遠城の籠城衆は死力を尽くして奮戦した上で、婦女子まで見事に自害し、玉砕した。盛信その人は従容として腹を十文字に掻き切った。

高遠落城の悲報に接し、ついに勝頼も、後日を期すと決断するや、昨年末に韮崎に築いて甲府躑躅ケ崎館より移り、本拠としたばかりの新府城に火をかけて、三月三日に立ち退いた。

武田の総大将がみずから居城を燃やして落ちたのである。事実上、結着がついた。信忠は織田の総大将の面目を大いにほどこしたといえよう。

信長が安土より出馬したのは、二日後の三月五日のことである。

むろん、乱丸も坊丸も力丸も随従し、乱丸の傅役の伊集院藤兵衛も付き従った。

信長に率いられる部将らの中で、惟任光秀の軍が最も目立った。

「日向守殊更多人数、奇麗之由」

吉田兼和（のち兼見）の日記『兼見卿記』に表現されている。兼和は、信長の信任を得て、光秀とも厚誼を結ぶ京都吉田神社の神主である。

自軍を信長好みに美々しく飾りたてて従う光秀に、乱丸はあらためて、石川五右衛門に踊らされていたおのれの愚かさを思った。謀叛の兆しなど、光秀には寸毫もない。

翌日、信長は、揖斐川の渡しで仁科盛信の首実検をしてから、岐阜に入城した。

七日には、上諏訪から甲州入りした信忠が、武田一門と家老らを捕らえて、容赦なく成敗する。

この日は雨だったので、信長は岐阜城に留まったが、武田の勢力圏であった甲斐、信濃、駿河、上野より馳せつけた多くの武士で、城下は芋を洗うような騒ぎとなった。どんなに薄い縁でも、織田方の者を頼って、信長に忠節を誓うべく参じたのである。

雨の上がった八日、信長は、岐阜を発って、尾張犬山城へ移陣した。信長の五男、津田源三郎勝長の居城である。

木曾川に北西の裾を洗わせる丘陵。その上に、犬山城は築かれている。天守から望む大河と山野は、ゆったりとして美しいものであった。

源三郎は、この武田攻めでは信忠の部将としてよく働き、いまも上野国へ遣わされて、まだ帰城していない。不在のあるじに代わって信長をもてなしたのは、源三郎の新妻の早奈である。

「上様のご来臨を賜り、当家の末代までの栄誉にござりまする」

信長を出迎えて挨拶する早奈に、乱丸は驚いてしまう。

初めて安土で会ったのは昨秋である。それからわずか三ヵ月余りしか経っていないのに、印象が変わった。顔つきからも挙措からも子どもっぽさが失せて、落ちつきを得ているではないか。

（いかにも武人の妻らしい……）

女というのは、良人をもつとこうも変わるものなのであろうか。あるいは、それが仕合わせの証なのか。

（なれど、嫂上は……）

早奈の姉で、乱丸の兄長可の妻である千は、姿形だけなら、嫁いできたころより一層美しくなった。が、ほかのところはいまもまったく変わりがないことを、つい先頃、五年ぶりの再会を果たしたときに、乱丸は思ったものである。

すると、アンナについては、アンナの顔が心に浮かんだ。

アンナについては、年上に違いないこと以外は、いまも謎めいていて、よく分からない。

しかし、どうしようもなく惹かれるのである。

（わたしは何を考えている）

にわかに躰が疼いたので、乱丸は、それを振り払うように、ひとり小さくかぶりを振った。

二

「見えた」

力丸が声を弾ませた。

森三兄弟の故郷の山、金山が視界に入ったのである。烏ケ峰とも烏峰山ともよばれる。

山頂に金山城の本丸天守が望まれる。

信長が、馬上より乱丸を振り返って、微笑みながら小さくうなずいてみせた。

乱丸は、馬上で頭を下げる。

信長に近習として奉公すべく金山をあとにしたのは、乱丸十三歳の初夏であった。

（足掛け六年……）

思い起こせば、あっという間であったような気もする。

（いまのわたしを見て、母上はどう思われるだろう……）

乱丸は、信長の心に天下布武の志が生まれたのと同じ年に誕生した。父三左衛門は、それを機縁とし、この子がやがて信長の手足となって天下布武のために尽くすように、という願いをこめて「乱」と名付けた。

乱と治という、一文字で相反する意味を二つながらもつのが、「乱」の原義である。戦国乱世に敢然と飛び込み、信長の治天のために身命を捧げる者。

乱丸自身、そうありたいと望んで、夢中で奉公をつづけてきた。それでも、織田信長随一の近習という世評を得ているいまの立場は、まったく想像できなかった。周囲が驚愕し羨むほどの速さで出世できたのは、稀代の近習というべき万見仙千代に鍛えられ、信長その人の薫陶まで受けられたおかげというしかない。

（わたしは果報者だ。母上も必ず喜んでくれるはず）

そう思うと、金山を目の前にした乱丸の心はしぜんと浮き立つ。故郷へは錦の袴を着て帰るとは、このことであろう。

やがて、信長軍は、出迎えの人々が待つ金山城下の出入口に達した。

「久しや、森二郎」

徒歩で馬前まで進み出てきて、地に折り敷いた者へ、信長は声をかけた。

「上様には長駆のご遠征にもかかわらず、恙なきごようす。大慶の至りと存じ奉る」

長可や乱丸らの叔父の森二郎可政である。三左衛門可成の時代から、城主不在の折りは、常に城代をつとめており、今回も長可が信忠に従って出陣中なので、なりかわって信長を出迎えた。

出迎えの人々の中には、武家ばかりではなく、僧侶、商人、百姓ら領民たちの姿も数多く見える。

乱丸は、自分のほうへ笑顔を向けて会釈している者らに、目をとめた。

（治郎左だ）

森氏の船御用をつとめる船問屋〈福治〉のあるじ、福井治郎左衛門である。幼いころ、金山湊に遊んで、〈福治〉の屋敷によく立ち寄ったものだ。

（あれは、たしか与助……）

七歳の乱丸が、金山から岐阜へ初めて船旅をしたときの船頭に違いない。

ほかにも、懐かしい顔が幾つも並んでいる。名を憶えている者もあれば、いますぐには名を思い出せない者もいるが、いずれも乱丸に向ける視線がやさしげで、同時にどこか誇らしげでもあった。

「なんと立派になられたことか」

「まこと、われらのじょうぼんじゃ」

などという声が聞こえてきたので、信長がそちらを見やった。

「無礼者」

武士たちが、小声で叱りつけながら、声を洩らした領民を退がらせようとするのを、

「よい。咎めるでない」

信長が制した。

「二郎。じょうぼんとは何か」

「乱丸のことにてござる」

「親しげに聞こえるが、いかなる意か」

「金山城は、永く無主にて、その間に城下は寂れる一方にござった。そこへ、いまは亡きわが兄三左衛門可成が入り、城下も活気を取り戻し申した。その年、新しき城主に生まれた男子が乱丸であったことから、民は乱丸を金山の宝とし、お城の法師、しろぼし、やがてはじょうぼんとよんで、皆がわが子のように思うようになりましてござる。兄も、これを大層喜び申した」

「よいことを聞いたわ。予が意にも叶うことぞ」

信長は、満面を笑み崩すと、乱丸に命じた。

「そちが、予を城まで先導いたせ」

応じて、下馬(げば)しようとした乱丸だが、信長から、そのまま、と命ぜられた。

乱丸は、乗馬(じょうめ)を、信長の前へ進めた。

「金山の衆」

高らかに、信長が宣する。

「じょうぼん、森乱丸の凱旋(がいせん)である。思うさま囃(はや)し立てよ」

信長の粋(いき)なはからいに、どっと明るい歓声が上がった。

「皆も具足(ぐそく)を鳴らせ」

兵たちにも、信長は命じる。

（上様……）

胸を熱くする乱丸であった。

乱丸の案内で、信長軍はざざめきつれて金山城へと向かう。

三

本丸まで上ると、信長はまずは森三兄弟だけを伴い、可政の案内で主殿の大広間へ向かった。

大広間の敷居際の廊下に居並んだ者らが、平伏して信長を迎えた。城主長可の正室の千、長可と乱丸の母の妙向尼（みょうこうに）、森兄弟の末子の仙千代（せんちよ）、坊丸と力丸の生母その他、森一族の主立つ（おもだつ）人々である。

「皆、おもてを上げよ」

廊下に立ち止まって命じた信長は、

「千か」

上げられた千のおもてに真っ先に驚いて、眼（まなこ）を剝（む）いた。

「はい、千にございます。お久しゅうございます」

「あのじゃじゃ馬がかくも美しゅうなるとは……」

「惜（お）しいことをしたとお思いにございますか」

信長に対して、揶揄（からか）うような口調で、千は言った。

「予が惜しいことをした、となな」

「側女（そばめ）にいたせばよかった」

信長は噴き出した。

「たわけ」

「お褒（ほ）めいただき、ありがたき仕合わせ」

信長にこれほど無遠慮な物言いをする者など、滅多にいない。千は少女の頃よほど信長に可愛がられたのだ、と乱丸はあらためて感じ入った。

「尼御前（あまごぜ）」

信長は妙向尼にも声をかけた。

空気が張り詰めた。森一族の人々が緊張したからである。

熱烈な一向宗（いっこうしゅう）の帰依者（きえしゃ）である妙向尼は、一昨年の正月、信長に書状（ふみ）を出した。本願寺攻めを停止し、法主（ほっす）と門徒衆を助命してほしい、と。一向宗の中でも和平を望む人たちから懇願されたこともあるが、それは妙向尼自身の願いでもあった。

書状が信長の逆鱗（げきりん）に触れたことは、言うまでもない。乱丸は、この母をみずから討って、その場で切腹する覚悟をきめ、ひとりひそかに安土を発って美濃へ向かった。

しかし、その忠義心を藤兵衛より聞き知った信長が、雪道を追いかけてきて、乱丸を引き戻した。そのさい、妙向尼を咎（とが）めない、と約束している。

とはいえ、信長が誰に対してであれ、昔の失態を掘り返して厳罰に処したことは、一度や二度ではない。いまこうして妙向尼の顔を直(じか)に見て、にわかに怒りを湧かせないとも限らないのである。

それがゆえの皆の緊張であった。

「かように不躾(ぶしつけ)な嫁では、姑(しゅうとめ)も気苦労が多かろう」

信長の話題は、まだ千から離れていなかった。

「いいえ、上様。千のおかげにて、森家はいつも日がな一日、明るうございます」

当の妙向尼も、穏やかな笑顔でこたえた。

(母上は……)

乱丸は感じ取った。もし二年前の一件を蒸し返されて罰せられるとしても、謹んで受ける覚悟が、妙向尼にはできている。

(それにしても、母上は……)

瘦(や)せた、と乱丸には思われた。それは痛々しいほどで、胸がしめつけられた。

「なるほど、さもあろう」

ところで尼御前、と信長が表情を変えたので、皆はまた一様に身を強張(こわば)らせた。

「本年は三左(さんざ)の十三回の年忌(ねんき)よな」

十二支がひとまわりして元に戻った年に法要を行うのが、ならわしである。本年の九月二十日が森三左衛門可成の十三回忌であった。

「上様は憶えていて下されたのでございますか」

妙向尼は眩(まぶ)しげに信長を仰(あお)ぎ見た。

「忘れるものか。予にとって三左は無二の忠臣であったのだぞ。いままた、三左の子の乱丸が予を支えてくれておる。勝蔵は岐阜左中将が最も頼りとする将である。坊丸も力丸も優(すぐ)れ者じゃ」

「あまりに過分のご褒詞(ほうし)にございます」

「予が世辞など申すと思うか。九月に参ることはできぬゆえ、明朝、可成寺(かじょうじ)に詣(もう)でる。それで赦(ゆる)せよ、尼御前」

三左衛門の菩提を弔うため、この金山の東の峰に建てられたのが可成寺である。

「勿体(もったい)のうございます」

感激のあまりであろう、妙向尼は、声を震わせて泣き崩れ、その場に突っ伏してしまう。

「母上。上様の御前(ごぜん)にございますぞ」

乱丸が、やさしい口調でたしなめる。

「お乱。母御(ははご)を介抱いたせ」

信長に促されて、乱丸は妙向尼を抱え起こした。

尼の痩せた躰からは、すっかり力が失せている。なかば気を失ったらしい。

それと見て、可政が乱丸に言った。

「妙向尼どのは、上様のご来臨を賜ると知って以来、気を張りつづけておられた。上様のいまのおことばで安堵いたし、疲れがいちどに出たのやもしれぬ」

痩せた原因は幾日も気を張りつづけていたからなのか、と乱丸は少し納得した。が、そればかりでない気がする。もしや、悪い病に罹かったのではないか。

「休ませてやるがよい」

と信長が言った。

「妙顕寺へ」

息も絶え絶えというようすで、妙向尼が洩らす。

妙向尼は、落飾後、末子の仙千代が幼いうちは隠居屋敷に住んだが、いまは城下の妙顕寺を住まいとしている。妙向尼の亡母の菩提寺である。

「付き添うてやれ」

信長に命じられた乱丸は、しかし、躊躇いをおぼえた。

金山の山路は、攻防を想定して拓いたものだから、上り下りするのは簡単ではない。これより妙向尼を乗物に乗せ、躰に障らぬようゆっくりと下り、妙顕寺へ送り届けてから戻るとなると、なかなかに時を要する。今回の信長の出陣に対しては、手負いの武田がなりふりかまわず刺客を放ってこないとも限らないので、主君のそばを片時も離れたくない乱丸なのである。

「何年かぶりの母親孝行ではないか。行ってまいれ」

自身は母親の土田御前とは相容れることのない信長である。弟の信行を謀殺した前後の経緯が、蟠りとなっていまも消えず、互いを避けている。信長は、土田御前を岐阜に住まわせているが、会いたいとも思わない。

そのせいか、信長が他者の母親との関係を思うときも、屈折しており、気分次第で、頗る温かであったり、恐ろしく冷酷であったりする。いまは温かであった。

「お心遣い、感謝申し上げます」

信長を誰よりも知る乱丸は、躊躇いを口にせず、この場は素直に言われたとおりにすべきであると判断した。それに、万一、武田の刺客がやってくるとしても、いまはまだ日が高いから、信長軍の兵が充満する金山城にはとても近づけまい。正直に言えば、妙向尼の躰が心配でもあった。

「さあ、母上」

乱丸は、妙向尼を立たせると、手をとり、腰を抱くようにして、その場を離れた。

主殿の式台のあたりまできたところで、事を聞きつけた藤兵衛が馳せつけた。

「ただいまお乗物を回すよう手配いたしましてございます」

「不要だ」

乱丸はことわった。

「なれど、妙向尼さまのそのごようすでは……」

「わたしが背負うて下りる。そのほうが麓に早く着けよう」

狭くて曲がりくねった急坂の多い山路では、乗物の通行は慎重にせざるをえないため、これを担ぐ陸尺たちも一歩一歩に気を遣い、上り下りとも時を要する。体重の軽い妙向尼なら、鍛えた肉体をもつ若い乱丸がひとりで背負って下りたほうが、むしろ安全に早く麓まで踏破できるであろう。

「母を背負うなど、なりませぬぞ」

妙向尼が小さくかぶりを振った。

「そなたが疲れては、あとで大事なお役目に障りがありましょう」

「母上。わたしがさまでやわな躰なら、上様の御用はつとまっておりませぬ」

「なんと、たのもしいことを……」

「もう十八歳にございます。こんなに背丈も伸びました」

「ほんに立派になられましたな」

妙向尼は、あらためて乱丸を頭の天辺から爪先まで眺めやり、誇らしげに、しかし少し寂しげに言った。

十三歳の初夏に金山より巣立った乱丸は、まだ声は黄色くて、躰も頼りなかった。それが、いまや落ちつきのある声と引き締まって強靭な肉体をもっている。妙向尼にとって、間違いなくわが子でありながら、どこか別人の男のようにも見えるのであった。

乱丸が妙向尼に背をみせてしゃがんだ。

母は、子の背に身を預けた。

藤兵衛と小者二名と、妙向尼付きの尼僧がひとり随従する。

この尼僧は、かつて金山城の奥向きで老女をつとめた栂である。乱丸は、幼少のころ、悪さをしてはよく叱られた。妙向尼が妙顕寺へ入ったさいに順じて出家した栂は、以来、妙真と号して、その身の回りの世話をつづけている。

乱丸は、妙向尼を背負っているにもかかわらず、軽やかに山路を下った。幼少時の遊び場だったから、楽しい記憶が鮮やかに蘇って、足取りが弾んだのである。

途中、妙真尼が辛そうなようすをみせたので、こちらは藤兵衛が背負った。

乱丸が思ったとおり、早々に山を下りきることができ、北麓の木曾川沿いの往還に沿って建つ妙顕寺に着いた。

「ゆるりとお寝み下さい」

妙向尼を夜具に横たえるところまで運んでから、乱丸は寝間を出た。

「栂。いや、妙真どの。もしや母上は重い病ではないのか」

「さようなことはないと存じますが……」

「念のため、医者にみせてやってほしい」

「承知いたしました」

「されば、ご位牌に掌を合わせたい」

「ご位牌とは」

「ここにも父と兄のご位牌はあろう」

兄というのは、越前天筒山城攻めで戦死した異母兄の伝兵衛可隆である。幼少期の乱丸が、この世でいちばん好きな人であった。

「むろんにございます」

「案内を頼む」

「なれど、和子さま、早々にお城へ戻られませぬと、お役目に障りがございましょう」

妙真尼が案じ顔になる。

「ご位牌ならば、ご城内の持仏堂にもございます。それに、明朝、上様が金山東峰の可成寺に詣でられると先程聞き及びました」

「それはそれで、申すまでもなく、わたしもお詣りいたす。けれど、いま父と兄のご位牌を間近にしながら素通りいたしては、わたしは不孝者ではないか。昔の栂なら、そのように叱りつけているはずだぞ」

「それは……さようにございますね。この尼が愚かにございました」

乱丸は不審を抱いた。何か隠し事でもしているように見える妙真尼なのである。

「されば、こちらへ」

妙真尼に導かれ、乱丸は奥の私的な仏間へ通された。藤兵衛も従う。

仏壇に、大小二つの位牌が並べられている。大が森家先代当主の三左衛門可成、小が伝兵衛可隆。位牌の大きさにも飾りにも格差があるのは、伝兵衛は嫡男でも家督を嗣ぐ前に亡くなったからである。

仏壇の左右には、それぞれ生前に着用した兜が置かれている。敵を震え上がらせた〝森三左の大釘〟と、信長ゆかりの〝金山の八咫烏〟である。

（懐かしい……）

それと同時に、乱丸は、こういう大事な遺品は、兵が警固する金山城か可成寺で保管したほうがよいのではないかと思った。

「妙向尼さまがまだ手元に置いておきたいと仰せられて」

乱丸の疑問を察したのか、妙真尼が短檠に火を灯しながら告げる。

「そうか……」

三左衛門と妙向尼は仲睦まじい夫婦であった。また妙向尼は、先妻の子でありながら、自分をよく慕ってくれた伝兵衛にも、実子たちへと変わらぬ愛情を注いだ。そのふたりが最期の場面で着けていた兜を手放し難い気持ちは、乱丸にも切ないほど分かる。

乱丸は、短檠から火を移した線香を、仏前に供え、掌を合わせて目を閉じた。藤兵衛も後ろで合掌瞑目する。

（父上。乱丸にございます。父上が身も心も捧げられた上様の天下布武のため、わたしも日々、精一杯つとめております。どうぞお力をお与え下さい）

ひと区切りつけてから、次いで伝兵衛に語りかける。

（兄さま。乱丸も来年には兄さまの逝かれた年齢に相なります。まだまだ及びもつきませぬが、いまのわたしを褒めていただけますか。兄さまはいつでもわたしの氷渡り銀狐。これからもお見戍り下さい）

幻の聖獣とされる銀狐は、結氷期の木曾川を往き来する。近在近郷の武士たちはこれを軍神の使いと信じ、氷渡り銀狐を見た者はいくさで決して進退を誤らないと言い伝えられている。徒手空拳から美濃一国を斬り取った梟雄斎藤道三の出世も、氷渡り銀狐を見たときから始まったという。

乱丸は、六歳のとき、生還を期しがたい大いくさに出陣する伝兵衛の身を守りたい一心で、氷渡り銀狐を捕らえて、これに供をさせようと思い立った。童子ゆえの突飛な、だが純真な心情である。結果、恐ろしく冷たい木曾川に落ちて死にかけ、駆けつけた三左衛門と伝兵衛に助けられた。それでも乱丸は氷渡り銀狐をたしかに見た。その軍神の使いの見えざる力が働いておればこそ、十八歳にして覇者信長の絶大な信頼を得られたのかもしれない。

瞼を上げた乱丸は、〝金山の八咫烏〟へ再び視線を向けた。

兜の意匠の烏はもとは二本足であったが、それは伝兵衛が伊勢神宮で敵の銃弾から信長を守ったさいに撃ち落とされた。その天晴れな働きを激賞した信長より、三本足にいたすべしと命じられて、天照大神の使いの八咫烏と同じ赤い三本足の烏にしたものである。

（上様と、兄さまと、わたし……）

自身にとって恍惚ともいえる光景を想像した乱丸は、思わず、にじり寄って、〝金山の八咫烏〟を手にした。

あっ、という声が後ろで上がった。妙真尼である。

乱丸が取り上げた兜の鉢の中から、何かが、ぽとり、と落ちた。

乱丸は手にとってみた。

小さな藁人形である。

「それは伝兵衛さまにございます。妙向尼さまのお心の中では、いまも生きておわしますゆえ、人形をお作りになられたのでございます」

なぜか慌てたようすの妙真尼であった。

人形の胴体部分から、ほんのわずかに白いものがのぞいている。それを乱丸は引っ張ってみた。

小さく畳まれた紙であった。

「披(ひら)いてはなりませぬ。妙向尼さまの願い事が記されておりますゆえ。余人に見られては願い事は叶いませぬ」

乱丸は、妙真尼を凝(じ)っと見て、

「偽(いつわ)りだな、栂」

あえて俗名(ぞくみょう)で呼んだ。

ひいっ、と妙真尼は息を呑む。眼を引きつらせている。

乱丸は、紙を披いた。

甲午　那吉

妙真尼の眼前に、その文字を突きつける。

「これは、いかなる願い事か」

「そ、それは……」

「わたしを騙(だま)せるなどと思うでない。申せ」

「お赦し下さりませ」

平伏してしまう妙真尼であった。

「ならば、わたしが解(と)こう」

「お赦しを、お赦しを」

「きのえうまの年、那古屋城で生まれた吉法師。上様にあられる」

乱丸は、〝森三左の大釘〟も手にとった。

こちらからも、藁人形が出てきた。

同様に、胴体部分に隠されている紙を引っ張り出して披げてみる。

丙午　元三

「ひのえうまの年、元服して、三郎と称す。これもまた上様にあられる」

身を震わせる乱丸であった。

「明らかに上様への呪詛ではないか」

人を呪殺したいとき、対象者を藁人形に見立て、名を記した紙を腹部に入れる。他者に知られたくない場合は、対象者を示す何かを記せば、直接、名を書かずともよい。その上で、人目を忍んで呪いの行を七日間つづける。すなわち、冷水を浴びて心身を清め、白い着物に身を包んで、丑刻に神社へ行き、「死ね、死ね」と唱えながら、神木に五寸釘で藁人形を打ちつけるのである。これを了えたら、七日目の晩に藁人形を火刑に処し、その遺灰を深夜の四辻に撒いておいて、翌日からそれと知らぬ多くの人間に踏みにじってもらう。

これこそ、平安時代から伝わるという黒い呪法、いわゆる丑刻参りであった。

「妙向尼さまはまったく与り知らぬことにございます。わたくしが、この妙真が呪詛を行いました。どうぞ、いますぐご成敗を」

床にひたいをすりつけ、涙ながらに白状する妙真尼である。

「わたしを騙せると思うなと申したはずだ」

乱丸は、尼の白い頭巾の頭頂部を摑むや、乱暴に引き上げた。

無理やり上げさせられた妙真尼の顔は、涙に濡れながら、恐怖に彩られている。

「この手蹟は……」

と乱丸は、披いた二枚の紙を突きつけ、

「この手蹟は、母上のものぞ」

絞り出すように言った。

妙向尼の痩せた原因が、これで乱丸には分かった。心身に負担をかける丑刻参りをつづけているからに違いない。

それも、おそらく一度や二度ではあるまい。七日間の呪いの行を幾度も幾度も繰り返しているのであろう、信長の訃報が届くことを願って。

(母上はきっと……)

一向一揆を徹底的に弾圧し、その聖地である摂津の石山を奪った信長を、妙向尼は憎みつづけていた。それは、子らが信長に仕えていることとは別儀なのである。

一向宗の信徒には、武士も多い。深く帰依する者にとって、その教義というのは、鎌倉以来の武家の御恩と奉公にも勝る。

例えば、徳川家康が領国の三河で一向一揆と戦ったさい、それまで忠義を尽くしてきた家臣が多数、主君に刃を向けている。のちに家康の絶大な信頼を得る本多正信ですら、このときは宗門に走った。

妙向尼にしても、武家の信長こそすべての元凶である。自身にとって唯一無二の宗門を迫害されたばかりか、最愛の良人と最良の跡継ぎを殺され、さらに三人の子を召し上げられた。

信ずれば極楽浄土へ行ける宗門と、信じても良人や子らを奪っていくだけの信長とを秤にかければ、妙向尼の望むところは明白であったといえよう。

実は、妙向尼を生んだ林家というのは、真宗（一向宗）王国といわれた越前国の出身で、宗門では知られた存在である。だからこそ、妙向尼も、信徒たちから、信長の本願寺攻めを停止させるよう、口利きを頼まれた。

結果的に、妙向尼は宗門の役に立てなかった。それどころか、信長に諫言の書状を出したせいで、かえって森家を危うくした。

もはや、信長が死なない限り、宗門にも森家にも幸福は訪れない。信徒として、母として、妙向尼がそのように短絡したとしても、不思議ではあるまい。

しかし、信長の近習である乱丸が、妙向尼の思いなど忖度してはならなかった。

「藤兵衛」

永年の傅役を、暗い声で呼んだ。

「二年前は上様のご慈悲に甘えさせて貰うたが、こたびは……」

それだけで藤兵衛には分かるはずであった。妙向尼を討って、おのれも自害する。

「和子。ご短慮はなりませぬ」

藤兵衛が、ゆっくりかぶりを振った。

「これを短慮と申すか。わたしの母が上様を呪詛いたしたのだぞ」

乱丸は、声を荒らげた。途端に、涙が溢れてくる。

（なんということか……）

信長に奉公して大いなる出世を遂げた自分を、母は手放しで褒めてくれると信じ、歓喜の時を過ごせると思っていたのに、こんな酷い仕打ちに遇うとは。

「和子。わが子小四郎を、もういちど殺すおつもりか」

藤兵衛の眼が据わった。

「なに……」

あまりの思いがけないことばに、乱丸の涙はとまる。

「小四郎は和子を生かすために、おのが命を絶ったのでござる。和子が生きつづける限り、小四郎も和子の中に生きており申す。和子の死は、小四郎には二度目の死。さようなことは、この藤兵衛、父として断じて許すまじ」

これまで藤兵衛は、小四郎の死について、恨み言ひとつ洩らさぬばかりか、その一件に言及したことすらない。ただただ乱丸に尽くしてきた。乱丸が信長に対するのと同じように。

そしていま、切り札のように小四郎の名を出した。それも、乱丸への深い愛情をまとって。

返すことばが、乱丸にはなかった。

「御免」

膝を立て、つつっと乱丸へ寄った藤兵衛が、あろうことか拳を繰り出し、主人の鳩尾へ突き入れた。

まったく予期していなかった乱丸は、当て落とされ、気を失ってしまう。

「まいれ」

藤兵衛は、二体の藁人形と二枚の紙をおのが懐に突っ込むや、妙真尼の腕をとった。

「いずこへ……」

不安と恐怖が妙真尼のおもてに広がる。

「そもじは、これより船で木曾川を下られい。どこぞで陸に上がり、あとは遠国へ消えよ。二度とふたたび妙向尼さまに会うてはならぬし、申すまでもなく、一切を他言無用ぞ」

「承知いたしました」

殺されると恐れていただけに、妙真尼は大きく安堵の吐息をついた。

「最後に大事なことを訊くが、妙向尼さまの上様呪詛のこと、そもじのほかに知る者はおるまいな」

「かまえて、ほかにおりませぬ」

「ならばよい。まいるぞ」

後日、木曾川河口の付近で、女の裸の溺死体があがる。よほど上流から流されてきたものか、蟹や魚に突つかれたり、流木などに当たったりしたのであろう、顔はほとんど潰れていて、どこの誰とも知れなかった。ただ、髪は長くなく、肩のあたりまでしかなかったという。

溺死体などめずらしくない時代であり、支配層の武士の耳にまで届けるほどの事件でもないので、近郷の者らが早々に茶毘に付した。

第二十六章　東海道遊覧

一

翌早朝、信長は、金山東峰の可成寺に詣で、住持の栄巌和尚の読経に耳を傾けながら、森可成の位牌に掌を合わせた。栄巌和尚というのは幼少時の乱丸の学問の師でもある。長可など出陣中の者を除いて、森一族がうち揃って参列する中、妙向尼だけは気分がすぐれないので欠席した。

（藤兵衛は何をしたのか……）

乱丸は、昨日、城下の妙顕寺の仏間で、傅役の藤兵衛に当て落とされた。気づいたとき、そこには藤兵衛ひとりが端座し、もとは森家の奥向きの老女で、いまは妙向尼の日常の世話をする妙真尼の姿がなかった。

「和子はまったく与り知らぬこと。よろしゅうございますな」

一言、藤兵衛より釘を刺された。

「妙真尼は……」

と訊き返しかけたが、それも制された。

「和子はまったく与り知らぬこと。さよう申し上げましてござる。お心にしかと期されるべし」

妙向尼の信長呪詛もそれに関わる一切のことも、藤兵衛は口にするつもりはないようであった。その強硬さは、有無を言わせぬという怖さすら感じさせた。

何よりも乱丸に強く伝わってきたのは、絶対的な忠義心である。主君に代わってすべてを背負う覚悟をきめ、すでに何事かを強行したに違いない藤兵衛には、黙して委ねるべきであろう。

いちどはそう納得したものの、事が事だけに、すぐには平常心に戻れない乱丸であった。

「お乱どの。お母上のことは案じられますな」

追善の了わった直後、座を立つさいに、千から声をかけられ、乱丸は心の臓が絞めつけられた。

（よもや嫂上はご存じで……）

が、それは勘違いであった。

「医者の見立てによれば、お疲れが溜まっておられるだけにて、滋養のあるものを召し上がり、ゆるりとお休みなされば大事に至ることはない、と」

「それは……安堵いたしました」

「ほかにも何か憂い事がおありのごようす」

乱丸の顔をのぞき込むようにして、千が訊いた。千の気働きの鋭さは、森家に嫁いできたころより変わっていない。

「はつの一件がいまだに心より離れず……」

とっさに乱丸は言い抜けた。

尾張統一の過程において、信長が謀略の道具として使い、用済み後は森可成に命じて殺させた坂井孫八郎の遺児であるはつは、侍女奉公した岐阜の森家の出屋敷で、乱丸を討たんとして失敗し、みずから命を絶った。ただの乱心者として千が処理してくれたものの、乱丸がはつを忘れたわけではないのは、本当のことである。

「さもありましょう。わたくしも同じです。実はいま、信頼できる者に命じて、坂井家のことを、それとなく調べさせております。何か新たに分かり次第、お乱どのに報せるつもりでいます」

「ありがとう存じます。なれど、何か危ういと思うたときは、決して深入りなさらぬよう」

「心得ております」

やめてほしい、とまでは乱丸は言わない。とめたところで聞き容れるような千ではないからである。それに、父可成が深く関わっている一件なので、詳しいことを知りたいという欲求もあった。

墓参のあと、信長が、休憩もとらず、皆に告げた。

「出立いたす」

そのため乱丸は、妙向尼を見舞うことも、栄巖和尚や千らとゆっくり別辞を交わす暇もなく、金山をあとにした。

この日、京では朝命により諸社寺が信長のための戦捷祈願をしている。勝敗の帰趨が定まってから慌てて行った観が否めないのは、信玄存生中は打倒信長の旗頭ともいえる存在だった武田に、朝廷が一縷の望みを抱いていたからであろう。

信長が天下をとれば、いずれは天皇の譲位も即位も意のままにされてしまう。その危機感、というより恐怖感を朝廷は拭えないのである。

翌三月十一日、武田軍団で最強を謳われた小山田信茂にも見限られた武田勝頼は、織田信忠麾下の滝川一益の軍に包囲され、ついに進退きわまり、甲斐の天目山麓の田野において、一族もろとも自刃して果てた。四百年以上も甲斐国を支配してきた名門武田氏の、あっけない幕切れである。

信長は、信忠の使者が届けてきた勝頼の首の実検を済ませると、大いに満足し、これを十五日に信州飯田で梟した。

その後、信長が、高遠城を検分してから、上諏訪の法花寺を本陣としたのは、十九日のことである。

同日、徳川三河守家康が上諏訪を訪れ、信長と会見した。

「三河どの、ようまいられた。穴山梅雪の誘降は、こたびの一番の手柄である」

信長は家康をもちあげた。

「ご褒詞、身に余る栄誉と存じ奉る」

「されば、三河どのに穴山領を除く駿河一国を授けたいが、受けてくれようか」

家康に随従の家臣、酒井忠次らが緊張したのが、乱丸には感じ取れた。

これまでは同盟者の立場であった家康だが、信長より所領を与えられるという形をとれば、必然的に織田家臣団に組み込まれることになる。

武田討伐が成ったあかつき、家康とは同盟関係を解消して、新たに主従関係を結ぶべき。これは、昨春、乱丸が信長に進言し、以前から信長自身もそのつもりで期していたことであった。東海の麒麟児家康が、独立大名として天下の輿望を担う前に織田の家臣にしてしまえば、将来、信忠の時代になっても安心なのである。

現時点の力関係では、家康もこれを受け入れざるをえない。永く徳川の独立自尊をめざしてきた家臣団にしても、かつて家康を人質にとって、三河武士を捨て駒のように使いつづけた今川氏の本拠であった駿河国と引き換えなら、主君の決断に服うはずであった。

「上様の御恩をかまえて忘れることなく、終生、ご奉公仕る所存にござり申す」

毛筋ほどの躊躇いをみせることもなく、家康がすんなりと受けた。

（見事なお人だ……）

御恩と奉公という、源氏の鎌倉政権以来、武士にとって最も大事なふたつの語をあえて用いて、家康は臣従を受け入れた。感服するほかない乱丸であった。

「三河守、大儀」

信長は、弾んだ声で、ほとんど宣言するごとく言った。

信長が家康に対し、三河どのと敬称を付けず、三河守と呼び捨てにしたのは、これが初めてのことである。主従関係が結ばれた瞬間であった。

「されば、早速、上様に御礼をいたしたく、安土へのご帰路にわが領内のご通過を賜りとう存ずる」

駿遠三という家康領国の三国を挙げて、信長を歓待したい、という申し出である。

「相分かった。愉しみにしておるぞ」

二

上諏訪の信長は、木曾義昌や穴山梅雪を引見したり、北条氏政の使者から多くの進上品を受け取ったり、勅使より天皇の宸翰を賜ったり、勝者として悠然たる時を過ごす。三月末に至ると、もはや旧武田領で叛旗を翻す者はおらず、総大将の任を全うした信忠が、古府（甲府）より上諏訪へ参上した。

「比類なき働きである」

後継者が力を発揮してくれたことがよほど嬉しかったものか、信長は信忠へ、重大な言質を与えた。

「いずれ天下の儀も譲り与えるであろう」

以前から信長がそのつもりであったにしても、口にしたのは、これが最初である。列座の惟任日向守光秀、惟住長秀、津田信澄、細川忠興、蒲生賦秀（氏郷）、筒井順慶、高山右近ら、織田の諸将もしかと聞いた。

この十日ばかり前、西国攻めを指揮する羽柴秀吉から、信長の四男で秀吉の養子となった秀勝が立派に初陣を果たしたという報告が届いている。このことも、信長の口を軽くさせた一因であったかもしれない。

(仰せ出されるのは、せめて毛利を軍門に降してからのほうが……)

そう思わぬでもない乱丸であったが、それでも信長のために喜んだ。

中に、ただひとり、笑顔ながら、眼は笑っていない者がいた。乱丸でなければ気づかなかったであろう。

(日向どのも、わたしと同じお考えなのか……)

しかし、何やら違和感もおぼえる。

諸将が法花寺を辞すさい、乱丸は光秀を追って、参道で背後から声をかけた。

「日向どの」

振り向いた光秀が、一瞬、身を硬くした。そのように乱丸には見えた。

「これは、森どの。何か御用かな」

「お気色がすぐれぬように見えましたので、もしやどこかお躰の具合がおよろしくないのでは、と……」

「ご案じいただき、ありがとう存ずる。なれど、ほれ、このとおり、いたって元気にござるよ」

光秀は、両腕を大きく広げ、めずらしくちょっとおどけてみせた。

「わたしの杞憂でした。つまらぬことで呼び止め、申し訳のないことにございました」

「しらじらしい」

突然、剣呑な声を叩きつけてきたのは、光秀の随従者のひとりである。

「他意あってのことではないのか」

その屈強な武士は、乱丸を睨みつけた。

「やめよ、作兵衛。上様のご近習に無礼であろう」

光秀が怒鳴りつける。

「殿。こやつは、殿に何か越度がないかと探っておるに相違ござらぬ」

作兵衛とよばれた者は、なおも何か言いかけたが、同僚ふたりに顔を殴りつけられ、その場に転倒し、気を失ってしまう。

「惣左。孫兵衛。この痴れ者を早う連れてゆけ」

光秀に命ぜられたふたりは、ただちに作兵衛をひっ担いで駆け去った。

「森どの。なにとぞお赦し下され。あれは安田作兵衛と申し、いくさ場のほかでは何ひとつ礼儀を弁えぬ武辺一筋の者にてござる。なにとぞ、なにとぞ」

土下座までするのではないかという恥じ入ったようすで、光秀は幾度も頭を下げる。

「日向どの。さようなことはなされませぬように。これは、わたしの不徳のいたすところにございます」

織田に永く仕えて知行も大きい部将を、いつでも讒訴して失脚させられるよう、その材料を信長の若い近習たちは鵜の目鷹の目で探している。森乱丸はその急先鋒である。

そんな噂が流れていることを、乱丸は知らぬではない。この数年、佐久間信盛(さくまのぶもり)や林秀貞(はやしひでさだ)をはじめ、信長のかつての功臣(こうしん)たちの追放や誅殺(ちゅうさつ)が、加速度的に執行されていることが、噂の原因であろう。それは、乱丸の出世と軌(き)を一(いつ)にする。むろん偶然のことだが、いくさだけが武人の道と信じる武辺者などは、偶然とは思っていないのである。

「それがしごとき者の普段のようすにまでお目が行き届く濃(こま)やかなお心配りは、森どのにしかできぬと存ずる。また、そうしたことのすべてが上様の御為(おんため)、と察しており申す。森どのの無二のお働きは、愚か者には見えぬのでござる」

「過分にございます」

「さりながら、あのような愚か者の作兵衛でも、いくさ場では上様のお役に立つことを、それがしがしかと約束いたし申す」

「もとより、わたしにも分かっております。これまでも、日向どのの兵の働きがなければ、今日の織田の栄えはなかったものと存じます」

「うれしいことを言わるる。されば、作兵衛へのお怒りを鎮(しず)めて下さるか」

「はなから、怒ってなどおりませぬ」

「やはり、上様のご重用には理由がある。まこと森どのは、お若いのに出来たお人」

最後は笑顔で別れた乱丸と光秀である。

しかし、乱丸は、光秀の背を見送りながら、どうにも違和感を拭えずにいた。

（日向どのらしくない……）

家来の不始末を詫びるためとはいえ、乱丸への褒めかたが大仰すぎた。阿諛追従に近い。さながら羽柴秀吉が言いそうなことではなかったか。

同じことを秀吉から言われたのなら、きっと乱丸は照れながらも心地よく受け入れたであろう。だが、何事にも秀でて、隙というものがない光秀が対手となると、どうしても何か裏があるのではと勘繰ってしまう。

ただ、もし光秀に叛心ありという五右衛門の作り話を聞いていなければ、勘繰ることもなかったに違いない。そのことを心の内より払拭したはずなのに、払拭しきれていなかった自分に、いま乱丸は気づいた。

信長が信忠にいずれ天下の儀も譲ると言ったとき、ひとり眼が笑っていなかったというだけで、わざわざ呼び止めたのも、光秀の本心を探りたいと思ったからである。

（わたしは何をやっている……）

はつの復讐心や、妙向尼の呪詛など、信長と自分にとってよからぬことがつづいたせいで、些末事でも疑ってかかる暗い心が根づいてしまったのであろうか。

乱丸は、強くかぶりを振ってから、踵を返した。

三

上諏訪の本陣で、信長は、家康へ与えた駿河国以外の旧武田領の割り当てを公表した。

甲斐国は、穴山梅雪の本領を除いて、河尻秀隆（かわじりひでたか）に与えられた。

秀隆は、信長の馬廻（うままわり）の精鋭である黒母衣（くろほろ）衆の筆頭をつとめ、信長が弟信行（のぶゆき）と争ったさいには信行を実際に刃（やいば）にかけるなど、実戦指揮官として数々の武功をあらわし、近年は信忠の輔佐（ほさ）となって、今回の武田攻めでもその任をよくつとめた。

上野（こうずけ）国は、滝川一益に。

信濃国は、戦功に応じて、幾人かに分割された。中でも森勝蔵長可が最も多く、高井（たかい）、水内（みのち）、更科（さらしな）、埴科（はにしな）という北信濃の四郡を賜り、海津（かいづ）城主となった。石高（こくだか）では十万石を超える。

北信濃というのは、越後（えちご）の上杉氏に対する押さえの役割を担う。長可の武（ぶ）に対する信長の期待のほどが窺えた。

「勝蔵の叙官（じょかん）を朝廷に奏請（そうせい）いたす。武蔵守（むさしのかみ）がよいであろう」

とまで信長は言った。

武蔵国は北条領である。

武田攻めでは協力要請に応じた北条氏政だが、織田に臣従するつもりのないことは、信長もよく分かっている。いずれ戦う対手である。そのときの先鋒も武蔵守長可、と決定したようなものであった。

「ありがたき仕合わせに存じ奉りまする」

感激に身をふるわせながら、長可は床にひたいをすりつけた。

「お乱。それへ」

信長が、傍らに控える乱丸へ、長可の横に座るよう扇で差し示す。

乱丸は、長可の横といっても、少し下がったところへ座を移した。長幼の序である。

「乱丸には勝蔵の美濃の旧領を与え、金山城主といたす」

いきなり五万石の大禄であった。それも、先代可成以来の森家の本貫地である。

「謹んで拝領仕ります」

武田攻め後に金山を賜ることは、前々から信長本人より聞かされていた乱丸だが、さすがに張り詰めた表情でこたえた。

おもてを上げたとき、乱丸は、長可の肩越しに、その横顔を目に入れた。

長可にとっては、形としては信濃の大領と引き換えである。とはいえ、森家の当主たる自分が、その本貫地と城を、よりによって、いくさ場での武功を挙げたわけでもない不仲の弟に明け渡さねばならないとなれば、たとえ信長の御前でも、不満をおもてに表すはず。

それが武辺者の森長可である。

（めずらしいことだ……）

怺えているのか、長可は顔色ひとつ変えぬではないか。

「お乱は、まだまだ予の手許で働いてもらわねばならぬゆえ、当面、金山は森二郎に預けておけばよかろう」

「仰せのとおりにいたします」

信長の言ったとおりのことを、乱丸自身も考えていた。

「それゆえ、武蔵守も……」

と信長は早くも官名で呼びかけた。

聞いた長可もおもてを上気させる。

「女子供を海津に招び寄せるのは、急がずともよい。新しき領民をよく鎮撫した後にいたせ」

勝者が敗者の土地に入部するとき、終戦からしばらくの間は不穏の気が消えないもので、それは婦女子には危険である。そこまで信長は気を使っている。

「濃やかなお心配り、痛み入りまする」

長可も、依然、不満を表すことなく、礼を述べた。

その夜、乱丸は、長可の陣所を訪ねようと思った。金山を奪われた兄がなぜそれを素直に受け入れたのか、どうしても気にかかる。ところが、藤兵衛にとめられた。

「殿。おやめなされよ」

藤兵衛が乱丸に対する呼びかけを、和子から殿に変えたのは、あるじが五万石の城持ち大名に昇ったからである。

「なぜ兄上を訪ねてはならぬ」

「喧嘩別れに相なりましょう」

「兄上は上様の御前では怒っているようには見えなかった。本心を隠せるようなお人ではない」

「お兄上が岐阜左中将さまに従うて、この上諏訪へ着陣された日、それがしは殿の名代にて挨拶に参上いたし申した」

もちろん、それは乱丸も知っている。自身は信長の側を離れられなかった。

「それがし、妙向尼さまの上様呪詛の一件を、申し上げましてござる」

「なに……」

乱丸の驚きはひとかたではない。

「あれほどの秘事をわざわざ明かすとは、藤兵衛、いかなる料簡か」

「そもそも、あの一件を、もしお兄上がご存じなかったのなら、妙向尼さまを養われる身として言い訳できぬ不行届き。逆に、ご存じであったのなら、それを隠したあげく、妙向尼さまを罰せずにおられたことで、上様への不忠となり申す。いずれにせよ、重大な罪であることに変わりはござらぬ」

　この藤兵衛の断言は正しい、と乱丸も納得せざるをえなかった。信長は妙向尼はもとより長可も決して赦すまい。

「して、兄上はご存じであったのか否か」

「否、にござった」

「それなら、やはり、明かさずに、われらで隠しとおすのがよかったのではないのか」

「この先、万一にも余人に露見いたした場合、責めを負うべきは殿であってはなりませぬ。お兄上に負うていただき申す」

「藤兵衛……よもやそちは、母上の上様呪詛の一件は、そちだけが知り得たもので、この乱丸はまったく与り知らぬことと兄上に告げたのか」

「あのとき、それがしが殿ご自身にさよう申し上げたはず」

　和子はまったく与り知らぬこと、という藤兵衛が怖い顔で放った一言を、乱丸はまた思い出した。

「お兄上には、今後、露見のおそれありとみなしたときには、ただちにそれがしから弟君にすべてを伝え、上様まで言上していただく、と申し述べましてござる」

　乱丸がこの一件を知れば、迷うことなく信長に告げてその裁断を仰ぎ、結果、妙向尼と長可は死をもって償わねばならぬ。そう長可が考えるだろうことを見越して、藤兵衛はなかば恫喝したのである。

長可は誓った。藤兵衛が乱丸へこの一件を洩らさぬことを条件として、妙向尼については過去も今後もすべての責めをわが一身に負う、と。

それを受けて、藤兵衛は長可に明かした。論功行賞では長可に信濃四郡、乱丸には金山城と森領が与えられるであろうことを。

信長の御前で長可が不平を鳴らさなかったのは、そういう秘密の事前交渉がなされたからである。

「藤兵衛。勝蔵兄上とわたしは、互いに好きではのうても、血の繋がった兄弟であるぞ。母の不始末を兄だけに押しつけて……」

激して乱丸がそこまで言ったところで、藤兵衛がそれ以上の大音で遮った。

「兄弟揃うて倒れるが、最も悪しきこと」

その気魄に、乱丸は圧された。

「わたしが……」

自身の長可との交流を、乱丸は省みる。それは、常にぎくしゃくとしたものであった。

「わたしが兄上を嫌うておるゆえ、そちも嫌うようになったのか」

「さにあらず」

きっぱりと藤兵衛は否定する。

「では、なにゆえ……」

「それがしは森乱丸の傅役にござる。わが大事は、殿のお命のみ」

子供を愛育するという意をもつのが、傅く。つまり、傅役とは、親代わりなのである。

まして、最愛の実子の小四郎を失っている藤兵衛には、乱丸こそがわが子といえた。

一方の乱丸も、とうに実父は戦死し、いまや実母には裏切られてしまい、藤兵衛をこそ親とよぶべきであった。

親の藤兵衛と、兄の長可。いずれをとるかと問われれば、乱丸は親をとる。

「わたしは不肖の子だな。親の苦労に思い至っていなかった」

微苦笑を浮かべて、乱丸は言った。

「殿こそ、天下一、気苦労の多いお役目をつとめておられる」

「そうじゃな」

固い絆の主従は、同時に小さな笑い声をたてた。

翌日、早くも森長可は、信濃の新領地の居城となる海津城に向けて発った。そのさい、一隊を美濃金山に遣わしている。

この一隊は、妙向尼を、厳重な警固の下で海津城へ連れていった。長可が家族のうち、ひとり妙向尼だけを早々に移住させたのは、本人のたっての希望ゆえと伝えられたが、それを疑う者はいなかった。

四

四月二日。信長は、上諏訪から甲斐の台ケ原へ移陣し、滝川一益の普請による御座所で寛いだ。

翌三日、台ケ原を払って五丁ほど進んだところで、山と山の間に冠雪の富士が見え、織田軍団はその壮麗な景観に驚嘆する。

次いで、信長は、武田勝頼が束の間の居城とし、みずから焼いてしまった新府城の跡を検分してから、古府へ入った。

古府の武田信玄の館跡には、先に信忠が信長のために立派な仮御殿を設けていた。

ここで、信長より休養を許された惟住長秀、堀久太郎、多賀新左衛門らが、戦塵を落とすべく草津の湯治場へ向かう。

信長は、すでに上諏訪においても、主立つ者だけを残して、大半の軍兵を帰国させているので、随行人数がさらに少なくなった。

（時に上様は不要心になられる……）

乱丸はちょっと不安をおぼえた。

自身の警固を平然と疎かにして、心の赴くままに行動する。信長にはそういうところが多分にある。まだ斬り取ったばかりの武田の本拠地においても、それは変わらない。

しかも、この日は、信忠麾下の将らが恵林寺を焼き討ち、住持の快川紹喜と寺に籠もった老若百五十人余りを殺している。禅僧の快川は、信玄と厚誼を結び、天皇より国師号を特賜されて、門人は二千人を数えるといわれた。この名僧を焼殺したのだから、信長憎しの一揆が起こらないとは言えないのである。

さらに、同日、信長は北条氏政からの進上品が気に入らず、それらを使者に突っ返している。次々と新たな敵を作っているようなものであった。

だが、そういう主君を守り抜くのが信長の近習衆の役目なので、乱丸たちは常住坐臥、気が抜けない。

二日後、一揆は、甲斐古府ではなく、信濃高井郡の飯山で蜂起した。越後国境に近く、稲葉貞通が布陣中の地である。

信長も信忠もただちに援軍を遣わしたが、これを収めたのは海津城から駆けつけた森長可の軍であった。長可は、婦女子でもまったく容赦せず、敵の首を二千五百近くも取り、獅子奮迅の働きをみせたのである。これにより、飯山を包囲していた一揆勢は、蜘蛛の子を散らすようにして逃げた。

のちに森長可が鬼武蔵とよばれ、その名を聞いただけで敵が震え上がるようになるのは、この武田攻めにおける血腥い戦いぶりからきている。

(兄上は、まことはおやさしい人なのかもしれない……)

長可への見方を少し変える乱丸であった。

妙向尼が生きている間、長可は信長呪詛の一件の露見を恐れつづけなければならない。殺してしまえば、死人に口なしだから、安心できよう。現実に乱丸のほうは、自身も命を絶つつもりではあったが、母親殺しを実行に移そうとした。

ところが長可は、妙向尼を監視下においたものの、殺すつもりはないらしい。猛将として敵を恐怖せしめているのに、主君信長に仇をなすおのれの母親を殺せないのである。信長のためなら、敵に対してはどんな酷いことでも真っ先駆けて行う、と実戦で訴えているのは、さながら、その代償行為のようにも乱丸には思える。

(兄上は兄上なりに死に物狂いなのだ)

この間も、かの太田道灌の曾孫の道誉ら、関東の名族の大小名衆が続々と、進上品を携えて信長の陣中を訪れてきた。かれらの多くは、北条氏の圧迫を受けており、今後の信長の支援を期待している。

四月十日に、信長は古府を発った。

家康の一大接待行事も、この瞬間から始まっている。

家康は、たとえそれが険しい山路であっても、信長が往く道筋の竹木を伐り払って道を広くし、障りとなる石もすべて取り除いて、打水で清め、沿道には蟻の這い入る隙間もないほどの警固兵を並べた。辻々と、途次の名所や水辺や眺望絶佳の地などには、洒落た茶屋と厩を設えて休憩所とした。ほとんどの河川に舟橋を架けた。信長の宿泊する御座所は、堅固な造りにしたばかりか、美しく飾り立て、周囲に二重、三重の柵を設けた。随従の織田の軍兵のためには、御座所を取り巻く形で千五百軒もの小屋を建てた。軍兵の朝夕の食事も、地元の民に申しつけて滞りなく用意させた。信長の食事時には、京、堺へ人を遣って取り寄せた諸国の珍奇な品々を揃えた。

まさに、至れり尽くせりである。

しかも、これが、信長の遊覧先のすべての地で行われることになるのであった。

（三河どのの器の大きさと濃やかさは、羽柴筑前どのに匹敵する……）

あらためて敬服した乱丸は、これで家康が一挙に秀吉、光秀を飛び越えて、織田軍団中随一の出頭人になるのではないかと思えた。

十二日、信長は富士の広大な裾野で、雄々しく清らかな冠雪の霊山を眺めながら、心ゆくまで馬を走らせ、笑顔を絶やすことがなかった。ぴたりと寄り添って乗馬を駆った乱丸も、これほど楽しい時を味わうのは滅多にないことである。

「三河守。予は阿呆よな、これほどの地をそちにくれてしまうとは」

と信長が言った。

「上様。どうか阿呆のままでいて下され」

家康も冗談で応じ、ふたりは馬上で声を立てて笑い合った。

家康の接待による信長の東海道遊覧は、万事がこうしたようすである。

ふいに乱丸は、ひとり、いやな気配をおぼえて、あたりを見回した。

(日向どの……)

信長と家康に向けられた光秀の視線が、尋常ではない。どこか羨ましそうでもあり、悲しそうでもあり、いわく言い難いものだ。

その光秀の姿から、乱丸は老いというものを感じた。

(無理もないのやもしれない……)

これまで信長の同盟者であったはずの家康が、今後は、東海三国という大勢力を有したまま、いきなり織田のいち部将となるのである。それも、四十一歳という最も充実しているであろう年齢で。

実年齢を誰も知らないが、とうに六十歳をこえているらしい光秀にすれば、四十六歳の秀吉と競い合うだけでも大変な労力であるはず。その秀吉はいま、西国攻めで大いなる成果を次々と挙げている。

この出世争いに東海の麒麟児にまで参戦されて、それでも抜きんでる力がおのれにあるのかどうか。秀吉のように人好きのする陽気者でもなければ、家康のように信長の弟も同然という関係を結んだこともない自分には、この先、佐久間、林らが受けたそれと変わらぬ厳しい現実が待っている。そう光秀が憂えたとしても、いささかも不思議ではない。

ただ乱丸は、光秀の老いから、枯れたという印象は受けなかった。それが何故であるのかは分からない。

安土で初めて光秀に会ったとき、乱丸はなぜか、まやかしのような、と感じている。十三歳の少年のただの直感にすぎない。

そのとき万見仙千代が、光秀を評した。

(肚の内がよめぬ)

肚の内をよませぬからこそ、光秀は何事にも巧みなのである。光秀のそういうところを乱丸が感じたのだ、と仙千代は褒めてくれた。そして、上様の近習には見えざる何かを察する、感じる、という力が必要なのだ、決して忘れるでないと諭された。

そのことを想起した乱丸は、いまの光秀にも、表情どおりではない、よませたくない肚の内があるのかもしれない、と思い直した。ひょっとしたら、それは、上諏訪で光秀に対しておぼえた違和感につながるものなのか。

「お乱」

信長の声に、乱丸の思考は中断された。

「あの黒斑を三河守に」

替え馬の黒斑を、信長が指さした。秘蔵の一頭である。

乱丸は、即座に応じて下馬するや、黒斑を曳いてきて、家康に渡した。

家康も、下馬し、身に余る栄誉、と恐懼して受けた。

すこぶる機嫌のよい信長は、馬だけにとどまらず、同じく秘蔵の吉光の脇指と一文字派の長刀も、家康に下賜した。

その後も、信長と家康の蜜月のような戦捷旅行はつづく。

家康は、駿河と遠江国境の難所である大井川渡河のさいは、徒で渡る織田の軍兵が万一にも溺れぬよう、川中に多数の水練の上手を配置した。また、天下有数の暴れ川として恐れられ、上古より架橋は不可能とされてきた天龍川には、遠州一国に大動員をかけ、莫大な費えを惜しまず、頑丈な舟橋を架けて、信長を渡したのである。

十六日、家康の居城の浜松城に着くと、信長は弓衆と鉄炮衆だけを残して、余の者には休養を申し渡し、先に帰陣することを許可した。

当然ながら、乱丸はみずから残った。信長自身も、申し渡されたからといって、乱丸が休養するとは思っていない。

それに乱丸には、浜松城で落ちついたら、家康に訊ねようと思っていたことが、かねてあった。

昨年末、信長から浜松へ八千余俵の兵糧米が届けられている。これを家康がどのように使ったのか、乱丸は知りたかった。

二月半ばに浜松を出陣以来、兵たちの食糧として使ったと考えるのが、まずは常識的であろう。あるいは、売ったのかもしれない。武器、弾薬などの調達のため、もしくは、今回の信長の東海道遊覧の費用捻出のために。

もちろん、貸与(たいよ)ではなく、下賜されたものだから、どう使おうが、それは家康の思いのままでよい。しかし、どう使ったかで、家康の信長に対する崇敬(すうけい)の念の度合いをはかることができる。

信長のいないところで、それを家康に訊ねようと乱丸は機会を窺っていたのだが、しかし、その必要はなくなった。信長の御前で、家康みずから言いだしたのである。

「先般、ありがたくも上様より、甲州(こうしゅう)攻めに役立てよ、と兵糧米八千余俵を賜りましてござる。なれど、岐阜左中将さまのご威光によって早々(はやばや)と武田を滅ぼされましたので、われらの出番はありませなんだ。さしたる働きもないわれらが、これを頂戴いたしたままでは上様への不忠と相なり申すゆえ、返上いたしたく存ずる」

「まったく使わなんだと申すか」

驚きを隠せない信長の顔つきである。

「勿体(もったい)のうて、一粒も。いまも蔵(くら)に収めており申す」

「であるか……」

信長が感じ入ったのが、乱丸には分かる。乱丸自身も同様であった。

さしたる働きもない、などというのは家康の謙遜である。二ヵ月近い軍旅、駿河の田中城攻め、穴山梅雪の調略などで、戦費だけでも莫大なものであったはず。

「時節外れじゃが、そちから家臣らへ、年玉代わりに配ってやってはどうか」

と信長が提案した。

途端に、居並ぶ徳川の重臣たちがひとしく相好を崩す。

家康は、礼を述べて、深々と平伏した。

(徳川家康というお人は、稀代の律儀者。でなければ、そういう仮面をつけた大悪人……)

武田討伐後、家康を織田家臣団へ組み込むよう信長に進言し、そのとおりに運んだいまになって、にわかに恐怖をおぼえる乱丸であった。信長の家臣となった家康が、もし内側から織田家を崩す野心を起こせば、おそらく止めようがないと思えたのである。

十七日、浜松を発った信長は、浜名湖の今切れの渡しを、家康の用意した御座舟で渡った。供衆の舟も多数で、壮観を呈した。

三河入りすると、雨が降り、吉田に泊まった。

十八日は、御油、山中、岡崎、矢作と繋いで、池鯉鮒に宿泊。

翌る十九日の朝、信長と家康は別辞を交わした。

「三河守。しばし兵馬を休めてのち、安土へ参るがよい。次は、予がそちを饗応いたそうぞ」

「それがしは、上様のいち家臣。ご饗応を受けるいわれがござりませぬ」

「左衛門尉」

と信長が、家康に随従の白髪まじりの武士を見やった。酒井忠次である。

「いずこの家にも、格別の家臣がおろう」

「御意」

躊躇うことなく、忠次は認めた。酒井家は、三河松平（徳川）家の最古の親戚で譜代重臣筆頭でもあり、まさしく格別である。

また、のちの江戸時代と違って、戦国期までの大名というのは、もとは独立した国人領主の集合体なので、たとえば甲斐の武田家などもその盟主という立場であった。だから、穴山梅雪や小山田信茂といった有力家臣が、土壇場において勝頼を見限ったことも、盟主の武田家よりも、国人領主として自家を守る道を選んだにすぎない。

そのため、主君が有力家臣を招いて、酒食を振る舞うことも、めずらしくない時代であった。

酒井忠次などは、家康に師父と慕われている。その忠次の信長に対する返辞が、間髪を容れず、御意、であった。素直にお受けなされよ、という家康への師命である。

「されば、上様のおことばに甘えさせていただき申す」

「ついでに、京、堺も見物いたすがよい」

「ありがたき仰せに存じ奉る」

この日の信長は、三河をあとにし、尾張清洲に泊まった。

二十日は、美濃岐阜泊まりである。

四月二十一日の信長は、東海道遊覧の余韻に浸るように、美濃、近江の各地で家臣らが設けた茶屋をはしごしながら、安土へ帰城した。

その道中から安土にかけて、京、堺、畿内、近国の武将や豪商や高僧や公家らが、戦捷祝いを持参して押し寄せ、それら夥しい進物品で街道も安土城下も膨れ上がったように見えた。

応対する信長の近習衆の忙しさたるや、言語を絶したが、その中で乱丸は歓びを噛みしめていた。

(上様の天下布武は目の前のことだ)

安土山は、瑞々しい。初夏の早緑の生気に満ちている。

だが、おのれの生気が三十九日後の早朝に消える運命であることを、山のあるじと、これを鑽仰する若者は知らなかった。

第二十七章　三職推任

一

信長が安土に凱旋した翌々日、武家伝奏の勧修寺晴豊ら勅使の一行が、天皇と誠仁親王からの下賜品を携えて下向してきた。

表向きは戦捷祝いだが、勅使の任は、信長がこの先に何を望んでいるのか、それとなく聞き出すことにある。

信長の最後の上洛から一年余りが経つ。次の上洛は、満を持してということになるから、朝廷にすれば大いなる不安を抱きつづけている。東国の名門武田氏をすら難なく滅ぼした強者より、いかなる要求を突きつけられるものか。

しかしながら、信長が勅使たちに与えた対面の時間は、ごく短いものであった。かれらの思惑など、掌の内だったのである。

何ら得るところもなく、虚しく御殿より退出する勧修寺晴豊に、奏者役の乱丸が耳打ちした。

「村井長門守にご相談なされてはいかが」

その日のうちに、勅使一行は帰京の途についた。

次の日、京へ戻るや、晴豊は京都所司代の村井長門守貞勝を訪ねた。信長随一の寵臣たる森乱丸の一言には、必ず含みあり、と思ったからである。

晴豊を迎え入れた貞勝は、真摯なようすで考えを述べた。

「上様はみずからのお力を恃みとされる御方だが、朝廷を蔑ろにするつもりは、毛頭おありではない。官位にしても、同じにござる。そのあたりのお心を酌まれれば、おのずから正しきこたえは導き出されるのではないかと存ずる」

「さように申されても、分かりかねるが……」

途方に暮れる晴豊へ、貞勝は具体的に告げた。

「関白、太政大臣、征夷大将軍。三職いずれかにご推任なさってはいかがにござろう」

上位の者の推挙によって官に就くことを、推任という。

「それは……」

晴豊は声を失った。

三職をそれぞれ一口で言い表せば、関白は天皇の代理、太政大臣は天下の宰相、征夷大将軍は軍事の最高官である。

織田信長に関する事象の中でも、後世に有名なこの三職推任は、信長の望みのままに選んでよい、と朝廷側から打診されたというのが定説だが、それはどうか。

平清盛の時代より、力ある武家と渡り合う朝廷の唯一というべき対抗策は、先例を持ち出してはのらりくらりと躱して時を稼ぎながら、事態が変わるのを待つことである。一枚の札をみせて、それを断られても、何やかやと引き延ばし、ぎりぎりの引き際で引っ込めて、さればと二枚目の札を出す。それが朝廷の常套手段なのである。三職のうち気に入ったものを、などと朝廷側からは決して提示しないであろう。

となれば、三職推任は信長側の画策と考えるほうが腑に落ちる。

この無理難題に、朝廷がどう対処するのかを、信長は冷徹に見極めようとしていた。

なぜ無理難題かというと、三職のいずれも、任じられる資格が信長にないからである。

関白は、五摂家からの補任が慣例なので、それらの家が信長を養子や猶子として受け入れぬ限り、叙官はありえない。

則闕の官の太政大臣は、それだけでは実権を伴わないため、名実ともに天下の宰相となるには、内覧の宣旨を賜る必要がある。摂政、関白以外で、天皇に奏上すべき文書を内見して、政務を処理する許可を得た者を内覧と称し、摂政に準じる。過去に、武家では平清盛と足利義満が太政大臣に任ぜられたが、どちらも内覧の宣旨は与えられなかった。

征夷大将軍は、原則として源氏の氏長者がその任を得る。信長の織田氏は平姓である。

さらに、問題は信長に資格がないことだけに留まらない。いま、三職とも就職者がいる。関白は一条内基。太政大臣には前関白の近衛前久が二ヵ月余り前に就任したばかり。征夷大将軍については、足利義昭が、とうに信長によって京より追放されたものの、正式の解任をされないまま、毛利氏の庇護下で備後鞆に存生中であった。

「これより、すぐにでも朝議にかけたく存ずる」

晴豊は、蒼ざめた面持ちのまま、京都所司代屋敷を急ぎ足で辞した。

二

その頃、安土の信長は、駿河拝領の御礼言上のために近々来訪する徳川家康の接待準備を、家臣らへ命じていた。

「道筋の国持ち、郡持ちの大名は、街道をよく整え、泊まりごとに立派な宿所を設け、みずから出向いて心をこめてもてなすよう」

信長は、東海道遊覧のさいに家康から受けた完璧な接待に対する礼をするつもりだが、この厚遇はそれだけが理由ではない。織田のいち家臣になったとはいえ、依然として家康は別格であることを、具体的に示そうというのである。

これは、家康本人に、というより徳川家臣団への信長の配慮であった。戦国有数の強悍を誇る徳川武士には、この先も気持ちよく働いてもらわねばならない。

「安土における接待は、日向守、そちが奉行いたせ」

登城中の惟任日向守光秀に、信長は家康の接待役を命じた。

「畏れながら、上様……」

命令を受けると言わずに、光秀が別件を持ち出した。

「それがしは、四国への出陣をお命じいただけるものと期しており申した」

「長宗我部攻めの総大将は三七、副将は惟住五郎左に、津田七兵衛、蜂屋兵庫頭である」

土佐の長宗我部元親の正室は、光秀の家老で股肱の臣として知られる斎藤利三の異腹妹であり、九人もの子女をもうけた。その関係から、元親は、利三を通じて、光秀より信長へ取り次いでもらい、嫡男弥三郎を信長の偏諱を賜って信親と名乗らせ、同時に四国は斬り取り次第という言質も賜った。以後、長宗我部氏との織田方の交渉役は、常に光秀がつとめてきた。

ところが信長は、元親の四国統一が間近に迫りつつあるいまになって、斬り取り次第という前言を翻した。本領の土佐一国を安堵し、阿波半国も与えるが、あとの阿波半国と讃岐国と伊予国はまかりならぬ、と。

むろん、これには経緯がある。

足利義昭を奉じて信長が上洛する前の一時期、阿波国を本拠とする三好長慶が京畿を掌握していた。その死後、主導権を争ったのは、松永久秀と三好三人衆だが、長慶の叔父の三好康長も、三好一党の中で重きをなす存在であった。

松永が早々と信長の軍門に降り、三人衆もたちまち駆逐されても、康長ひとり、幾年も信長に抵抗しつづけたことで、なおさら三好一党内で威望が高まった。

そのため信長は、康長を投降させるや、以後はかえって重用し、河内半国も与えた。三好一党に絶大な影響力をもつ男には、先々に使い道があると判断したからである。

康長が信長に臣従する礼として、名物の三日月の葉茶壺を進上したのと、長宗我部元親の嫡男が信長より偏諱を賜ったのとは、どちらも奇しくも七年前の十月。信長が毛利氏との対決姿勢を強める直前のことであった。

その後、対毛利戦の総指揮を信長より委ねられた羽柴秀吉が、戦線を西へ進めるにつれ、瀬戸内海の制海権を握ることの重要性に鑑み、水軍を擁する阿波三好氏への支援を信長に進言した。そのさい秀吉は、上様のお子をわが養嗣子として迎えたい、と康長に言上させている。これが、信長の四国政策を一変させる要因となったことは、言うまでもない。

信長は、政策転換に対する元親の拒否にあった時点で、長宗我部征伐を決定し、神戸三七信孝を康長の養嗣子とさせ、讃岐一国を与えると公表した。同時に、康長には阿波一国の支配を命じたのである。これにより、やがては四国全土を信孝の、すなわち織田の領土とすることができよう。

信長の翻意は、長宗我部氏からみれば、たしかに裏切りではある。しかし、戦国乱世では、このていどの裏切りはめずらしくないし、元親にしても、信長と同じく風雲児とよばれる男だけに、無邪気に信じていたはずはない。光秀からの説諭の使者に対して、織田どのを弓矢をもって馳走仕る、と何の躊躇いもなく返辞をしたところをみれば、この危機を予期して備えもしていたと考えられる。

とはいえ、こういう場合、間に立つ者、すなわち光秀と利三の面目はまる潰れである。しかも、光秀が元親との交渉役になってから、両家の家臣で姻戚関係を結んだ者も少なからずいる。

それゆえ、この一件で、最近、利三が信長に諫言した。逆鱗に触れたが、織田の重臣光秀の家老ということで、赦されている。

光秀自身は、ほとんど徒手空拳からのし上がってきた苦労人であり、信長の野心も性情もよく知っているので、前言撤回は予想されたことであったろう。が、永年、自分を支えてくれた利三の思いも、慮ってやらねばならない。

光秀、利三主従が、潰された面目を再び立てるためには、四国攻めに出陣し、長宗我部軍の憎しみを一身に浴びてもなお堂々と戦って勝利する、それ以外に術はないのである。

もし両人が長宗我部軍の前に姿を見せなければ、かれらから卑怯者の誹りを受けるであろう。裏切り行為だけをして、あとは逃げた、と。それは、武人として堪えがたい屈辱である。

そういう機微は、信長も武人ならば分かっているはず。

「されば、それがしには先鋒をお命じいただきたい」

と光秀は食い下がった。

総大将を信長の子の信孝がつとめることに、異議を唱えるつもりはまったくないものの、これを輔佐する副将のひとりには、必ず自分が選ばれると光秀は期待していた。七年ばかり長宗我部氏と様々な交渉を重ねてきたことで、敵将の元親のことも、四国のことも、少なくとも惟住長秀ら三人の副将よりはよく知っている。それでも、信長の口から副将の名も発表された以上、これも受け入れざるをえない。あとは、武門の名誉として、先鋒を承りたかった。敵を知る者が先鋒をつとめるのは、いくさでは当たり前のことで、この任に相応しいのは自分と利三しかいない、と信じられる光秀なのである。

「先鋒は山城入道ときまっておる」

三好康長が、剃髪し、山城守を称する。

いまや三好一党の事実上の長で、阿波一国を信長より約束された康長が、先鋒をつとめるというのは、これこそ反論し難い決定事というほかない。

「三七らの渡海より先に、山城入道を阿波へ向かわせる」

そう信長は付け加えてから、

「案ずるな、日向」

と光秀に笑顔をみせた。

「申すまでもないが、副将の三名も山城入道も皆、いくさ巧者よ。そちが出張らずとも、長宗我部を討てよう」

傍らに控える乱丸は、信長の本音を光秀に明かしてやりたいと思った。

（予に万一のことがあっても、日向がおれば、織田に大事はない）

近習衆の前で、信長はそのように語ったことがある。

（上様は……）

秀吉を西国攻めに専念させているいま、織田の部将中、政事、軍事ともに最も秀でる光秀を、呼べばいつでも即座に対応できるところに置いておきたい。東国でも西国でも、あるいは京でも、光秀の力がすぐにでも必要になった場合、四国へ渡らせておいては、不都合である。もし雨風で海が荒れたら光秀に連絡をつけられないし、その身も戻って来られない。

それほど信長は光秀を恃みとしている。

安土における家康の接待役を光秀に命じたのも、おのが本拠では最高のもてなしをしたいので、最高の家臣をその任に選んだというのが、信長の真意である。

（そこのところを、日向ほどのお人なら察せられないはずはないけれど、穏やかでいることはおできになれぬやも……）

光秀は、徳川家康という、自身と秀吉に匹敵するであろう才幹の持ち主が、信長の家臣になったことで、焦燥感を募らせているに違いなかった。家康の遥か上を往く手柄を立てたい、と。

にもかかわらず、その家康を、接待役として愉しませなければならないのだから、信長の真意を察することができたとしても、平静ではいられまい。

「謹んで承りましてござる」

最後は、接待役を受けた光秀である。

だが、そのどこか疲れたような顔つきに、乱丸は危うさをおぼえた。

（見えざる何かを察する、感じる、という力が必要なのだ）

という万見仙千代のことばが、また思い起こされてしまう。

（日向どのには、親しく語って、上様のまことのお心を伝えたい）

そう思い決するや、乱丸は衝動的に進み出ていた。

「いかがした、お乱」

「上様。わたしに日向守どのの手伝いをお申しつけいただきとう存じます」

「それはよいが、接待は気骨の折れるつとめぞ」

「承知いたしております。なればこそ、日向守どのの万事に抜かりなき致し様を、直に学びたいのでございます」

「お乱らしいことよ」

信長は微笑んだ。

「万事に行き届いておられるのは、森どのではないか」

と光秀が少し困惑げに言った。

「それがしごときが森どのに教えることなどひとつもござらぬ」

「謙遜いたすな、日向」

信長は、微笑を含んだままの顔で、光秀を睨んだ。

「昨年の八朔にお乱が奉行をつとめた左義長は、上出来であった。あのとき、お乱は、何事も日向どのの先例を範といたしましたと申したのだぞ。のう、お乱」

「はい。しかとさように申し上げました。まことのことにございますゆえ」

「それがしは、森どの独自の見事なお奉行ぶりと見ており申したが……」

「否、にございます。日向どののご先例がなければ、右も左も分かりませなんだ。遅まきながら、あらためて御礼申し上げます」

深々と乱丸は辞儀をした。

「日向。お乱を用いてやれ」

「上様がそこまで仰せならば」

光秀は、乱丸を接待の輔佐役として用いることを引き受けて、座を立った。

乱丸も、小用に行くふりをして座を立つと、廊下で光秀をよびとめた。

「日向どのには、ご無理を聞き入れていただき、ありがとう存じました」

「いや、ご当家随一の秀才とともにお役をつとめられるのは、それがしには光栄なこと。なれど、正直に申さば、この儀をわが家来どもに告げれば……」

「それは致し方ないと心得ております」

信州上諏訪の法花寺の信長本陣において、乱丸は光秀の家来の安田作兵衛という武辺者から言いがかりをつけられた。光秀に何か越度がないかと探っているに相違ない、と。

信長の功臣たちの粛清や追放が、偶然とはいえ、乱丸の出世と重なっているのである。だから、そういう疑念をもたれてもやむをえない、と乱丸自身はなかば受け容れていた。

「わたしは、日向どののおつとめに対するお心構えや致し様を、間近で学びたいだけにございます。かまえて、他意はありませぬ」

「それがしは、よく分かっており申す。それでも、家来どもの無礼にて、森どのがいやな思いをされることもあろうかと存ずる。少々のことはどうかお赦し下されたい」

「承知仕りました」

「これより、坂本へ立ち帰り、家中に諸々、指図をいたしながら、接待の手順その他、すべてを書きつけ、次の登城の折りに森どのにご覧いただく。まずはそれでよろしいか」

「かたじけないことにございます」

光秀は、船で坂本へ戻っていった。

三

五月四日。

勧修寺晴豊と上臈局(じょうろうのつぼね)ら女房二名が、勅使として安土に下向してきた。

信長は姿を見せず、最初に勅使を応接したのは乱丸である。

「御勅使にはにわかの御下向、いかなる御用向きにあられましょうや」

木で鼻をこくるような乱丸の態度に、晴豊は驚いた。

「よもや、村井長門守より聞いておらぬと申すのではあるまいな」

「何も聞いておりませぬ。申し訳のないことにございます」

「なんと、これほどの大事を……」

あきれる晴豊である。

「とにかく、織田どのをこれへ」

「あるじは他行(たぎょう)中にございます。あるじ不在中は、どなたであれ、御用向きはこの森乱丸が伺うことになっております」

「われらは勅使であるぞ」

怒りで声をふるわせる晴豊に、

「どなたであれ、と申し上げました」

乱丸は淡々とこたえる。

「三職推任がことである」

ほとんど晴豊が怒号した。

「三職……ああ」

思い出したように、乱丸は膝をうった。

「関白、太政大臣、征夷大将軍。いずれかの官職を賜るというお話にございますな。なれど、なにゆえ、わがあるじに……」

首を傾げてみせる乱丸に、晴豊は苛立つ。

「なにゆえにとは、どういう意味か」

「されば、申し上げますが、あるじは、四年前の右大臣辞官のさい、帝の御為に、諸敵を滅ぼし、天下統一を果たして、四海平穏をもたらすまでは、再び官職には就きませぬと奏上いたしたはず。なればこそ、昨年の左大臣ご推任のさいも、同じ理由で固辞いたしました。失礼ながら、御勅使の方々にはご記憶ではあられませぬか」

「それは……」

晴豊はことばを詰まらせる。乱丸の言ったことは事実なのである。

だが、織田政権の京における執政官の村井貞勝が、三職推任という重大事を、信長の許可なく朝廷側に伝えることなどありえない。信長その人の望みであると考えるのが、当然ではないか。

実のところ、貞勝から三職推任を言いだされたときは蒼白となった晴豊だが、その後、動揺が鎮まると、朝議に諮るころにはいささかの安心感を得ていた。

関白、太政大臣、征夷大将軍いずれも朝廷の官職であることに変わりはない。信長が掣肘しがたい無官のままでいるよりは、朝廷として、かえって対抗策を見いだしやすいのである。それに、これまでの駆け引きはどうあれ、最終的には朝廷の高い官職を望んだのだから、信長も所詮は人の子であったといえよう。これは、朝議に列なった公卿の一致した認識であった。

ところがいま、信長随一の寵臣が、それらのことを根底から覆そうとしている。

「もしや御下向先を違えられたのではありませぬか」

気の毒そうに、乱丸が言った。

「安土でなければ、どこじゃと申すのか」

「岐阜」

間髪を容れぬ乱丸のこたえである。

「岐阜じゃと……。織田どのは岐阜に往かれたのか」

「さようではありませぬ」

晴豊の間違いがおかしいとでも言いたげに、こんどは乱丸はちょっと笑った。

「何を笑う」

「これは無礼をいたしました。わたしは、三職推任の儀の御下向先が、はじめから岐阜ではないのかと申し上げたのです」

「何を申しておる」

「あるじは、右大臣辞官のさいもその後も、言上いたしております。織田の家督者たる岐阜の菅九郎の昇叙ならば、いつでもお受け仕る、と」

ここで初めて、乱丸の声音も視線も鋭いものになった。

「………」

女房たちは開いた口が塞がらないという態だが、晴豊ひとり、違う。一瞬の沈黙ののち、おもてを恐怖でひきつらせた。

信長が望んだ三職推任が、すでに家督を嗣いでいる菅九郎信忠に対してであったとすれば、どうなるのか。信忠が三職いずれかに就くと仮定して、どの場合でも実権が父信長の手の内にあることは、いまさら考えるまでもない。関白、太政大臣、征夷大将軍の上に立つ存在、すなわち天皇である。それも、本物の天皇よりも強大な力をもつ。

「お……おことでは、埒が明かぬ。織田どのに、いや、安土どのに会わせよ。よいか、岐阜どのではなく、安土どのであるぞ」

念押しする晴豊であった。

「相分かりましてございます。しばし、お待ちいただきたい」

乱丸は、辞した。

しかし、この日、乱丸が再び勅使の前に罷り出ることはなく、信長もついに見参しなかった。

翌日、勅使の前に参上したのは、信長の右筆の楠長諳である。

開口一番、長諳は詫びた。

「昨日は、奏者の森乱丸に心得違いがあったよし。きつく叱って、奏者の任を解きましたゆえ、どうかご容赦いただきとう存ずる」

「森乱丸ひとりの心得違いであったと申すのか」

晴豊は、長諳へ疑惑の眼差しを返す。

「そうであればよいが、とそれがしは思うており申すが……」

曖昧な返答というべきであろう。晴豊の恐怖心を伴う疑念は消えなかった。

それでも晴豊は、信長の上洛戦以前、松永久秀の右筆として在京したこともある長諳とは、まったく知らぬ仲ではないので、幾分の安心感を抱けた。

上臈局らも、同様である。若い美男だが容赦のなさそうな乱丸よりも、皺深くて穏やかそうな長諳のほうが親しみがもてる。

「して、本日は安土どのは参上なさるのであろうな」

肝心のことを晴豊が訊いた。

「申し上げにくいのでござるが、本日もあるじは早朝より他行いたしており申す。見参が叶うや否や、しかと約束は致しかねる。それゆえ、お差し支えなくば、それがしに勅旨をお聞かせ願いたい。あるじの帰城がどれほど遅くなろうとも、必ず伝え申す」

長諳の本当にすまなさそうな面持ちは、昨日の乱丸の不遜とも思われたそれとは対照的である。

法印に叙されている長諳ならば、と晴豊は女房らを促した。

「関東討ち果たされ珍重に候の間、将軍になさるべきよし」

というのが、上臈局から伝えられた勅旨の要点である。

つまり、三職のうち、征夷大将軍に推挙するというのであった。

わざわざ、関東討ち果たされ、と告げているのは、もともと征夷大将軍が東国鎮撫をその任とするからである。甲斐国を平定したので、資格を得たということになる。

朝廷側にすれば、落ちつくべきところに落ちつかせたのであろう。

天皇の代理というべき関白の位に武士が昇るなど、公家たちにとっては嫌悪でしかない。といって、太政大臣に推せば、実権を欲する信長が内覧の宣旨を要求しないはずはないので、これも恐ろしい。となれば、武門が任ぜられるべき征夷大将軍が妥当である。

征夷大将軍も、正式の叙任へ至るには、足利義昭の解任と、信長自身の平氏から源氏への改姓が必要だが、それらの条件は直接に朝廷を脅かすものではない。

「しかと承りましてござる」

その日、暮方(くれがた)近くに、長諳が再び勅使の前へ罷り出た。

「ただいま帰城いたしましたあるじに、征夷大将軍ご推任の儀を申し伝えましてござる」

「では、安土どのはこれへ参られるのだな」

ようやく晴豊も上臈局らも愁眉(しゅうび)を開いた。

「奉答(ほうとう)の心構えも備えもできておらぬ身で、御勅使の御前に参上いたすは、いかがなものか。あるじは、さように申し、ご容赦いただきたいとのことにござる」

「安土どのはわれら勅使を蔑ろになさるご所存か」

上臈局が声を荒らげたが、

「畏れながら、御勅使への奉答を軽々しくいたすほうが、不敬(ふけい)と存ずる。この上なき大事であればこそ、あるじも恐懼(きょうく)しているのでござる。何とぞご得心なされますよう」

と長諳のほうは穏やかに返した。

この日もついに、信長は勅使一行の前に姿を現さなかったのである。

翌五月六日、武家伝奏の晴豊だけは、信長との対面が叶った。が、束の間のことであり、征夷大将軍推任の儀に対する信長の返辞も、前日に長諮が取り次いだそれと同じである。

この対面の場を、控えの間より眺めた乱丸は、晴豊が動揺を抑えているのが、挙措や視線などからみてとれた。

(勧修寺どのは、この森乱丸の心得違いこそが上様のご本意ではないか、と疑うておられるはず。朝廷はこれまで以上に心底より上様を恐れる……)

すべては、信長が限られた側近と密談してすすめた策である。

(上様は、古の武門の支配者とは霄壌の違えがあることを、もはや朝廷も思い知らねばならない)

平清盛、源頼朝、足利尊氏。天下の政をすすめるのに、結局は朝廷と折り合いをつけてきた過去の武門の支配者とは、天地の差がある。それが上様にあられる、と信じてやまぬ乱丸であった。

夕方、勅使一行は信長が用意した船に乗って、琵琶湖を渡り、七日未明に大津に到着すると、同日中に帰洛している。

あとで、勅使一行が坂本を見物してから京へ向かったと伝え聞いた乱丸は、ひとり、かれらを嗤った。

（これだから、お公家衆は度し難い）

古くより湖上交通の要衝で、比叡山延暦寺の門前町としても大いに栄えてきた坂本は、信長の比叡山焼討のさいに、ほとんどが灰燼に帰したものの、惟任光秀が築城して城下を拓いたことで、いまはまた繁栄を取り戻しており、一見の価値ありはたしかである。しかし、信長から明確な返答を得られなかった勅使一行であるのに、それでも坂本を見物していくあたりは、いかにも公家の男女というほかない。鉄漿者の巣窟である朝廷には天下の政に関わる資格など断じてない、とあらためて乱丸は強く思った。

四

そのころ、備中では、戦雲が大きく動いていた。秀吉が清水宗治の籠もる高松城を包囲し、足守川を堰き止めて水攻めを開始すると、これを受けて、毛利方でも、総帥の輝元、毛利の両川とよばれる吉川元春と小早川隆景が、高松城を救うべく、にわかの出陣準備に入ったのである。

家康が、信長へ駿河拝領の御礼言上をするため、穴山梅雪を伴い、居城の遠州浜松城を発ったのも、同じころであった。酒井忠次、石川数正らの重臣も随行させている。

光秀は、再び安土に参上し、接待の次第を記した書きつけを、輔佐役の乱丸にみせた。

「さすが、日向守どの。畏れ入りましてございます」

細部にまで心配りが行き届いた完璧な接待の次第であった。

「森どのにご異見あらば、何なりと言うて下され」

「わたしは日向守どののお指図に従うのみにございます」

光秀と乱丸は、家康の宿所にあてる大宝坊へ赴いた。

そこではすでに、光秀の家臣と多くの職人衆が忙しく立ち働いている。予想されたことだが、乱丸は、周囲から突き刺すような視線を感じた。

かれらの指揮を執っていた明智弥平次秀満が寄ってくる。

光秀の女婿で、丹波福知山城主でもある弥平次は、斎藤利三とともに利け者として知られ、文事にも嗜みが深い、と乱丸は聞いている。見知ってはいるものの、ことばを交わしたことはない。

乱丸と弥平次は、あらためて名乗り合った。

「信濃では、当家の安田作兵衛が無礼を申し、相済まぬことにござった。あの日より、あの者は謹慎させており申す」

「謹慎を……」

初めて知った乱丸である。

「弥平次。要らざることを申すでない」

光秀が、おもてをしかめて、たしなめた。

「日向守どの。あの一件でご家来が謹慎処分を受けたのなら、心苦しく存じます」

「森どのは広いお心で赦して下されたが、それに甘えてそれがしまで作兵衛を何も咎めぬのでは、当家としてのしめしがつき申さぬ」

もっともである、と乱丸も思う。しかし、処分するにしても、口頭で叱るぐらいで済むことではないか。あの日以来、謹慎させているとすれば、ゆうに一ヵ月以上になる。あまりに厳しすぎよう。

（日向どのは軍規定書どおりのお人だ）

光秀が定めた自家の軍規の中には、いくさ場において、小競り合い程度でも、陣立てを乱した者は、身分の上下を問わず死罪と記されている。

「日向守どののお家のことに、わたしが口出しすべきでないとは承知しておりますが、ご家来の謹慎を解いていただくわけには……」

「殿。森どのがここまで言うて下されたのでござる」

と弥平次が勢いを得た。

「もし謹慎をお解きいただけたら、必ず作兵衛めを森どののもとへ遣わし、あらためて謝罪をさせ申すゆえ」

「わたしへの謝罪など、無用です」

かえって戸惑う乱丸である。

「いや、これも当家のしめしのひとつにござる」

なにとぞ、と弥平次は光秀に向かって深く頭を下げた。

「ならば……こたびも、森どののご寛容をありがたく受けさせていただく。かたじけない」

光秀のほうは乱丸に頭を下げる。

少し安堵した乱丸だが、思いは複雑である。

それから、光秀と乱丸は、ともにみずから動いて、建物の造りから書画や置物や調度品などは言うに及ばず、庭の草木の葉の一枚一枚に至るまで検め、絢爛たる仮館を設えていった。

(親しく語って、日向どのに上様のまことのお心を伝えたいと思うたが……)

出すぎた真似だ、と乱丸は思い直した。乱丸が危ういと感じた疲労の色はすっかり失せて、それどころか、活き活きと家臣や職人たちに指図する姿を、光秀は終始みせてくれたのである。

(やはり日向守どのは、見事なお人。上様への忠義のお心にも一点の曇りもない)

乱丸自身も、光秀の輔佐は心地よいものであった。満喫できたとさえいえる。学識豊かで、何につけても決して疎かにしないその言動が、ともに務めてみてはじめて、自分とは共通点が多いと感じたのである。

光秀のほうも同様の思いをもったことは、その表情から、乱丸にはみてとれた。

両人が安土で準備を進める間、家康一行が辿る道筋の大名も皆、信長に命ぜられたとおり、大いにこれを歓待している。

五月十四日には、惟住長秀が近江番場に家康を迎え、贅を凝らした酒肴を供した。岐阜を発した左中将信忠も、この日、番場に立ち寄って家康に挨拶してから、安土へ伺候している。

「父上は将軍におなりあそばすのでござりましょうや」

朝廷から勅使をもって信長が征夷大将軍に推挙されたことは、もちろん岐阜にも伝わっている。

「そうなればよいと思うか」

と信長は信忠に問い返す。

「それはもう、武門の至上の栄誉にござるゆえ」

わがことのように、信忠は頰を上気させた。

「であるか」

口癖の一言を吐いて、そっぽを向いてしまう信長である。

傍らに控える乱丸は、信長のいまの「であるか」は、つまらぬことを申すわ、という意味と解した。

(なれど、無理もない……)

信忠は父親のような天才ではないのだから。いや、ひとり信忠だけではない。信雄も信孝も、他の何人も織田信長には決してなれないのである。

「将軍には、菅九郎、そなたのほうが適任じゃ」

わが子を通称でよび、一転して、信長は微笑みをみせた。

せいぜい将軍ごときが相応、という皮肉だが、もとより察せられるはずもない信忠は、素直に満面を笑み崩した。二代将軍となる自分を思い描いたのであろう。

翌る十五日、家康が安土に到着した。

接待役の光秀は、まずは「おちつき膳」で迎えた。

おちつきというのは、一般社会で言えば、着いたばかりなので、まずはお茶など、というもてなしと同じである。

本膳は、たこ、鯛の焼物、菜汁、なます、鮒ずし、香の物、御飯。

二膳は、うるか、宇治丸(鰻)、ふと煮、貝鮑、鱧、ほや冷汁、鯉の汁。

三膳は、焼鳥、鶴汁に山芋、にし(鰊)、がざみ(蟹)、鱸汁。

与膳は、巻するめ、鴫つぼ、椎茸、鮒汁。

五膳は、真魚鰹の刺身、生姜酢、牛蒡、鴨汁、削り昆布。

御菓子は、羊皮餅、豆飴、美濃柿、花に昆布、から花（薄板作りの花）。

到着早々、贅沢な山海の珍味で彩られた膳であった。

「安土までの途次、満足いたしたか」

家康の腹がおちついたところで、信長は引見した。

「過分のご歓待に身も心も緩み放しにて、浜松へ帰るころには、それがしも家来どもも腑抜けになっているのではと案じており申す」

家康は、恐縮の態でありながら、冗談で応じるゆとりもみせ、その場で、御礼金として信長に三千両を贈った。

その豪儀さに、列座の織田の部将たちは、溜め息をついてしまう。

（あるいは三河どのは、上様がおられなければ、天下取りをおできになれるお人かもしれない……）

そう思ったそばから、乱丸は、これほどの武人をも臣従させる信長が、一層神々しく見えた。

この日の晩御膳も、翌十六日の朝御膳も夕御膳も、光秀のもてなしは贅美を尽くしたもので、将軍家の御成のごとき、と評された。

光秀は、食事だけでなく、安土滞在中に家康らが使う物、たとえば木履や唐傘など、すべて京、堺より取り寄せた最上の品を用意してあった。

「日向とお乱が奉行をつとめれば、いかなる行事も、皆が満足この上なしよ」

手放しで信長が褒めた。

備中の秀吉から、信長に出馬要請が届いたのは、明けて五月十七日のことである。毛利輝元、吉川元春、小早川隆景それぞれの軍が、高松城の西に集結中という。毛利氏がついに、全軍挙げて、織田氏に挑んでくるのであった。

「日向。接待の任を解く。ただちに出陣準備をいたせ」

と信長は、光秀に命じ、細川忠興、池田恒興、筒井順慶、高山右近らにも、先陣を申しつけた。

光秀はまずは坂本へ帰城し、他の諸将も急ぎ本国へ向けて馬を駆った。

「五郎左、御長、久太郎、竹。そちらが接待役をつとめよ」

信長その人は、惟住長秀、菅屋九右衛門、堀秀政、長谷川藤五郎を、新たに家康の接待役に命じて、悠然としたものである。

(上様は昂っておられる……)

悠然の態ではあっても、毛利氏と一大決戦に及ぶことのできる昂奮を、信長は抑えている、と乱丸には分かった。

乱丸自身も、心の臓が高鳴っている。毛利氏を討てば、天下布武は成就に向けて一挙に加速されるであろう。

第二十八章　嵐雲、迫る

一

惟任光秀ら織田の部将たちが西国出陣に向けて、おのおのの居城地で準備をすすめる中、安土では信長の家康に対する心尽くしの接待はなおつづいた。

五月二十日には、摠見寺境内の能舞台で、幸若大夫の曲舞が披露された。

曲舞とは、正式ではない舞という意で、舞を伴う謡を鼓に合わせて歌う。上流社会の娯楽という地位を得た能と異なり、大衆芸として伝播し、軍記物語を素材とする曲目が多かったために、別して武士に愛好された。

「人間五十年、下天の内をくらぶれば夢幻の如くなり」

という『敦盛』の曲舞の一節が後世に知られるのは、これを織田信長がとくに好んだからである。

信長らしいのは、自身で演じる曲舞がこの『敦盛』のみだったことであろう。

小歌にしても同じである。

「死のふは一定、しのび草には何をしよぞ、一定かたりをこすよの」

それしか愛唱しなかった。

人の生は夢幻の如く短く一度きりと覚悟していた信長だからこそ、過去の誰もなしえなかった天下布武の大業成就のためには、障害となる者らを容赦なく排除し、事を急がねばならなかったといえよう。

曲舞の演者たちを束ねる最も有力な座が幸若座であったことから、曲舞は幸若舞ともよばれたが、その家元たる幸若大夫は当時、八郎九郎義重という者であった。

八郎九郎は曲舞を二番演じた。

「三河守。どうじゃ」

桟敷に並んで座を与えた家康に、信長は感想を求めた。

「さすがに幸若大夫。あれだけ長く舞い、歌うて、所作も声もいささかも乱れませぬとは、見事の一言に尽きると存じ申す」

曲舞の詞章の多くは長篇である。

「であるか」

嬉しそうな信長であった。

信長自身は前日にも八郎九郎の芸を堪能しており、家康を悦ばせる自信があったのである。期待どおり、本日も八郎九郎は上々の出来であった。

明日は、梅若流の大夫、家久の能を予定している。

能といえば観世、金春、宝生、金剛の大和猿楽四座がよく知られるが、これらは有名であるだけに目新しさがない。家久は、丹波猿楽の梅若流の大成者として、妙音大夫広長とも称し、近頃、京畿で人気を博していた。

その芸をまだ観たことのない家康のために、家久を招んではどうかと信長に奨めたのは、丹波を領国とする惟任光秀である。信長も面白き趣向である、と快く許した。

「このまま能も愉しもうぞ」

あたりを見渡しながら、信長が言いだした。日脚の長い夏のことで、まだまだ充分に明るい。

「御長。梅若に支度をさせよ」

信長は、接待役のひとり、菅屋九右衛門に命じた。

梅若一座を招んだ光秀は三日前に接待役を解かれて坂本城へ戻ったので、安土山内の菅屋邸がかれらの控え所にあてられている。

「承知仕りました」

座を立った九右衛門は、急ぎ足で自邸へ向かった。

（権高に接しなければよいけれど……）

乱丸は不安を抱いた。

家久のように一流の宗家である芸能者は、おのが芸に誇りをもつ。明日の舞台に合わせて、気持ちを高めていくはずであった。それが、にわかに、いますぐの演能を求められては、受け容れ難いに違いない。

それでも、こちらが芸への敬意を表しながら、ことばを選んで懇請すれば、家久も承知してくれるであろうが、九右衛門では難しいと乱丸は案じるのである。

菅屋九右衛門というのは、近習衆の上長たちが皆、実務の量が減ったり、ほかの役目に就いたりしたことから、近年は信長の側近中の側近として事にあたっている。その高い能力は、乱丸も見習うべきところが多い。その一方で、信長の名代という自意識が過剰で、対手によっては傲慢な態度をとることがしばしばであった。

それに、当時の武家では能よりも舞を重んじる傾向があって、これが家久の気に入らぬ一事であることを、乱丸は知っている。そういう不満を抱く家久に無理強いなどすれば、かえって頑なな拒否にあうのではないか。

家康が何やら信長に話しかけ、両人の談笑が始まっている。

（三河守どののお心遣いだ……）

乱丸は感じ入った。

命令したことがただちに実行されないと、信長は苛立つ。家久がやってくるまでの時を、信長に長く感じさせないために、梅若一座が駆け足でやってくる姿が見えた。九右衛門とその組下の者らに、まるで引っ立てられているかのごとき急ぎぶりである。

乱丸には、家久のようすは負の感情を押し殺しているように見えた。

梅若一座は、演者たちの楽屋にあてられている塔頭へ、あたふたと入った。

菅屋組が見物席へ戻ってきたので、その中のひとり、山田弥太郎に乱丸は声をかけた。

「大夫は不承知だったのではないか」

弥太郎は、乱丸が好きで、森組の者らとも仲が良く、常々、組替えをしてもらいたいと愚痴っている。

「さすが乱丸どの。お見通しじゃ」

弥太郎のほうが歳上だが、近習頭のひとりである乱丸には敬語を用いる。

菅屋邸における九右衛門と家久のやりとりを、弥太郎は子細に乱丸へ語った。

即座に舞台へ上がるよう命ぜられて、家久はおもてをしかめたという。

「畏れながら、手前は日向守さまより、織田さまのたってのご所望と伝えられ、これを大いなる名誉と歓び、安土に参上いたしたのでござる。ゆえに、明日は最上の芸をご覧いただけると自負しており申す。それが、いますぐにというのでは、支度も大慌てにならざるをえず、何より心気が高まっておりませぬ。織田さま、徳川さまにご満足いただける芸は、やはり予定どおり、明日でのうては仕り難しと申し上げるほかござらぬ」

ところが、九右衛門はにべもなくはねつけた。

「大夫。心得違いをいたすな。そのほうの都合などどうでもよい。これは、上様のご意向である」

「心得違いと言わるるか。されば申し上げるが、武門にはなにものにも左右されぬ武人の心というものがおありにございましょう。芸道においても同様と思うていただきたい。変更は受け容れかねる」

「片腹痛し。武人と芸人ごときを同等に扱うでない」

「芸人ごときとは聞き捨てなりませぬぞ」

「ならば、問う。なにものにも左右されぬ心とは、武門においては命懸けということである。芸道も同様とそのほうは申した。二言はないか」

「ございませぬ」

「相分かった」

そこで九右衛門は、おのれの脇指を鞘ごと腰から抜いて、家久の膝前に置いた。

「伝え聞くところによれば、梅若流の祖の梅津兵庫景久という者は、武門の出であったとか。子孫なれば、作法は存じておろう」

切腹の作法のことである。

事ここに至り、梅若一座の者らが挙って、九右衛門に平謝りに謝った。

家久も、おのれの命はともかく、織田氏に嫌われたあとの一座の行く末を憂えたのか、ようやく折れた、と弥太郎は話を結んだ。

「そうか……」

乱丸は、これでは家久が心を平らかに能を演じるのは至難、と感じた。よからぬことが起きそうである。

ほどなく家久が舞台に立つと、乱丸は気配を消して、席を離れた。

演能がすすむにつれ、桟敷席の信長はみるみる不機嫌になっていった。家久の能は、心ここにあらずといった態で、観るに堪えないものだったのである。

信長、家康と並んで桟敷席で観覧する近衛前久などは、梅若大夫はどこか躰の具合が悪いのではないか、と心配しはじめた。

とうとう信長が堪忍袋の緒を切らせた。演能の途中で座を蹴り、舞台へ駆け上がったのである。

すかさず、接待役の惟住長秀、菅屋九右衛門、堀久太郎、長谷川藤五郎ほか、幾人もの近習が付き従う。どこからか戻ってきたばかりの乱丸もつづいた。

「ようも予に恥をかかせてくれたわ」

いきなり、信長は家久を蹴倒した。

「御能不出来に見苦敷候て、梅若大夫御折檻なされ、御立ち大形ならず」

と『信長公記』に、信長の立腹のさまが描かれている。御立ちは御腹立ちを書き間違えたもので、大形ならずとは、並大抵でないという意の大方ならずであろう。

信長は、倒されたまま身を縮こまらせる家久を、執拗に扇で撲りつけ、幾度も足蹴にする。が、接待役以下は折り敷いたままで、誰ひとり、止めない。こんなときは、信長がみずから怒りを鎮めるまで待つほかないのである。

（梅若大夫もよろしくない）

乱丸に家久への同情心は湧かなかった。

急遽、芸の披露を所望されたとしても、結局はものともせず、みずから果敢に舞台に立って、芸能者としての本分を全うする。それこそが、一流の宗家であろう。

不出来であったのは、動揺のあまりなのか、それとも九右衛門への意趣返しのつもりの故意であったのか、いずれにせよ、みずから梅若大夫の名を汚したというほかあるまい。

撲り疲れたせいで、ようやく我に返った信長が、接待役たちに命じた。

「口直しじゃ。幸若大夫にいま一番舞わせよ」

長秀が微かに緊張したのが、乱丸には分かった。

いましがた二番も舞ったばかりの八郎九郎である。しかも、能のあとで舞をするのは、本式ではない。そのあたりを長秀は案じたに相違なかった。

「ただいま」

と九右衛門が、やや震え声で言って、立ち上がる。おのれの失態を拭いたいのである。

「九右衛門。丁重にいたせよ」

長秀が釘を刺した。

（さすが五郎左どのだ）

菅屋邸で九右衛門と家久の間に不穏のことがあった、と長秀は咄嗟に察したのであろう。

「藤五郎もともに往け」

穏やかな人柄で知られる長谷川藤五郎を、長秀は九右衛門に付き添わせた。

驚くべきことに、両人が楽屋へ入って、たぶん十ばかり数えたくらいで、八郎九郎と幸若一座は登場した。衣装も新しい演目用のそれに着替え了えて。

見物衆は、信長ですら、ほうっと感嘆の声を洩らした。八郎九郎はこういう緊急の舞台を予期していたものか。そうとしか考えられなかった。

梅若一座の者らが家久を抱え起こして、急ぎ、舞台を降りる。家久は、ひたいや、顔を庇った両手の甲から血を流し、息も絶え絶えであった。

代わって舞台に上がった八郎九郎は、にわかの要請にもかかわらず、動じたようすは微塵も見られぬ。

見物衆が鎮まり、静寂が訪れるのを待ってから八郎九郎は告げた。

「和田酤を仕る」

出だしから八郎九郎は見物衆を魅了した。

その瞬間、信長の機嫌も直っている。

了わってみれば、八郎九郎の芸は、先の二番とまったく遜色がないどころか、凌いだのではないかと思われるほどの出来映えであった。

観能後、信長が御殿へ引き上げる途次、長秀が乱丸へ身を寄せてきた。

「お乱。梅若大夫が舞台に上がってすぐ、座を外したな。どこへまいった」

「小用にございます」

「らしからぬことよ。そなたなら必ず、能が始まる前に済ませるはず。それどころか、一日の御用が了わるまで厠には立つまい」

「不調法でした。申し訳ありませぬ」

すると、長秀は、かぶりを振りながら乱丸を見た。ちょっと眩しげに。

「ようもしてのけたものだ。接待役のひとりとして、礼を申すぞ」

「はて……なんのことにございましょう」

「さように申すと思うたわ」

ふふっ、と長秀は笑った。

二

晩御膳の始まる前に、乱丸は信長に命ぜられて、幸若大夫八郎九郎に黄金十枚を届けた。本日の褒美である。

ただちに八郎九郎は、御礼言上のため、御殿へ伺候した。

「大夫よ。舞も見事なら、備えはさらに見事であったぞ」

上機嫌で迎えた信長である。

備えとは、家久がしくじったとき、おのが出番を予期して、命ぜられる前に八郎九郎が準備を了えていたことをさす。

八郎九郎は、困惑したようすで、ちらりと乱丸を見やった。

乱丸は、否、と目配せする。

それに対して、八郎九郎も同じ目配せを返してから、信長へ告げた。

「畏れながら、その儀について、手前より申し上げねばならないことがございます」

家久の演能が始まったとき、楽屋を乱丸が訪れて、疲れているところを済まぬが、いまいちど舞の支度をしてほしい、と頼まれたことを、八郎九郎は明かしたのである。

「森どのは、手前にかように言われました。もしこれより舞をいたすことになって、それが上様の御意に適うたときは、御身の手柄になされよ。逆に、御意に適わなんだときは、わたしが責めを負うので、心安んじて舞台をつとめられたい、と」

それから、八郎九郎は、乱丸のほうへ向き直った。

「森どの。こうして手前ひとりが上様より過分の褒美とおことばを頂戴して、素知らぬ顔をいたすのは、あまりに不誠実ゆえ、かく言上仕りましてございます。どうかお赦し下されますよう」

乱丸は目を伏せた。明かされてしまったものは仕方ないが、自慢してよいことではない。経緯はどうあれ、褒められるべきは、やはりおのが芸の力を存分に発揮した八郎九郎なのである。

「五郎左。そちが推察いたしたとおりであったな」

と信長が笑みをみせた。

「乱丸なれば、と思うたまでにござる」

惟住五郎左衛門長秀も、微笑を返しながら軽く頭を下げる。

実は、乱丸が八郎九郎のもとへ黄金を届けている間に、長秀が信長に告げたのであった。家久の不出来の演能が始まるやいなや、乱丸が機転を利かせて、八郎九郎に舞の準備をさせたに違いないことを。

「大夫。よく正直に申したな。舞と同じく、心にも曇りがないようじゃ」

「恐悦至極に存じ奉りまする」

八郎九郎は一層の面目をほどこしたといえよう。

「お乱。これへ」

と信長が手招く。

乱丸は御前に進み出た。

「褒美は望みのままぞ。何なりと申せ」

これに対して、乱丸が信長を諫(いさ)めたので、列座の一同は驚く。

「上様は、わたしをお叱りにならねばいけませぬ。接待役でもない者が、差し出たまねをいたしたのでございますから」

「差し出たまねをな……」

信長は、ちらりと近習頭筆頭を見た。家久の不出来な演能の一因を作ったに相違ない九右衛門を、乱丸が気遣っていると分かったのである。

信長の視線に、九右衛門は少しうろたえ、俯(うつむ)いた。

「されば、褒美はほかの者にとらせよう。お乱は誰にとらせるのがよいと思うか」

「梅若大夫に」

即座に乱丸はこたえた。

さすがに信長も眼(まなこ)を剝(む)く。

「理由を申せ」

「芸の出来がよくなかったら褒美は何も与えぬというのでは、今後、芸能者はお召しに応じることに二の足を踏みましょう。また、上様への世評も案じられます。口さがない者は吝嗇と嗤うやもしれませぬ。よって、こたびは、上様の大いなる度量をお示しあそばされますよう」

「であるか」

素直に信長は納得した。

かくて、不出来の梅若大夫にも金子十枚が与えられたのである。

この夜、信長が就寝したあと、乱丸は九右衛門に庭へ連れ出された。怒りをぶつけられると覚悟した。

「乱丸。有体に申すが、わしは万見仙千代が討死したとき、何やら安堵したものだ。これで出世争いの最も手強い対手がいなくなった、とな」

意外すぎる九右衛門の切り出しであった。声音も穏やかである。

「なれど、仙千代の弟子は、師匠を凌駕する俊髦であったわ。とても敵わぬ。口惜しいが、お乱、そなたには兜を脱ぐ」

「わたしなどは、まだまだ……」

少し頭を下げて、首を左右に振りつつ、乱丸は不審を湧かせている。九右衛門からは、叱りを受けることはあっても、こんなふうに持ち上げられたことは、かつていちどもなかった。

「謙遜いたすな」

微笑をみせる九右衛門に、

（何かわたしを試されてでもいるのか……）

月明かりの中、その表情を窺わずにはいられない乱丸であった。

「さような弱音は、御長どのらしゅうありませぬ」

「そうか……そうよな」

こんどは、ふっ、と力なく九右衛門は笑ったではないか。

「お乱。こう見えて、わしはもう、そう若くはない」

九右衛門の年齢を知らぬ乱丸だが、たしかに若者ということはない。すでに勝次郎、角蔵という伜たちが、それぞれ信忠と信長の近習として仕えはじめている。角蔵が十四歳になる。

「わしにとって、上様にお仕えするのは、心の浮き立つことで、時には至上の歓びと感じる。が、その一方で、千仞の谷の上に渡した細縄を伝っているような危うさをおぼえ、どんな些細なしくじりもしてはならぬと心をすり減らしている。それゆえ、いつか自分は、心の平静を失うて、狂うてしまうのではないかと空恐ろしくなることさえあるのだ」

「御長どの……」

「わしは、いささか疲れたようだ」

こんな気弱な九右衛門を見るのは、初めてであった。

「上様の天下布武は、こたびの毛利との決戦が正念場。そして、以後は仕上げとなろう。その最も大事なるときに、わしが側近では、もはや心許ない」

「そのような……」

「聞け、乱丸。これからは、わしにも、ほかの上長にも遠慮は無用。差し出たまねを思うさまいたせ。上様を天下布武の成就に導くのは……」

対面する九右衛門が歩み寄り、右拳を乱丸の左胸へつけた。

「森乱丸。そなたである」

九右衛門の様々な思いが、心の臓へと伝わってきて、乱丸は返すべきことばを見つけられない。ただただ、躰じゅうに熱い血が駆けめぐるばかりであった。

(わたしは御長どのを見誤っていた)

信長の近習としてのつとめを果たすことにかけては、亡き万見仙千代と同じくらい優秀でも、九右衛門からは情というものを感じたことのなかった乱丸である。

いま初めて知った。本当は有情が過ぎるおのれを、九右衛門はひた隠しにしているのだ、と。敢えてそうしなければ、激務というべき信長の側近の役目など、到底果たせない脆い人間なのである。

九右衛門がこうして正直な心情を吐露してくれたのは、乱丸にとって嬉しいことであったが、

（御長どののご期待に応えられるよう、一層の粉骨砕身をいたします）

とは口にできなかった。

なぜなら、九右衛門のこの告白は、翻って言えば、側近中の側近ですら信長を恐れているということにほかならないからである。

（もしや、上様のお心を分かっている者は誰ひとりいないのか……）

信長のために暗然たる思いを抱かずにはいられなかった。

乱丸自身は、信長の心を分かっている。そう信じている。

上様を疑ってはならぬ。迷いを抱いてもならぬ。上様を信じて、守り奉る。

仙千代の教えであった。

そして、魔王と薩陲。信長と自分は一心同体であるとも乱丸は信じている。

「御長どの。わたしは……」

「何も申さずともよい。これまで煙たい上長であったわしに、いきなり打ち解けることなどできまいよ」

否定できないことを言われて、乱丸はまともにおもてを上げられない。

九右衛門は背を向け、歩き去りかけたが、数間先で立ち止まり、振り返らずに言った。

「ついさきほど、伜の角蔵に言い聞かせておいた」

乱丸は耳を澄ませる。

「いつも森乱丸を見ていよ。お乱のやることに間違いはない」

遠ざかる九右衛門の足音が、心地よく響いている。

十三歳の初夏が思い起こされた。

乱丸が安土へやってきて、奉公二日目の夜に二位法印より与えられた助言は、いまも記憶に新しいものだ。

「いつも万見仙千代を見ていよ。お仙のやることに間違いはない」

九右衛門が乱丸に後事を託したいというのは、本心であろう。でなければ、おのが子に乱丸を手本にせよなどと言い聞かせるはずはない。

そして、それは信長への恐れとは別儀なのである。ようやく乱丸は、一点の疑いもなく九右衛門を信じることができた。

「御長どののご期待に応えられるよう、一層の粉骨砕身をいたします」

すでに九右衛門の気配は失せたが、それでも乱丸は声に出して誓った。

どこかで木葉木菟が鳴きはじめた。

神韻縹渺たる風情である。

三

「京、大坂、奈良、堺をゆるゆると見物いたすがよい」

翌る五月二十一日、信長はそう家康に勧めて、惟住長秀と津田信澄を、その歓待支度のため先に大坂へと向かわせた。

長秀と信澄の大坂行きは、長宗我部攻めのために四国へ渡海する準備を兼ねている。

「上様には、安土にて夢のようなおもてなしをしていただいたのに、なお京坂でも遊山をせよとの御諚。あまりに畏れ多く、ありがたすぎて、もはや御礼のことばが見つかり申さぬ」

「清洲で手を取り合うて以来、二十年の永きにわたり、予が後背を守ってくれたそちの働きに報いるには、これしきのことではまだ足らぬ。予こそ、礼を申すぞ」

二十年もの同盟期間において、家康嫡男の切腹という悲劇は起こったものの、信長、家康自身は、互いに疎隔をきたすことなく、共闘しつづけた。一日で敵味方が入れ替わるような戦国時代では、ほとんど類例をみない稀有な友好関係である。

視点を変えれば、他国の武将でありながら、猜疑心の塊みたいな信長から完全な信頼を得た家康というのは、戦国史上、最も強かな武人であったというべきであろう。

「勿体ない仰せにあられる」

家康が声を湿らせ、酒井忠次、石川数正以下の徳川家臣たちも揃って涙ぐむ。かれらは、前夜に全員、信長より帷子を下賜されているので、感激はひとしおであった。

それから信長は、先に家康より献上された三千両のうち一千両を返してやると、この日のうちに、長谷川藤五郎を案内役として添え、家康一行を上洛の途につかせた。

岐阜から参上していた信忠も、近習衆を率いて同道した。家康と遊興をともにするよう、信長より仰せつかったのである。

入れ違いに、翌日、京より所司代村井長門守貞勝の子、作右衛門が安土へ着いた。

いまは摂津有岡城の城番もつとめる作右衛門だが、京と安土の連絡役は変わらずにつづけている。信長の久々の上洛が近いので、受け入れ支度の打ち合わせのための参上であった。

信長の御前で、側近をまじえての打ち合わせを済ませたあと、作右衛門は乱丸に話があると耳打ちした。

「石川五右衛門のことにござる」

すぐにでも知りたい乱丸であったが、どうやら作右衛門は信長に聞かせたくないようすなので、上様のご就寝後に、と約す。

作右衛門は、安土山内の森屋敷に旅装を解くと、伊集院藤兵衛のもてなしを受けながら、乱丸の帰りを待った。

　やがて、夜になり、信長が寝所に入って寝息を立てはじめたところで、ようやく乱丸も森屋敷へ戻る。

「石川五右衛門と飢牙丸が京の塒としていたのは、勘解由小路の賀茂家の旧宅」

　前置き抜きで、作右衛門が明かした。

「暦道の賀茂家にございますか」

「さよう」

　京暦とよばれた公式の日本暦を造る者は、陰陽寮に属す暦博士であり、代々、賀茂家がこれを司ってきた。が、戦国期に至ってその本家が絶え、支族も南都に移って社人となってしまったので、造暦の任は、安倍晴明を祖とする陰陽道の宗家、土御門家の手に移った。合わせて、賀茂家の旧宅も土御門家が預かって、使用している。

　実は、信長はかねて、数ある地方暦のひとつの三島暦を用いており、京暦には永く不信感を抱いてきた。そのため、今年の一月末に陰陽頭で京暦造りの担当者である土御門久脩を安土に招びよせ、天正十年と十一年のいずれに閏月を設けるかについて、地方の造暦者と対決させた。天下布武に向けて、暦も正しいそれに統一したいと考えたのである。しかし、判者として招ばれた近衛前久も、いずれが正しいと判定できず、あらためて京においての斯界の権威たちが議論を重ねた結果、京暦に軍配が上げられてしまう。

信長は不満であったが、暦は天皇の大権のひとつなので、深追いを憚った。永年、譲位に不承知であった今上が、それは避けがたいこととようやく諦めはじめているいま、この一件でまた思い直すようなことになっては、厄介だからである。

「勝手に入り込んでいたのですか」

「それなら、もっと早く見つけられたことでござろう。土御門家がそれと知りながら住まわせていたと思われ申す」

「陰陽道の宗家が、あのような盗人一味を……」

「屋敷の一部を使わせていたようにござる」

名ある公家に匿われていたのでは、京都所司代をもってしても、五右衛門らをなかなか発見できなかった道理である。

「五右衛門は上様に仇をなそうとする者。それが、土御門家の意に適ったに相違ござらぬ」

と作右衛門は断じた。

造暦宣旨を賜っている土御門家にすれば、暦の正誤にまで口出しする信長は、不敬の極みであって、悪んでも余りある。しかし、表立って信長に反抗するなど、恐ろしくてできない。だから、おのが名を売りたいがためとはいえ、信長を愚弄することに情熱を燃やす五右衛門は、頼もしい存在といえよう。

「つながりは、いかにして判明いたしたのでございましょう」

「乱丸どのより聞いていた飢牙丸の人相を、密偵のひとりがしかと憶(おぼ)えており、洛南(らくなん)の加(か)世図子(せがずし)で見かけた男をそうではないかとみて、夜中(やちゅう)にあとを尾(つ)けたのでござる」

傾城屋(けいせいや)の集まっているところを加世図子といった。加世は女性器の隠語である。

「その男が勘解由小路の屋敷に」

しかしながら、歴(れっき)とした公家屋敷にいきなり踏み込むわけにはいかない。密偵はとりあえず京都所司代まで注進に及んだ。

公家衆と常に交流している村井貞勝は、次の日、理由をもうけて、勘解由小路の屋敷を訪れ、随従の配下にそれとなく探らせた。それでも確証を得られなかったので、日が暮れてから、こんどは忍びの者を放った。

だが、夜半(やはん)を過ぎても忍びの者が戻ってこないので、貞勝は何かよからぬことが起こったと感じ、ついに作右衛門に命じて、武装の一隊を差し向ける。

作右衛門は、追っている人殺しが逃げ込んだ、と土御門家の者には告げて、屋敷へ踏み込んだ。一隊を迎えたのは、忍びの者の死体であった。

幾人もが寝泊まりしていた痕跡は明らかであったものの、それだけでは五右衛門らの塒であった証拠にはならない。作右衛門はやむなく、死体の者が逃げ込んだ人殺しであると土御門家に説明し、これを処理して引き上げた。このとき、土御門久脩が薄笑いを浮かべたのを、作右衛門はいまも忘れていない。

「なれど、この儀は上様には言上いたし難い」

経緯を聞けば、信長は激怒し、確証などなくとも土御門家を厳罰に処すことは、火を見るより明らかと言わねばならない。久脩の首を刎ねることも厭わぬであろう。

そんなことをすれば、信長と天皇や朝廷との関係は、一挙に最悪の事態を迎える。いかに武力なき長袖者たちでも、陰陽道の宗家を武家に罰せられれば、必ず一丸となり、あらん限りの権謀術数を用いて抵抗するに違いない。

「わたしも、いまは言上いたさぬのが賢明と存じます」

同意した乱丸だが、あくまで、いまは、であった。

いまは毛利氏との一大決戦が始まろうというときなので、京の権威と争うのは愚かしい。五右衛門を匿ったか否かに関係なく、信長の求める暦を造らぬ陰陽家なら、天下布武のあかつき、潰してしまえばよいだけのことである。

「その後、五右衛門らの行方は」

と乱丸は訊ねた。

「洛中洛外だけでなく、南都も探索させており申すが、捗々しい復命はいまだ……」

賀茂家の支族が奈良で社人となっている。久脩がそちらへ五右衛門らを逃がしたのでは、と貞勝は疑ったのである。

「土御門家に匿われたことを思えば、五右衛門は、これからも、上様を悪しゅう思うている者らとつながるつもりなのではないでしょうか」

「となると、いよいよ容易には行方を摑めぬこととなり申そう」

信長を恨む者は、世にどれだけいることか。おそらく気の遠くなる人数であろう。天下布武のために、あまたの反対勢力を捩じ伏せてきたのだから、致し方ない。

「いままでは、石川五右衛門など、たかが鼠一匹と侮っており申したが、織田にとって思いのほかに厄介な者となるのでは……」

深く溜め息をつく作右衛門である。

(五右衛門め……)

取るに足らぬ鼠が大いなる織田信長を翻弄する。そんなばかなことがあってはならなかった。

ふと、乱丸は閃いた。

(アンナを……)

上泉信綱に斬られた真田鬼人の子である五右衛門も、鬼人の手下であった阿久多の子の飢牙丸も、十一年前の愚溪寺の闘いが、その後の両人の生きかたを決定付ける要因となっている。かれらの心には、信綱に命を救われ、ひとり織田信長の随一の寵臣といわれるまで出世した乱丸への、嫉妬がないはずはない。だからこそ、ふたりとも、乱丸の想い女であるアンナに近づいたり、危害を加えたりして、乱丸を悩ませ、怒らせた。それで、いささかでも溜飲を下げたのかもしれない。とすれば、アンナをおとりにして、かれらを誘き寄せることができないであろうか。

（アンナがわたしに捨てられ、かえって恨みを抱くようになったとでも伝われば……）

五右衛門も飢牙丸も、そんなアンナには使い道があると思い、〈なんばんや〉へやってくるのではないか。

アンナの負担を考えれば、妙案とはいえない。それでも、試してみる価値はある。

「乱丸どの。いかがなされた」

押し黙ったままの乱丸を訝って、作右衛門が顔をのぞきこんだ。

「あ……これは無礼をいたしました。少し疲れているようにございます」

「いや、それがしこそ気づかず、申し訳のないことにござった」

これを機に、乱丸も作右衛門も、座を立って、それぞれの寝間へ入った。

しかし、乱丸は、小半刻と経たぬうちに、出かける支度をして、寝間を出た。

明朝〈なんばんや〉へ使いを出して、その夜にアンナを森屋敷へ来させるつもりであったが、何やら寝つけないので、いまから自分の足で会いにいこうと思い立ったのである。〈なんばんや〉の商売柄、あるじのアンナも夜更かしをすることがあるので、まだ起きているかもしれない。

「殿。いずれへまいられる」

主君の乱丸が眠りにつくまでは、おのが寝間に入らない藤兵衛によびとめられた。

「なんばんやへ」

正直に乱丸は告げた。

「お供仕る」

と藤兵衛が申し出る。

信長のお膝元では凶悪な犯罪が起きる危険性は小さいが、それでも、深夜ともなれば要心すべきである。

「いや……よい」

アンナがすでに眠っていれば、黙って帰邸する。が、起きていたら、そのまま共寝して朝帰りということも、と乱丸は自然と期待したのであった。それは久々でもある。

しかしながら、いかに目的地が近くとも、いまや五万石の大名となった者が、夜中に従者も連れずに外出するのは不料簡と言わねばならない。乱丸は、足許を照らす松明持ちの小者と、槍持ちの中間を供として、屋敷を出た。

安土山を下りて、麓の城下町へ入った。

いまだに日々、膨脹をつづけている町は、住民も昨年で五、六千人といわれたが、一万人に達するのも近いうちであろう。

ただ、風紀に厳しい信長の町なので、夜は歓楽街を除いて静謐が保たれている。

その例外である歓楽街へ、乱丸は踏み入った。点在する灯火と、女郎屋から洩れるさんざめきに包まれる。

めざす〈なんばんや〉の見世先まできたところで、いきなり飛び出してきた者とぶつかりそうになった。

小者がはじき飛ばされたが、乱丸はとばっちりを受ける寸前で躱した。

「無礼者」

供の中間が怒鳴って、槍の石突で地を叩いた。

その者は、数間先で振り返った。が、夜空の月と、点在する灯火の光だけでは、顔形までは見定められない。

中間は、立ち上がろうとする小者の手から松明をひったくり、対手に歩み寄って照らした。

乱丸を見て、対手が驚きの表情をみせたのは一瞬のことで、すぐに、にやりと笑う。

乱丸も認識した。

「飢牙丸っ」

刹那、飢牙丸は右腕を振った。

「うあっ」

中間が、松明も槍も捨ててしまい、両手で顔を被って、膝から崩れ落ちた。握り武器の鉄貫の刃に斬りつけられたのである。

乱丸は、差料の栗形に左手を添え、飢牙丸に向かって走り出した。このとき、後ろから追い越していく者がいた。

ちらりと見えた横顔は、五右衛門のものではないか。

五右衛門のほうは、乱丸に気づかない。

飢牙丸が逃げる。それを五右衛門が追う。

（逃がすものか）

乱丸はふたりを追った。

四

市中の往還を北へ向かって逃げる飢牙丸が、神社の境内に走り込んだ。

恵比寿社である。

釣り竿で鯛を釣り上げる姿の恵比寿さまは、海の幸をもたらす神でもあるので、海辺に祀られることが多い。

安土でも、城下町の北西の湖岸に鎮座する。そこは琵琶湖を往来する船の泊である。

行き止まりと気づいたか、飢牙丸は東へ向きを転じた。

その前へ、五右衛門が回り込んだ。

「かしらに楯突くのもたいがいにしろ」

怒気も露わな声である。

「あんたはかしらの器じゃない」

対手をまったく恐れるようすもない飢牙丸であった。

「汝ならかしらがつとまるとでも言うか」

「たかが二、三十人ばかりの一味のかしらなんて、御免だな」

「山崎で森乱丸を襲うことができたのは、手下がおればこそではないか」

「あれは面白かった」

「ふざけるなよ、飢牙丸」

「あのこともまだ怒ってるのか」

月明かりの下で、飢牙丸の歯がぼうっと浮かんだ。笑ったようだ。

京から安土へ戻る途次の乱丸の一行を、山崎で襲ったのは、飢牙丸の独断である。五右衛門の手下たちには、かしらの命令だと嘘をついた。

「まあ、一匹狼が似合うと思うだけさ、おれもあんたもね」

「小僧がきいたふうなことを」

「で……おれを殺るのか、五右衛門」

「汝はいつかおれに仇なす」

「あの女の受け売りだ」

また飢牙丸は笑って、

「けど、あんたに仇なすのはおれだけじゃないぜ。そうだろ、森乱丸」

と五右衛門の後ろの暗がりへ声を投げた。

それで五右衛門は、迫る殺気に気づき、振り返らず、右方へ横っ飛びに身を逃がした。

背後から斬りつけるのは卑怯だが、対手が五右衛門となれば別である。乱丸は、抜き討ちの一閃に手応えをおぼえた。

地に転がってから立ち上がった五右衛門は、おもてを顰めて、左腕を押さえる。

「万見仙千代どのの仇」

乱丸は鋭く踏み込んだ。

が、五右衛門も差料を抜き合わせ、鍔競り合いとなった。互いの顔が、息のかかるほど間近に接する。

「念者を討たれて、女々しく泣いたか」

五右衛門のとっさの憎まれ口は、対手に我を失わせるため、と乱丸は過去の闘いから学んでいる。

乱丸は、一瞬、柄から離した右手で、五右衛門の左腕の傷口を力まかせに摑んだ。

「ぐあああっ」

刀を押す五右衛門の力が緩む。

乱丸は、対手を押し退けざま、真っ向から刃を振り下ろした。

切っ先が届いた。が、充分ではない。

五右衛門は、左手で顔を押さえながら、背を向け、遁走にかかる。

(こたびこそ仕留められる)

確信しながら、乱丸は追った。

すでに飢牙丸の姿は失せているが、いまの乱丸は気にしない。五右衛門を討つ。それのみであった。

五右衛門が、急に立ち止まって、振り向いた。

懸崖の縁に達してしまったのである。

湖上から見えるよう、鳥居を設けてあるそのあたりだけが、高台であった。湖水までの落差は五、六丈か。ただ、真下はごつごつした岩場なので、転落すればただではすまない。

崖っ縁を背にした五右衛門は、右手の刀を突き出し、左手で盛んに顔を拭う。割られたひたいから溢れる血が、片方の目に流れ入って仕方ないのである。

「汝ごときを対手に、不覚をとるとは……」

めずらしく、五右衛門が口惜しさをことばにした。

「五右衛門。おぬしのくだらぬ遊びもこれで終わりだ」

乱丸は、じりっと間合いを詰めた。

「おれのくだらぬ遊びだと……」

「惟任日向守どのとイエズス会に謀ありという絵空事だ。わたしがそれを疑うことで、織田家に内紛を起こさせようとしたのであろうが、結句は名を売りたいだけの鼠賊の作り話。幾度も疑心暗鬼に陥りかけたわが愚かさも、おぬしの命とともに、いまここで葬り去る」

「作り話か……。どうやらおれは、森乱丸を買い被っていたようだ」

「また何か重大事を匂わせるようなことを申すつもりだな」

「やはり聞きたいか」

「やめよ、五右衛門。命惜しさの言い逃れと知れている」

「そうよな。まだ命は惜しい」

さらに乱丸が間合いを詰めたそのとき、

「早くなんばんやへ行ったほうがよくはないか」

五右衛門がにやりとした。

「なに……」

「おれと飢牙丸がいたのだ。汝の想い女が無傷ということはあるまい」

「アンナに何をした」

　にわかに乱丸の心に不安と焦りが生じる。五右衛門を討つことばかりに意識を集中する余り、アンナの身を案じなかった。

「自分でたしかめるんだな」

「五右衛門……」

　激昂した乱丸は、闇雲に突進し、切っ先を繰り出す。が、間一髪の差で躱され、勢いあまって崖っ縁から落ちそうになり、上体を泳がせる。

　踏ん張り切れそうなところで、背を押された。

　乱丸は、足を滑らせ、昏い湖に向かって前のめりになったが、落ちる瞬間、辛うじて身を反転させ、両手の指先を崖っ縁にかける。両足は宙ぶらりんであった。

　手を離れた刀は、真下の岩場に落ち、幾度か跳ねてから湖面を叩いた。

　崖っ縁に立った五右衛門から見下ろされる。

「あと一年や二年は汝と遊んでやろうと思っていたが、こんな傷をつけられたんじゃ、赦せねえな」

　五右衛門は、鞘を腰から抜いて、その場にしゃがむと、乱丸の左手の指に鐺を当て、抉るように回した。

「くっ……」

堪らず、乱丸は左手を引っ込めた。

全身の重みが、右手ひとつにかかる。

「落ちても死ぬとは限らんぞ。運を天にまかせて飛んでみたらどうだ」

言われて、乱丸は眼下を覗いてしまう。

湖水に濡れた岩場は、黒く巨大で邪悪な生き物がうずくまっているように思われた。落ちれば、食い殺される。

「最後にひとつ、汝の心を斬り刻んでやろう」

乱丸の右手の指に鐺が当てられる。乱丸はもう一度、宙ぶらりんの足の下を見た。

「汝の身も心も蕩けさせたあのアンナはな……」

声が途切れた。と同時に、乱丸の右手から鞘が離れる。

「おのれは……」

五右衛門の声の調子は一変した。切迫し、恐怖を伴っている。

乱丸は、とっさに左腕を振り上げ、崖っ縁に指をひっかけた。そのまま、渾身の力でおのが躰を迫り上がらせてゆく。

見上げる視界に入ったのは、五右衛門ひとりではなかった。その背中にぴたりと張りついているもうひとり。

後ろから回した左手で五右衛門のあごを持ち上げ、それで無防備にさせた喉首へ、右手に嵌めた鉄貫の刃をあてているのは、飢牙丸であった。

「五右衛門。これが、あんたの短処だ。いつもおのれが一番で、他は劣っていると思い込んでいる。まあ、あんたが本当は惹かれている織田信長も、そういう男のようだけれど。だから、こうして思わぬ不覚をとるのさ。せいぜい、地獄で悔やむことだ」

鉄貫の刃が、五右衛門の喉首の肉に食い込む。

「ま……待て、飢牙丸」

「最後に言っておくけど、おれは恩知らずじゃない。親父の阿久多と一緒だったころは、あんたを兄貴と思って、いろいろ教えてもらったからな」

「なら、やめろ」

「案ずるな、真田八郎。あんたが少しは売った石川五右衛門の名は、おれが継いでやるよ。それと、あんたの親父の真田鬼人が死に際に言い遺したっていう大望もな」

飢牙丸は、躊躇いなく、五右衛門の喉首を掻き斬った。

「天下一の兇賊になってやる」

飛び散った血飛沫が、乱丸に浴びせられる。

「うっ……」

顔をそむけた途端に、腕の力が脱け、乱丸の躰はふたたび伸びきって宙ぶらりんとなった。

崖っ縁から、飢牙丸がひょいと覗き込む。

「森乱丸。あんたのおかげで、こいつを討てた。礼を言う。生きてたら、また会おうぜ」

それなり、飢牙丸は走り去った。

遠ざかる足音を聞きながら、乱丸は再度、力を振り絞る。

ようやく懸崖から這い上がったときには、躰じゅうが萎(な)えて、すぐには動けず、地に横たわったまま、しばらく息を調(ととの)えた。

まだ信じがたいことだが、目の前に五右衛門の死に顔がある。おのれの死はあまりに思いがけないとでもいうように、両の眼(まなこ)を驚愕で大きく引き剝(む)いたままであった。

（あんたが本当は惹かれている織田信長）

飢牙丸が言ったそのことは、乱丸にも思い当たる。

七歳の乱丸が、当時は真田八郎と名乗っていた五右衛門に、岐阜(ぎふ)城下で初めて会ったとき、その少年の身形(みなり)はばさらであった。

髪を茶筅(ちゃせん)に巻き立て、湯帷子(ゆかたびら)の袖を外し、縄を腕貫(うでぬき)にし、腰回りには瓢箪(ひょうたん)を幾つも提(さ)げて、下は虎革(とらがわ)の半袴。信長がうつけと嘲笑されていた少年時代の出で立(いた)ちと同じである。

愛憎は紙一重という。五右衛門が信長にひと泡ふかせたいと期しつづけていたのは、あるいは、おのれの存在を憧れの武人に認めてもらいたいからだったのではないのか。もしそうであるのなら、信長に対する思いは、自分と同根であったのかもしれない。そう感じた乱丸は、心に微かな痛みをおぼえた。

といって、仙千代を殺し、安土城天主を汚し、ありもしない惟任光秀の叛心をほのめかしたりした五右衛門への、憎悪が消えたわけではない。わが手で討てなかったことは悔やまれる。

石川五右衛門の名を継ぎ、天下一の兇賊になると宣言した飢牙丸が、そのとおりの生きかたをしてくれるのなら、むしろ望むところの乱丸であった。次こそ五右衛門をわが手で討つことで、悔恨を拭い去りたい。

気息を調え、乱丸は立ち上がった。

アンナの身が心配である。〈なんばんや〉へ行かねばならない。

足音が聞こえてくる。

（よもや飢牙丸が……）

また舞い戻ってくるのであろうか。

（いや、ありえない）

飢牙丸が乱丸を殺すつもりなら、崖にぶら下がっているときに容易に仕遂げられた。

耳に届く足音は複数である。

（五右衛門の一味か……）

乱丸は、足許に転がっている五右衛門の刀を拾い上げた。

幾つもの火が揺れながら、近づいてくる。

待ち受けるよりも、機先を制したほうがよい。乱丸は、刀を八双に構え、迫る灯火の群れに向かって地を蹴った。

「乱丸さま」

灯火の群れへ斬り込む寸前で、耳慣れた声が投げられ、乱丸は脚送りをとめた。

「ご無事でいらしたのですね」

走り寄ってきたアンナが、乱丸に抱きつく。

余の者らは〈なんばんや〉の男衆であった。

「そなたこそ、大事ないか」

乱丸は、男衆に松明を寄せさせると、アンナの両肩を優しく摑んで押しやり、頭の天辺から爪先まで視線を幾度も上下させた。

「わたくしはこのとおりにございます」

かつて飢牙丸につけられた顔の傷は、すっかり癒えて、元の美しさを取り戻している。

何かされたところはまったくなさそうで、乱丸はほうっと安堵の息を吐いた。五右衛門の言ったことは脅し文句にすぎなかったのである。

「いささか安心してよいぞ、アンナ」

と乱丸は言った。

「え……」

何のことか、とアンナは訝る。

「飢牙丸には逃げられたが、五右衛門はもう二度とそなたの前には現れない」

「どういうことにございましょう」

「死んだのだ」

ちらりと後ろを見やった乱丸である。

アンナは、男衆から松明を一把取ると、小走りに崖っ縁のほうへ向かった。少しよろめくような足取りである。

「危ないぞ、アンナ。崖がある」

乱丸は急ぎ、付き添った。

五右衛門の死体の前に立ったアンナは、そのまま身を強張らせる。

「乱丸さまが、五右衛門を……」

「いや。不甲斐ないことだが、わたしではない。飢牙丸が殺した。仲間割れをしていたようだ」

「さように……ございますか」

アンナのようすがおかしい。放心しているように見える。

「いかがした、アンナ」

乱丸が肩に触れると、アンナはびくっとした。

「いえ……五右衛門のような非道の男でも、こうして屍になってしまうと、いささかの哀れを……」

「そうだな……」

いましがた、五右衛門の秘められた信長への思いを忖度して、心に微かな痛みをおぼえただけに、乱丸はアンナの心情も理解できた。

振り向いたアンナが、乱丸の胸に顔を埋める。

「独り寝をいたしとうありませぬ。たんと可愛がって下さいまし」

縋るように抱きついてくるアンナは堪らなく愛しい。命懸けの斬り合いをした直後でもある。血が滾り立って、女体を貪らずにはいられぬ烈しい衝動に駆られる乱丸であった。

五

乱丸とアンナが〈なんばんや〉に戻ったところへ、伊集院藤兵衛が森家の兵を引き連れて駆けつけてきた。乱丸に随行していた小者が、あるじが飢牙丸と五右衛門を追って闇の中に消えてしまったあと、森屋敷へ知らせに走ったのである。

飢牙丸の鉄貫を顔面に浴びた中間については、アンナが乱丸を探しにゆくにさいして、〈なんばんや〉の奉公人たちに命じ、見世の中へ担ぎこませ、ただちに医者もよびにいかせている。

「殿。傷を負われたか」

乱丸の右手と顔には血が付いており、どちらも五右衛門のものとは知らぬ藤兵衛が、不安の声を上げた。

「案ずるな。どこも怪我はしておらぬ」

そこへ、男衆の中で、戸板を運びながら、やや後れてついてきた者らがいる。戸板の上には、蓆を被せられた死体。

「石川五右衛門だ」

と乱丸は告げて、経緯を語った。

アンナも、乱丸には道すがら明かしたことだが、なぜ五右衛門と飢牙丸が〈なんばんや〉にいたかを藤兵衛に話した。

「一味の京の絶好の塒が所司代さまに露見いたしたとかで……」

織田の追及を躱すには、灯台もと暗しこそ良策と考えた五右衛門は、大胆にも安土城下へやってきた。飢牙丸とともに突然〈なんばんや〉を訪れた五右衛門は、アンナを脅した。

セミナリヨを常に手下どもに見張らせておく、もし自分たちを匿わないのなら火をつけて伴天連も寮生も皆殺しにする、と。キリシタンのアンナの痛いところをついたのである。

やむなく、その場は受け容れたアンナだが、脅しは口先だけのことではないかと疑った。というのも、その日も翌日も、五右衛門と飢牙丸が手下たちと連絡をとった気配がなかったからである。よくよく考えれば、このふたりだけならまだしも、いかに灯台もと暗しとはいえ、安土城下に潜伏する人数が増えれば、それだけ発見される危険性は高まる。五右衛門は手下など引き連れてきていないのではないか。

アンナが、男衆をセミナリヨの周辺に放ち、それとなく探らせてみると、案の定、胡乱な者の影は見当たらなかった。

それらの推測と事実を、アンナは五右衛門にぶつけて、乱丸に報せると逆に脅した。やってみろと五右衛門にはすごまれたが、飢牙丸があっさりと兜を脱いだ。アンナの言うとおりだ、と。

徒党を組んでいてはまた発見されやすいと考えた五右衛門が、手下たちをいったん散り散りにさせたことまで、飢牙丸は明かした。

アンナのみるところ、この両人はもともと不和のようであった。

「それで、ふたりは争いとなって、飢牙丸が先に飛び出し、これを五右衛門が追っていった次第にございます」

聞き了(お)えた藤兵衛は、ちょっと溜め息をついた。

「アンナどの。わが殿とそもじの関わりは、世間によく知られるところ。何かと気をつけてもらいたい」

「申し訳のないことにございます」

アンナは、神妙な面持(おもも)ちになる。

「藤兵衛。アンナにはいささかも越度(おちど)はない。つまらぬことを申すな」

想い女を庇(かば)って、永年の傅役(もりやく)を叱る乱丸であった。

無言で藤兵衛は頭を下げた。

乱丸は、藤兵衛が口には出さねど、アンナとの関係をよく思っていないことを、知っている。

いずれ乱丸が嫁取りをするさい、妨(さまた)げになる存在。そういう傅役として当然の危惧(きぐ)を藤兵衛は抱いているのであろうが、乱丸自身は正式な妻帯など思いもよらない。信長の馬前で死ぬことを使命とする身なのである。百歩譲って、嫁取りせざるをえなくなったとしても、それは信長の天下布武(てんがふぶ)が成就したあとのことでなければならない。

たしかにアンナは得体の知れない女ではある。だが、むしろ、そういうところに惹かれてしまうし、乱丸の出世にアンナの力が助けになってきたことも疑いの余地がない。

「明朝、子細を上様に言上いたすが、いつでも梟首できるよう、五右衛門の骸を屋敷に運んで支度をしておいてくれ」

「承知仕ってござる。して、村井作右衛門どのには……」

「屋敷へは、夜の明ける前に戻る。そのとき作右どのが起きておられれば、わたしから伝える。なれど、まだ寝ておられたら、ご起床後に藤兵衛が伝えよ」

「殿。逃げた飢牙丸がどこぞに潜んでおらぬとも限り申さぬ。このまま、われらとご帰邸いただきたい」

「案ずるな。あやつなら、とうにご城下を出ていよう」

「万一ということもござる」

「藤兵衛」

「は……」

「承服できぬのなら、できぬと申せ」

少し乱丸は苛立った。アンナとの閨事への期待で躰も心も高まっていたのに、水を差されたと感じたからである。

「されば、警固の者らをおそばに」

と藤兵衛が次善の案を持ち出したが、

「無用」

にべもなく、乱丸ははねつけた。

主君にそこまで言われては、反駁はできかねる。藤兵衛は、五右衛門の死体をのせた戸板を兵たちに運ばせて、皆で〈なんばんや〉をあとにした。

「湯屋で汗を流されませ」

アンナがすすめた。乱丸の情欲の炎が小さくなったことを察したのである。いったん気分を変えれば、また高まる。

うん、と乱丸はうなずいた。

〈なんばんや〉には、アンナと乱丸だけが使う奥座敷に接して湯屋が設けられている。水を溜めた大釜を薪で焚いて、その湯気を浴場となる小室に送り込むという蒸風呂である。小室のそばには、かかり湯を入れた湯槽も備え付けられていた。

アンナはいつ言いつけたものか、すでに奉公人がせっせと薪を焚いて、大釜の湯はぐつぐつと煮えたぎっている。

酒の支度をするというアンナと離れて、乱丸はひとり、脱衣場で裸になると、かかり湯で汚れを落としてから、戸を開けて小室へ入った。

暗い空間は、間口三尺、奥行五尺、高さ七尺。濛々たる湯気の中で、乱丸は簀の子の上に胡座を組んだ。使い慣れた湯屋である。

たちまち躰は温まり、汗が噴き出てきた。

乱丸は、戸の下部に設けられている小さな引き違い窓を少し開けた。換気用である。

脱衣場の灯火の光が微かに洩れ入り、引き違い窓のあたりだけ、ぼうっと仄白くなる。

心地よくなると、五右衛門が最後に言いかけて途切れてしまったことばが、ふと思い起こされた。

（最後にひとつ、汝の心を斬り刻んでやろう。汝の身も心も蕩けさせたあのアンナはな……）

あのときは、五右衛門がすでにアンナを殺してしまったのだと思った。その一瞬、たしかに乱丸の心は斬り刻まれた。

しかし、生きているアンナの姿を見たとき、あれは五右衛門らしい悪意であったのだと解した。

（わたしを、怒りと悲しみと口惜しさを抱かせたまま、あの世に送ろうとしたのだ）

果たして、そうであったのか。心身が落ちつきを取り戻し始めたいま、何かが違うような気がしてきた。

記憶を辿って、五右衛門と飢牙丸の会話も思い返してみる。

汝はいつかおれに仇なす、と言った五右衛門に対し、

（あの女の受け売りだ）

飢牙丸はそう応じたのではなかったか。

（あの女とは誰のことなのか……）

五右衛門のような男なら、女を数えきれぬほど知っているに違いないから、特定などできない。考えたところで無駄であろう。

だが、よもや、という疑いも湧いてくる。

乱丸の知る限り、五右衛門が接した女はアンナのほかにはいない。

よもやが的中しているとすれば、アンナは五右衛門の仲間ということになってしまう。

そんなばかなことがあろうか。

出会った当初はアンナの素生が気になった乱丸だが、自分のために尽くしてくれる姿を見ているうちに、詮索はかえってふたりの関係を壊すように思えてきて、この先々も過去を問うことはやめようと思い決した。

乱丸がひとつだけ察せられるのは、アンナは天涯孤独の身ではないかということである。血縁の人間の影すら感じたことがない。天涯孤独の身なら、大変な苦労をしたに違いなく、口にしたくない過去もあろう。

さりながら、飢牙丸の一言が、どうしても頭から離れない。時間が経てば忘れてしまえるかもしれないが、いずれ飢牙丸が石川五右衛門を名乗ってさらなる悪事を働くようになったとき、必ず思い出すであろう。

（飢牙丸の言ったあの女というのに、心当たりがあるかどうか）

そう訊くだけなら、よいのではないか。

訊かれたときのアンナの表情をしかと見れば、こんなばかな疑いは晴れるにきまっている。

戸の向こうに、人の気配がした。

（殺気……）

斬り合いをしたばかりで過敏になっているせいかもしれないが、ただならぬものが戸越しに伝わってくる。

乱丸は寸鉄も帯びていない。

常在戦場が武士の覚悟である。湯屋で裸のまま、抗う武器も持たずに討たれるなど、不覚悟というほかない。

乱丸は、中腰になり、窓に寄った。が、わずかに開いているだけなので、外はよく見えない。

何か動いたので、乱丸は退がり、いつでも飛び出せる構えをとった。

戸が少し開けられた。

乱丸が深く腰を落として、反動をつけようとした刹那、戸の隙間から顔がのぞいた。

「アンナ……」

詰めていた息を、乱丸は一挙に吐いた。

「怖いお顔を……」

アンナがちょっと驚く。

「いや、殺気をおぼえたのだ。思い違いであったけれど」

「それなら、思い違いではありませぬ」

くすり、とアンナは笑った。

「わたくしは、乱丸さまを思うさまいたぶりにまいったのですから」

戸をいっぱいまで開けたアンナは、何も身につけていなかった。

背後からの仄明(ほのあ)かりに浮かぶ裸形(らぎょう)のアンナは、闇の中より突如、降臨した天女を想(おも)わせ、乱丸の情欲を一気に燃え上がらせた。いまのいままで抱いていた疑念は掻き消され、膝立ちのまま天女の腰を抱き寄せ、崇(あが)めるように仰ぎ見た。豊麗な双の乳房の上から、妖艶な眼差(まなざ)しが降り注がれる。

アンナが後ろ手に戸を閉(た)てると、乱丸は密着している柔らかい毛に頬ずりした。

六

乱丸とアンナは、湯屋で交わし合ったあと、奥座敷に入り、南蛮の酒でさらに昂奮を掻き立て、床(とこ)でも二度、陶酔境に没入した。

アンナの宣言どおり、その思うさまに乱丸はいたぶられた。着衣で隠れるであろうところを、あちこち嚙まれて、歯形をつけられたのである。それこそ、肉を嚙み千切られるのではと恐れるほどの痛さであったが、それは同時にえもいわれぬ快感を伴った。

湯屋で交わしたのも、嚙まれたのも初めてのことで、新鮮でもあった。

しかし、嵐のような愛欲の時が過ぎてみると、これまでのアンナとは違う何かが感じられ、乱丸は微かに不安をおぼえた。

「アンナ。何か案じられることがあるのか」

共寝のまま訊ねてみると、アンナがさらに身を寄せてきた。

「こたびは、永い間会えませぬような気がするのでございます」

西国攻めのため、みずから出馬する信長に、当然ながら乱丸は随行する。まずは上洛し、その後に羽柴秀吉の待つ備中へ入って、毛利氏と決戦に及ぶ。

反信長勢力の中で、毛利氏は最大最強である。外交次第では早々に結着がつくこともありえようが、長期戦も想定しておかねばならない。また、信長のことだから、毛利氏を倒したとしても、安土には戻らず、余勢を駆って、みずから四国、九州攻めの陣頭指揮を執らないとも限らない。あるいは、陣頭に立たずとも、京にとどまって、西国全土の平定まで指令を発しつづけるやもしれぬ。

いずれにせよ、安土を長く留守にする公算は低くない。

「それも予言か」

乱丸はちょっと笑った。

自分の予言はしばしばそのとおりになる、と以前からアンナは自信を持っている。乱丸の異数の出世も言いあてた。

いやいやをするように、アンナはかぶりを振った。

「寂しゅうございます」

それで乱丸は、今夜のアンナがいつもと違う理由を察せられた。永く会えなくなることを思って、寂しくて堪らなくなったのであろう。

愛おしさがこみ上げ、乱丸はアンナを抱きしめた。

「あ……痛い」

「すまぬ」

「いいえ。嬉しゅうございます」

そうそう、とアンナが何か思い出したように笑顔になった。

「予言と申せば、わたくしそれで、五右衛門と飢牙丸を仲違いさせたのでございます」

「どういうことかな」

「わたくしには巫女のような天賦の才があって、ふたりの行く末が見える。飢牙丸はいずれ五右衛門に仇をなす。さように申しました。もともと不和であったようなので、その一言が、仲違いのきっかけとなったのでございます」

「そうだったのか……」

乱丸は、温かい安心感に包まれた。一瞬でも、アンナは五右衛門の仲間ではないかと疑った自分が、恥ずかしくもあった。

得意気な顔をしているアンナが、無垢な少女のように見えて、乱丸は一層強く抱きしめる。

「すまぬ、アンナ」

「乱丸さまが謝られることはありませぬ。上様のお供は、何よりも大事なお役目にございますもの。わたくしこそ、寂しいなどと申して……」

アンナが目を潤ませる。

乱丸は、アンナの朱唇を吸った。

躰の熱くなった男女は、また互いの肌を烈しく貪った。これが最後の逢瀬であるかのように。

やがて、後朝の別れのときがやってきた。

まだ町は暁闇の底だが、乱丸は森屋敷へ戻り、支度をして登城する頃合いである。信長は朝の早い人なので、その起床前には側近くに待機していなければならない。

「いつお発ちに」

アンナが乱丸の着付けをしながら訊いた。

「上様のお心次第だけれど、当月のうちには上洛いたすことになろう」

暁闇が拭われ、曙光が射せば、五月二十三日の朝となる。

「毛利とのご合戦ゆえ、織田さまは大軍勢を率いて往かれるのでございましょうね」

「いや。上様は京へは小勢でお上りあそばされよう」

「では、京にはご軍勢が先乗りされるのでございますか」

「部将は皆、上様が京を進発されてのち、合流いたす。四国攻めの神戸三七郎さまや惟住五郎左どのらも、京へは上らず、大坂に集結なされる」

「織田さまのご信任厚い惟任日向守さまも、京には上られないのでしょうか」

「日向どのは、ご領国の丹波より一路、備中へ向かわれる」

「北国の柴田さまや関東の滝川さまはご参陣なさらないのでございますか」

「あちらはあちらで、敵対する者らがいるゆえ、留守にすることはできぬのだ。なぜ、さようなことを訊く」

「乱丸さまの身が案じられるのでございます。いまのお話では、京にはご軍勢がおらず、物騒に思われます」

あはは、と乱丸は笑った。

「アンナは上様への刺客のことを申したいのであろうが、いささかも案ずることはない。

岐阜左中将さまのご手勢、京都所司代の兵、われら上様の近習衆とで、合わせれば五百ぐらいにはなる。刺客など寄せつけるものか」

「なれど、古より、京は攻めるに易く、守るに難し、とか」

「それは、軍勢が数千、あるいは万余の話。いまや東は上野より、西は備前、美作まで、紀州を除けば悉く上様のお手の内なのだ。さような大軍で京に攻め上ることのできる敵など、どこにもおらぬ」

「さように聞いても不安なのが、女子というもの。京であれ、ほかのいずこであれ、万一のときは、乱丸さまがご主君よりも御身をご大切になさるよう、わたくしは祈っております」

「無理を申すな」

「ご無理を承知で申し上げたのでございます。わたくしを愛しいと思うて下さるのならば、と」

アンナの眼が濡れているので、乱丸は切なくなった。信長という存在は何者とも比べられるものではないだけに、身を切られるような苦衷である。

「安土を発つ前に、もう一度、まいる」

せめてもの愛情を示したくて、乱丸は言ったのだが、

「それはなりませぬ」

とアンナに拒まれてしまう。

「なぜ」

「辛い別れは一度だけにいたしとう存じます」

「…………」

返すことばが見つからず、おのれを省みる乱丸であった。むしろ愛情が足りなかったというしかない。

「いつ戻るにせよ、必ず土産を買うてまいる」

「嬉しゅう存じます。なれど、アンナが何よりも嬉しいお土産は、乱丸さまのご無事なお姿にございます」

アンナが、自分のことを、わたくしではなくアンナと言ったのは初めてである。なんとも可愛らしい、と乱丸はまた淫気を催して、抱き寄せた。

「食べてしまいたい」

感極まり、アンナの朱唇を強く吸ってから、顔じゅうに口づけの雨を降らせた。

「お役目に障りが……」

喘ぎながらも、アンナが諭す。

「うん……」

ようやく乱丸は身を離した。名残惜しさと恥ずかしさが綯い交ぜの子どもっぽい表情である。

「ご武運長久をお祈り申し上げます」

微笑を泛かべる美女は、恋人というだけでなく、姉のようにも、母親のようにも見える。乱丸はアンナの虜であった。

後ろ髪を引かれる思いで、〈なんばんや〉をあとにした乱丸は、急ぎ森屋敷に戻って登城用の衣服に着替えた。

村井作右衛門はまだ就寝中であったので、昨夜の子細は藤兵衛より話してもらうことにして登城し、夏の早い夜明けとともに起床した信長へ、石川五右衛門が仲間割れで殺された経緯を伝えた。

ただ、五右衛門一味が京で土御門家預かりの賀茂家旧宅を塒としていたことばかりは、信長には明かさない。作右衛門と相談して決めたことである。

「寝覚の好い朝よ」

五右衛門が飢牙丸に殺されたのは、乱丸が居合わせればこそ。そう信長は言って、手柄としてくれた。

忸怩たる思いを拭えぬ乱丸だが、信長が手柄と認めたからには手柄なのである。

「梟首せよ」

信長の命令を受け、乱丸は五右衛門の首を城下外れの往還沿いに晒した。

捨札の罪状には、徒党を組んで諸処で盗みと殺人を繰り返した兇賊であると記しただけで、もちろん安土城天主閣を侵して落書したことには触れなかった。天主閣落書の一件は、織田氏の面目に関わることなので、もともと秘されている。

石川五右衛門の本名が真田八郎であることは記してやった。心の奥底では信長へ憧憬を抱いていた者に対する、乱丸の微かな同情心であったかもしれない。

「上洛は二十九日」

と安土より触が出された。

天正十年の五月は、二十九日が末日である。

各自の領地に戻って出陣準備中の部将らへも、信長の上洛日が下達された。毛利氏との決戦の気分は、にわかに高まった。

乱丸ら供をする近習衆も、蒲生賢秀ら安土城留守居を命ぜられた者らも、ただちに準備を始める。

安土出立の前日である二十八日に至って、乱丸は居ても立ってもいられなくなった。やはり、もう一度、アンナに会いたい。

だが、この期に及んでは、もはや信長の側を片時も離れることはできなかった。それでも、アンナが森屋敷まで出向いてくれれば、寸時の逢瀬は得られるかもしれない。

乱丸は〈なんばんや〉へ使いの者を出した。

しかし、戻ってきた使いの者がもたらしたのは、落胆させられる報せであった。

「アンナどのは、五日前に堺へ出掛けられたそうにございます」

見世の遊女たちのために、衣類や化粧道具などを需めに行ったのである。帰途に奈良へ回って、できるだけ多くの寺社に乱丸の武運長久を祈ってくるので、日数を要すると言い遺したらしい。

「そうか……」

五日前といえば、その未明に乱丸とアンナは後朝の別れをしている。

武運長久のために多くの寺社を巡ってくると知ったことが、乱丸には救いであった。アンナの無償の愛が感じられる。

躰のあちこちが疼いた。嚙まれたところはまだすっかり治ってはいない。次に肌を合わせるまで、治ってほしくないとも思っている。

（わたしは必ず無事で帰る）

心中でアンナに誓う乱丸であった。

翌五月二十九日の早朝。

『信長公記』によれば、「二、三十人」というわずかな供廻りを率いて、信長は馬で安土を発った。

めざすは京の宿所、本能寺。

織田信長四十九歳、森乱丸十八歳。
余すところ二日間。それが、露命(ろめい)をつなぐ時間(とき)であった。

第二十九章　日輪を食らう

一

梅雨時である。

降雨の中、信長の一行が洛中へ入ったのは、五月二十九日の夕刻であった。

本能寺近くの沿道には、公家衆を中心に奉迎の人々が多数待っていたが、信長の命をうけた乱丸が先に、坊丸を連れて馬をとばし、かれらに触れ回った。

「無用である」

信長が無用と言ったら無用なのであって、それでもとどまって出迎えれば、かえって機嫌を損ねる。それと知る人々は、急いでそれぞれの帰途についた。

ただ、乱丸の凛然たる馬上姿に見とれて、寄ってくる若い女人が少なくなかったので、これらは坊丸が逐いやる。

信長が本能寺へ到着すると、貫首は大衆を率いてただちに出ていき、洛中の他の法華寺院へ移っていった。信長の滞在中は寺を明け渡さなければならない。

八日前に上洛し、本能寺にほど近い茶屋四郎次郎宅を宿所として、信忠の接待を受けていた徳川家康は、この日、すでに堺へ向けて出京したあとであり、入れ違いとなった。

信忠のほうは、家康の堺、大坂、奈良見物にも同道する予定であったのを変更し、その案内役を長谷川藤五郎に任せて、自身は父を迎えるため、宿所の妙覚寺に留まっていた。こちらも、本能寺とは四丁ほどしか離れていない。

信忠が予定変更の旨を、信長の近習の乱丸に宛ててしたためた書状の日付は、二十七日である。となれば、そうと決めたのは、同日もしくはそれ以前のことであろう。

これこそ、惟任光秀に最終的に謀叛決行の意を固めさせた最重要事というべきである。信長だけを討っても、家督者と公認されている信忠が存生では、ただちに反撃を受ける危機にさらされる。討つのならば、信長父子を同時にでなければ意味がない。

むろん、光秀が明後日の未明に大軍を率いて京へ上ってくるなど、いまの信長父子にも乱丸にも思いもよらぬことである。

明けて、天正十年六月一日。

この日も、朝から晴れたり曇ったり、時に雨もぱらついて、すっきりしない空模様であったが、本能寺周辺は信長の入京祝いに馳せつけた人々でごった返した。文字通り、門前市の如しであった。

およそ一年三ヵ月ぶりの信長の上洛だから、京の貴顕が挙って参集したのである。勅使の勧修寺晴豊、甘露寺経元らだけでなく、関白左大臣一条内基、右大臣二条昭実、内大臣近衛信基ら現職の高官を筆頭に、参議以上の公卿衆のほとんどが顔を揃えた。近衛前久などは、先の三職推任の一件があるので、信長を憚り、太政大臣の官をわざわざ辞してからの訪問であった。次代の公卿と目される若き公家衆も続々と輿で門前に乗りつけるので、この日ばかりは、内裏が本能寺へ移ったかのようなありさまである。ほかに、聖護院門跡らの高僧、有徳の町衆らも面謁を求めた。

実は、信長の上洛が近いと知れ渡った時点で、かれらが皆、進物品を用意し、その数量たるや、おそらく言語を絶すると京より安土へ報じられている。しかし信長は、進物品は無用であることを、京都所司代の村井貞勝を通じて伝えた。

中には、信長の上洛前に早くも所司代屋敷や本能寺へ夥しい品物を届けてしまった者らもいたが、貞勝によって悉く返却された。

「鬱陶しい」

というのが信長の本音である。

高価あるいは珍奇な物品を介して面談をとりつけようとする者たちは鬱陶しい、という意味だが、むろん口にはしない。

事前に本能寺へ進物品を届けた者らは、そのとき信長が上洛したと勘違いしたようであった。というのも、信長が自身の安土出立に先立ち、名物茶道具の数々を家臣の手で本能寺へ運ばせたからである。

信長は、西国出陣の日を四日と定め、それまでは本能寺で連日、茶会を催すつもりなのであった。

「まいったか。通せ」

信長が、勅使すら待たせておき、おのが宿所用に建てさせた御殿の対面所において真っ先に引見したのは、ひとりの剃髪者である。

「おもてを上げよ」

乱丸が声をかけた。

上げられた剃髪者の顔は、よく陽に灼けている。眼光からは練れた胆力が伝わってくる。

「島井茂勝か」

信長直々の呼びかけである。

「さようにございまする。なれど、正月にこのようになり……」

と茂勝は艶やかな頭を撫でて、ちょっと照れたように微笑んだ。

「いまは宗室と号しておりまする」

初めて拝謁する魔王を前にしても、落ちつきはらっている博多の豪商島井宗室であった。

「正月のことは赦せ」

信長がめずらしく謝ると、宗室は頭を下げた。

「勿体なき仰せ」

実は信長は、昨年末、今年の正月二十八日に、堺の茶人たちを招いて、茶会を催す予定を立て、そのさい島井茂勝を引見することを望んだ。

これを、かねて交流のある天王寺屋道叱より書状で知らされた茂勝は、急ぎ瀬戸内海を東航して上洛すると、大徳寺に参禅して頭をまるめ、宗室の号を授かった。堺の茶の湯の祖である武野紹鷗が大徳寺で剃髪して以来、茶禅一致の教えが弘まり、茶人は同寺で得度し、開山の宗峰妙超の一字を出家名につけることが慣例化されている。

ところが、茶会はお流れとなった。そのころ織田では、信濃の木曾義昌を誘降させられるや否やの重大局面を迎えており、これが成功すれば、信長みずから出馬して武田領へ攻め入らんという時期だったからである。

「惟任日向とは会うたな」

信長の茶会開催は流れたが、その三日前の正月二十五日、宗室は惟任日向守光秀の京屋敷における茶会に出席している。

「日向守さまのおもてなしには感服いたしました」

「あれは万事に抜かりのない男よ」

ちょっと嬉しそうな信長である。

「先鋒は日向と決めておる。博多の者らも異存あるまいな」

「神屋もご渡海を心待ちにしておりまする」

九州では、貿易によって巨万の富を得ている博多町衆とうまく折り合いをつけなければ、武将たちも事を思いどおりには運べない。その博多町衆のまとめ役が、島井宗室と神屋宗湛であり、年長の宗室は事実上のかしらでもあった。

信長の毛利討伐後の野望は、九州平定である。宗室の全面協力を得られれば、その成就は約束されたようなものといえよう。

しかしながら、古い時代から海外との交易の盛んな九州というのは、気風が独特で、武士は強悍でもあり、一筋縄では行かない。先陣を切るのは、そういう九州武士を屈伏せしめられるだけの知謀、軍略、度量を持ち合わせた者でなければなるまい。また、そうでなければ、博多町衆も本気で力を貸してはくれないであろう。徒手空拳から廻国修行によって様々な知識や技術を習得した苦労人で、一時期は足利将軍家にも仕え、その後は永く信長を支えてきた光秀なら、この任にうってつけである。

宗室が感服したのは、光秀のもてなしにはもちろん、その人物にこそであることは、その言いかたや表情から明らかといってよい。

七年も前に、信長が朝廷に奏請して、光秀に九州の古豪族の惟任姓を賜ったのも、このときが来るのを期すればこそであった。

（日向どのがこの場に居合わせれば、さぞお喜びになられたに相違ない）

乱丸は心よりそう思った。

（上様は、このことを、日向どのが安土を発たれるとき、お告げあそばされたほうがよかったかもしれない……）

光秀自身、惟任姓を賜ったときには、来るべき九州征伐のさいは必ず名誉の先鋒を命ぜられると確信したことであろう。

しかし、いまの光秀は不安を抱いている。

信長から弟のごとく思われている東海の麒麟児家康が、新たに織田の家臣として名を列ねることになった。また、今回の西国出陣にしても、形としては羽柴秀吉の下風に立つものといえる。

自分は信長の絶対的な信頼を失った、と光秀は思い込んでいる。四国の長宗我部氏を最もよく知る身なのに、その征伐軍から外されたことで、九州討ち入りの先陣を承るのも、もはや自分ではなく、家康か秀吉なのではないか、とも疑っているかもしれない。

そうと察せられる乱丸だから、いまも信長の心は変わらない、と光秀に伝えてやりたいのである。

安土を辞したあとの光秀は、五月二十六日に近江坂本城を発って丹波亀山城へ帰城し、翌二十七日には丹波と山城の国境の愛宕山に登って、勝軍地蔵を祀る愛宕神社で戦捷祈願の連歌会を催し、その宿坊で一泊後、鉄炮の弾薬など戦陣用の荷を運ぶ先遣隊を西国へ向けて発した。その日程は、筆まめな光秀本人からの書状によって、本日、京へも報告されたばかりである。

いまこのときの光秀は、居城の亀山城で出陣直前の準備に忙殺されているに違いない。本日中か明日の未明には出陣するはずである。

(備中で合流したさい……)

九州征伐の先陣のことを信長自身の口から光秀に告げてくれればよいが、その気配のないときは、独断でそれとなく伝えよう、と乱丸は心に期した。

「されば、宗室。予が自慢の名物を披露いたそうぞ」

信長は、これから、宗室を正客とし、四十人余りの京の貴顕を相客として、茶会を開くのである。

「ご一覧を拝見いたしたときから、わが生涯にこれほどの栄誉はない、と胸が高鳴りつづけておりまする」

今回の茶会で披露される茶道具三十八種の一覧表が、事前に楠長諳から宗室へ送られている。

東山御物で天下一の茶入れといわれる九十九茄子、本願寺顕如より献じられた小玉澗筆の絵、今川氏真から進上の千鳥香炉、滝川一益が武田征伐の褒賞として賜った上州厩橋城よりも欲しがったという珠光小茄子など、どれもこれも、本来は値のつけようもないが、信長が莫大な代価を惜しまずに蒐集してきた名物中の名物であった。むろん、信長の持つ名物茶道具は、このほかにも安土にまだまだ秘蔵されている。

「予も楢柴を早う見たいものよ」

座を立ちながら、信長が言った。

「上様が毛利征伐を了えられたとき、御祝として献上せんと期しておりまする」

天下布武へ邁進する覇者を仰ぎ見ながら、天下有数の豪商は微笑んだ。

（意外な……）

素直には信じられない乱丸であった。

肩の部分が張っている茶入れを肩衝というが、天下に三肩衝とよばれる名物がある。初花、新田、楢柴がそれであった。

中でも楢柴は、四畳半茶室を創案するなど、茶の湯の祖型を作ったといわれる村田珠光が、足利八代将軍義政より下賜されたもので、釉薬の飴色が「濃い」ところから、万葉時代の「恋」の歌より名付けられた風雅な逸品である。

　　御狩する狩場の小野の楢柴の

　その後、楢柴は堺の茶人たちの手を転々とした挙げ句、博多の神屋宗湛の叔父宗白（そうはく）が得るところとなった。が、宗白は商（あきな）いが傾いて、その所蔵が困難になると、豊後（ぶんご）のキリシタン大名で、名物狩りでも知られた大友宗麟（そうりん）が食指を動かした。

　容易にキリスト教を受け容（い）れず、日本で最も布教がやりにくい土地、と伴天連（バテレン）ルイス・フロイスを嘆かせたように、博多の町衆の多くはキリシタンを快く思っていなかった。それが、通商の自由や諸役免除を与えてくれる宗麟であっても、である。堺の豪商たちからも、茶の湯を政（まつりごと）に利用するだけの武家などに楢柴は渡すまじ、と博多町衆への叱咤激励があった。そこで島井宗室が立ち上がり、目の玉の飛び出るような値で、宗白から楢柴を買い取った。

　堺と博多という、天下の二大商都の商人たちが、そういう経緯で守ったというべき楢柴を、宗室がいとも簡単に信長へ贈ると明言したのだから、乱丸は不審を抱いたのである。

　信長はすでに初花と新田を所有しているが、いずれも今回は安土に残してきた。楢柴を得て、天下三肩衝が揃ったら初めて披露するというその意思は、一覧表を見た時点で、宗室も察したことではあろう。だからといって、即座に差し出すほど、博多商人は甘くないはずである。

「まいれ、宗室」

大広間に茶会の準備が整っている。信長は上機嫌で対面所を出た。

宗室も立ち上がり、あとを慕ってゆく。

(島井宗室は何かよからぬことを画策しているのやもしれぬ……)

その表情をちらりと窺って、今後は宗室の動きに警戒しなければならない、と心に留め置く乱丸であった。

二

茶会では、本格の膳(ぜん)ではなくて簡略化された料理に濃茶(こいちゃ)が振る舞われた。

信長の目的はあくまでも名物披露にあったからである。

ただ、列席の堂上(どうしょう)公家たちは、名物を鑑賞するどころではない。かれらが何よりも知りたいのは、征夷大将軍叙官に対する信長の返答である。だが、信長の機嫌を損ねたくないので、遠回しにそのことを匂わせるぐらいしかできなかった。

そのたびに、かれらは一様に息を詰めて覇者の口許(くちもと)を見つめ、信長のほうはさらりと話題を逸(そ)らすことが繰り返された。

(朝廷に人はいない……)

信長がこの在京中に返答を与えるつもりなどないことを見抜けない公卿、公家衆に、乱丸はあきれた。

自分より権威や実力のある者のいちいちの言動に左右されるだけでしかない愚者たちには、乱世を終わらせ、天下を統一することなどできはしない。旧い権威を打ち壊し、おのれより力ある者らに敢然と立ち向かって勝利を得てきた信長の思いなど、かれらには分かるまい。

同時に乱丸は腹立たしくもあった。

（このような者らに、武門は永い間、弄ばれてきた）

平氏も源氏も執権北条氏も足利氏も、朝廷の狡賢さを承知していながら、貴き生まれの方々と思えばこそ、決して敬意を失わなかった。敬意を失わなかったからこそ、怒りを抑えて、朝廷対策には苦心惨憺した。それをよいことに、朝廷は武家同士を争わせ、平氏政権にも鎌倉幕府にも足利幕府にも滅亡の道を辿らせた。その結果が、百年をこえる戦国乱世の現出ではないのか。

本来、武門とは、戈を持って進むことによって、ついには争いを止めるのを使命とする。いま信長は、戈を持って急進中である。天下の争乱停止の実現は目前に迫っている。

（公卿、公家衆なぞに邪魔はさせない）

あらためて、乱丸はその意を強くする。

名物の披露中、大広間の広縁に控えていた菅屋角蔵が、信長の側近くに座す乱丸のもとへ目立たぬように寄ってきた。

十四歳の角蔵はいまや森組である。父の菅屋九右衛門が、安土出立の直前、森組入りを信長へ願い出て許された。

囁き声で耳打ちされた乱丸は、顔色を変えることなくうなずき返して、角蔵を退がらせてから、ちらりと屋外を見やる。

いましがたまで降っていた小雨は止んだが、庭は薄暗い。その鈍色の景色は、まだ曇天のままだからというのとは、いささかようすが異なる。どこか不気味であった。

信長と客たちの話題が一段落つく頃合いを見計らい、

「畏れながら、上様……」

乱丸は口を開いた。

「いかがした、お乱」

「日蝕のようにございます」

地球と太陽の間に月が入り、太陽が隠されてしまう現象が、日蝕である。太陽がすべて隠されれば皆既蝕、一部ならば部分蝕。太陽が月の周囲に環状にはみ出して見えれば、金環蝕という。

信長も、庭へ視線を移すと、

「であるか」

そう呟いてから、列座の客のひとりを一瞥した。

その客は、瞬時に、おもてを蒼ざめさせると、慌てて立ち上がり、広縁のほうへ出ようとする。

「陰陽頭。無礼であろう」

乱丸が、信長の代弁をしたように、厳しい声音で制した。

陰陽頭土御門久脩は、恐れて竦んだ。

ゆっくりと信長が立ち上がり、みずからたしかめにゆく。乱丸は付き従う。

列座の人々は固唾を呑んで見戍るばかりである。

かねがね京暦に不審を抱く信長は、今年の正月、その担当者である土御門久脩を安土に招んで、地方の造暦者といずれの暦が正しいか対決させている。結句は、京の斯界の権威たちによって京暦が正しいという判定が下された。

しかし、六月一日に日蝕が起こることを、京暦ではまったく予測していない。もしいまさに日蝕が進行中であるのなら、これは重大な過ちと言わねばならなかった。

古くから、月蝕、彗星出現とともに、いくさ、疫病、飢饉などの兇兆とされるのが日蝕であり、そのとき射す日光は汚れなので、別して天皇の玉体を守るため、事前に御所を薦で被っておく。

予測できなかったのだから、言うまでもなく、御所はいま、たとえ弱光であったとしても、まともに汚れの光を浴びている。

信長は落縁まで下りた。その傍らに乱丸は折り敷き、主君とともに空を見上げた。

部分蝕であった。

日蝕というものを初めて見た乱丸だが、胸がざわついた。なぜか、信長とその他の有象無象が重なったのである。

信長という大いなる日輪に、日陰の愚者どもが食らいつく。そんな光景であった。

「であるか」

もう一度、信長は言った。今度は大広間にいる全員の耳に届くよう、大きな声で。

久脩が、立ったまま、膝をがくがく震わせ始める。

信長は、踵を返し、大広間の上段之間へ戻ってゆく。

「角蔵。手柄ぞ。あとで必ず上様に申し上げておく」

広縁に控える角蔵に素早く声をかけてから、乱丸も中へ入った。

梅雨時で晴れたり曇ったり小雨がぱらついたりの空模様では、部分蝕など誰も気づかぬうちに終わってしまったかもしれない。気づいた角蔵のまさしく手柄といえよう。

角蔵は、澄んだ眼を輝かせ、艶やかな頰を赧めて、乱丸の背に向かって勢いよく平伏した。

横に並んでいた力丸が、年少の同僚の背をひと撫でしながら、小声で、よかったなと言って、微笑んだ。はい、と角蔵も笑顔を返す。

座に直った信長は、しかし、日蝕のことなど一言も口にせず、何事もなかったかのように名物披露をつづけた。

面目を失ったばかりか、心が恐怖でいっぱいとなった陰陽頭土御門久脩は、とうとう気を失ってしまう。

乱丸が組下の者らに言いつけ、久脩の躰を運び去らせた。

列座の大半の者は、おどおどしながら、信長と乱丸の顔を上目遣いに交互に見やった。久脩をどうするつもりなのか、きっと殺されるのだ。そんなふうに恐れたのである。

「お乱」

信長が、白天目茶碗を宗室に手ずから渡しながら、呼びかけた。それだけで、乱丸には主君の意が伝わる。

「方々、ご案じ召さるな。医者をつけて、ご自邸までしかとお送りいたし申す」

乱丸がそう告げると、列座のあちこちから安堵の溜め息が洩れた。

名物披露の茶会は、夕刻までつづけられた。

客の公卿、公家衆にとっても、名物はたしかに眼福ではある。しかし、肝心の征夷大将軍叙官に対する信長のこたえを得ることができず、かれらは大きな疲労感を抱えながら帰途についた。

今夜は本能寺を宿所とする宗室も、あてがわれた住坊へ引き上げた。

実は、翌朝の変事が起こる直前に、宗室は本能寺を脱する。予見していたとしか思われないが、博多の豪商というのは迅速な情報の蒐集と分析の達人でもある。正月の茶会で光秀と面識を得たあと、九州征伐の先鋒をつとめる男のことを、それとなく探りつづけていたとすれば、事前の察知も驚くにはあたらない。あるいは、謀叛に加担したのか。いずれにせよ、『嶋井家由緒書』によれば、脱出のさい、宗室は床に掛けられていた弘法大師真跡の千字文の軸を持ち去ったという。宗室に警戒心を抱いた乱丸は、さすがに鋭敏であったといえる。

六月一日の日が落ちてからは、洛中の各所に分宿中の近習衆が、本能寺を訪れた。近習衆でも、森組以外の面々は、信長の安土出立の前後に三々五々、上洛している。

信忠と村井貞勝・作右衛門父子もやってきた。

気の置けない者らばかりに囲まれた信長は、初代本因坊の算砂を対手に囲碁を打ち始めた。

算砂は、信長に仕えて、「名人」の称を授けられている。

乱丸も、ようやくひと息つき、しばし、別間に控えていることにした。

その前を、厠に立った信忠が通りかかり、声をかけてきた。

「乱丸。幾日か前、アンナに出遇うたぞ」

「左中将さまがアンナに……」

どういうことか、と乱丸は訝った。

「南蛮寺の近くでな。あれはキリシタンであろう」

「さようにございます」

以前、信忠が安土を訪れたさい、評判の遊女屋〈なんばんや〉を、家臣らを従えてのぞいたことがあるのは、乱丸も知っている。そのとき、信忠はアンナに声をかけ、乱丸との関係も知ったので、記憶にとどめたのかもしれない。

だから、乱丸が怪しんだのは、そのことではなかった。アンナが京にいたことである。見世の女たちの衣類や化粧道具を買いつけるために堺へ赴き、帰路は奈良で多くの寺社を巡って乱丸の武運長久を祈った後、安土へ戻るはずではなかったのか。

アンナがキリシタンであることを思えば、少し足を延ばして久々に京の南蛮寺に寄ったとしても、何ら怪しむに足りない。ただ、それならば、〈なんばんや〉の留守を預ける奉公人らへことわっておくであろう。見世の経営についてはひとりで切り盛りする身のあるじが、旅の予定を曖昧にするとは考えにくいのである。アンナが京に立ち寄ることを、奉公人たちが乱丸に告げなかったのは、かれらもそれを知らなかったからに他ならない。むろん、アンナが旅先でにわかに思いついたということもありえようが。

そうしたことが、瞬時に、乱丸の頭の中を駆けめぐった。

「そちの武運をデウスなる神に祈るとか申しておったな」

乱丸の武運長久は、おのれの信じる神に願うべき、とアンナは思い直したのかもしれない。そう考えれば、疑念は一掃される。

「畏れながら、左中将さま。アンナとはいつ出遇われたのでございましょう」

「そうよな……」

思い出そう、と信忠はちょっと首を傾げる。

「わしが京に留まって父上を迎えると決めた日で、そのことを、たしかアンナにも話したような気がいたす。とすれば、二十六日であったか」

五月二十六日のことである。

アンナが安土を発って、三日後。堺で早々に買いつけを済ませて上洛したのであろう。別段、どうということもない。

それでも乱丸は、ちょっと気になった。

何がどう気になるとはっきりしたものではなく、なんとはなしにである。

(もしやまだ京に留まっているのでは……)

とも思いめぐらせたが、これは願望にすぎない。留まっていれば、信長に随従して西国へ向かう三日後までの間に会えるかもしれないという。

しかし、それはない、とすぐに乱丸は思い直した。アンナも見世を長くは空けられないであろう。

「好いた男の武運を祈るためだけに、わざわざ安土より上洛いたすとは、なかなかよき女子ではないか。大事にいたせよ」

「畏れ入りましてございます」

廊下を歩き去る信忠の背へ向かって、乱丸は頭を下げた。

湿った風が吹き込んで、燭台の炎を揺らした。

消えそうになった炎が、それでもなんとか持ち直したのを見て、少しほっとする。

そんなことにほっとする自分を大仰だと自嘲した乱丸だが、消えなくてよかったと思ったことだけは事実であった。

三

その頃、安土では、大手門の御番所から森屋敷へ、来訪者の知らせがあった。

思いがけない人である。

「なに……」

森屋敷の留守を預かる伊集院藤兵衛は、書見中に、取次の者からその人の名を聞かされて、すぐには信じられなかった。

「人違いであろう。それとも騙り者か。江畠勘七にたしかめにいかせよ」

勘七というのは、乱丸に仕えるため、一年ばかり前に美濃金山から安土へ移ってきた者である。金山時代の一時期、その人の外出時の警固士をつとめたので、顔を知っているはずであった。

それから、大手門まで出向いた勘七が、思いの外に早く戻って、藤兵衛の居室まで報告にきた。息を切らせている。

「間違いございませぬ。金山の御台さまにあられます」

森宗家、長可の正室、千のことである。

長可が信濃へ国替えされ海津城主におさまったので、金山御台とよばれるのは正しくない。だが、新領地の人気が落ちつくまでは、千ら女房衆の引っ越しは延引となったため、森家の家臣の多くがいまもってその敬称を用いている。

（御台さまおんみずから安土へ……。それも、かような夜中に……）

藤兵衛は、急ぎ書見台の前を離れ、居室を出た。

近侍の若侍が手燭で足許を照らして先導する。勘七もつづいた。

主殿を出て、足早に表門へと向かう。

安土の夜空も曇りで、月は隠れている。

降っているというほどではないが、藤兵衛は二、三歩ごとに、顔へ微かに雨粒があたるのを感じた。

閉じられた表門の内側には、松明を手にした門番らが待機している。訪問者が誰であろうと、あるじの許可が下りないうちは開門しない。こうしたことは、森家では徹底されていた。乱丸不在のいま、許可を出すのは藤兵衛である。

藤兵衛は、それでも念のため表門の脇戸から外へ出て、訪問者をたしかめた。

「御台さま」

折り敷いた。たしかに、千の立ち姿がそこにあったからである。

乗物が見当たらない。それどころか、千は綾藺笠をつけ、直垂、小袴、手袋、行縢、物射沓という騎馬用の出で立ちではないか。

すでに下馬しているが、馬は三頭。随従者は、藤兵衛も見知っている武士が二名で、やはりいずれも騎馬装束であった。一方が松明を掲げている。

徒の者の姿がひとりも見えないのは、三騎だけが先行したのか、それとも、はなから徒の者を従えない急ぎ旅であったのか。

どちらであるにせよ、城と十万石の領地を持つ大名の正室が、わずかな供廻りで、馬をとばして他国へ往くなどありえない。但し、信長にも愛されるじゃじゃ馬の千ならば、事と次第によってはありえないこともないが。

「藤兵衛。お乱どのは」

切迫した声音で、千が訊いた。

「昨日、上様のお供で、安土をご出立なされてござる」

「ご上洛か」

「さよう。西国ご出陣に向けて」

「一日違いとは……。京へ向かうべきでありました」

悔やむように、千は独りごちた。

「わが殿に何か火急に伝えたき儀がおありということにござりましょうや」

「さようです」

「まずは、お口を漱がれ、お手足の汚れを落とされ、何か召し上がって、そののちに」

すると千が、躊躇いのそぶりをみせ、ちらりと西の方を見やった。乱丸のいる京へ思いを馳せたのであろう、と藤兵衛は感じた。

「さあ、御台さま」

再度、藤兵衛に促されて、ようやく千は森屋敷へ入った。

千が、供の武士らを別間に引き取らせ、藤兵衛と一室でふたりきりになったのは、それから小半刻も経たない頃である。

「坂井孫八郎に関わることです」

と千は切り出した。

信長は若年時に、大いに力を貸してもらいながら、目の上の瘤となったことで、叔父の織田信光を暗殺した。那古野崩れとよばれる事変である。実行者が坂井孫八郎であった。尾張統一後に必ず呼び戻すと信長から約束された孫八郎は、一族を引き連れ、美濃へ、さらには飛驒へ逃れていた。那古野崩れから四年後に、信長の使者森三左衛門の一隊に、木曾川べりで出迎えられた孫八郎一族は、永年の苦労が報われると歓喜した。

しかし、信長の密命を帯びていた三左衛門は、かれらを民家に押し込め、火をかけて焼き殺してしまう。そのさい、火炎地獄から這い出てきた命冥加の童女を、もはや殺すのは忍びないと思った三左衛門は、この子をひそかに落とした。名を、はつという。

成人したはつは、素生を隠して、森家の岐阜屋敷に仕え、今年の正月、岐阜へやってきた乱丸を、千の前で討とうとして失敗し、舌を嚙み切って自害した。

事はそれで終わったはずであったが、乱丸も千も、心が晴れず、その後も気にかかっていた。とくに千は、幼少時より敬愛する信長と、良人と義弟の亡父が深く関わったことなので、たしかな真相を知りたくて、心利いた者らを用いて当時の経緯を探りつづけた。

三左衛門の家臣で、孫八郎一族殺しに直接手を下した者は、まだ幾人か生き残っているが、かれらは口が固くて、何も聞き出せなかった。思い出したくない出来事でもあるらしい。

そんな中、孫八郎一族殺しの直後、侍であることに嫌気がさし、出家して僧侶になった者がいると知れ、見つけ出した。浄念という。

浄念は語ってくれた。阿鼻叫喚の火炎地獄図を、小高い丘の上から、薄汚れた装の女に手を引かれて、瞬きひとつせず、凝然と見つめている少女がいた、と。

この話をもとに、さらに諸所を探っていくと、名が分かった。

「かや」

と千は言った。

「かや……」

藤兵衛の記憶にある。が、思い出せない。

「はつの姉です」

孫八郎一族が美濃へ逐電するとき、かやは重い病床にあって、命の火が消えようとしていた。やむをえず、一族はかやだけを尾張に残したのである。

その後、かやの消息は途絶えた。病死したもの、と一族も思い込んだ。

ところが、生きていた。呪術を使う怪しげな女が、連れ去って、育てていたのである。

一族が皆殺しにされるとき、かやが木曾川べりの小高い丘に立っていたのは、生き別れの親兄弟に再会したかったからである。その願いは残酷に打ち砕かれた。

「それからのかやの消息は、やはりまた判然としないのですが、たしかなことがひとつ。

かやはキリシタンになりました」

千のその一言に、藤兵衛の胸は抉られた。口に出すまでもない。

藤兵衛が顔色を変えたことで、それと察したと分かった千は、うなずいてみせる。

「察したとおり、お乱どのが恋い慕うている遊女屋の女あるじ」

アンナのことは、乱丸から直に聞いてはいない千である。だが、良人の長可より苦々しい口調で聞かされたので、おおよそを知っている。

素生を隠しているはつの姉に、乱丸はそれと知らずに身も心も許してしまった。だから千は、矢も盾もたまらず、美濃金山から駆けつけてきたのである。信濃の長可に書状を届けて許可を得るという、悠長なやりとりをする猶予はないと感じた。

「あっ……」

はっきりと藤兵衛も思い出した。

石川五右衛門と新影流一門との確執。近江勢多城で、乱丸が神後宗治より語られたという、その昔話の中に出てきた女の名が、かやであった。

上泉信綱の葬儀のさい、信綱愛用であった短刀を盗んだ女。五右衛門の手下である。いや、きっと五右衛門の情婦であったに相違ない。

(巧みな騙しかたであった……)

アンナが京で乱丸に近づいたのは、見知らぬ男より、名をたしかめてくれと頼まれたからだったと言った。一方、五右衛門のほうも、そのことをみずから乱丸に明かしている。偶然の関わりにすぎず、さしたることでもないから、どちらもあっさりと口にしたのだ、と乱丸に信じ込ませた。両人がそれぞれただの一度も接点のないことを強調して近づくより、かえって信憑性をもつ。さらには、その後も五右衛門が無理強いとみせた形でアンナのもとを訪れることも、やりやすくなる。一方で乱丸は、アンナには尽くされつづけているから、いつしか疑念など消えてしまったのである。

しかもアンナは、五右衛門と義兄弟のような関係にあった飢牙丸によって、気に入らぬ乱丸の想い女だから、と顔に傷を負わされている。さすがにそのときは、藤兵衛でさえ、乱丸の信じるように、最初から本当にアンナは五右衛門とは無関係であったのだと得心した。

しかし、いま思えば、あの一件の直前に乱丸の疑念が再燃しかけていた。それを察知して、五右衛門、飢牙丸、アンナの三人で仕組んだ狂言であったに違いない。実際、アンナの顔の傷は、見た目ほどには深くなく、痕を残すこともなく癒えた。撲るさいに手加減したのであれば、それも納得がゆく。

(飢牙丸の父の阿久多は……)

いよいよ藤兵衛は思い起こした。

何者かに狙撃されて死ぬ寸前、阿久多は何か重大なことを言いかけたという。そのことも、藤兵衛は乱丸から聞いている。

（あなたさまにとっても、ひいては織田さまにとっても有益なこと。そんなふうに言った、と）

そのあと阿久多は、安土市中を曳かれてくる途次にセミナリヨの前を通ったが、とそこまで語ったところで銃弾に斃れたのではなかったか。

きっと阿久多はセミナリヨにアンナの姿を発見したのであろう。そして、アンナの五右衛門との深い関係だけでなく、素生も知っていたのだ。知っていれば、アンナが信長と森家に恨みを抱いていることは、容易に想像がつく。それを阿久多は乱丸に明かそうとしたのだと考えれば、辻褄が合う。

アンナのほうも阿久多に気づいた。気づくやいなや、口封じを思い立った。

（鉄炮で狙い殺したのはアンナだ）

こうなると、八日前の夜にアンナが乱丸と藤兵衛に語った、五右衛門と飢牙丸が〈なんばんや〉で身を潜めるに至った経緯も、まったくの作り話であったことは明白である。おそらく、両人の仲違いだけが、唯一の真実であったに相違ない。

「藤兵衛。いかがした」

永く沈思している藤兵衛にしびれを切らせた千が、少し苛立った声を上げた。

「これは無礼をいたしました」

謝ってから、藤兵衛は、いま思いめぐらせていた事実や推察を、すべて千に告げた。

千は、驚いた。初耳のことが多かったからである。

「アンナは、五右衛門と策をめぐらせ、いずれ殿と上様に仇をなすつもりで、殿に近づき、誑かした。さように断じるほかござらぬ」

唇を噛む藤兵衛であった。アンナへの怒りだけではない。アンナのことを信じきれずにいながら、今日まで乱丸のために何の手も打たなかったおのれの不甲斐なさにも、腹が立ったのである。傅役の資格はない。

ところが千が、藤兵衛にとっては意想外な思いを口にした。

「きっとアンナも当初はそのつもりでありましたでしょう。なれど、その後は……」

「御台さま。何を仰せられたい」

「お乱どのは曇りのない一途なご性分です。女性に対してもそのようであるはず。見目も心も美しく、きらびやかな才をもつ若武者のお乱どのから、真っ直ぐな想いを伝えられて、心を動かさぬ女はおりますまい。まして、年が上の女なら、さような男を育てる悦びはひとしおでありましょう。よくよく思い返してみれば、これまでアンナがお乱どのを討つ機会などいくらでもあったはず。いまもって討っておらぬのは、アンナみずからも思いがけず、恋をしてしまったから。さようには考えられませぬか」

問われて、藤兵衛は強くかぶりを振る。

「されば御台さまは、阿久多の口を塞いだのもアンナではない、と」

「いいえ。アンナの仕業（しわざ）でしょう。恋する男と生きる仕合（しあ）わせを奪われたくないと思えば、女はどんなことでもいたします」

「すべては、当人にたしかめるにしくはないと存ずる。それがし、これより、なんばんやへまいる」

アンナが奉公人たちへ告げた旅程が嘘でないとすれば、奈良の寺社めぐりに時を費（つい）やしたとしても、出立より七日を経たいまなら、安土に戻っていよう。

「わたくしもまいりましょう」

なりませぬと制しようとした藤兵衛だが、それより早く千は裾を払っていた。言いだしたら聞かないのが、千である。

先に立って出てゆくじゃじゃ馬に、やむをえず藤兵衛は従った。

四

「あるじはまだ戻っておりませぬ」

藤兵衛（とうべえ）が身分ありげな女人（にょにん）を伴っていることを訝（いぶか）りながら、〈なんばんや〉の奉公人はこたえた。

「遅すぎるのではないか」

奉公人の表情をそれとなく窺いつつ、藤兵衛は訊いた。

「気儘なお人ゆえ、こうしたことはめずらしくないのでございます。申し訳ありませぬ」

嘘をついているようすではない。無駄足であったようだ。

「ひとまず屋敷に戻りましょうぞ」

と藤兵衛が千を促す。

「待ちゃれ、藤兵衛」

ふと千は思いついた。

「アンナ……いえ、かやの幼きころ、ともにいたという女は、存生ではないのか」

「呪術を使うとかいう怪しげな女のことにござるか」

「あるいは、いまもともにいるのでは」

「それは……」

あっ、と藤兵衛は首をもたげた。

〈なんばんや〉は当初、安土城下でも、常楽寺湊の近くの図子の一角にあって、まったく目立たず、その頃は傾城屋でもなく、まがいものと見える南蛮の品々を売る小さな見世であった。惹かれて入った乱丸は、そこでアンナと二度目の出会いを果たした。そのさい、見世には不気味な老婆もいたことを、帰邸した乱丸より聞かされた藤兵衛なのである。その後は、乱丸とアンナの仲が深まっても、老婆の話題が出ることはなかったので、すっかり忘れていた。

「アンナには、なんばんやを始めたときから、親しい老婆がついていよう」

奉公人に質すと、

「太郎女どのがことにございますな」

というこたえが返ってきた。

「太郎女と申すのか」

「はい。あるじがさようによんでおりますので……」

「アンナとはどういう関わりか」

「あるじが幼きころより随分と世話になってきたお人とだけ聞いております。そのほかのことは、存じませぬ」

「ここにいるのか」

「奥庭の一隅の木立の中に離屋が建っておりますが、そこが住まいにございます。ご用ならば、よんでまいりましょう」

その離屋なら、藤兵衛も垣間見たことがある。茶室として、もしくは特別な客のために用いるのであろう、と勝手に思い込んでいた。

「よい。こちらから往く」

藤兵衛と千は、松明を持つ従者に先導させ、建物の外から、奥庭へと足早に回り込んで、その木立の中へ入った。

離屋の窓からは灯火の明かりが洩れていた。

玄関前に立って、藤兵衛が呼ばわる。

「太郎女はおるか。それがしは、森家の家臣、伊集院藤兵衛である。訊ねたき儀があるゆえ、早々に出てまいれ」

返辞の代わりに、洩れていた光が失せた。中で灯火が消されたようである。

好意的な気配でないことは明らかだ。藤兵衛は、差料の栗形に左手を添えながら、千に向かって、右手の人差指をおのが唇の前に立ててみせた。

千は小さくうなずき返す。

物音がしない。

それでも藤兵衛は、静かに鯉口を切って、差料を抜くと、切っ先を足許の地面に向かって下げ、ゆっくり刀身の背を返した。

一瞬後、頭上で音が起こった。

予期していた藤兵衛は、振り向きざまに走って、刀を横薙ぎに一閃する。

背打ちに手応えがあった。

屋根から藤兵衛らの頭上を越えて飛び、一気に逃げ去ろうとした者は、うっ、と呻いて、膝から崩れ落ちた。

すかさず藤兵衛が走り寄り、その者を押さえつける。

従者が掲げた松明の光に浮かび上がったのは、老婆である。

「そのほう、もとは忍びだな」

すると、太郎女はにたりと笑った。前歯が欠けている。

「わしを中へ戻せ。訊ねたき儀とやらに、なんでもこたえてやろうぞ」

「油断させて、また逃げるつもりであろう」

太郎女の装い(よそお)は、足拵え(あしごしら)も充分な旅支度であった。安土を離れようとしていたことは明らかと言わねばならぬ。

「いまなら、逃げるよりも、汝ら(うぬ)に語ってやったほうが面白いでの」

「いまなら、とはいかなる意か」

「話は順序立てて聞くものじゃ、森乱丸の傅役どの」

いやな言いかたである。藤兵衛は、太郎女を乱暴に立たせ、離屋の中へと引っ立てた。

枯れ木のような老婆の躰(からだ)を柱に縛りつけ、藤兵衛は千とともにその前に座した。

五

「その昔、わしは、駿河(するが)の今川上総介氏輝(いまがわかずさのすけうじてる)さまより、尾張那古野(おわりなごや)へ遣わされた忍びじゃった」

訊かれもしないのに、太郎女は喋りだした。

尾張那古野城は、かつては今川一門の那古野氏の居城であった。那古野氏に後継の男子が生まれなかったとき、宗家の今川氏輝は、末弟の竹王丸を氏豊と名乗らせ、養子として送り込んだ。そのさい、氏豊の警固をするのと同時に、織田氏の動静も探らせるべく、ひそかに女忍びを幾人か従わせる。そのかしらが、太郎女であった。

もともと那古野氏とは、互いに居城へ招待し合うなど、友好的であった織田信秀だが、那古野城が今川宗家の尾張侵略の足掛かりとなることを恐れ、先手を打つ。

那古野城の連歌会に招かれた日、信秀は入城後に急病と偽って、家臣を城内に引き入れ、夜更けに放火するや、これを合図に、城外に待機させておいた軍兵を乱入させた。不意討ちを食らった氏豊と家臣たちは、驚き、慌て、命からがら逃げ出し、信秀の那古野城奪取はまんまと成功したのである。

信秀のこの謀略を、太郎女は事前に察知できなかった。

「竹王丸さまは、どこか儚げな御方で、なんとしても守りたいと強う思った。その思いがいつしか……」

そこだけことばを濁した太郎女だが、女である千は察した。

（いつしか男女の仲になっていた）

竹王丸という氏豊の幼名を口にしたのが、それを想像させる。あるいは、当夜も太郎女は氏豊と共寝をして愛欲に溺れていたのではないか。

「その頃の今川宗家は……」

氏輝の早世により、氏豊のすぐ上の兄である義元が家督を嗣いでいた。為す術もなく城を奪われた氏豊は、不甲斐なき者として、義元の命で京の今川屋敷へ逐いやられた。太郎女も、裏切りを疑われて殺されそうになったので、出奔した。

いちど京を訪ねた太郎女は、捨て扶持を与えられ、自堕落な日々を送る氏豊を目の当たりにして、信秀の謀略を看破できなかったおのれの不覚を、あらためて痛感した。その上、あろうことか氏豊から斬りつけられた。汝に誑かされたのだ、と。

太郎女の後悔と悲しみは、織田信秀への怒りに変わる。復讐心を胸に、尾張へ舞い戻ると、歩き巫女を称し、喪家で死霊の口寄せなどして糊口をしのぎながら、信秀を討つ機会を窺った。忍びの者は様々な心霊奇術を知っているので、巫女らしく振る舞うぐらいのことはたやすい。

ところが、復讐の機会が訪れぬうちに、信秀が病没してしまう。目的を失った太郎女は、生きる気力も失い、信秀の遺児信長が尾張で台頭するさまを、ただ茫然と傍観していた。

やがて那古野崩れが起こって、暗殺実行者の坂井孫八郎は一族を引き連れ美濃、さらには飛騨へ逃れるという事件が起こった。そのとき、孫八郎のむすめのかやだけが、身動きもならぬ重病のため、尾張にひとり置き去りにされた。

当時、飢えていた太郎女は、盗みに入ろうと人家を物色しており、人けのない屋敷を侵した。そこで、死にかけていたかやを発見する。孫八郎が逐電したあとの坂井屋敷だったのである。

なぜ見も知らぬ童女の命を救おうとしたのか、のちに思い返しても、太郎女自身、説明がつかなかった。忍びの者として身につけた医術、忍薬、糧食秘法など、知りうる限りの手を尽くして、かやを看病し、奇跡的に生還させたのである。かや自身の生命力が強かったことも、大いに助けとなった。

「那古野崩れから四年後のこと、坂井孫八郎が尾張へ戻ってくることとなり、わしはかやを連れて、木曾川べりまで……」

「それから先のことはよい」

と藤兵衛が遮った。

「おおよそ知り得ておる。かやは上様と森家を、親兄弟、一族の敵とみなした。長じて、石川五右衛門と出会い、心が通じ合うた。五右衛門も、上様とわが殿に含むところのある者ゆえな。そのほうも、上様には、備後守さまのお子というだけで、恨みを抱いた」

「そのとおりじゃ」

信長の父信秀が備後守を称した。

「かやは……、いや、アンナは何をたくらんでいる」

「知りたいか、森乱丸の傅役どの」

また太郎女はいやな言いかたをした。

「われらに語ってやるほうが面白いのではなかったのか」

「焦らすのもまた面白い」

存分に愉しんでいるようすの太郎女である。

藤兵衛は、傍らに横たえてある大刀に手を伸ばした。

「おやめなされ」

千が制して、

「聞かせてたもれ」

と太郎女にちょっと頭を下げてみせる。

「そっちは何者じゃ。どうやら傅役どのより身分が高いようじゃが……」

千の座姿を、あらためて上から下まで眺めながら訝る太郎女を、しかし藤兵衛が叱りとばす。

「無礼者。そのほうごときが名乗っていただけるようなお人ではない」

「よい、藤兵衛。わたくしは、森長可が室にて、千と申す」

みずから千は名乗った。

「ほほう……そなたが森乱丸自慢の義姉どのじゃったか」

太郎女が濁った眼をいっぱいに見開かせる。

「お乱どのが自慢を……」

訊き返してしまう千であった。

「金山の嫂上ほどお姿もお心も美しい女性はおらぬ、とな」

「さようですか」

平静を装う千の表情を、太郎女は覗き込んで、下卑た一言を付け足す。

「乱丸がさように言うておったのは、アンナと肌を合わせる前までじゃがな」

「おのれは……」

藤兵衛が拳を振り上げた。が、それを千は視線だけで制した。

「ええじゃろう。語ってやる」

満足げに太郎女はうなずいた。

「アンナは惟任日向守光秀と会うているはずじゃ」

「なに……」

声を失う藤兵衛である。

随分前から乱丸が光秀の動静や心情に気を配っていることを、藤兵衛は勘づいていた。

石川五右衛門との関わりの中で、乱丸は光秀への疑念を抱いたらしいのである。しかし、そのことばかりは、ひとりで抱え込んでいた。万が一にも謀叛を疑ったのなら、傅役にすら明かさなかったことは、藤兵衛にも納得できる。猜疑心の塊のごとき信長の随一の近習である乱丸が、そんなことを一言でも洩らせば、その瞬間に光秀はすべてを奪われてしまう。おのれと一族郎党の命も城も領地も。

それほどの大事となれば、確証を摑まないうちは、決して誰にも明かさないのが乱丸の処し方であった。翻って言えば、信長から全幅の信頼を得ているのも、そういう乱丸なればこそなのである。

いまだ傅役にも明かさずにいるのは、乱丸は確証を摑んでいないか、もしくは、疑念を払拭できたか、いずれかであるはず。そう藤兵衛は思っていた。

「梅若大夫とともにな」

と太郎女が付け加えた。

丹波猿楽の梅若大夫家久は、先月、安土において、上覧に供した演能が不出来なあまり、激怒した信長から舞台上で散々に打擲されている。家久を推薦した光秀が、西国出陣準備のため安土を離れたあとのことである。

「アンナは日向守にかように告げるであろう。織田信長は、梅若大夫のしくじりの責めを、毛利討伐後にあなたさまに負わせるつもりである」

けっけっ、と太郎女は笑った。

「沙汰の限りぞ」

老婆の胸ぐらを、藤兵衛は摑んだ。

「あの折り、わが殿のご進言により、上様は梅若大夫に金子十枚を下賜なされた。事はすべて了わっているのだ。いまさら梅若のしくじりの責めなどと申したところで、日向どのが信じるものか」

「それはどうかの」

自信ありげに、太郎女が言う。

「昔の些細な失態を持ち出して、家臣を追放したり、腹を切らせたりするのは、織田信長の得意とするところではないか」

これには藤兵衛も言い返せず、太郎女の胸ぐらを摑んだまま、拳を強く押しつけた。信長のこの暴君的な側面は事例が多すぎる。

「藤兵衛。放しなされ」

千が、かぶりを振る。

「日向守どのは思慮深きお人と聞いております。愚かしい作り話など信じますまい」

「愚かしいものかよ」

ちょっと咳き込みながら、太郎女は千を睨み返した。

「森乱丸とアンナのことは日向守も存じておる。アンナが寝物語に聞いたと申せば、信ぜぬわけにはいくまいよ」

「アンナがお乱どのを裏切るような真似をするはずがない、と日向守どのはお思いなされましょう」

「アンナは乱丸との真実の関わりも明かす」

「真実の関わり……」

「アンナは伴天連とキリシタンのことを探るために乱丸に用いられてきた。その見返りになんばんやの商いを大きゅうして貰うた。なれど、神への裏切りに堪えがたくなり、間者のような真似はもはや辞めたいと言うと、乱丸の怒りをかい、打ちすえられた」

「なんという偽りを……。だいいち、お乱どのが女子を打ちすえるなど、決してありえませぬ」

「御台さま」

藤兵衛が口を挟んだ。

「その偽りは、日向どのもお信じになってしまうやも……」

「なぜです」

「さきほどそれがしが語ったことを憶えておられましょうや。飢牙丸なる者がアンナの顔に傷を負わせ申した」

「それをお乱どのがやったことだと……」

「安土ではアンナの傷を負った顔を見た者は少のうござらぬ。子細(しさい)を知らねば、わが殿のなされたことと思い込んだ者もおり申そう。まして、上様に打ちすえられた傷がまだ癒(い)えておらぬであろう梅若大夫が、アンナとともにいれば、日向どのが上様とわが殿を重ねてしまわれたとしても、不思議ではござらぬ」

「鋭い推察じゃのう。さすが森乱丸を育てた男だけのことはある」

　小馬鹿にしたように、太郎女は言った。

「日向守が信長に隠れてバリヤノやロレンソと何やら密談をした形跡がある、と乱丸は信長に伝えた。さようにもアンナは日向守に告げるであろうよ」

「なんという讒言(ざんげん)を……」

「乱丸と愛憎半(なか)ばし、キリシタンでもあるアンナの申すことじゃ。近頃、不安ばかりの日向守は信じるであろうな」

「そのほうら、日向どののお心の動きまで計略に入れていたと申すか」

「それがいちばんの大事じゃ」

　大事じゃ、を大仰(おおぎょう)に伸ばして言いながら、太郎女は愉しげに藤兵衛と千の顔を交互に眺めやった。

「藤兵衛はこれで日向どのが謀叛に踏み切るとお思いか」

　すでに太郎女とアンナの目的を知った千が、少し息苦しそうに訊ねた。

「御台さま……」

それなり、藤兵衛は二の句が継げない。

太郎女とアンナは、織田家と森家への復讐のための計略を、決して急くことなく、永い月日をかけて進めてきた。その挙げ句に成功の確信を得たからこそ、最終段階である光秀への讒言を決行したに相違ない。

「そうじゃ、ひとつ申し忘れた。信長は坂本城を乱丸にくれてやるつもり。そのことも、アンナは日向守に告げるはずじゃ。可哀相に、日向守も」

わざとらしく溜め息をつく太郎女であった。

近江における光秀の居城が坂本城である。光秀が精魂込めて築いた巨城で、畿内近国では安土城を除けば随一といわれる。その城を召し上げられることを思うだけでも、光秀が動揺しないとは言えない。

「太郎女。そのほう、さきほど、いまならと申したな」

怒りをできるだけ抑えながら、藤兵衛は詰め寄る。

捕まえられたとき、太郎女はたしかに言った。いまなら、逃げるよりも、汝らに語ってやったほうが面白い、と。

「はて……さようなことを申したかの」

惚ける太郎女である。

「いま日向守どのは何をしている。返答をいたせ」

「無茶を言いよる。わしは、千里の眼を持っておるわけではないでな。知るものかよ」

「汝は……」

「なれど、いま、京は静かであろうな」

ひひひっ、と太郎女は歯欠けの口を開いて笑った。

(そうであったか)

思わず、藤兵衛は腰を浮かせた。

いま、洛中に滞在中の織田氏の武士は、本能寺と妙覚寺及び町屋などに宿泊する者、京都所司代配下の者など、すべてを合わせても五百人に満たないであろう。きわめて手薄であった。対して、領国の丹波に戻った光秀が、ただちに動かせる兵はゆうに一万を超える。この大軍に京へ攻め込まれたら、どうなるか。洛中の織田武士はひとたまりもない。

援軍を呼ぼうにも、織田軍団はいま各地に分散状態で、京に最も近いところでも、四国征伐軍が集結中の大坂である。事が起こってから、知らせを受けて馳せつけたところで、とても間に合うまい。

つまり、いま光秀の軍は、丹波から京へ向かっているか、あるいはすでに京へ乱入したか、いずれかということなのであろう。

(日向どのが謀叛を思い止まることは……)

すでに信長の家督を嗣いでいる信忠が京に不在なら、光秀も反撃を恐れて二の足を踏むであろうが、織田父子揃って在京中である。

その上、織田軍団の勇将たちが、いずれも赴任地で身動きがとれない。羽柴秀吉は備中で、柴田勝家は越中で、それぞれ敵と交戦中。滝川一益はいまだ不穏な関東の経営に乗り出したばかり。唯一、動ける四国征伐軍の惟住長秀は、先の三人に比べれば、軍事よりも政事の人で、自身の軍団も大きなものではないので、光秀にとっては与し易かろう。さらには、東海の麒麟児徳川家康は、少ない供廻りで堺、大坂に遊覧中であった。

織田父子を討つのに、これほどまでに絶好の条件が揃うときなど、二度と訪れないであろう。

それでも藤兵衛には、信じ難かった。こんな発作的な大博奕を打つのは、光秀ほどの智慧者に最も似つかわしくない。

敵を討つのでも、下剋上で主君を弑するのでも、圧倒的な実力者でない限り、何より肝心なのは、事前に戦後の展開を予想して策を立て、その根回しをしておくことなのである。自身と同等、あるいはそれ以上の力を持つ者が、織田の部将にも他国にも存在する光秀の立場では、なおさらであろう。

織田父子を討ったあと、勢いやら流れやらという不確定なものが味方して、一挙に力を得ることもまったくないとはいえないが、それこそ光秀らしくない。光秀は、型破りで成功を収めてきた秀吉とは、対極に立つ人間なのである。無計画なまま戦後処理に突入すれば、智慧の鏡を曇らせるに違いない。

（さようなことも、日向守どのならば先読みがおできになるはず……）

いまは織田父子を討つ絶好の機会ではあっても、それ以外のことは、いちいちがどう転ぶかまったく予測できず、危うすぎる。光秀ならば、もし謀叛を起こすとしても、いまではないのではないか。

信長の命令に従い、たしかに備中へ赴き、そこで乱丸の到着を待って、アンナの言ったことの真偽をたしかめる。そうするのが光秀らしい。

少し考えれば分かるが、少なくとも毛利（もうり）と対陣中の場で、信長が光秀を誅殺（ちゅうさつ）するのはありえない。そんなことをすれば、光秀の家臣が暴動を起こすか、毛利へ寝返るなどしかねず、かえって信長は窮地に立たされよう。事の真偽をたしかめる時は充分にある。すべては、光秀と乱丸が語り合えば分明（ぶんみょう）となることではないか。

そこまで思いめぐらせると、藤兵衛は落ちつきを取り戻した。

「太郎女。そのほうもアンナも、惟任日向守というお人を、よく知らぬようだな。いかに唆（そそのか）されようと、謀叛などなさらぬ」

「そっちこそ、背負うておらぬ者には分かるまいぞ」

「背負うておらぬとは何のことか」

「重荷じゃ。織田信長の直臣でありつづけるというな」

「なに……」

　藤兵衛は信長にとって陪臣で、千のほうは信長の乳兄弟のむすめであって、たしかにどちらも直臣ではない。

「わけても、日向守のような老境の者には、堪えがたい重荷よ。下ろせる機会を得たならば、下ろして、安堵の息をつきたいと思うのが、人というものじゃ」

　この太郎女のことばに、藤兵衛の心はまた揺らいだ。菅屋九右衛門のことを思い出したからである。

　安土における梅若大夫の一件のあと、九右衛門が乱丸に告白したという。信長に仕えるというのは、千仞の谷の上に渡した細縄を伝わるようなもので、どんな些細なしくじりもしてはならぬと心をすり減らすあまり、自分はいつか心の平静を失って狂ってしまうのではないかと空恐ろしくなる、と。

　信長に幾年も重用されてきた最上席の近習頭が、誰にも言えずに溜め込んでいた思いである。その翌日の九右衛門は、何か憑き物でも落ちたように、これまで見たことのない穏やかな顔つきになっていた、と乱丸が語ってくれた。

「織田信長は、人ではない。みずから称したように魔王じゃ。ただの人が仕えて、いつまでも堪えられるものではあるまい。森乱丸を除いてな」

太郎女はアンナより聞いているのであろう、と藤兵衛は察した。乱丸が信長のために魔王の子たる薩陲（さった）になると誓ったことを。

藤兵衛はついに、居てもたってもいられなくなった。

「御台さま。それがし、これより、京へ馳せ向かい申す」

「遅かりしじゃ」

また太郎女が嘲笑する。

「千里の眼を持たぬ者に、何が見えると申すのだ。そのほうも申したように、いちばんの大事は日向どののお心だ」

「頼みましたぞ」

千が、早々に発（た）つよう、藤兵衛を促した。

藤兵衛は、足早に離屋を出た。

六

「御台さま」

藤兵衛と入れ代わりに玄関より踏み入ってきた従者が、中を覗（のぞ）き込むようにして、千に声をかける。

「大事ない。いましばらく、外におれ」

千が従者に命じると、戸が閉てられた。

「安土城に急ぎ報せたほうがよくはないか」

からかうように、太郎女が言う。

「いや、それはできぬか。経緯を明かさねばならぬゆえな。森乱丸がキリシタン女の色香に迷うて、騙されたことが日向守の謀叛につながったなどと、口が裂けても申せまい。明かせば、森家は、乱丸の家も宗家も取り潰しじゃろうな。そなたのご亭主の森長可は切腹か、それとも斬首か」

へらへら、と太郎女は嗤った。

「そのほう、最初にこう申しましたな。アンナは惟任日向守光秀と会うているはず、と」

千は真っ直ぐに太郎女を見つめる。

「それがどうしたというのじゃ」

「会うているはず。つまり、アンナがそうしたかどうかの報せは、そのほうに届いておらぬということ。ならば、会うていないとも考えられましょう」

「さようなことがあるものか。アンナは永い間、このときを待っていたのじゃ。信長と森家への復讐のときを」

「もしやアンナは、お乱どのを心より恋しく思うているのではありませぬか」

「阿呆なことを……」

太郎女は、うろたえた。実は、その疑いを拭えずにいるのである。

〈なんばんや〉の奥座敷におけるアンナと乱丸の最後の後朝の別れを、太郎女は盗み見た。

そのさいアンナは、しつこいほどに乱丸に言った。

乱丸さまの身が案じられる。万一のときは、乱丸さまがご主君よりも御身をご大切になさるよう。何よりも嬉しいお土産は、乱丸さまのご無事なお姿。

信長をなんとしても討ちたいが、乱丸は死なせたくないというのがアンナの本心なのではないか、と勘繰ったものだ。

目の前の乱丸の義姉から、見てもいないのに、それと見透かしたようなことを言われたので、太郎女は動揺したのであった。

「わたくしには、同じ女として、アンナがお乱どのを見捨てるとは、到底思われませぬ」

「ふん。アンナは、そなたのような、源氏物語にでも興じながら深窓で育った姫君とは違う。塗炭の中で生きてきたのじゃ。なすべきことのためには、男なんぞ平然と殺せるわ。たとえ、その男へのいささかの恋情があったとしてもな」

「そのほう、伴侶を持ったことは」

唐突な千の質問である。

「伴侶じゃと……考えたこともないわ」

「なぜ」

「なぜでもじゃ」

太郎女はそっぽを向く。

「忘れられぬのでありましょう、竹王丸どのを」

千は、あえて今川氏豊ではなく、竹王丸と言った。案の定、一瞬、太郎女が身を硬くした。

「そなたに育てられたアンナが、恋情を抱いている男を平然と殺せると本気で思うのですか」

ううっ、と太郎女は唸ったあと、急激に頭を振り戻し、怒号した。

「殺せるわ」

口から唾を飛ばす。

「殺す、殺す、殺す。信長も乱丸も、織田の者どもは皆殺しじゃ」

太郎女が躰を烈しく揺らすので、繋がれている柱が軋んだ。

「一両日のうちには分かりましょう」

千のほうは、いささかも声を荒らげない。

「おお、たしかに分かるであろうぞ。そのときは、信長と乱丸の無惨な死を知って、身も世もあられず泣き崩れるそなたを、思うさま嗤うてやる」

「できぬことは申さぬがよい」

「できぬことがあるものか。必ず喰うてやる」

「わたくしは、そのほうを赦すと申したおぼえはありませぬ」

すっ、と千は立ち上がるや、太郎女を繋いだ柱の後ろへ回り込んだ。

そこで折り敷き、左手を老婆のあごへ回すと、喉首を反らせながら引き寄せる。

「な……何をする……」

太郎女の声は恐怖に震えた。

「何をするとは、忍びの者らしゅうない愚問。前からでは返り血を浴びましょう」

右手で懐剣を抜いた千は、刃を太郎女の皺首へあてる。

「ひいいいっ……」

千は、太郎女の喉を掻き斬った。

噴き出した血汐が、千がもといた場所のあたりを濡らす。

天正十年六月一日の夜は、いよいよ深まりゆく。宿運に向かう時は、止まらない。

第三十章　颪、死す

一

白い山百合の花の群生する広野に、乱丸は立っている。

突然、花の色は毒々しいものに変わった。黄赤色に黒紫の斑点。鬼百合である。

鬼百合の花が一斉に炎と化し、乱丸の躰を包んだ。

声も上げえず、悶え苦しむ乱丸。

すると、空から水色の何かが降ってきた。

(似た悪夢を見た記憶がある……)

美濃金山から安土へ参上し、初めて信長の引見を賜った日に見た。

あのときは、水色の何かは万見仙千代の躰にまとわりついて炸裂し、その正体を知る前に乱丸は目覚めた。

いまは、はっきりと見定められる。

降ってきたものも花であった。桔梗の花。

桔梗の花の雨は、乱丸を燃やす炎も、広野を被う火も瞬時に消してくれた。

膝まで降り積もった桔梗の花びらを、乱丸は感謝するように両手ですくった。

乱丸ではない。信長である。

水色桔梗の花の群れが、渦を巻いて舞い上がったかとみるまに、信長の全身へ兇暴に食らいついた。

分厚い花の着物に目も鼻も口も耳も塞がれて呼吸のできない信長は、喉のあたりを掻きむしる。

(上様。上様。上様)

助けたい乱丸だが、なぜか躰は動かない。

「上様あっ」

声を発したつもりが、くぐもった。

両の眼を大きく見開いた。

誰かに口を塞がれている。

灯火が寄せられた。

「さわぐなよ」

対手(あいて)は、乱丸の鼻先に、短刀の刃(やいば)を突きつけ、そのまま、しばし黙った。乱丸がしかと目を覚まし、意識をはっきりさせるのを待つかのように。

乱丸の表情の変化から、たしかな覚醒をみてとった対手は、口からゆっくり手を離した。

「そのほうは、きが……」

「じゃないぜ。いまは石川五右衛門だ」

石川五右衛門と称していた真田(さなだ)八郎を殺すとき、名を継ぐと宣言した飢牙丸(きがまる)である。

「害するつもりはない。こいつを突きつけたのは、あんたが声を上げて、ほかのやつらに気づかれちゃ厄介なんでね」

この一間(ひとま)は、近習頭(きんじゅがしら)の乱丸ひとりに与えられたもので、他の者はいない。それでも、大声を出せば、宿直(とのい)番らの耳に届くであろう。

安土出立以来、森組が信長の警固(けいご)をつとめるが、かしらの乱丸はいまは仮眠をとっていたところであった。信長の西国(さいごく)出陣の日までは、連日茶会が催されるので、常に側(そば)近くで用事を仰せつかる乱丸の躰を気遣った組下(くみした)の者らから、上様ご起床の気配が起こるまでお眠りになるように、となかば無理強(じ)いされたのである。

引くぜ、と言って、飢牙丸が短刀を収め、乱丸から少し離れた。

乱丸も、寝床で上体を起こす。飢牙丸に害意のないことは分かった。

「どうやって忍び入った」

信長の身を守らねばならない乱丸が真っ先に気になったのは、それである。

「これだけ大きな寺だ。ひとりなら、忍び込むのは造作もないさ」

言われてみれば、そのとおりであった。信長の身辺には近習衆が詰めているが、本能寺の警固兵は皆無に近い。侵入に慣れた盗人の飢牙丸には易きことであろう。

「何用か」

警戒心を解かずに、乱丸は訊いた。

「なんばんやの女……アンナとかいうんだったな」

「アンナにまた何かしたのか」

「話は最後まで聞け」

いったん腰を浮かせた乱丸が、元に直る。

「洛東の日ノ岡峠より二丁ばかり北に、以前おれの親父が塒に使っていた荒れ屋敷がある。床下に少しばかり銭が隠してあったことを思い出して、久々に行ってみた。そうしたら、山賊どもが幾人かいて、先に見つけて懐に入れていた。そこにアンナもいたのさ」

「アンナが山賊と……」

「どうやら峠でかどわかされたようだ」

「なに……」

奈良や京で乱丸の武運長久を祈ったアンナが、安土への帰途に襲われたということであろうか。そうに違いない、と乱丸は思った。

「山賊どもは、おれが皆殺しにした。銭を返さないって言うんでな」

「アンナは無事なのか」

「気の毒だが、無事じゃない。やつらに散々弄ばれたんだろう、弱り切っていた。もう長いことはあるまいな」

「汝は、よもやアンナをそのままに……」

乱丸は、刀架に飛びつき、太刀を手にとった。

「あの女を助けてやる義理はないぜ」

膝を立てて応戦の構えをとりながら、それでも飢牙丸は右手を挙げて、乱丸を制した。

「話は最後まで聞けと言ったろう」

「あの女は、朦朧としてたから、おれが誰かなんて分からなかった。ただ、おれの手を握って、あんたの名を幾度も口走ったのさ。で、いま織田信長がこの本能寺にいることぐらい、おれも知ってたからな。信長がいるってことは、あんたもいるだろうと思った」

「それで、わざわざわたしに知らせにきたというのか、助けてやる義理もないのに」

「あんたへの義理はある」

「わたしへの義理だと……」

「あんたのおかげで真田八郎を討てた」

乱丸は思い出した。安土の恵比寿社の境内で、図らずも乱丸は飢牙丸の八郎殺しに手をかしている。そのとき、たしかに礼を言われた。

「おれは恩知らずじゃないんでな」

この一言も、八郎の喉を掻き斬る直前に飢牙丸が口にしている。

「義理は果たしたぜ。じゃあな」

飢牙丸が燭台の灯火を吹き消した。

にわかに闇が戻り、乱丸の視界も真っ暗になる。

すぐには動けない。その間に、飢牙丸の気配は失せた。

少し目が馴れてから、念のため、廊下へ出て、戸外を見渡した。

夜空にかかる薄雲を通して、微かに月光が届いている。しかし、飢牙丸を見つけることはできなかった。

(偽りか……)

偽りだとしたら、飢牙丸がわざわざ危険を冒して本能寺に忍び入ってきた理由が、思いつかない。乱丸を殺すつもりなら、安土城下の恵比寿社でも、たったいまも機会はあった。

(まことのことなのだ……)

悪人とはいえ、関わったことのある女が瀕死の床で口にした願いを聞いたからには、飢牙丸でもいささかの仏心を起こしたとしても、不思議ではあるまい。

日ノ岡峠は、賀茂川を三条橋で渡って粟田口よりさらに東。本能寺からは一里半というところであろう。

いま、暁闇の頃合いである。暗い道を日ノ岡まで辿って、アンナを抱えて戻ってくるとすれば、間違いなく夜が明けてしまう。アンナが躰を動かせないほど弱っていたら、医者をよぶなり何なりする必要も生じるので、時はさらにかかろう。一方、信長は朝が早いから、そのときに不在となれば、乱丸は役目放棄も同然となる。

（上様のお許しを得て……）

そう思ったそばから、かぶりを振った。こんな私的な用事で、就寝中の信長を起こすなどもってのほかではないか。まして、信長の許しを得て娶った正式な妻のことならばまだしも、アンナは乱丸の想い女にすぎない。

それ以前に、盗人の飢牙丸から告げられたことを、乱丸が事実と信じて行動するなど、信長の気に入るはずがないであろう。といって、飢牙丸の名を出さずには済ませられない。信長に対して嘘はつけないのである。

一方で、昨夜の岐阜左中将信忠のことばが思い起こされた。

「好いた男の武運を祈るためだけに、わざわざ安土より上洛いたすとは、なかなかよき女子ではないか。大事にいたせよ」

その信忠は、信長が寝所入りしたあと、宿所の妙覚寺へ引き上げた。京都所司代の村井父子やその他も、それぞれ洛中の宿所に戻っている。

（どうすれば……）

こうして迷っているうちに、アンナの命の火は消えてしまうかもしれない。いや、すでに消えてしまったのでは。

乱丸は焦燥に駆られた。

代わりに日ノ岡峠まで馳せ向かってくれるよう頼める人間はいないものか。

高橋虎松の顔が浮かんだ。

乱丸と同じく近習頭のひとりだが、森組と一緒に入京し、この本能寺にいる。虎松の組下は、いまだ拡張をつづける安土の城下町の普請に携わっていて、信長の出陣直前に上洛する予定であった。菅屋九右衛門、野々村三十郎、福富平左衛門ら、かしら衆はすでに洛中に宿所をとっているが、他の近習たちも高橋組に同様、三々五々、京へ向かう手筈である。

（いや、お虎どのに迷惑はかけられない）

虎松は、組下を残して、先に随行するように、信長から命ぜられての上洛なのである。本能寺においても、信長からよばれたときに不在では、職務怠慢で罰せられよう。

（そうだ、矢代どのなら……）

光が見えた。二年ほど前に関東から安土へやってきた矢代勝介は、得意の乗馬術の指南役をつとめるが、織田の家臣ではないので、行動の自由を許されている。今回の信長の上洛に随行しており、厩に寝泊まりしているはずであった。

乱丸は、御殿の庭へ下りた。

信長の御殿は、広い境内の西寄りに建てられている。表御堂とよばれる本堂の裏手にあたり、境内東側の西洞院通に面する表門からみると、かなり奥まった場所に位置する。

表御堂と御殿の間に庫裏と客殿が列なり、すべて渡殿で繋がっていた。

これらと離して、表門寄りのところに、厩が設けられている。厩は大きな建物で、馬だけでなく、警固の侍衆も居住できた。

厩に着いた乱丸が、宿直番に矢代勝介のことを訊ねると、夜半を過ぎても信長と近習衆の馬具を検め、修繕もしていたそうで、いましがた寝入ったばかりだという。

「起こしてまいりましょう」

ほかならぬ森乱丸の用事なので、宿直番はそう言ってくれたが、

「よい。もしまだ起きておられればと思うたのだ。火急の用ではなし、朝になったらまたまいる」

と乱丸は引き下がった。家臣でもないのに、西国出陣に向けて、皆の馬具を検めてくれていた殊勝な者へ、私用を押しつけるなど、気が引けたのである。

厩を去りかけたとき、馬の嘶き声が聞こえてきて、乱丸は立ち止まった。いますぐ自分

が鞍に跨がり、日ノ岡峠へ馳せつけたい衝動をおぼえた。

しかし、後ろ髪を引かれながらも、乱丸は厩をあとにする。

（アンナ。いましばし、待ってくれ。上様がお目覚めになられたら、子細を正直に告げて、必ずお許しを頂き、わたしがそなたのもとへまいる）

乱丸は、溢れそうになる涙を怺えながら、ついにそう決心した。

御殿の居室に戻ってからは、もはや眠れなかった。信長が早く起床することばかりを願いつづけた。

後世の新暦ならば夏至の頃にあたる。夜は足早であった。

戸外が白々と明けてくると、ようやく頭も冴え、あっ、と閃いた。

（どうして気づかなかった……）

南蛮寺に助けを求めればよいではないか。アンナはキリシタンなのである。伴天連は信徒のために人数をかけてすぐに動いてくれるはず。

本能寺から東へ二丁も往かない姥柳町に建つ南蛮寺なら、急げば、あっという間に行って、戻って来られる。

南蛮寺のことに気づいたら、それよりさらに手前の本能寺寄りに建つ茶屋屋敷の存在も思い出した。万一、南蛮寺に人がいなかったとしても、茶屋四郎次郎家に頼めばよい。信長の随一の近習、森乱丸の頼み事なら、二つ返事で引き受けてもらえよう。

乱丸は、居室を出た。途端に、組下の菅屋角蔵と出くわし、身を竦ませる。

「おかしら。ほどなく、上様ご起床のごようすにあられます」

きらきらした曇りのない眼で見上げながら、角蔵が告げた。

「相分かった。すぐにまいる」

乱丸の返辞を聞いて、立ち去りかけた角蔵だが、振り向いて、照れたように、それでいて心より嬉しそうに礼を述べた。

「昨晩は、上様より過分のご褒詞を頂戴致しました。おかしらのおかげにございます」

昨日、名物披露のさなか、模様のはっきりしない梅雨空に部分日蝕が見られ、それは、かねて信長が不信感をもっていた京暦の誤りを証明することとなった。茶会がお開きとなったあと、部分日蝕を発見したのは角蔵であることを、乱丸は信長に伝えたのである。

「そなたの手柄だ。わたしへの礼など無用」

そう言われた角蔵が、一瞬うっとりした。憧れの乱丸の笑顔に魅了されたのである。

乱丸は、そういう角蔵をかえって眩しく眺めながら、おのれが何者なのか、あらためて思い至った。

（わたしは、上様に全身全霊を捧げる者として、皆の模範とならねばならぬ）

私事は後回しである。信長に告げてもならない。

（アンナは強い女だ。死ぬはずがない）

廊下を伝って、信長の寝所の前の広縁へ達すると、そこに端座し、平静を装う乱丸であった。

すでに森組の面々が、水を張った盥を用意してある。水が塵や埃などで汚れぬよう、盥は白布で被われている。

寝所の戸が開けられ、白い寝衣姿の人が広縁へ出てきた。

二

「暑い」

天正十年六月二日の朝、織田信長の発した起き抜けの一言である。

信長は、みずから諸肌脱ぎになった。めずらしいことではない。

すかさず乱丸が寄った。信長の腰のあたりにだらりとなった寝衣の上の部分を、手早くその背中でまとめて、左右の袖同士をゆるく結んだ。

坊丸と力丸が、白布を除けてから、盥を左右より支え、立っている信長の前へ差し出す。

信長は、水を両手で掬って、顔を洗った。

「気持ちがよいわ」

本能寺の近くに、洛中の名水のひとつ、柳水の井戸があり、信長はこの水を茶の湯にも洗顔にも用いる。

近習衆は、朝、信長の起床の気配を察するや、暗いうちから柳水の井戸の端で待機中の者へ合図を送り、ぎりぎりまで待ってから汲む。信長が常に汲みたての澄明な冷水を好むからである。

何やらざわめきが皆の耳に届いた。

（寺の内か……）

と乱丸は疑った。

本能寺の境内は、木々が多く、鬱蒼と生い茂るところもあるので、寺外の音は、よほど大きくなければ、ここまでは届きにくいのである。

「誰ぞ喧嘩でもいたしおるか」

顔を拭いながら、信長が言った。それを受けて、乱丸は組下の四名に命じる。

「愛平と孫丸は表門を、鍋丸と小鍋は北門を検めてまいれ」

信長が空を見上げた。

「きょうは降るまい」

「上様は京の空の機嫌もお察しにあられますか」

伊東彦作が驚く。

「幾度もまいっておるゆえな。その土地その土地の天気を読めるようにならねば、いくさには勝てぬ」

「なればこそ、上様は桶狭間（おけはざま）で勝つべくしてお勝ちになられた」

と皆を見渡して言ったのは、薄田与五郎（すすきだよごろう）である。

信長が風雲児として初めて天下に喧伝（けんでん）されたのは、東海の太守（たいしゅ）今川義元（いまがわよしもと）を討った桶狭間合戦の勝利による。

生まれ育った尾張（おわり）国の四季を熟知する信長は、梅雨の五月半ばに西から襲ってくる横殴りの豪雨と大風を予想していた。東から進軍の今川勢の先陣に、その強力な武器をまともに正面より浴びさせ、潰乱（かいらん）へと追い込んだ。

「俄（にわか）に急雨石氷（むらさめせきひょう）を投打（なげう）つ様に、敵の輔（つら）に打付（うちつ）くる」という『信長公記』の描写は、若き信長のしてやったりの思いを代弁しているようで、躍動感に溢れる。輔は頬骨の意である。

「こやつ、見てきたごとく申すわ」

満更でもない顔つきで、信長が与五郎を睨んだ。

森組の面々のほとんどは、桶狭間合戦の年にはまだ生まれていない。年長の与五郎や彦作にしても、幼子（おさなご）の頃であったはず。

それだけにかえって、主君の一大飛躍のきっかけとなった桶狭間合戦こそ、かれらの中では極上ともいえる伝説なのである。

「あの頃、予（よ）は若かった」

めずらしく、信長がちょっと遠い目をした。

「上様はいまもお若うあられます」

彦作が言い、皆もうなずく。誰もが、追従でも何でもなく、信長は若々しいと思っているし、不死身であると信じて疑わない。

「たわけ。当たり前のことを申すな」

自身の引き締まった胸板を叩いてみせる信長であった。

「畏れ入りましてございます」

近習衆が一斉に平伏し、おもてを上げたときには、主君の笑顔と和すように、声を上げて陽気に笑った。

信長が最も仕合わせをおぼえるのは、子飼いの若い近習たちとのこうした一時であることを、乱丸はよく知っている。乱丸にとっても至福の時である。

信長が腕を撫し始めたので、主君がいま心に浮かべたことを、乱丸は即座に読んだ。

「上様。川へ泳ぎにゆかれますか」

「おおっ」

子どものように、信長が喜ぶ。

「桂川がよろしゅうございましょう」

賀茂川のほうが近いが、その沿岸にはいたるところに河原者がたむろしているので、主君を無防備な姿でさらすわけにはいかない。

（出かけるさいに南蛮寺へ……）

アンナを心の内から締め出すことのどうしてもできない自分を、女々しいと思いながらも、乱丸は南蛮寺に寄ると決めた。

「飯を食ったら、まいるぞ。皆、川では予と競えよ。と申しても、予に敵う者もおるまいがな」

水練も幼少期から達者な信長である。

「皆、聞いたか。口惜しいかな。こうとなれば、われら森組が一丸となって、上様に吠え面をかかせてやろうぞ」

伊東彦作が同僚たちを煽った。

よしっ、と皆も拳を突き上げる。

「予に吠え面をかかせるか。面白や」

信長がまた笑い声をあげたそのとき、事は起こった。

聞き慣れた音が轟き渡ったのである。

間髪を容れず、森組は動いた。

信長の身を、乱丸が立って背後に庇い、彦作と与五郎は左右から挟んでしゃがませている。これを守る形で、余の者らは円陣を作った。

鉄炮の斉射音だったのである。

「上様を中へ」

乱丸が、組下に円陣を解かせぬまま、信長を寝所へ戻させようとすると、庭へ孫丸と愛平が駆け入ってきた。血相を変えている。

「大事ない」

信長は、みずから円陣を解かせると、乱丸の前へ出ようとした。

「上様。せめて、わたしの後ろに」

乱丸は、大手を広げながら、背後へこうべを回す。

「これは謀叛か。いかなる者の企てぞ」

乱丸の背後に立って、信長は、縁先に折り敷いた孫丸と愛平に訊いた。下剋上の世である。たとえ天下一の実力者であっても、真っ先に謀叛を疑うのは、時代の空気として当然であった。

「惟任が者と見え申し候」

肩を喘がせながら、愛平が報告した。惟任日向守光秀の謀叛である。

「見間違いではないのか」

と乱丸は問い返す。

「水色桔梗紋の旗が翻っており申す」

これは、いつも沈着な孫丸の返答である。見間違いではない。

（そんなことが……）

光秀の叛心を幾度も疑いながら、ついには石川五右衛門の嘘であったと断定したのは、誰あろう乱丸であった。

（どこで間違ったのだ……）

光秀にまんまと騙されたというのか。

昨夜の夢が閃光となって脳裡を過った。

（わたしは……わたしは予見していた）

昨夜の夢。それどころか、奉公始めのさいに見た夢。水色桔梗の花に万見仙千代も信長も命を奪われた。石川五右衛門のほのめかしなどなくとも、光秀が謀叛を起こすと直感していたのである。

（不覚な……なんという不覚者か）

膝から力が抜けて頽れそうになるのを、乱丸は踏ん張って怺えた。

「おのれ、惟任……」

最年少の角蔵が憤激を口にする。それを、しかし乱丸は聞き咎めた。

「角蔵。惟任ではない、明智だ。謀叛人は明智某である」

いつにない乱丸の怖い声に、組下の者らは一様に驚く。

「惟任日向守とは、上様が忠義の家臣のために、朝廷へ奏請あそばして賜られた名誉の姓と官。謀叛人が称してよいものではない」

おのれへの不甲斐なさと怒りが乱丸に言わせたことばだが、そんなこととは誰も露ほども察せられない。

「おかしらの言われたとおりだ」

飯河宮松が納得の声を洩らし、余の者らも同調したのであろう、乱丸へ敬意の眼差しをむけた。

「大事なることをご教授いただき、ありがとう存じます」

角蔵も素直にこうべを垂れる。

(違うのだ。違うのだ。違うのだ)

心中で、乱丸は叫んだ。

そこへ、北門を検めに行っていた鍋丸、小鍋の柏原兄弟も、息せき切って馳せ戻ってきた。

「謀叛。謀叛にございます」

縁先の孫丸が応じる。

「分かっている。明智だな」

「そうだ」

と唇を噛んでこたえたのは、兄の鍋丸である。

「小鍋。血だらけではないか」

愛平が、小鍋の両肩を摑んで、顔や腕を心配そうに見つめた。

はや戦ったのか、と信長も近習衆も一斉に小鍋へ視線を釘付けにする。

「ただの擦り傷ばかりにござれば、心配ご無用」

ちょっと小鍋は笑った。

「さいかちの木の天辺まで登って、寺の周囲を見渡したのでございます」

城や武家屋敷には、さいかちの木がよく植えられた。根が地盤を固めてくれるという効用と、棘の多い木であることから、忍びの者の侵入を禦ぐのにもよいとされたのである。法華宗の本山寺院は、四囲に濠をめぐらせ、掻き上げの土塁や土塀を築いた城塞に近い造りである。本能寺でも、境内の北東寄りのところに大きなさいかちの木が生えていた。

「明智の旗は、北の六角、東の西洞院、西の油小路、南の四条坊門、いずれの通にも充ちておりました」

本能寺は明智軍に完全包囲されているということである。

「兵のおおよその数は」

「分かりませぬ。数千なのか、万を超えるのか」

彦作に訊かれて、小鍋は正直なところをこたえた。

すると、信長が甲高い声で言った。

「是非に及ばず」

信長が遺した最後の一言として、後世、様々に意味づけされているが、何事も明確であることを好む男が、こんな火急の折りに、含みをもたせたことばを発する道理がない。これは当時の日常語である。状況からみて、もはやあれこれ議論している場合ではない、と解釈するのが自然であろう。

現実に、どっと鬨の声が上がって、早くも大きな破壊音が聞こえてきた。寺の門扉が破られたに違いない。

さすがに近習衆も蒼白となった。

乱丸は、心中でおのれを不覚者と責めつづけながらも、しかし、同時に叱咤もした。信長の言ったように、是非もない緊急の時なのである。

(わたしが上様と皆を守るのだ)

この瞬間、乱丸の心からアンナへの思いは消え失せた。

「皆、小鍋の左肩を見よ」

小鍋の左肩に載っている黒い昆虫を、乱丸は目にとめたのである。

さいかちの木の樹液を好むので、小鍋が登ったときに着衣にとまったものであろう、兜虫であった。先端が二股の長い角の形が、兜の前立に似ているところから、それと名付けられた昆虫である。

兜虫とは心強き兵を連れてきたものだと言って、士気を鼓舞しようと思った乱丸なのだが、小鍋の肩にとまる一匹は、角を持たない雌であった。

「上様ご愛用の突盔に似ておるぞ」

とっさに、言い替えた。

頂上の尖った当世兜を、突盔兜、あるいは単に突盔と称す。信長愛用の兜のひとつに、黒漆塗のそれがある。たしかに、角を持たない雌の頭部のほうが、かえってその形に似ていた。

「おおっ、似ている」

「そうだ、上様の突盔のお鉢だ」

近習たちは、勇気を得たように、明るい声を上げた。

かれらの昂揚感が一体となって高まったその瞬間を捉えて、乱丸は高らかに宣した。

「このいくさ、勝ったぞ」

三

門扉を破って雪崩込んできた明智軍と、最初に刃を交えたのは、厩から飛び出した者らである。

　多勢に無勢で、たちまち押し込まれる中、誰よりも踏みとどまったのは、馬術家の矢代勝介であった。

「これなる弥助（やすけ）は関わりない。命を助けよ」

　勝介は、仰ぎ見るほど長身の者を傍（かたわ）らに立たせて、なかば命じるように敵勢へ言った。

　信長がイエズス会巡察師（ヴィジタドール）ヴァリニャーノより貰（もら）い受けた黒人奴隷が、弥助である。

　明智勢は道を空（あ）けた。かれらの中には、勝介に馬術を習った者もいるので、少し腰が引けたともいえる。

「ルタール」

　自分の背を押しやる勝介に向かって、弥助は数度かぶりを振った。

「たた……」

「ナォン」

　ポルトガル語で戦う（ルタール）意思を示した弥助を、ならぬ（ナォン）、と勝介は退（しりぞ）けたのである。

　悲しそうに、弥助がお辞儀をした。

「矢代どの。お手前こそ織田の家臣ではない。寺外へ退去なされよ」

　明智勢の物頭（ものがしら）とみえる武士が勧める。

　これに対して、勝介は、弥助が寺外へ出たのを見届けてから、呵々（かか）と笑った。

「片腹痛し。天下一の武将織田信長公のご厚情を賜りしこの矢代勝介を、石ころも同然の謀叛人に仕えるそのほうら木っ端と対等にみなすでない」

屑どもの情けなど受けないという返答である。

「われらはともかく、われらの殿を石ころと申したは、光秀自身ではないか。恥ずかしゅうて、家来には言うておらぬらしい」

「明智光秀がことを石ころとは……赦しがたい」

光秀は信長に宛てた書状の中で、みずからを、瓦礫沈淪の輩、と称している。ちょうど一年前のことである。

「討て。討て。こやつを討ていっ」

憎悪を剝き出しに、物頭が兵たちに命じた。

「まいれ、木っ端ども」

勝介は、槍を構え、包囲兵を莞爾として誘った。

信長勢で、厩とその周辺で討死したのは、この矢代勝介を含めて二十四名である。甲冑を着ける暇もなかったが、相撲会の好成績により取り立てられた者や中間、小人なども、恐れもせずに堂々と戦った。命惜しさに見苦しい振る舞いをみせた者は、ひとりもいない。ほかならぬ戦国百年の無双の英雄、織田信長に仕えたという誇りが、かれらに潔い死を選ばせたのであろう。

表御堂から庫裏、客殿にかけては、森組以外で、本能寺を宿所としていた近習衆が奮戦した。その筆頭は、高橋虎松である。

「明智の衆よ。汝らは、われら上様の近習を口先だけの諂(へつら)い者と嘲(あざけ)っていよう。上様を守り奉(たてまつ)る者のまことの力、いまこそ披露仕(つかまつ)らん」

虎松は、たったひとりで台所口を塞ぎ、そこから押し入ろうとする敵兵を、散々に斬り仆(たお)した。その比類なき働きで、明智勢を恐怖せしめたのち、みずから喉首を掻き斬って果ててしまう。

魚住勝七(うおずみしょうしち)、今川孫二郎(いまがわまごじろう)、山田弥太郎(やまだやたろう)ら森組と仲の良い者らも、次々と討たれた。

明智軍は、総勢一万三千だが、全軍が本能寺内に乱入したわけではない。そんな大人数が塀に囲まれた一ケ所に集中しては、かえって混乱を招く。

光秀が寺内へ放ったのは二千か、多くても三千であったろう。それくらいのほうが兵も動きやすい。

その二千か三千のうち、味方同士でひしめき合うのは愚行でしかないので、実際に信長勢と弓矢刀槍を交えるのは、先頭の第一陣だけである。第一陣が疲れたら、第二陣が入れ代わる。第二陣が疲れたら、第三陣。

それを明智勢に繰り返される信長勢のほうは、疲労が増しても交代兵などいないから、そのまま常に新手(あらて)の敵と戦いつづけなければならない。

信長の御殿の周囲にも第一陣が殺到していた。

ただ、ここでは明智勢は鉄炮を射かけてこなかった。

合戦において鉄炮は最も強力な武器だが、もともと弓馬の道から外れている。本来は旧い人間である光秀が、主君を討つのに外道の武器を用いることを躊躇ったのは明らかであろう。

押し寄せてきた明智勢に対し、信長はみずから戦った。急ぎ南蛮胴だけを着けて、御殿の広縁に立ち、矢を射放ったのである。

「的だらけゆえ、面白いように中るわ」

どこか愉しそうな信長であった。

(武人の血をさわがせておられる)

主君にぴたりと寄り添って槍をふるう乱丸は、そう感じた。

信長がおのが身を敵にさらして命懸けで戦うのは久々のことである。それが本来の武人の姿とはいえ、愉しめるというのは身も心もいまだ壮んな証であろう。

(上様の天下布武は必ず成る)

あらためて信じようとした乱丸だが、目の前の現実はそれを肯定してくれない。

(なんとしても援軍をよぶのだ)

いやな音がした。信長の弓の弦が切れたのである。

「待て、明智の衆。待て、待て、待ていっ」

乱丸は、おのが槍を床に横たえると、大手を広げて大音声(だいおんじょう)を放った。

信長は何も言わない。何を考えているにせよ、乱丸のやることに間違いはないと絶対の信頼をおいているからである。

庭に充満する明智勢の中より、軍配を振って兵らに一時停戦を命じながら、前へ出てきた者がいる。

「それがし、明智弥平次秀満(やへいじひでみつ)にござる」

「われは森乱丸成利(なりとし)」

互いに名乗り合った。

安土で光秀が徳川家康の接待役をつとめたとき、両人は束の間の面識を得ている。

「降伏なさるか」

と弥平次が訊いた。敗北が決まったも同然の側からの申し出なら、降伏とみるのが当たり前といえる。

「さにあらず。われらは、最後の一人(いちにん)まで戦い申す」

力強く、乱丸は言い返した。

「ならば、何事にござろう」

「御殿の内にはお女中衆がおり申す。これはお助けいただきたい」

「敵味方に分かれれば、互いに女子供も容赦せぬのがいくさと申すもの」

「お手前のご主君は、そのようにお考えになるお人ではあられまい」

明智勢は謀叛を起こしたことだけでも後ろめたいはずである。悪行の上に悪行を重ねることを、別して光秀自身が躊躇うに違いなかった。

（明智弥平次も同じ）

光秀が弥平次を女婿にしたのは、似た者同士だから、と乱丸は察している。この舅と婿は、ともに思慮に富んで文事にも嗜みが深い。

「承知した。早々にお女中衆を連れてまいられよ」

「乱暴を働かず、解き放っていただけような」

「約束いたす」

「かたじけない」

乱丸は、坊丸を近くによんだ。

「急ぎ、お女中衆に支度させよ」

そう言ってから、小声で素早く囁いた。

「力丸を妙覚寺へ」

それだけで合点のいった坊丸は、

「委細、承知仕りました」

と返辞をするや、御殿の中へ走り込んだ。そのさい、力丸の手をとって引き連れた。森三兄弟の阿吽の呼吸である。

妙覚寺の信忠がどう動くかに、すべてが懸かっている、と乱丸は思いめぐらせた。

信忠はこの変事にすでに気づいているのかどうか。

同時に妙覚寺も襲われたのなら、当然気づいている。もし明智勢が信長を確実に討ったのちの襲撃を予定しているのなら、本能寺から五、六丁離れたところの妙覚寺では、あるいはまだ変事を知らないかもしれない。

しかしながら、現実的に考えて、知らないということはありえまい。京が眠りから覚める直前の静謐な頃合いに、数千もしくは一万以上の軍兵の鬨の声や、鉄炮の斉射音が轟いたのである。万一、信忠その人は気づかなかったとしても、妙覚寺内の誰かが耳にしてたしかめたと想像するのが、妥当であろう。

それでなくても、京都所司代の村井父子が信忠のもとへ報せに走ったとも考えられる。所司代屋敷は本能寺門前に建つので、父子は明智軍襲来にいち早く気づいたはず。多勢に阻まれて本能寺へ駆け入るのは不可能と判断すれば、裏手より出て妙覚寺をめざすことは、想像に難くないのである。むろん、気づく前に屋敷を襲撃されていれば、それも為しえないことであろうが。

そして、ここ数日の間、美濃と尾張から、信忠の馬廻衆が続々と上洛して、洛中に宿をとっている。かれらが集まれば、所司代の手勢と合わせて一千を超えよう。明智勢に比せば差のありすぎる寡兵だが、それでも充分に戦える。

桶狭間における織田軍が実際に真っ向から干戈を交えたのは、今川軍の先鋒だけであった。自然現象の味方を得たとはいえ、敵の先鋒を打ち破ったのがきっかけで、今川全軍を潰走へと追い込むことができたのである。二千対二万五千で一斉に戦ったわけではない。洛中の大路小路を巧みに利用すれば、信忠勢の一千で本能寺包囲の明智勢を混乱に陥れることは可能である。

信忠の将才は心もとないが、妙覚寺には津田源三郎も止宿中だから、希望は持てる。信長の五男で、千の妹早奈の良人である源三郎は、人質生活が長かったせいか、人柄が練れて胆も据わっており、この先、織田氏を支える太い柱になる、と乱丸はみていた。

いずれにせよ、本能寺の切迫した状況を信忠に報せるのが急務である。そのために、力丸をひそかに寺外へ送り出そうという乱丸なのであった。

「おかしら。お女中衆の支度ができ申した」

御殿の奥より戻ってきた坊丸が復命した。

四

明智弥平次直属の一隊に警固された女中衆は、大勢の軍兵の獣じみた視線を避けるべく、いずれも頭から小袖を被ったり、垂衣を垂らしたりしている。

だが、匂いは避けられない。噎せるような血と汗と汚物のそれだ。戦場では、合戦への恐怖から、胃の腑から戻したり、糞尿を洩らしたりする兵も少なくない。

生きた心地もしないまま、女中衆はようやく表門に達したが、

「こやつ、味方ではない。信長の小姓だ」

近くでその怒号があがったので、足止めされた。

西洞院通から門内へ駆け入ってきた甲冑武者がひとり、見咎められたのである。

たちまち明智兵に囲まれたその甲冑武者に、女中衆のひとりは、あっ、と声を洩らしそうになった。

(小倉松寿ではないか……)

この女中は、女ではない。かつらを着け、顔に化粧をほどこした力丸である。もともと色白で美しい顔だちなので、敵兵に疑われることはなかった。

小倉松寿がたったひとりで、多勢と斬り結び始めた。が、四方から繰り出される切っ先

に傷つけられ、がくりと膝をつく。

（どうすれば……）

うろたえる力丸である。

小倉松寿というのは、信長の側室であるお鍋の方の連れ子なのだが、実はご落胤という噂が囁かれていた。お鍋の方がまだ近江高野城主の小倉右京亮の妻であったころ、立ち寄った信長が一夜の契りを結んで生まれた子というのである。

信長のすべてを知る乱丸に、いちど力丸は真偽を問うてみたが、愚問である、とはねつけられた。その反応から、真実なのだ、と感じた。

どこか近くの町屋に止宿していたに違いない松寿は、本能寺の異変を知るや、押っ取り刀で馳せつけたのであろう。後先を考えないその行動も、実の父を救いたい一心からと思えてしまう力丸であった。

松寿とは同い年なので、気軽に戯れ言を交わし合う仲でもある。

（おかしら……いえ、乱兄い。力丸はお役目を全うできませぬ）

心の内で乱丸に謝った。信長の子であり、友でもある者を、どうして見殺しにできようか。

力丸は、頭から被っていた小袖を背後へ投げ捨てるや、手近の足軽より槍を奪って、松寿の包囲陣へ背後から躍り込んだ。

「松寿。森力丸だ。助けるぞ」

「おお、お力。これで、千人力だ」

ともに十六歳の若者は、背中合わせに互いを守って、死に物狂いの戦いを開始した。

そこに、門外より湯浅甚介も飛び込んできたので、両人は勇気を得た。甚介は、信長の馬廻で、桶狭間以来、幾度も戦功を挙げた剛の者である。

それでも、衆寡敵せずであった。

力丸は、松寿と背中合わせのまま、血の海にへたり込むとき、門前からこちらを眺める騎馬武者に目をとめた。

兜の眉庇の下は、見たこともないような陰鬱な顔つきである。自分を迎えにきた死神であろうか。

騎馬武者が明智光秀であると気づかぬまま、力丸は息絶えた。その最後の最後に、松寿の末期の声を聞いている。

「父上……」

松寿が死に際に見ていたのは、信長の御殿から上がる火の手であった。

湯浅甚介は、前途有為であったはずの若者ふたりの死に声を放って泣きながら、壮絶な討死を遂げた。

力丸を討ち取ったのは、光秀の家臣の四方田孫兵衛。信長の甲州征伐の折り、上諏訪の法花寺において、乱丸に言いがかりをつけた武辺者、安田作兵衛の友垣である。

　実は、このとき、妙覚寺へはすでに村井父子が馳せつけ、信忠に二条御新造へ移って籠城するよう勧め、その献策が容れられていた。洛中の各所に散在、止宿していた者らも、大軍に囲まれた本能寺に入ることは不可能と判断して、二条御新造に集まった。

　これは愚策というほかない。二条第というのは、旧足利義昭邸であった頃や、信長が一時京の住まいとした当時は、城郭らしい構えを具えたが、誠仁親王に献上して東宮御所とするとき、縮小し、雅びな造りに改修している。とても、数千、万余の軍勢を対手に支えられるような堅固さは持たないのである。

　まして、後詰あればこその籠城戦。即座に駆けつけられる織田軍が京の周辺に一兵も存在しない状況で、決して選んでよい策ではなかった。

　現実に、二条御新造は、明智軍に包囲されるや猛攻にさらされ、本能寺の陥落からわずか半刻後には炎上している。

　誠仁親王と侍従の公家や女房衆は、合戦直前に光秀より退去の許しを得たものの、信忠は結局、自刃に追い込まれた。

　家臣も多数、討死した。村井貞勝と作右衛門、菅屋九右衛門、野々村三十郎、福富平左衛門らも名を列ねる。桶狭間で今川義元の首級を挙げた毛利新介も、最後のご奉公となった。

生きていれば織田一門を支えたであろう津田源三郎は、信忠を守って存分に働いてから、従容(しょうよう)として腹を切っている。

乱丸が考えたように、信忠は籠城などせず一千の兵を率いて討って出るべきであった。それで信長を救えなかったとしても、安土へ撤退するなり、四国征伐軍が渡海準備中の大坂(おおざか)へ逃げるなりすればよかったのである。織田の家督者であった信忠が京を脱出していれば、のちに秀吉も家康も天下人としての名を歴史に刻(きざ)んだかどうか。

あまりの思いがけない兇変に、信忠は恐慌(きょうこう)をきたした。もしそうであるのなら、器量不足を否(いな)めず、ついには秀吉や家康に屈することになったのかもしれない。

「おかしら。上様を」

「ここは、われらに」

表門のところで力丸が討たれたことを知らぬ森組は、紅蓮舌(ぐれんじた)に舐め回される御殿で、なおも戦いつづけ、援軍が来るまで必ず信長の身だけは守り抜く、と意を決していた。

御殿内に乱入してきた明智勢を、伊東彦作、薄田与五郎、飯河宮松、小河(おがわ)愛平、祖父江(そぶえ)孫丸、柏原鍋丸と小鍋、種田亀丸(おいだかめまる)、久々利(くくり)亀丸が禦(ふせ)ぎに禦ぐ。

乱丸は、坊丸と萱屋角蔵を引き連れ、三人で信長を守って御殿の奥へと走り込んだ。

「皆。われらは、あっぱれ、武人の鑑(かがみ)ぞ」

小袖も袴も、おのが血と返り血とでべっとり濡らした彦作が、大音を発した。疲労困憊(こんぱい)

でまともに腕も上がらないが、声は元気である。

「みずから申すか」

「彦どのらしいことよ」

同じく血まみれの与五郎と宮松がちょっと笑う。笑うと、痛みで顰め面になった。

「それがしは、五人斬りました」

と頬を上気させながら、誇らしげに応じたのは、年少の久々利亀丸である。敵に向けるその刀は血糊と刃こぼれだらけであった。

「初陣で、はや五人とは、大した手柄ぞ。亀丸の年齢のころは、彦作などは洟を垂らしておったわ」

与五郎がそう言って、森組の面々をどっと笑わせる。

「さて、皆さま」

息は荒いが、それでも冷静な孫丸が、同僚を見渡した。

「われらは、至上のご主君と、かけがえのないおかしらに仕え、仕合わせにござった。おふたりの思い出を抱いて、このへんで死出の旅路へとまいりましょうぞ」

「この期に及んでも、孫丸はよきことを申すわ」

彦作は、にやりとしてから、大きく深呼吸をした。

「いざ」

「おうっ」

孫丸の号令に、一斉に応じた森組の青き武人たちは、傷だらけの体の内へ最後の息を送り込むや、それぞれの目の前の敵中へ、大呼して斬り込んだ。

火の回りが早い。

奥へ逃げ込んだ信長と乱丸、坊丸、角蔵に、容赦なく火の粉は降り注ぎ、熱風が吹きつけてくる。

角蔵が、息苦しいあまりに、空気を深く吸い込みすぎて、激しく咳き込んだ。

その音を聞きつけた明智勢の侍たちが、次々と前方に現れた。

「いたぞ」

「逃がすな」

敵も気づいた。

「それがしが禦ぎ申す」

坊丸が前へ出てから、ちらりと乱丸を振り返った。

「兄者。本望にございます」

永遠の別辞を残して、坊丸は敵めがけて突っ込んだ。

(お坊)

弟を助けたい気持ちを振り払って、乱丸は信長を内廊下の奥へと誘った。どこかで床下へ出て逃れよう、と考えている。

この間に、坊丸は、討ち取られた。槍をつけたのは高橋惣左衛門という者で、これもまた安田作兵衛の友垣である。

乱丸らの頭上で、何か炸裂した。

とっさに乱丸は、信長をしゃがませ、その背に被いかぶさる。

天井の梁の一部が、火に包まれて崩落してきたのである。だが、落ちたところは、一間ばかり前の床であった。

次いで、背後で、戸が一枚、吹っ飛ぶようにして倒れてきた。かと見るまに、その空間から炎が噴き出した。

前後を塞がれた。逃げられるのは、右手の内廊下のみである。そこを進んだ。

あちこちから、人声が聞こえてくる。信長を躍起になって探す明智勢のそれである。

乱丸は、見慣れた納戸の前で立ち止まり、息を殺した。信長愛用の武具を収めた一室である。

「お乱。もうよい」

とうとう信長が覚悟をきめた。

「なりませぬ、上様。わたしが必ず……」

烈しくかぶりを振る乱丸である。不覚と思いながらも、声の震えを止めようがない。

「予が要らざる問答を嫌うのは、そなたが誰よりもよく知っておろう」

「存じませぬ」

乱丸は、初めて信長に逆らう言辞を吐いた。

「であるか」

口癖の一言を返して、信長は、いたずら小僧がみせる表情のように、口角を上げた。

「天下布武の大業を中途で放り出されるなど……さようなことをいたすのは……」

嗚咽がこみあげてきた。

「織田信長公にあらず」

すると信長は、こんどは少し声を立てて笑った。

「予は織田信長にあらず。第六天魔王である」

「上様……」

なおも乱丸は、かぶりを振りつづける。なんとしても、信長を翻意させたい。

「業火に灼かれようと、魔王ならば必ず甦る。子の薩陀もな」

乱丸の左胸に、信長が右の掌をあてた。

主君のその手を、乱丸は両掌に挟んで引き寄せ、おのが頬に押しつける。父子の終焉を、受け容れたのである。

「角蔵。戸を開けよ」

信長に命じられ、角蔵が納戸の戸を開ける。

ひとりで入ろうとする信長へ、乱丸は頼み事をした。

「ご介錯を角蔵にお命じ下されますよう。角蔵は上様に仕えた森組最後の近習にございます」

「そうであったな」

信長は、聞き容れて、先に納戸の中へ入った。

「よいか、角蔵。上様のお躰に、謀叛人どもの指一本触れさせてはならぬ。薨られたら、ただちに、御髪ひと筋余さず、焼き尽くし奉れ」

「承知仕りました。わが命に代えて、きっと」

無理もないが、角蔵はおかしなほどに眦を決している。かしらとして、気持ちをほぐしてやらねばならない。

「お父上譲りだな。頼もしいぞ」

十三歳の少年のおもてが、みるみる輝いていく。

「お乱。今生最後の褒美ぞ」

戸口まで戻ってきた信長が、太刀をひとふり、乱丸に下賜した。

「宗三左文字を……」

筑前国左文字派が鍛えたこの太刀は、最初は阿波の三好宗三の佩刀で、その死後、甲斐の武田信虎が手に入れて、駿河の今川義元へ贈った。桶狭間合戦の折り、義元は腰に佩いていた。戦利品として稀代の名刀を手中にした信長は、茎に合戦の日付と、義元の所持刀であったことと、おのが名とを刻んで、以来、秘蔵している。

鐔の銀象嵌の意匠は、表裏とも永楽通宝。これも桶狭間の勝利を記念したもので、信長の「負けずの鐔」として世に知られる。

この上はないという至高の褒美である。乱丸は、宗三左文字を押し戴いた。

「さらば、お乱」

納戸の奥へと、信長は退がる。

乱丸は、折り敷いて、見送った。

角蔵が中から戸を閉める。

施錠の音を聞いてから、乱丸は戸を背にして立ち、拝領の太刀を佩いた。

あたりは煙に包まれている。炎の舌先が、天井にも壁にも床にも、目の届くところまで這い迫ってきた。

(上様……)

戸一枚を隔てた後ろで、まだ信長の息遣いの気配がする。おのれの呼吸と拍子がぴたりと合っていると感じた。

(なんと充ち足りた時だろう……)

ともに死ねるという穏やかな歓喜が、乱丸の心身に沁み入ってきた。不思議なことだ、と思う。

幼少の頃に大好きであった唐詩を、意識もせずに口ずさんでいた。

「岱宗、夫れ如何、斉魯、青、未だ了らず……」

杜甫の『望嶽』である。

最高峰より眺め下ろす広大無辺の山岳地は、山の南と北とで昼夜が分かれている。この世のものではない幻想の大自然。

その昼夜の境目に立って、乱丸を仰ぎ見ている者がいる。

(お前は、氷渡り銀狐)

六歳のときに冬の木曾川で出遇って以来ではないか。

幻の聖獣といわれる氷渡り銀狐を見た者は、いくさで進退をあやまらない。

(教えてくれ、銀狐。わたしはあやまらなかったのか)

銀狐が鳴いた。ケーン、ケーン……。

「見つけたぞ、森乱丸を」

黒煙の幕を抜けて、敵兵が幾人も殺到してきた。

「森乱丸あるところに信長あり。織田信長はあの納戸の中ぞ」

昂った声を上げながら前へ出てきた武者に、乱丸は見憶えがある。

「謝罪にまいったか、安田作兵衛。なかなか律儀なことだ」

「なにを申しておる。尻奉公の若気は、いくさの恐ろしさに気が狂れおったらしい」

作兵衛が嘲り、余の者らも嗤った。貴人の側に侍り、男色の対象となる少年を若気という。

「気が狂れた、か。ならば、わたしは、そのほうらの主君と同じだな」

「こやつ……」

作兵衛がいきなり槍を繰り出した。

乱丸は、宗三左文字を鞘走らせ、槍のけら首をはね上げた。

明智勢と信長勢、これが本能寺における最後の戦いである。

乱丸は、信長の息遣いが絶え、納戸の内に火が回ったとたしかに感じるまで、明智勢を寄せつけなかった。新手が繰り出されても、それでも納戸の前を死守しつづけた。

乱丸の鬼気迫るいくさぶりに、恐怖して、逃げ出す兵がいた。総身、紅に彩られた乱丸を、いっそ美しいと見とれた侍もいる。

やがて、太刀を叩き落とされた乱丸は、納戸の戸へ大の字に背をへばりつかせた。明智兵の幾人もが力を合わせて引き剝がそうとしても、微動だにしなかった。

安田作兵衛につかみかかられたとき、乱丸はその顔に嚙みついた。

「ぐあああっ」

作兵衛が悲鳴を放つのと、戸が内側から外れて炎が躍り出てきたのとが、同時であった。

安田作兵衛は後年、乱丸に嚙まれた頰の傷跡が激痛を伴う瘤となり、それは切除するたびに新たにできてしまい、ついには狂い死にしたと伝わる。同情する者はいなかった。謀叛人の家来が織田信長の随一の忠臣を討ったのだから、当然の報いである、と。

本能寺の変後の史実は、よく知られるところである。

明智光秀は、わずか十一日後、羽柴秀吉に敗れ、逃げる途中、戦場稼ぎの土民の槍にかかった。無様な最期というほかない。

信長の遺業を継いだ秀吉は、天下統一に向けてひた走った。その過程で、最大の障碍となったのは徳川家康である。両雄は、尾張の小牧・長久手において合戦に及んだ。当時の秀吉と織田の部将たちはまだ確たる主従関係ではない。そのため、森長可が舅の池田恒興の後押しで献じた策戦を、秀吉は危ぶみながらも受け容れざるをえなかった。恒興は信長の乳兄弟という格別の存在だったのである。結果、徳川勢に大敗を喫した長可と恒興はともに討死し、秀吉は家康を討つ千載一遇の好機を逃してしまう。

そのとき秀吉が洩らした嘆声を、側近の石田三成は終生忘れなかったという。

「ああ、森が弟のほうであれば……」

乱丸の死後は長可が再び居城としていた美濃金山城を、召し上げることもできた秀吉だが、森家に唯一のこされた男子の仙千代に継がせた。

秀吉も妻の禰々も、かつて、乱丸を養子にしたいと望んだ。仙千代に金山城を与えたのは、その乱丸に大層愛された末弟と知っていたからである。仙千代は、名を忠政と改め、のち関ケ原合戦の軍功によって、家康より美作国津山藩十八万石に封ぜられた。

本能寺で最愛の義弟を奪われ、小牧・長久手では父と良人を討たれた千のその後は、詳らかではない。ひたすら菩提を弔うばかりの余生を送るような女性ではないので、森家の新当主の忠政に対しても、めっ、と睨みつけ、

「男がこれしきのことに不平を鳴らすものではありませぬ」

などといつまでも幼童扱いをしながら、明朗に暮らしたのではあるまいか。

天下統一は秀吉が成し遂げた。それは、信長の想い描いた天下布武の形ではなかったと言わねばならない。なぜなら、信長が魔王でありつづけようとしたのは、天下にあまねく武を布くまでであったのに、秀吉が私情のままに粛清を行い、狂気の沙汰の朝鮮侵略をも敢行し、それこそ魔王となったのは、天下を手中に収めたのちだったからである。

五

まだ幾筋もの煙が風に吹き流されているものの、本能寺はすっかり瓦礫と化した。

広い焼け跡のあちこちでは、何かお宝はないものか、と浮牢人どもが顔も手足も煤で黒

くしながら漁(あさ)っている。

その中で、何か探すのでも、漁るのでもなく、所在なげにふらふらと歩く女がひとり。死臭を舞い上げる風が、着物の袖や裾をはためかせる。

復讐者は放心していた。

誤算は、汚れなき若者の存在である。森乱丸という。

魂胆を秘めて近づいた乱丸を、復讐者は愛してしまった。

乱丸だけはどうしても助けたくて、飢牙丸に頼んで、明智軍襲撃の前に本能寺から脱出させようとした。自身は、乱丸が日ノ岡峠へ向かうのに渡るはずの三条橋の袂(たもと)で待ちつづけた。が、来てはもらえなかった。

洛中へ走ったときには、遅すぎた。本能寺周辺の大路小路はすでに明智の軍兵に埋め尽くされていた。

これほど狂おしい敵討ちがあろうか。だが、果たしてしまったからには、もう取り返しがつかない。

（わたくしは負けた、織田信長に）

最後に乱丸が選んだのは、女への愛ではなく、主君への忠義であった。

「かや」

呼ばれて、びくりと歩みを停(と)めた。

「坂井孫八郎のむすめ、かや」

もう一度、よばれた。

ゆっくりと、かやは躰ごと振り返る。

少し上方で何かがきらりと光り、目を射られた。眩しくて、薄目にした刹那、光は降ってきた。

かやが痛みをおぼえたのは一瞬のことにすぎない。頭蓋を無惨に割られて、ほぼ即死であった。

無防備な女を一刀のもとに斬殺し、残心の構えをとる武士は、伊集院藤兵衛である。

かやを見下ろす眼に、憐憫の情の揺らぎは、かけらもない。

「キリシタンはインヘルノとやら申すのであろう。堕ちよ。底の底まで堕ちよ」

地獄へ堕ちよ、と死者になお鞭打ってから、藤兵衛は背を向けた。

横へ流されていた煙の筋が、空へ向かって真っ直ぐに立った。

風が死んだ。

解　説

細谷正充

山田風太郎の『人間臨終図巻』は、享年順に著名人の臨終の瞬間を注視した、異色の人物評伝である。その『人間臨終図巻』で、八百屋お七、大石主税(ちから)、アンネ・フランクに続き、四番目に取り上げられているのが、森蘭丸だ。十三歳で織田信長の近習(きんじゅ)となった蘭丸は、若くして才気煥発であったが、本能寺の変により、主君の信長やふたりの弟と共に討ち死にした。享年、十八。十代で歴史に名を残しながら死去した人物が少ないのは当然であり、それを考えれば四番目というのも納得である。本書は、そんな森蘭丸を主人公にした、宮本昌孝の歴史小説だ。ただ、主人公の名前は蘭丸ではなく乱丸になっている。なので以下、基本的に乱丸と表記する。

『乱丸』は、「問題小説」二〇一〇年一一月号から一一年一二月号、「読楽」二〇一二年一月号から一三年八月号にかけて連載された。単行本は、二〇一四年一月、徳間書店より上下巻で上梓される。作品の評価は高く、二〇一五年、第四回歴史時代作家クラブ賞作品賞を受賞した。

織田信長が天下布武を決意した年。信長に初期から仕える猛将・森三左衛門の三男として、乱丸は生まれた。幼くして敬愛する長兄と父を戦で失い、悲しみの続く森家だが、乱丸は聡明に成長していく。また、真田八郎という少年に攫われたことがあったが、剣聖の上泉信綱と弟子の神後宗治に助けられるという体験もした。このとき、八郎の父親で凶賊の真田鬼人は信綱に斬られたが、八郎は逃亡する。

以後、森家を継いだ次男の長可との隔意や、義姉の千への初恋などを経て、十三歳になった乱丸は、信長の近習に取り立てられる。ちょっとした縁のあった近習頭の万見仙千代に、気に入られた乱丸。信長にも可愛がられ、近習生活は満たされたものであった。

だが、信長の天下布武の戦いが進むにつれ、幾つもの問題や困難が起こる。兄と慕った仙千代も戦死した。さらに、石川五右衛門と名乗るようになった八郎が跳梁し、女郎屋を営むキリシタンのアンナが心をかき乱す。それでも天下が近づくに従い孤立していく信長と、ひそかに父子の絆を交わした乱丸は、運命の瞬間まで、その若き命を燃やすのであった。

おそらくだが、歴史小説の中で、もっとも主人公になった回数が多いのが織田信長である。したがって信長の近習であり、最期を共にした森乱丸も有名だ。信長ほどではないが、主人公にした作品だって、幾つもある。だが、こんな乱丸は初めてだ。もともと宮本作品は歴史小説といっても、フィクションの要素を大胆に投入し、史実と絡めることで、独自の世界を創造してきた。その手法が、本書でも十全に発揮されている。

冒頭の銀狐のエピソード。幼い頃に攫われたことから生まれた、石川五右衛門との宿縁。恋人となるアンナの存在と、本能寺の変の真相。史実を踏まえながら、豊かなフィクションにより、壮大な物語を創り上げる。作者でなければ書けない戦国小説になっているのだ。

　これに関連して、乱丸の視点による戦国史になっている点も、留意すべきであろう。同じように信長に仕えているといっても、武将と近習では違いがある。主君の近くに侍(はべ)り、その意を伝える近習の立場は独特だ。基本的に戦場に出ることはなく、でも時代の流れとダイレクトに関係する。そんな乱丸の視点から、戦国武将の肖像や、有名な戦や騒動が語られている。なるほど、諸々をこんな風に捉(とら)えることができるのかと、目から鱗(うろこ)が落ちまくり。歴史小説ファンなら熟知している戦国乱世を、ここまで新鮮な気持ちで読めるとは！　宮本昌孝、畏怖(いふ)すべしである。

　さらに親子の関係にも注目したい。親子——とりわけ父親と息子の関係に、作者はこだわっている。それは作品群を見れば明らかだろう。たとえば出世作となった『剣豪将軍義輝』は、義輝の遺児を主人公にした『海王』へと繋がっていく。大作『ふたり道三』は斎藤道三の国盗りを、父と息子の二代にわたる軌跡として描き切っている。希代の忍

風魔の小太郎を活写した『風魔』の前日譚と後日譚をまとめた、『風魔
海の風」は、小太郎の息子が主人公になっていた。

さらにいえば初短篇集『こんぴら樽』（現『春風仇討行』）に〝森蘭丸〟を
「蘭丸、叛く」が収録されている。この話が、やはり父親と息子の関係を扱っ
実に深いこだわりといっていい。ちなみに『こんぴら樽』の「あとがき」で作者は
の父親である慶ちゃんと、栄ちゃん（後の鶴田浩二）の淡い交誼に触れ、

「『一の人、自裁剣』の富田治部左衛門と豊臣秀次、『蘭丸、叛く』の森蘭丸と小倉松千代、『瘤取り作兵衛』の安田作兵衛と天野源右衛門。僕がこうした男たちを造型する根っこには、想像の中の栄ちゃん慶ちゃんのおもかげが存在するように思えてならない」

と、記している。もともとあった男ふたりの関係性から生まれる物語に、父親と息子の関係性のこだわりが加味されたとき、先に触れたような作品群が誕生したのではなかろうか。

そして、その関係性が、本書でも表明されている。大好きだった長兄と、敬愛する父親を、幼くして失った乱丸。次兄の長可とはそりが合わず、後に母親とも対立する。血の繋

がった家族との縁が薄いのだ。その寂しさを埋めるように、彼はまず、万見仙千代を兄のように慕う。さらに仙千代が戦死すると、信長と精神的な親子関係となり、一番の理解者として父親を支え続けるのだ。血の繋がりという夾雑物がないため、ふたりの親子の絆は、より純粋なものになっている。こうした父親と息子に対するこだわりが、何に由来しているのかは分からない。ただ、本書が宮本昌孝という作家を読み解くときに、重要な意味を持つ一冊であることは、間違いないのである。

と、いろいろ理屈を述べたが、物語を読んでいるときは、そんなことはどうでもよかった。ただ、激しく燃えながら、綺麗に透きとおった乱丸の、短い生涯に夢中になったのである。本能寺の変の渦中で乱丸がたどり着いた、刹那の境地の美しさに、涙したのである。これは森乱丸という魅力的な若者の〝青乱の譜〟なのだ。

なお作者は、二〇一六年八月に、本書と同じ時代を扱った戦国小説『ドナ・ビボラの爪』を刊行した。こちらは信長の妻の帰蝶を中心にして、やはりフィクションと史実を絡めながら、本能寺の変に別の真実を与えている。いったい、どこまで行くのか。宮本昌孝の手によって、戦国時代は、まだまだ面白くなりそうだ。

二〇一六年一二月

この作品は二〇一七年一月徳間文庫より三分冊で刊行されたものを、上下巻に分冊しなおした新装版の下巻です。

徳間文庫

乱丸(らんまる)下

〈新装版〉

2020年12月15日 初刷

著者 宮本昌孝(みやもとまさたか)

発行者 小宮英行

発行所 株式会社徳間書店

目黒セントラルスクエア
東京都品川区上大崎三-一-一 〒141-8202

電話 編集〇三(五四〇三)四三四九
販売〇四九(二九三)五五二一

振替 〇〇一四〇-〇-四四三九二

印刷
製本 大日本印刷株式会社

ISBN978-4-19-894611-1 (乱丁、落丁本はお取りかえいたします)